LUCA FONTANELLA

Trattoria Mortale – Der Tote im Palazzo

W0343156

GOLDMANN

Buch

In der Trattoria des alten Angelo Panda gibt es nur noch ein Gesprächsthema: Volterra nimmt an einem Wettbewerb teil, um offiziell zur schönsten Stadt der Toskana gekürt zu werden. Doch kurz bevor die Jury anrückt, überschattet ein Mord die Schönheit des mittelalterlichen Ortes: Der Stardesigner Luigi Leonetti wird tot in seinem Palazzo aufgefunden. Als Mordwaffe diente ausgerechnet eine berühmte etruskische Statue, die aus dem archäologischen Museum entwendet wurde. Zu allem Überfluss scheint Ispettore Rossi aus Pisa keinerlei Interesse daran zu haben, den Mord aufzuklären. So bleibt Sergio Panda, Polizist und Teilzeitkellner, nichts anderes übrig, als selbst für Ordnung zu sorgen …

Weitere Informationen zu Luca Fontanella
sowie zu lieferbaren Titeln des Autors
finden Sie am Ende des Buches.

Luca Fontanella

Trattoria Mortale
Der Tote im Palazzo

Ein Toskana-Krimi

GOLDMANN

Sollte diese Publikation Links auf Webseiten Dritter enthalten, so übernehmen wir für deren Inhalte keine Haftung, da wir uns diese nicht zu eigen machen, sondern lediglich auf deren Stand zum Zeitpunkt der Erstveröffentlichung verweisen.

FSC
www.fsc.org
MIX
Papier | Fördert gute Waldnutzung
FSC® C014496

Penguin Random House Verlagsgruppe FSC® N001967

1. Auflage
Originalausgabe Juli 2023
Copyright © 2023 by Dirk Husemann und Jutta Wieloch
Copyright © dieser Ausgabe 2023
by Wilhelm Goldmann Verlag, München,
in der Penguin Random House Verlagsgruppe GmbH,
Neumarkter Str. 28, 81673 München
Umschlaggestaltung: UNO Werbeagentur GmbH
Umschlagmotiv: Alamy Stock Photo/4k-Clips; FinePic®, München
Redaktion: Dr. Ulrike Brandt-Schwarze
LS · Herstellung: ik
Satz: KCFG – Medienagentur, Neuss
Druck und Bindung: GGP Media GmbH, Pößneck
Printed in Germany
ISBN: 978-3-442-49397-5

www.goldmann-verlag.de

Kapitel 1

An diesem Tag gab es in der Trattoria des alten Angelo Panda nur ein Gesprächsthema: Volterra sollte das schönste Städtchen der Toskana werden – mit Brief und Siegel. Die Jury des Wettbewerbs *Il Girasole* suchte nach »der Sonnenblume« der Region, nach einem blühenden Ort mit tiefer Vergangenheit und leuchtender Zukunft, der zugleich fest in der Gegenwart verwurzelt war.

»So stand es jedenfalls im Prospekt«, sagte Kugelblitz, einer der Stammgäste der Trattoria, und rührte in seinem Espresso. Die kleine cremefarbene Tasse stand auf ihrem Untersetzer in einem Fußbad. »Und das trifft doch alles auf unser Städtchen zu, oder nicht?«

»Den Sieg haben wir quasi schon in der Tasche«, stimmte Zitadelle zu. Der mächtige Toskaner beugte sich über seinen Teller, biss ein großes Stück vom *panforte* ab und kaute das Gebäck genussvoll, genauso wie Trommelfeuer, der Dritte im Bunde, der wortlos nickte. Ihre sozialistischen Kampfnamen trugen die Männer mit Stolz.

Der Mittagstisch war vorüber. Die Tür des kleinen Lokals stand offen, von der Gasse wehte warme Mailuft herein –

und das Geräusch von Hupen, mit dem Vorbeifahrende die vertraute Runde in der Trattoria grüßten.

»San Gimignano braucht gar nicht erst anzutreten«, sagte Angelo Panda mit seiner heiseren Stimme. Der alte Wirt lehnte mit einem der mageren Arme auf der Theke und unterstrich seine Worte, indem er mit einer Stoffserviette wedelte. »Und Casole auch nicht. Das liegt so tief im Unterholz, das findet die Jury des Wettbewerbs nicht mal.«

In diesen Tagen reiste ein Komitee durch die Region, um die Kandidatenstädte für die Auszeichnung in Augenschein zu nehmen. Die Besichtigung Volterras stand am Anfang der nächsten Woche auf dem Programm, danach sollte der Sieger bekannt gegeben werden. Aber so einig sich die Volterraner waren, dass ihre Heimatstadt über die Konkurrenz triumphieren würde: Geteilter Meinung war man über den Weg, der zum Sieg führen sollte. Während die einen sicher waren, Volterra werde die Jury des Wettbewerbs durch seinen düsteren Zauber, seine mittelalterliche Atmosphäre und die überall sichtbaren Zeugnisse der Vergangenheit überzeugen – einer Vergangenheit, die immerhin bis in die Eisenzeit zu den Etruskern zurückreichte –, waren die anderen der Meinung, man müsse den Ort noch ein bisschen moderner herrichten, Altes verjüngen und Farbloses bunter gestalten.

»Wenn es nach dem Bürgermeister geht, sieht es hier bald aus wie auf einem Hochglanzfoto«, sagte Kugelblitz und lehnte sich in seinem Stuhl zurück. Das Flechtwerk knarzte, sein hellblaues Polohemd spannte über dem Bauch. »Was unser Städtchen aber ausmacht, sind die ungeschliffenen Ecken und Kanten, der raue Charme seiner Gassen und Bewohner.«

»Damit meinst du dich wohl selbst«, krächzte Angelo.

Zitadelle lachte prustend und hielt sich dabei die Hand vor den Mund, konnte aber nicht verhindern, dass eine Wolke Puderzucker daraus hervorstob.

»Ein bisschen aufräumen sollten unsere Stadtväter schon«, warf Angelo ein. »Im Römischen Theater hat jemand Müll abgeladen, die etruskischen Teile der Stadtmauer hier in San Giusto sind marode, und einige Häuser am Borgo bräuchten einen neuen Wandputz. Der Wettbewerb wäre ein guter Anlass dafür, dass Bürgermeister Ragagioni endlich mal Geld in die Hand nimmt und die Missstände in der Stadt beseitigt. Es ist Montag, also noch eine Woche Zeit, da lässt sich einiges machen.«

»Du wirst dir noch wünschen, dass alles so bleibt, wie es ist, *babbo*.« Sergio kam aus der kleinen Kammer hinter der Theke in die Gaststube. Er war Angelos Sohn und Agente bei der örtlichen Polizei. Sooft es ging, half er in der Trattoria als Kellner aus. Gerade war er unterwegs in die Wachstube. Sergio warf sich die Uniformjacke über die Schulter, strich das dunkle, grau melierte Haar zurück und setzte die Dienstmütze auf. Auf dem Weg zur Tür sagte er: »Die Stadtväter haben kurzfristig Luigi Leonetti engagiert, damit er Volterra in letzter Minute zum Sieg verhilft.«

»Leonetti?«, fragte Angelo. »Den Tankwart?«

»Den Designer«, verbesserte Sergio. »Du weißt schon. Vor einigen Jahren ist er von Mailand nach Volterra gezogen.«

»Der ist komplett verrückt«, sagte Zitadelle. »Verbiegt Gabeln und so was.« Er wischte mit der Hand vor der Stirn herum.

»Du verstehst das falsch«, erwiderte Trommelfeuer und strich über seine Glatze. »Er hat eine Gabel entworfen, mit der man besonders gut essen kann.«

Zitadelle sah seinen Tischnachbarn abschätzig an und nickte. »Na klar! Gabeln, mit denen man essen kann.«

Sergio nahm seine Armbanduhr ab und zog sie auf. »Luigi Leonetti ist ein international anerkannter Künstler. Nur, weil ihr seine Entwürfe nicht versteht, muss das nicht heißen, dass sie schlecht sind.« Er hatte schon Arbeiten des Designers gesehen, bei einer Ausstellung in Siena. Leonettis Markenzeichen war das Dreieck, alles, was er formte, erhielt eine auffallend dreieckige Gestalt. Zu den Ausstellungsstücken hatten auch dreieckige Kleiderschränke gehört, die so entwickelt worden waren, dass sie nach dem Tod der Besitzer als Särge verwendet werden konnten.

Sergio beschloss, dieses Wissen nicht mit den Stammgästen der Trattoria zu teilen, denn er musste in einer halben Stunde auf der Wache sein, und da gab es schon genug Trubel.

»Was genau soll der Kerl denn für Volterra unternehmen?« Angelos Stimme hatte einen lauernden Unterton angenommen. »Er wird ja wohl kaum die Mauern reparieren und den Müll wegräumen, oder?«

»Das musst du den Bürgermeister fragen«, schlug Sergio vor. »Ich glaube, Leonetti soll eine Imagekampagne starten.«

»Eine was?«, fragten die vier älteren Männer beinahe gleichzeitig.

»Das erkläre ich euch später, jetzt muss ich zum Dienst, es ist schon kurz vor zwei.«

Sergio wandte sich zum Gehen und wäre um ein Haar mit einem Gast zusammengeprallt, der gerade eintreten wollte. Es war Luigi Leonetti persönlich, unverwechselbar wegen der mit Strasssteinen besetzten Sonnenbrille, dem dünnen Oberlippenbärtchen und dem hauchdünnen Rollkragenpullover, den er selbst bei größter Hitze trug. Das hatte irgendetwas mit der Ästhetik des menschlichen Halses zu tun, wie Sergio aus einem Zeitschriftenbericht wusste.

Leonetti blieb abrupt stehen, als er sein Gegenüber in Polizeiuniform sah. »Findet in der Trattoria eine Razzia statt?« Der Designer hielt eine Kiste umklammert. Auf den Karton war ein geschwungenes silbernes *L* geprägt.

»Noch nicht«, antwortete Sergio, »aber je nachdem, was Sie da unter dem Arm tragen, lässt sich das noch ändern.«

Leonetti stutzte, dann lächelte er zögernd. »Das ist doch das Il Gusto, oder nicht?« Er schaute zur Leuchtschrift über der Tür. Der Name der Trattoria prangte dort in blauen und gelben Lettern.

»Hältst du neuerdings die Gäste davon ab, ins Lokal zu kommen?«, rief Angelo von der Theke her.

Sergio blieb in der Tür stehen und versperrte den Weg. Ganz gleich, was Leonetti im Il Gusto vorhatte, er kam zu einem ungünstigen Zeitpunkt. Angelo, Kugelblitz, Trommelfeuer und Zitadelle würden den Mann dazu nötigen, seine Pläne für Volterra offenzulegen, und danach würden sie versuchen, ihn dazu zu bringen, alles über den Haufen zu werfen.

»Wenn Sie zu Mittag essen wollen«, sagte Sergio, »sind Sie ein bisschen spät dran, aber …«

Angelos weiß behaarte Hand schob Sergio beiseite und streckte sich Leonetti entgegen. Der Designer wurde in die Trattoria hineinzogen. Das Unglück nahm seinen Lauf.

»Was soll das denn sein?« Angelo schaute in die Kiste, die Leonetti auf einen der bereits abgedeckten Holztische gestellt und geöffnet hatte. Kugelblitz und Zitadelle scharten sich um die beiden Männer und reckten die Hälse.

»Das sind Gläser und das da zwölf Sätze Besteck«, erklärte Leonetti mit funkelnder Stimme. »Aus meinem Atelier. Ich habe diese Stücke im Auftrag der Stadtverwaltung entworfen, damit sie am Tag des Wettbewerbs überall verwendet werden. Schauen Sie bitte. Auf den Gläsern kann man das Stadtwappen sehen und auf Gabeln, Löffeln und Messern auch. Ich und das Büro des Bürgermeisters, wir bitten Sie, am kommenden Montag, wenn die Jury in der Stadt ist, Ihr übliches Besteck gegen dieses hier zu tauschen.« Er schaute in die Runde. »*Tutto a posto?* Dann mache ich mich wieder auf den Weg, ich muss noch ein paar andere Gaststätten beliefern.«

»Meine Löffel sind den feinen Herrschaften im Rathaus wohl nicht gut genug«, knurrte Angelo. »Immerhin sehen sie aus wie Löffel und nicht wie … wie …« Er deutete auf die Einlage in der Kiste.

»Wie dreieckige Eierschneider«, ergänzte Kugelblitz.

»Genau«, krächzte Angelo. »Was soll der Quatsch mit den Rillen? Da läuft ja die Suppe aus dem Löffel heraus.«

Leonetti lächelte milde. »Das sind natürlich keine Suppenlöffel, sondern Pastalöffel. Schauen Sie: In den Rillen sind Haken, darin verfangen sich die Spaghetti, Ihre Gäste müssen sie dann nicht mehr mit der Gabel aufdrehen.«

»Bei uns wird schon seit tausend Jahren aufgedreht, und das wird auch so bleiben«, blaffte Angelo. »Außerdem ist unsere Trattoria selbst ein Schmuckstück dieser Stadt. Wir brauchen Ihr Zeug nicht, um zu gewinnen.«

Sergio postierte sich vorsichtshalber zwischen seinem Vater, den er um zwei Köpfe überragte, und Leonetti. Die Luft zitterte. »Hör mal, *babbo*, die Idee ist anscheinend, das Besteck und die Gläser nur an einem einzigen Tag zu verwenden, nämlich dann, wenn die Jury sich Volterra anschaut. Danach kannst du wieder unsere Gläser, Messer, Löffel und Gabeln benutzen. So ist es doch, Signor Leonetti?«

Der Designer setzte seine Sonnenbrille ab, seinen blaugrünen Augen fehlte Wärme, als er Angelo ansah. »Dass meine Objekte in den Ristoranti verbleiben, ist nicht vorgesehen.«

Angelo kniff die Augen zusammen, sein Gesicht war so grimmig wie ein Kriegerdenkmal, als er den Hals reckte, um über Sergios Schulter einen Blick auf Leonetti zu erhaschen. »Das hier ist eine *Trattoria*, Signore! Kein Ristorante! Lernen Sie erst mal den Unterschied kennen, bevor Sie versuchen, mich einen Dieb zu schimpfen.«

Nun beugte sich auch Leonetti an Sergio vorbei und hob die Stimme. Er rief etwas über toskanische Bauern und

Leute, die den Wert seiner Kunst nicht zu schätzen wüssten. Er habe Angelo die Hand geben wollen, aber wie schnell werde aus einer Hand eine Faust.

Angelo stopfte den Löffel zurück in die Kiste, nahm diese vom Tisch auf und stellte sie vor der Tür ab. Dann kehrte er zurück und machte sich an etwas Belanglosem hinter der Theke zu schaffen. »Wir gewinnen diesen Wettbewerb auch ohne solchen Firlefanz. Wollen Sie noch was bestellen, Signore? Wir schließen nämlich gleich.«

Leonetti stürmte in Richtung Ausgang, nahm die Kiste auf und verschwand aus dem Sichtfeld, wenige Sekunden später tauchte er noch einmal in der Tür auf. »Wenn Volterra den Wettbewerb verliert, werde ich allen berichten, was ich hier erleben musste. Das wird das Ende Ihres Ristorante sein.«

»Trattoria«, verbesserte Angelo ungerührt. »Und Ihre Drohungen sind so sinnlos wie Ihr Besteck. Wir können gar nicht verlieren, einfach deshalb, weil wir die Besten sind.«

Leonetti verschwand. Über der Gaststube lastete das Schweigen eines ausgestandenen Streits.

»Wie schnell wird aus einer Hand eine Faust«, sagte Kugelblitz, der sich mit Zitadelle und Trommelfeuer wieder am Stammtisch niedergelassen hatte, nach einer Weile. »Das hat er gut gesagt. Fandet ihr nicht?« Der Pensionär liebte Redewendungen und pflegte sie ständig zu wiederholen, wenn er erst einmal von einer begeistert war.

»So wie diese Faust hier?«, fragte Zitadelle und öffnete seine Pranke. Darin kam eines von Leonettis Gläsern zum Vorschein. Es war vollständig in der Hand des riesigen Toskaners verschwunden.

»Du hast ein Glas geklaut«, stellte Trommelfeuer fest.

»Habe ich nicht«, erwiderte Zitadelle und betrachtete das Glas von allen Seiten. »Wenn du etwas in einem Lokal in die Hand nimmst, gilt das erst als gestohlen, wenn du es durch die Tür schmuggelst. Habe ich das etwa getan?«

»Hör mal, Zitadelle«, sagte Sergio. »Das geht nicht. Ich bin Polizist. Gib das Glas zurück.«

»Wirf es am besten gegen die Wand«, rief Angelo hinter der Theke hervor.

Zitadelle machte eine beschwichtigende Geste. »Natürlich. Wird alles zurückgegeben. Aber erst mal will ich wissen, was daran so besonders sein soll. He, Angelo, schenk mir doch bitte vom Hauswein ein.«

Angelo kam mit einer Flasche herbei und zielte mit dem Flaschenhals auf das Glas, zögerte. »Wo ist denn die Öffnung?«

Zitadelle ließ das dreieckige Gebilde kreisen und verharrte dann. »Hier«, sagte er, doch Kugelblitz widersprach und verwies auf ein kleineres Loch, das sich allerdings am Boden des Glases befand.

Sergio nahm es vorsichtig in die Hand und drehte es in verschiedene Richtungen. Auch er konnte beim besten Willen nicht erkennen, wie man das Glas benutzen sollte. Jetzt war er froh, dass Leonetti seine Siebensachen wieder hatte mitnehmen müssen. Er beschloss, dem Designer das fehlende Glas zurück ins Atelier zu bringen. Die Trattoria würde schon genug Schwierigkeiten bekommen, weil sie nicht am Programm der Stadtverwaltung teilnahm. Es musste nicht auch noch das Gerücht aufkommen, der Wirt sei ein Dieb. Vorsichtig ließ er das Glas in die Seitentasche seiner Uniformjacke gleiten.

»He«, empörte sich Zitadelle, »das kannst du nicht machen, Sergio.«

»Und ob ich das kann«, entgegnete Sergio. »Ich werde …«

In diesem Moment war ein Knall zu hören, irgendetwas war geplatzt, etwas Großes, dann folgte ein Gurgeln und Blubbern.

»Was war das?«, stieß Angelo hervor.

Die Antwort kam aus dem Durchgang zur Toilette. Von dort ergoss sich ein Wasserschwall in die Gaststube. Innerhalb weniger Augenblicke waren die Terrakottafliesen des Lokals überschwemmt, Tische und Stühle standen in einer großen Pfütze.

»Rohrbruch!« Matteo, der Koch, schaute aus der Durchreiche zur Küche. Angelo schleppte bereits Eimer und Lappen herbei. Sergio beugte sich unter die Theke und drehte den Hahn für die Wasserzufuhr ab. Das Gurgeln verstummte. Jetzt waren nur noch das Platschen der Lappen und Angelos Flüche zu hören.

»Ich rufe einen Klempner«, sagte Sergio und ergänzte nach einem Blick in den hinteren Bereich der Trattoria: »und ein paar Bauarbeiter von Manfredi.« Dann blätterte er durch das Telefonbuch mit den zerknitterten Seiten. Da konnte sein Vater noch so viel wischen. Die Trattoria war weit davon entfernt, ein Schmuckstück für den Wettbewerb zu sein.

Kapitel 2

Die Polizeiwache lag im zweiten Obergeschoss des Palazzo Pretorio, einem der markantesten Gebäude Volterras. Der mächtige Bau, dessen ältester Teil aus dem dreizehnten Jahrhundert stammte, flankierte eine Seite des zentralen Platzes. Auf der anderen ragte der Palazzo dei Priori auf, das mittelalterliche Rathaus. Zusammen bildete das Ensemble eine der eindrucksvollsten Ansichten der Toskana.

»Wie siehst du denn aus?«, fragte Alessandro, als Sergio die Wachstube betrat.

Alessandro Minotti war Sergios Freund und Vorgesetzter und hatte bisweilen Mühe, beides unter einen Hut zu bekommen. Vor allem anderen liebte Alessandro Ordnung und Korrektheit, und seine gefährlichste Waffe waren die Listen, die er zu allem und jedem anzulegen pflegte. Wenn er gerade eine über die am schlechtesten gekleideten Polizisten der Toskana führen würde, hätte Sergio darauf einen Spitzenplatz belegt.

»*Mi dispiace*, tut mir leid, aber es gab einen Rohrbruch in der Trattoria«, erklärte Sergio, warf seine Jacke auf einen Stuhl und zog sich das mit Flecken gesprenkelte Hemd aus.

»Was tust du da?«, rief Alessandro.

Bertini, ihr junger Kollege, schaute von seinem Schreibtisch auf und hob eine Augenbraue.

»Ich habe meine Wechseluniform hier in der Wache«, sagte Sergio. »Sonst hätte ich mich schon längst umgezogen.« Er ging auf einen Spind zu, auf dem sein Name stand, und holte ein frisches Hemd und eine Hose hervor.

»Nicht auch noch die Hose«, rief Alessandro, sprang auf und schloss die Tür zum Flur. Er suchte nach einem Schlüssel, fand aber keinen und verbarrikadierte den Eingang schließlich, indem er sich mit dem Rücken gegen die Tür lehnte.

Sergio wechselte die Kleider und wollte die nassen Sachen in eine Baumwolltasche stopfen, die auf dem Schrank neben der Kaffeemaschine lag. Er faltete die Tasche auseinander. Sie trug den Schriftzug *Volterra. Das Juwel der Toskana* und hatte eine dreieckige Form.

»War Leonetti schon hier?«, fragte er und knöpfte sich das Hemd zu.

»Sieht man doch.« Alessandro deutete auf die Tasche und gab die Tür wieder frei, während Sergio sein dichtes Haar nach hinten strich. Alessandro trat auf ihn zu und musterte ihn von allen Seiten. »Jetzt bist du wieder präsentabel.«

»Und einsatzbereit«, ergänzte Sergio mit einem Nicken zu Bertini, dessen Schicht um halb drei endete. Der Kollege räumte seine Sachen zusammen und verabschiedete sich.

»Also«, Alessandro ließ sich seufzend auf seinen Bürostuhl sinken, »heute Morgen war schon jede Menge los: ein Unfall auf der Landstraße Richtung Saline, eine Prügelei auf der Olivenplantage von Tedeschi, und Signora Monressore verlangte, dass wir ihre Nachbarn überprüfen, weil sie meint, die würden schwarze Messen feiern. Bertini war überall vor Ort und hat die Formalitäten erledigt.« Er legte eine Hand auf einen Stapel Formulare. »Die warten jetzt darauf, von uns bearbeitet zu werden. Aber sie werden noch länger warten müssen, denn unser Städtchen steuert einer schweren Prüfung entgegen, einer Prüfung, die all unsere Aufmerksamkeit erfordert.«

Sergio ahnte, worauf Alessandro anspielte. »Du meinst den Wettbewerb *Il Girasole*?«

»Ich meine«, gab Alessandro zurück, »den Streit darüber, wie Volterra den Wettbewerb gewinnen soll. Seit der Bürgermeister diesen Leonetti engagiert hat, nimmt der Ärger in der Stadt kein Ende. Die einen hoffen, dass der Designer frischen Wind durch die Gassen wehen lässt, die anderen wollen genau das verhindern. An jeder Straßenecke diskutieren die Leute in diese oder jene Richtung, und wenn man sich nicht einig wird, beleidigt man zunächst sein Gegenüber, dann dessen Familie, und schließlich fliegen die Fäuste.«

»Wie leicht wird aus einer Hand eine Faust«, sagte Sergio, winkte aber ab, als Alessandro ihn verständnislos anschaute. »Du hast recht, wir müssen etwas unternehmen. Wenn die Hälfte der Volterraner am Montag vor der Jury mit einem blauen Auge erscheint, gewinnen wir den Wettbewerb bestimmt nicht.«

»Hauptsache, Casole gewinnt nicht«, brach es aus Alessandro heraus. Er blickte überrascht auf und kniff die Lippen zusammen. »Jedenfalls gehen wir häufiger Streife, und Morelli muss früher aus dem Urlaub zurückkommen.«

Sergio stutzte. Alessandro benahm sich doch sonst nicht so wie jene Toskaner, die immer etwas an den Nachbargemeinden auszusetzen hatten, bisweilen sogar deren Existenz leugneten. Und was hatten auf einmal alle gegen Casole? Auch Angelo hatte den kleinen Ort südöstlich von Volterra erwähnt. Hatte das Wettbewerbsfieber die beiden erwischt?

Bevor Sergio danach fragen konnte, wurde die Tür zur Wachstube aufgerissen, und ein Mann in einem eleganten Sportjackett stürmte herein. Über seinen Schultern lag ein roter Pullover, die Ärmel waren vor seiner Brust verschlungen. Trotz seines Alters trug er das schlohweiße Haar lang und den dazugehörigen Bart kurz. Es war Guido Boschetti, der Leiter des Volterraner Museums für Archäologie.

»Ispettore Minotti! Sie müssen sofort mitkommen!« Er lief zu Alessandro und stemmte die Fäuste auf die Tischplatte.

»Was ist denn passiert, Dottore? Ist Ihnen etwas zugestoßen?« Alessandro zog ein leeres Formular aus einer Schublade und suchte nach einem Bleistift.

»Mir? Ganz Volterra ist etwas zugestoßen«, keuchte Boschetti, offenbar war er eine gute Strecke gerannt. Sergio schob ihm einen Stuhl heran, Boschetti setzte sich, sprang aber sofort wieder auf. »Der Abendschatten ist weg. Gestohlen.«

»Der Abendschatten?« Jetzt sprang auch Alessandro von seinem Stuhl auf.

»Unsere Ombra della Sera?«, fragte Sergio. »Weg?«

Das war eine Katastrophe, ein Erdrutsch, ein Vulkanausbruch.

»Ein Orkan!«, rief Boschetti. »Und ich stehe mittendrin.«

Der Abendschatten war der Star des Museo Etrusco Guarnacci, die siebenundfünfzig Zentimeter hohe Figur eines Knaben aus Bronze, so schlank wie der Schatten eines Menschen in der untergehenden Sonne. So jedenfalls hatte der italienische Dichter Gabriele D'Annunzio die Statuette einmal beschrieben. Sergio hatte sich für ein Fotoprojekt näher mit dem Artefakt beschäftigt und es mit seiner alten Spiegelreflexkamera und einem Schwarz-Weiß-Film aus allen erdenklichen Blickwinkeln abgelichtet. Besonders merkwürdig an der Ombra della Sera war, dass sie wie moderne Kunst aussah, obwohl sie schon zweitausenddreihundert Jahre alt war. Derjenige, der die Skulptur geschaffen hatte, musste dem Volk der Etrusker angehört haben, so wurden die damaligen Bewohner der Toskana genannt. Das warf allerdings die Frage auf, warum die Figur so anders aussah als die üblichen Statuetten jener Tage. Und es machte sie zum Anziehungspunkt für Touristen. Der Abendschatten war das Aushängeschild der Stadt.

»Und jetzt ist er weg!« Boschetti verbarg das Gesicht in den Händen. »Ich bin am Ende.« Die Worte kamen gedämpft zwischen seinen Fingern hervor. »In einem Jahr gehe ich in den Ruhestand und werde derjenige sein, dem der Abendschatten abhandengekommen ist. Der Mann ohne Schatten, so wird man mich nennen!«

Sergio und Alessandro warfen sich Blicke zu, sie schienen dasselbe zu denken: Die Ombra della Sera war an sich schon ein wichtiger Teil Volterras, war die Nabe der Geschichte, um die sich das Leben in der Stadt drehte. Aber in diesen Tagen kam ihr noch größere Bedeutung zu, denn wie sollte Volterra ohne sein Wahrzeichen den Wettbewerb gewinnen?

Boschetti jammerte leise. »Vielleicht hat der Diebstahl etwas mit diesem Wettstreit der Städte zu tun«, es war ein Murmeln, denn das Gesicht des Museumsleiters war noch immer von dessen Händen bedeckt, »das ist meine einzige Hoffnung.«

Sergio sah an Alessandros starrer Miene, dass sein Kollege über diese Schlussfolgerung ebenso überrascht war wie er.

»Vielleicht«, fuhr Boschetti fort, »steckt jemand von den konkurrierenden Städten dahinter, und nachdem die Jury am kommenden Montag hier war und Volterra den Preis nicht bekommen hat, wird die Statuette wieder auftauchen.«

Alessandro nickte zögerlich. »Das ist möglich.«

Boschetti riss die Hände vom Gesicht. »Dann bleibt nur eins zu tun: Der Diebstahl muss geheim gehalten werden! Nicht nur wegen meiner Karriere, sondern wegen des Wettbewerbs.«

Sergio räusperte sich. »Das ist unmöglich, Dottor Boschetti. Wir sind die Polizei und vertreten das Gesetz, und das …«

»Hier gilt das Gesetz des Stärkeren!«, rief Boschetti aus und sah Sergio an, als habe dieser eine ansteckende Krankheit. »Und das sind wir! Wir Volterraner!«

Alessandro spitzte die Lippen und drehte den Bleistift zwischen den Fingern. »Dottor Boschetti, *per favore*! Niemand könnte geheim halten, dass der Abendschatten verschwunden ist. Wie wollen Sie denn den Leuten glaubhaft erklären, dass die Statuette nicht mehr an ihrem Platz steht?«

Boschetti klatschte sich mit der Hand gegen die Stirn. »Ganz einfach! Ich werde sagen, dass die Figur von einem internationalen Team Etruskologen untersucht wird, um ihr noch ein paar Geheimnisse zu entlocken. Ein paar Tage kann ich damit rausschlagen.«

Alessandro ließ den Bleistift auf die Unterlagen auf seinem Schreibtisch fallen. »Dottore! Wir vergessen jetzt einfach, was Sie da gerade vorgeschlagen haben, und Agente Panda begleitet Sie ins Museum, wo Sie ihm den Tatort zeigen und alles genau beschreiben. Was halten Sie davon?«

Sergio ging bereits in Richtung Tür.

Boschetti erhob sich unter dem Einwand, dass er zwar bereit sei, Sergio ins Museum zu begleiten, deshalb aber noch lange nicht von seinem Plan abweichen werde. Keinen Millimeter!

Auf dem Weg hinaus fiel Sergios Blick auf das dreieckige Gebilde auf seinem Schreibtisch. Er hatte es dort abgestellt, als er in die Wache gekommen war. Es war das Glas, das Luigi Leonetti in der Trattoria zurückgelassen hatte. Der Designer lebte und arbeitete im Palazzo Viti, einem Prunkgebäude aus dem sechzehnten Jahrhundert, nur einen Steinwurf von der Wache entfernt. Nach der Untersuchung des Diebstahls im Museum würde Sergio bei Leonetti vorbeigehen und ihm das Weinglas zurückbringen.

Er steckte es in die Tasche seiner Uniformjacke, hielt dem Museumsleiter die Tür auf, und die beiden Männer verließen die Wache. Sergio setzte seine Dienstmütze auf. Ein Rohrbruch in der Trattoria, ein Diebstahl im Museum – an Tagen wie diesen sollte man die Fensterläden besser geschlossen halten, sagte man in der Toskana.

Kapitel 3

Die Vitrine war leer. Sergio und Boschetti standen vor dem Steinsockel, auf dem der Abendschatten in der Regel präsentiert wurde. Der Sockel war von einem Glaskasten umgeben, in dem jetzt ein gezacktes Loch klaffte. Scherben bedeckten den Mosaikboden. Unerbittlich leuchteten die Scheinwerfer, die sonst die Statuette ins richtige Licht setzten, das Debakel aus.

»Ist der Alarm losgegangen?«, wollte Sergio wissen. »Haben Sie Videoaufzeichnungen?« Er zählte drei Kameras an den Wänden des Ausstellungsraumes.

Boschetti untersuchte die Fingernägel seiner rechten Hand. »Das muss jetzt unter uns bleiben«, begann er. »Die Kameras da oben, und leider auch die Alarmanlage …« Er machte eine Pause, schien zu überlegen, wie viel er verraten konnte. »… sind nur noch Attrappen.« Er hob die Augenbrauen und zeigte seine Handflächen. »Sie funktionieren nicht mehr. Irgendwann, es muss vor drei oder vier Jahren gewesen sein, fiel eine Kamera nach der anderen aus. Gleichzeitig stiegen die Versicherungsbeiträge für unser Inventar. Beides zu bezahlen konnten wir uns nicht leisten.

Also entschied ich, dass die kaputten Kameras einfach so hängen bleiben sollten, wie sie waren. Zur Abschreckung, verstehen Sie, Agente?«

»Und zur Beruhigung der Versicherungsvertreter«, ergänzte Sergio.

Boschetti zwinkerte ihm zu. »Ich merke, Sie kennen mein Geschäft. Ohne Sicherheitssystem würde uns die Versicherung kündigen, ohne Versicherung würden unsere Leihgeber ihre Artefakte aus dem Museum abziehen. Dann sind wir für Touristen so reizvoll wie eine toskanische Garage.«

Jetzt begriff Sergio, warum der Dottore den Diebstahl nicht öffentlich bekannt geben wollte. Wenn die Versicherung herausfand, dass die Alarmanlage nicht funktionierte, würde sie Boschetti wegen Betrugs belangen. Für den Museumsleiter war es deshalb besser, auf Zeit zu spielen und darauf zu warten, dass der Abendschatten von selbst zurückkehrte. Was aber unwahrscheinlich war.

»Wenn Sie nicht wollen, dass der Diebstahl angezeigt wird«, sagte Sergio, »warum sind Sie dann zur Polizei gegangen?«

Boschetti wippte auf den Zehenspitzen, verschränkte die Arme, nur um sie gleich darauf wieder hängen zu lassen. Er suchte nach einer Beschäftigung für seine Hände und fand sie schließlich, indem er die Daumen in seinen Jackettaschen verhakte. »Wenn ich Sie nicht verständigt hätte, wäre ich womöglich als Dieb in Verdacht geraten. Deshalb appelliere ich noch einmal an Ihre Solidarität mit dem Museo Etrusco Guarnacci und vielleicht auch an Ihre Solidarität mit mir. Machen Sie den Diebstahl noch nicht publik. Geben Sie mir eine Chance. Ich bin sicher, dass sich die Sache aufklären lässt.«

Sergio zögerte. Er verstand das Dilemma des Dottore. Wenn Boschetti recht hatte, stand die Existenz des renommierten archäologischen Museums auf dem Spiel. Alles hing von Sergios Entscheidung ab.

»Wissen Sie was?«, sagte er schließlich. »Ich berate mit dem Kollegen Minotti, wie wir diesen delikaten Fall am besten behandeln. Aber zuerst schaue ich mich hier im Museum noch ein bisschen um.« Da das Haus montags geschlossen war, schlenderten keine Besucher durch die Säle, niemand würde ihm im Weg sein oder neugierige Fragen stellen. Es war an diesem Nachmittag ruhig auf den drei Etagen – vielleicht sogar zu ruhig.

»Wo sind eigentlich Ihre Mitarbeiter?«, erkundigte sich Sergio.

»Das Kassenpersonal, die Aufsichten und die Museumsführerinnen haben heute regulär frei«, zählte Boschetti auf. »Die Verwaltungsangestellten und die Reinigungskräfte habe ich darüber verständigt, dass sie zu Hause bleiben sollen, weil wir eine technische Störung haben.« Mit der rechten Hand beschrieb der Museumsleiter etwas wie eine Wellenlinie. »In gewisser Weise stimmt das ja, und ich wollte unnötiges Aufsehen vermeiden.«

»Das heißt, außer Ihnen und uns weiß niemand, dass der Abendschatten gestohlen worden ist?«, fragte Sergio.

Boschetti schüttelte den Kopf. »Und so soll es auch bleiben, wenn es nach mir geht.«

Sergio ignorierte das nochmalige Drängen des Dottore. »Wann haben Sie den Diebstahl bemerkt?«

Ein Zucken lief über Boschettis Mund, ehe er antwortete. »Ich bin mittags hergekommen, montags ist hier vor vierzehn Uhr niemand.« Seine Hand suchte wieder die Jackettasche. »Normalerweise jedenfalls«, setzte er hinzu.

»Also hat der Dieb in der Zeit zwischen gestern Abend nach Schließung des Museums und heute Mittag zugeschlagen.« Und zwar im doppelten Sinn, dachte Sergio und umrundete noch einmal den zerstörten Glaskasten des Abendschattens. »Dann lassen Sie uns mal nachsehen, ob er auch an anderer Stelle Spuren hinterlassen hat.«

Boschetti führte Sergio durch die Ausstellungsräume, durch Säle voller etruskischer Asche-Urnen, gestaltet wie Sarkophage im Miniaturformat und mit Reliefs geschmückt, die Szenen aus der antiken Mythologie zeigten. Sergio kannte viele der Objekte, er hatte auch sie schon im Museum fotografiert. Die Spiegelreflexkamera und der Schwarz-Weiß-Film waren seine Leidenschaft, und er liebte es, Volterra und seine Bewohner ins rechte Licht zu setzen. Leider blieb ihm zwischen den drei Säulen seines Lebens – der Trattoria, der Polizeiwache und seiner Freundin Giulia – dafür nicht viel Zeit.

Statt archäologischer Ausstellungsstücke besichtigte Sergio gemeinsam mit Boschetti jedes einzelne Fenster des Museums, keines war aufgebrochen worden, ebenso wenig der Haupt- und der Nebeneingang sowie die Tür zum Garten des Museums. Der Dieb musste sich anderweitig Zugang zum Haus verschafft haben. In einem Raum im zweiten Stock verwies der Dottore auf eines der Oberlichter, mehrere Meter über dem Boden. Er stellte die Theorie auf, der Einbrecher hätte sich von dort abgeseilt, um durch das Treppenhaus in die Etage darunter zu gelangen, dort den Abendschatten an sich zu bringen und anschließend mit der Beute im Gepäck wieder hinaufzuklettern. Sie holten eine Leiter, und Sergio stieg in schwindelerregende Höhe hinauf, fand aber auch an dem Oberlicht keinerlei Spuren des Einbruchs. Im Gegenteil: Die dichten Spinnweben an der Kunststoffabdeckung deuteten darauf hin, dass dort lange niemand mehr sauber gemacht hatte, geschweige denn, dass jemand an der Stelle eingestiegen war.

Wer auch immer die Ombra della Sera gestohlen hatte, war im Besitz eines Schlüssels – oder war im Museum geblieben, als dieses am Sonntag seine Pforten geschlossen hatte.

Sergio klappte die Leiter zusammen. »Wer außer Ihnen hat Zugang zum Haus?«

»Alle, die hier arbeiten.« Boschetti griff an der untersten Stufe zu und hob die Leiter an. »Die meisten haben einen eigenen Schlüssel, und dann gibt es noch ein Exemplar, das unter den anderen ausgetauscht wird.«

Das Sicherheitskonzept des Dottore ist mindestens so kriminell wie der Diebstahl im Museum, dachte Sergio, während sie die Leiter zurück in eine Abstellkammer trugen. An Verdächtigen würde es jedenfalls nicht mangeln.

»Vielleicht hat sich der Dieb einschließen lassen«, mutmaßte Sergio. Boschetti nickte. Zwischen Tausenden Ausstellungsstücken und Hunderten Vitrinen gab es in den achtunddreißig Sälen genug dunkle Winkel, in denen sich ein Mensch verbergen konnte.

Bevor Sergio das Museum verlassen konnte, musste er dem Dottore versprechen, »nichts Unüberlegtes zu unternehmen«, wie der Museumsleiter es formulierte. Dabei sah er Sergio eindringlich an und drückte ihm zum Abschied fest die Hand. Auf dem Rückweg zur Wache, die Via di Sotto hinunter, hatte Sergio den Verdacht, Boschetti habe ihm einen Geldschein in die Hand drücken wollen, es sich aber im letzten Moment noch einmal anders überlegt.

Sergio überquerte die Via Giacomo Matteotti. An diesem Nachmittag Mitte Mai wimmelte es von Touristen, die vor den vielen Ristoranti die Speisekarten in den Schaukästen anschauten, als wären es Bilder einer Ausstellung. Von dort ging er weiter in die ruhigere Via dei Sarti, wo der Palazzo Viti lag, das Domizil Luigi Leonettis. Sergio holte das Glas hervor, das die ganze Zeit über seine Uniformjacke ausgebeult hatte, und überzeugte sich vom einwandfreien Zustand des dreieckigen Objekts. Wer wusste schon, was passieren würde, wenn er dem Designer ein angeschlagenes Exemplar zurückbringen würde?

Wie den meisten Gebäuden in den Städten der Toskana, so war auch dem Palazzo Viti von außen kaum anzusehen, welche Pracht sich hinter seiner schlichten Fassade entfaltete. Die hohen, von Sandstein eingefassten Fenster waren vergittert, das doppelflügelige Eingangstor war verschlossen. Statt einer Klingel gab es einen Türklopfer aus grün angelaufener Bronze, einen Ring im Maul eines Löwenkopfes – passend zum Namen Leonetti. Darunter war ein

Schild aus poliertem Messing angebracht. Es hatte die Form eines Familienwappens und zeigte den verschnörkelten Buchstaben *L*.

Sergio ließ den Türklopfer gegen das Holz fallen. Er hörte, wie der Knall hinter der Tür hallte, wartete einen Moment, aber niemand öffnete. Leonetti war wohl nicht zu Hause. Noch einmal probierte Sergio es mit dem Türklopfer, dann gab er auf. Das Glas konnte er auch am nächsten Tag zurückbringen.

Auf dem Weg am Palazzo entlang stieg ihm ein unangenehmer Geruch in die Nase. Irgendwo verschmorte etwas. Sergio schaute sich um und sah, dass eines der Fenster von Leonettis Domizil geöffnet war. Von dort zog der Gestank auf die Straße. Brannte es im Haus des Designers? Sergio zögerte nicht lange, sprang zu dem Fenster hoch, bekam das Gitter zu fassen und balancierte bei dem Versuch, einen Blick ins Innere zu werfen, auf einem schmalen Steinsims. Es gab keine Vorhänge, und wenn er zwischen den Gitterstäben hindurchschaute, konnte er einen Teil des dahinter liegenden Raums erkennen. Er bog den Kopf, um besser sehen zu können.

»Agente Panda?«, sagte jemand hinter ihm. »Was machen Sie da? Einen Kurs im Fassadenklettern?«

Sergio fuhr herum. Unter dem Fenster stand Joe Bonos, Mitarbeiter der Lokalzeitung *Volterra Adesso*, ein schlaksiger junger Bursche mit rotblondem Schopf und winzigen, rastlosen Äuglein. Seine helle, sommersprossige Haut schien von einem fortwährenden Sonnenbrand geplagt zu sein, vermutlich versuchte er deshalb, sich einen Bart wachsen zu lassen. Joe Bonos, das wusste Sergio von früheren Begegnungen, war ein Künstlername, eigentlich hieß der junge Mann Giovanni Buongiorno, meinte aber, unter diesem Namen niemals Karriere machen zu können.

»Was wollen Sie?«, blaffte Sergio, sprang zu ihm hinunter und klopfte sich die Hände ab.

»Was gibt es Neues aus der Welt der Verbrechen?«, fragte Bonos und holte einen Notizblock und einen Bleistift aus der Kameratasche, die um seine Schulter hing.

»Wenn Sie den Polizeibericht lesen wollen«, entgegnete Sergio, »rufen Sie die Pressestelle in Pisa an.«

Bonos lächelte Sergio siegesgewiss an. »Ich habe gesehen, wie Sie aus dem Museo Guarnacci herausgekommen sind. Können Sie mir sagen, warum?«

»Weil ich zuvor im Museum war und zurück zur Wache musste.«

Bonos wedelte mit dem Schreibblock. »Sie wissen doch, dass Sie mich nicht so leicht abschütteln können. Ich habe einen guten Riecher für Geschichten, und wenn es irgendwo brennt, wittere ich den Rauch über Kilometer hinweg. Und hier lodert irgendwo eine Flamme, hoch wie ein Haus. Vorhin sah ich, wie der Museumsleiter im Eiltempo in den Palazzo Pretorio gestürmt ist, in dem zufällig die Polizeiwache liegt. Boschetti läuft zu ihnen, Sie gehen ins Museum. Dort ist etwas geschehen, was die Polizei interessiert. Eins und eins ergibt zwei.« Er tippte sich mit der Spitze des Bleistifts gegen die Stirn. »Handelt es sich um Diebstahl oder um …«

Ein graublauer, nach verbranntem Kaffee riechender

Schwaden drang aus dem Fenster hervor und waberte zwischen den beiden Männern hindurch.

Sergio kehrte Bonos den Rücken zu und zog sich wieder an dem vergitterten Fenster hoch. Dabei versuchte er, die Fragen des Journalisten zu überhören und sich auf den Blick durch die Eisenstäbe zu konzentrieren. Nach einigen Augenblicken erkannte er etwas hinter einer schlanken Bodenvase. Ein Schuh ragte hervor. Eine graue Sandale mit einem Fuß darin.

Sergio ließ sich fallen. Er suchte die Fassade nach einer Möglichkeit ab, ins Innere des Palazzo zu gelangen. Aber da war nur die Tür.

Joe Bonos ließ nicht locker. »Kommen Sie, Agente Panda, geben Sie mir einen Hinweis. Ein Wort genügt. Ich gebe meine Quelle auch bestimmt nicht preis.«

»Ich gebe Ihnen gleich vier Wörter: Rufen Sie die Misericordia! Dadrin liegt ein Mensch, der Hilfe braucht.«

Sergio registrierte, wie Joe Bonos sein Mobiltelefon zückte, er selbst lief zur Pforte und suchte nach einer Möglichkeit, in den Palazzo hineinzugelangen. Der Löwenkopf mit dem Ring im Maul schien ihn höhnisch anzugrinsen. Sergio spürte, wie das Erdbeben in ihm erwachte, wie sich jener Moment der Unbeherrschtheit näherte, dem er seinen Spitznamen verdankte: Terremoto – Erdbeben.

»Porca miseria!«, fluchte er, holte aus und trat gegen die Tür.

Ein leises Klicken, kaum lauter als das einer Computermaus, war zu hören. Die Tür schwang einen Spaltbreit nach innen. Sergio schaute überrascht auf die Spitze seines schwarzen Schuhs. Dann drückte er die Tür vollständig auf und rannte durch einen kurzen Flur in den Eingangssaal.

Der Luxus des Raumes ließ ihn innehalten. Er kannte den Palazzo, in früheren Jahren waren die verschwenderisch eingerichteten Säle ständig für Besucher geöffnet gewesen. Dann war der Stadtverwaltung das Geld für den Unterhalt ausgegangen. Als Luigi Leonetti nach einem Domizil in Volterra gesucht und angeboten hatte, den Palazzo zu kaufen, ihn in seiner historischen Gestalt zu erhalten und ab und zu eine Führung durchs Haus zuzulassen, hatte der Stadtrat nicht lange gezögert.

Wo war Leonetti jetzt? Gehörte der Fuß hinter der Blumenvase zu ihm? Sergio versuchte, sich zu orientieren. Am Ende des Saals führte eine Treppe nach oben. Er rannte hinauf und gelangte in einen schmalen Flur mit einer einzigen Tür am anderen Ende. Sergio eilte vorbei an einem Konsolentisch mit Marmorplatte und einem vergoldeten Spiegel. Dahinter öffnete sich ein großer Raum in der Pracht der Spätromantik. Sergio versuchte, sich nicht von silbernen Kandelabern und den Blicken schöner Frauen auf Ölgemälden ablenken zu lassen. Seine Schuhsohlen quietschten auf den Fliesen, als er sich zwischen drei Türen, die aus dem Saal führten, für die linke entschied. Im nächsten Raum bog er wieder nach links ab, glaubte, in einer Sackgasse gelandet zu sein, erkannte aber dann einen Durchgang, der in all der Pracht kaum zu erkennen war. Dahinter lag eine Treppe, die ein paar Stufen hinabführte. Staubige Fußspuren verrieten ihm, dass er sich dem Atelier des Künstlers zu nähern schien.

Sergio stürmte weiter. Das Erste, was ihm auffiel, war der Gestank. Dann erkannte er das offen stehende, von außen vergitterte Fenster. Dies musste der Raum sein, in den er vorhin hineingeschaut hatte. Überall lag Arbeitsmaterial Leonettis herum, eine Kreidetafel, ein Zirkel, Lineale und Schublehren, mehrere Laptops waren in dem Raum verteilt und zeigten denselben Bildschirmschoner, ein silbernes, dreidimensional wirkendes *L*. Auf einer hellen Anrichte entdeckte Sergio die Ursache für den beißenden Geruch: eine Kaffeemaschine, deren Inhalt in der schwarz angelaufenen Kanne qualmte. Er zog den Stecker und stellte den Glasbehälter auf die Fensterbank. Ein runder Marmortisch auf einer hüfthohen Säule war mit Plänen bedeckt, an den Wänden hingen Federzeichnungen absonderlicher Apparaturen. Sergio meinte, darunter einen dreieckigen Toilettendeckel zu erkennen. Und dort stand auch jene Bodenvase, aus der Stängel künstlicher Blumen mit blauen, dreieckigen Blüten ragten.

Leonetti lag auf dem Boden, sein Haar war verklebt, eine Blutlache hatte sich um seinen Kopf gebildet. Sergio ging neben ihm auf die Knie und tastete am Hals nach einem Puls. Da war nichts. »Signor Leonetti!«, sagte Sergio, auf seltsame Art bemüht, leise zu sprechen. »Können Sie mich hören?« Er versuchte es noch einmal, suchte auch nach dem Herzschlag, doch er ahnte bereits, dass Luigi Leonetti tot war.

Etwas blitzte und klackte. Joe Bonos stand in der Tür. Er fotografierte die schreckliche Szene. Und Sergio hockte mittendrin.

»Verschwinden Sie!«, rief Sergio.

Durch das Fenster fiel jetzt der flackernde Schein von Blaulicht ins Atelier hinein. Weiter hinten im Palazzo waren Stimmen zu hören. Bonos machte noch eine Aufnahme. Seine Digitalkamera piepste. Als Sergio sich drohend aufrichtete, suchte der Reporter das Weite. Erst jetzt fiel Sergio eine Stelle am Boden auf, ganz in der Nähe von Leonettis Leichnam.

Dort lag der Abendschatten, die Statuette aus dem Museum. Auf der grün patinierten Bronze prangten Flecken von dunklem Blut.

Kapitel 4

»Kann ich den Toten dann mitnehmen?« Clara Manfredi, die Notärztin der Misericordia, schaute auf ihre Armbanduhr. Es war kurz nach sieben.

Der Abend hat gerade erst begonnen, dachte Sergio. Der Palazzo Viti hatte sich in einen Ameisenhaufen verwandelt. Rettungshelfer und Kriminaltechniker drängten im Eingangsflur aneinander vorbei, ständig hob und senkte sich das rot-weiße Flatterband, mit dem der Eingang versperrt war. In den Sälen war das Team der Spurensicherung bei der Arbeit – eine Mammutaufgabe angesichts des weitläufigen und reich ausgestatteten Palazzo. In Leonettis Atelier standen Sergio, Alessandro, Clara und Silvano, einer der Sanitäter von der Misericordia, vor dem Toten. Clara packte ihre Ausrüstung zusammen.

»Wir müssen noch auf die Kollegen Baldi und Rossi warten«, erklärte Alessandro. Er war zwar der Leiter der Polizeiwache in Volterra, aber für einen Fall wie diesen war die Kriminalpolizei zuständig, und die musste erst aus Pisa anreisen. Die Questura war eine knappe Autostunde entfernt, wenn man seinen Wagen italienisch fuhr. Doch bis Commissario Baldi und sein Schatten, Ispettore Rossi, erst mal bis zu ihrem Auto gekommen waren, verging meist schon doppelt so viel Zeit.

»Ich kann ja später noch mal herkommen«, sagte Clara Manfredi.

»Das wird nicht nötig sein.« Die Stimme von Dino Rossi hallte durch das Atelier. Der Ispettore trug eine gelbe Krawatte zu einem schwarzen Hemd, dazu einen grauen Kammgarnanzug und graue Schuhe. Er klimperte mit dem Autoschlüssel. »Die Polizei ist endlich da.«

Das war eine unmissverständliche Spitze gegen Sergio und Alessandro, die Rossi kaum als Polizisten gelten ließ, geschweige denn als Kollegen. In seinen Augen waren sie zu kaum etwas anderem in der Lage, als Strafmandate auszustellen und in Pisa anzurufen, wenn es wirklich mal Ärger gab. Und der lag unübersehbar vor Rossi auf dem Fußboden.

Silvano zog seinen Notfallrucksack zu und gab Sergio ein Handzeichen – er paffte eine unsichtbare Zigarette und deutete nach draußen. Sergio nickte kurz und wandte sich dann an Rossi.

»Wo haben Sie Commissario Baldi gelassen?«, fragte er. Fabrizio Baldi war Rossis Vorgesetzter. Normalerweise ging Rossi keinen Schritt ohne ihn.

»Hat zu tun«, gab Rossi knapp zurück.

Sergio warf Alessandro einen Blick zu. Ohne Baldi würde die Angelegenheit vielleicht unkomplizierter ablaufen als sonst. Schon zweimal war der Commissario wegen Gewaltverbrechen in Volterra aktiv geworden, und beide Male hatten er und Rossi nichts als Verwirrung gestiftet. Letztendlich hatten Sergio und Alessandro die Fälle gelöst und die Mörder überführt, aber das hatte Dino Rossi anscheinend vergessen.

»Das ist doch Luigi Leonetti«, rief der Ispettore und ging neben dem Toten in die Knie. »Der Designer. Kennen wir schon die Todesursache?«

»Das Blut in seinem Haar stammt von einem Schlag mit einem stumpfen Gegenstand«, erklärte Clara Manfredi. »Schweres Schädel-Hirn-Trauma. Ich würde sagen: Jemand hat den Mann von hinten erschlagen.«

Rossi schaute mit lehrerhaft erhobenen Augenbrauen zu Clara hinauf. »Ach? Und woher wollen Sie wissen, dass er nicht einfach unglücklich gestürzt ist?«

Clara, eine kräftige Volterranerin Anfang vierzig mit blonden Strähnchen in den halblangen Haaren, deutete auf die Figur des Abendschattens. Die Bronzestatuette lag noch genau dort, wo Sergio sie gefunden hatte, mit dem Unterschied, dass jetzt ein Kärtchen mit der Ziffer Zwei daneben auf dem Boden lag – das Kärtchen mit der Eins lag neben dem Toten, um den jemand mit Kreidespray eine Umrisslinie auf den Fliesen markiert hatte. Das Blut am Sockel der Statuette war geronnen, aber gut erkennbar. »Wenn Sie mich fragen«, fuhr Clara fort, »und das haben Sie ja gerade getan, dann ist das da die Tatwaffe.«

Rossi entdeckte die Figur, streckte eine Hand danach aus, zog sie aber im letzten Moment zurück. »Ist die Spurensicherung damit schon fertig?«, fragte er. Ohne die Antwort abzuwarten, erhob er sich. »Der Abendschatten! Volterras kostbarstes Stück!« Er lächelte Sergio und Alessandro an. »Das ist ja eine wunderbare Fügung des Schicksals.«

»Sie meinen hoffentlich nicht den Tod Luigi Leonettis«, entgegnete Sergio.

»Der Tod eines Menschen ist immer bedauerlich«, leierte Rossi einen Satz aus dem Lehrbuch für Polizisten im ersten Ausbildungsjahr herunter. »Aber im Fall von Leonetti wird das Auswirkungen haben. Der Mann wollte doch Volterra beim *Il-Girasole*-Wettbewerb unterstützen, nicht wahr? Er sollte diesem Nest mit seinen Künsten auf die Sprünge helfen.« Rossi stemmte die Arme in die Hüften, sein Kammgarnjackett schwang nach hinten, und er ließ seinen durchtrainierten Oberkörper sehen – eine einstudierte Geste. »Damit ist nun wohl *finito*«, fuhr Rossi fort. »Volterra wird weder seinen Designer zur Verfügung haben noch eines seiner Zugpferde.« Er deutete auf die Statuette. »Am Abendschatten klebt Blut. Wie wollen Sie das Artefakt jetzt noch gewinnbringend für den Wettbewerb verwenden?«

»Das ist die Ombra della Sera.« Alessandro war empört. »Diese Statuette ist über zweitausend Jahre alt. Unser Wahrzeichen. Es sind schon Kinder danach benannt worden.«

»Gut, gut«, stimmte Rossi zu. »Versuchen Sie es nur. Versuchen Sie, der Jury des Wettbewerbs mit dem Abendschatten zu kommen, einem Museumsstück und Mordwerkzeug, das sich noch nicht einmal in der Stadt befindet – weil ich es als Beweisstück mit nach Pisa nehmen werde. Wo es erst mal bleiben wird.« Er trat dicht an Sergio und Alessandro heran. Der Atem des Ispettore roch nach Mundwasser mit

Minze. »Volterra wird verlieren«, raunte er ihnen mit prophetischer Stimme zu.

»Meinen Sie nicht, dass der Wettbewerb angesichts eines Mordfalls zweitrangig ist?«, fragte Alessandro.

»Zweitrangig?«, echote Rossi. »Wenn Sie diesen Preis als zweitrangig ansehen, dann haben Sie ihn auch nicht verdient. Wissen Sie, was diese Auszeichnung bedeutet? Den Triumph der besten Stadt in der Region über alle anderen. Gerechtigkeit nach Jahrhunderten gegenseitiger Schmach und Missgunst. Endlich kann San Gimignano zeigen, was in ihm steckt.«

»Moment mal«, sagte Sergio. »Wieso ergreifen Sie Partei? Ausgerechnet für San Gimignano?«

Rossi zog die Säume seines Jacketts straff und schlug die Absätze zusammen. »San Gimignano ist der Stammsitz meiner Familie. Mein Elternhaus steht im Schatten der berühmten Geschlechtertürme. Das hätten Sie nicht gedacht, oder?«

»Sie stammen aus San Gimignano?«, fragte Sergio. »Aus der Nachbarschaft? Ich dachte immer …«

Alessandro schaltete sich ein. »Aus San Gimignano? Wirklich? Dann sind Sie ja aus der Provinz, genau wie wir.«

Es war eine von Rossis Lieblingsbeschäftigungen, die Volterraner Polizisten bei jeder Gelegenheit darauf hinzuweisen, dass sie in seinen Augen Hinterwäldler waren, während er in Pisa und Florenz verkehrte. Einmal hatte er sogar beruflich in Rom zu tun gehabt, dort zwar nur an einem Begräbnis teilgenommen, dennoch wurde Rossi nicht müde, seine »Verbindungen« in die Hauptstadt zu erwähnen.

»San Gimignano ist keine Provinz«, blaffte er, »sondern ...«

Clara Manfredi räusperte sich. Sie deutete auf eine dreieckige Wanduhr aus rotem Kunststoff. »Kann ich den Toten jetzt mitnehmen?«

Draußen auf der Via dei Sarti fuhr der Wagen der Misericordia ab, um Leonettis Leichnam zur Gerichtsmedizin nach Pisa zu bringen. Rossi hatte noch ein wenig Häme über die Kollegen ausgeschüttet, mit den Kollegen von der Spurensicherung gesprochen und war dann gegangen, nicht ohne Sergio und Alessandro mitzuteilen, dass er ihren Bericht am nächsten Vormittag auf seinem Schreibtisch erwarte.

»Was machen wir jetzt?« Sergio lehnte mit einem Arm auf dem mit Voluten geschmückten Kaminsims des Ateliers und kratzte sich den Nacken.

»Den Bericht werden wir wohl noch heute Abend schreiben müssen«, antwortete Alessandro, dem es niemals in den Sinn gekommen wäre, die Aufgabe erst einen Tag später zu erledigen. Manchmal fragte sich Sergio, ob sein Freund wirklich Italiener war.

»Das meine ich nicht«, erwiderte Sergio. »Die Frage ist doch: Wie gehen wir mit dem Mordfall um, mitten in der heißen Phase des Wettbewerbs?«

Alessandro nahm seine Dienstmütze ab und klopfte dreimal hinein. »Ich fürchte, Rossi hat recht. Wir können nicht mehr gewinnen. Ein Mensch ist erschlagen worden, das allein wirft mehr Schatten als Licht auf Volterra. Überdies fehlt der Stadtverwaltung jetzt die professionelle Hilfe bei der Präsentation unseres Städtchens. Und drittens ist das Wahrzeichen Volterras zu einer Mordwaffe geworden.« Alessandro rieb sich das Kinn. »Immerhin könnten wir als kriminellste Stadt Italiens glänzen, wenn die Mafia mal so einen Preis ausloben sollte.«

»Es gibt da noch eine Möglichkeit«, sagte Sergio und tippte mit einem Kugelschreiber auf den Marmor des Kaminsimses. *Klick, klack, klick.* Jeder Laut half ihm dabei, seine Gedanken an der richtigen Stelle einrasten zu lassen. »Wir finden den Mörder so schnell wie möglich und drehen den Spieß um. Wir zeigen, dass unser Städtchen sogar mit einem Mordfall im Handumdrehen fertigwird. Die Mordwaffe sollten wir natürlich vorerst geheim halten.«

»Kommen Sie nach Volterra«, sagte Alessandro. »Wenn Sie hier erschlagen werden, finden wir Ihren Mörder bestimmt.« Er wiegte den Kopf. »Vollständig überzeugt mich das Konzept noch nicht, aber in einem stimme ich dir zu: Wenn Volterra überhaupt noch eine Chance hat, dann nur, wenn wir den Täter überführen.«

Die beiden Männer sahen sich in stillem Einvernehmen an.

»Du weißt, dass wir damit unsere Kompetenzen überschreiten«, sagte Alessandro mahnend. »Das ist eigentlich die Aufgabe der Kollegen von der Questura.«

»Und du weißt, dass Rossi keinen Finger rühren wird, bevor nicht San Gimignano den Preis geholt hat. Entweder wir sorgen hier selbst für Ordnung, Sicherheit und Gerechtigkeit, oder …« Sergio machte eine Faust und ließ die Finger explosionsartig auseinanderschnellen.

»*Andiamo*«, sagte Alessandro, »machen wir uns an die Arbeit.«

Kapitel 5

Der Palazzo Viti erwies sich als Schatzkiste. Er war zu Recht ein Touristenmagnet mit seinen prunkvollen Sälen, den spiegelhellen Marmorböden und mit Stuck und Malereien überladenen Decken. Alles war mit Schnörkeln und Reichtum ausgestattet, nur das Team der Spurensicherung störte das Bild. Die Frauen und Männer pinselten jeden Gemälderahmen, jeden Türgriff, jede Stuhllehne ab und wirkten in ihren keimfreien weißen Anzügen wie Invasoren aus einer anderen Welt.

Sergio und Alessandro durften nur die bereits bearbeiteten Räume betreten. Luigi Leonetti hatte den ohnehin schon bis in den letzten Winkel mit historischen Möbeln ausgestatteten Palazzo auch noch mit seinen eigenen Design-Objekten vollgestopft. Sergio und Alessandro wandelten durch die Säle und bestaunten einen Vespa-Motorroller auf einem Podest. Die Maschine leuchtete im klassischen Rot der Marke, Sitzbank, Scheinwerfer und die Verkleidung waren als Dreiecke gestaltet. Es gab Lampenschirme in Leonettis Lieblingsform, Gummistiefel und sogar einen Esstisch, der auf den Spitzen von drei Dreiecken stand.

Schließlich landeten sie wieder im Atelier des Designers. Draußen vor den Fenstern schwand jetzt um halb acht allmählich das Tageslicht, die Farbe der Stadt wechselte von Cappuccino zu Espresso. Auf Leonettis Schreibtisch – der erstaunlicherweise kreisrund war – lag eine Mappe aus dunkelblauem Leder. *Volterra* stand in geschwungener Handschrift in Silberfarbe auf dem Etikett. Sergio nahm ein Papiertuch zur Hand und schlug sie auf. Die Mappe war leer.

»Viele Ideen für den Wettbewerb hatte Leonetti wohl nicht gesammelt«, sagte er und ließ den Lederdeckel los.

»Noch nicht mal eine Stichwortliste«, bestätigte Alessandro kopfschüttelnd. Ein Leben ohne Listen war für Sergios Freund und Kollegen undenkbar.

»Oder jemand hat sich für Leonettis Entwürfe interessiert und sie mitgehen lassen.« Sergio schaute sich im Atelier um. Von Leonettis Leichnam waren nur noch die Kreideumrisse auf dem Boden zu sehen. Die Mordwaffe, die Bronzestatuette aus dem Museum Guarnacci, hatten die Kriminaltechniker bereits entfernt, um sie mit nach Pisa zu nehmen.

Alessandro war seinem Blick gefolgt. »Wie, glaubst du, ist der Abendschatten vom Museum hierhergekommen?«, fragte er.

»Das ist die entscheidende Frage«, erwiderte Sergio. »Wenn wir das wissen, haben wir einen Verdächtigen.«

»Der offensichtlichste Kandidat ist der Dieb, der die Ombra della Sera in der vergangenen Nacht aus dem Museum gestohlen hat«, stellte Alessandro fest.

»Vielleicht war der Museumsleiter selbst dieser Dieb«, mutmaßte Sergio.

Alessandro kaute Luft. »Du glaubst, Dottor Boschetti hat den Abendschatten gestohlen, ist damit in den Palazzo gegangen und hat Leonetti erschlagen?«

»So weit würde ich nicht gehen«, entgegnete Sergio. »Aber vielleicht hat der gute Dottore einen Einbruch in sein eigenes Museum vorgetäuscht, um den Abendschatten verschwinden zu lassen. Wie ich darauf komme? Er hat uns gegenüber die Hoffnung ausgedrückt, die Statuette könnte von selbst wieder auftauchen. Und er hat mir von einem Problem mit der Versicherung erzählt. Irgendwie passt das gut zusammen.«

»Zu gut, wenn du mich fragst.« Alessandro zog seinen Notizblock und einen Bleistift hervor. »Wir werden auf jeden Fall noch mal mit Boschetti reden.« Der Stift kratzte über das Papier, wahrscheinlich fertigte er eine Liste an. »Hat Leonetti hier eigentlich allein gelebt?«

Sergio zuckte mit den Schultern.

»Von wem könnten wir erfahren, ob es jemanden gibt, der etwas gegen Leonetti gehabt haben könnte?« Alessandro klemmte sich den Stift hinter das Ohr und blätterte in dem Notizblock.

»Wer etwas gegen ihn hatte?«, wiederholte Sergio und gab selbst die Antwort. »Alle Bewohner der umliegenden Ortschaften, die auf den Sieg beim Wettbewerb hoffen. Mit Leonetti verliert Volterra seine Geheimwaffe. Wenn San Gimignano auch einen Designer in der Projektgruppe hat, sieht es schlecht für uns aus.«

»Dann sollten wir Dino Rossi zum Verhör bitten.« Alessandro versuchte vergebens, sein Grinsen zu unterdrücken.

Eine Kriminaltechnikerin von der Spurensicherung kam auf sie zu. Ihr weißer Schutzanzug verschwamm beinahe in der hellen Einrichtung von Leonettis Atelier. »Ich dachte, das interessiert Sie vielleicht.« Sie wedelte mit zwei durchsichtigen Beuteln für Beweismittel. »Das haben wir hier im Atelier gefunden.« Mit dem Kopf deutete sie auf die Anrichte, auf der die defekte Kaffeemaschine gestanden hatte. Sergios Blick fiel auf einen silbernen Metallaschenbecher mit Deckel. »Ispettore Rossi ist nicht mehr hier«, sagte die Kriminaltechnikerin, »aber Sie ermitteln doch auch in dem Fall, oder?«

Bevor Alessandro umständlich etwas erklären konnte, streckte Sergio eine Hand aus. »Sehr gut, danke.« Er hielt die Fundstücke in die Höhe – eine Schachtel Zigaretten und vier einzelne Zigarettenstummel. An den Filtern waren deutlich die Spuren eines roten Lippenstifts erkennbar.

»Leonetti scheint Damenbesuch empfangen zu haben«, stellte Alessandro fest und spitzte die Lippen. »Darum kümmere ich mich. Das ist Chefsache, Kollege.«

Kapitel 6

Den Weg zur Trattoria legte Sergio zu Fuß zurück. Das kleine Lokal seines Vaters lag unterhalb von Volterras historischem Zentrum, im Ortsteil San Giusto. Lieber wäre er mit dem Bus gefahren, aber Giulia, seine große Liebe und zugleich Busfahrerin, hatte schon Feierabend, und was war die orangefarbene Linie 1 ohne den Duft ihres Parfüms und die Melodie ihrer Stimme, wenn sie die Fahrgäste begrüßte?

Sergio war schon auf halbem Weg den abschüssigen, von Straßenlaternen beleuchteten Borgo San Giusto hinunter, als Giulias Bild von der Erinnerung an den Rohrbruch in der Trattoria verdrängt wurde. Die Überschwemmung im Lokal hatte er angesichts des toten Designers ganz vergessen. Hoffentlich war sein Vater mit den Handwerkern fertiggeworden. Just in diesem Augenblick stand Angelo vermutlich mit ihnen und den Stammgästen des Il Gusto um ein Loch im Boden herum, und alle diskutierten mit weit ausholenden Gesten darüber, was als Nächstes zu tun sei.

Kaum hatte Sergio die Tür zur Trattoria aufgestoßen, schlugen ihm laute Stimmen entgegen, die sogar die Türglocke übertönten. Nur drei Tische standen noch an ihren

Plätzen im hinteren Teil des Lokals. Die anderen waren übereinandergestapelt. Immerhin war der Fußboden wieder trocken. Sergio nahm das als gutes Zeichen, nickte den wenigen Gästen zu und verschwand in Richtung der Toiletten, von wo die Stimmen kamen.

Der Boden im Waschraum war aufgerissen. Jemand hatte die Fliesen mit Vorschlaghammer und Spitzhacke zertrümmert – die Werkzeuge lehnten noch an der Wand – und die Überreste dann zu zwei Haufen aufgeschichtet. Das Erdreich war aufgegraben, und auf je einer Seite der Grube standen sich sein Vater und ein ihm Unbekannter gegenüber, ein vielkinniger Mann mit einem verschlafenen Gesicht. Die Haare seines dunklen Schnurrbarts kräuselten sich am unteren Ende bis in den Mund hinein. Die Hände hatte er in den Taschen seiner Leinenhose vergraben. Wie ein Bauarbeiter sah der nicht aus. Dann musste es sich wohl um etwas Ernstes handeln.

»Da bist du ja endlich«, rief Angelo mit seiner heiseren Stimme und zeigte auf sein Gegenüber. »Nimm sofort diesen Mann fest.«

Sergio grüßte den Unbekannten und stellte sich als Sohn des Wirts vor. »Welche Straftat liegt denn vor?«, fragte er und hoffte, dass sich das Problem rasch in Luft auflösen würde. Er hatte Wichtigeres zu tun, als sich um ein Loch im Boden zu kümmern.

»Welche Straftat?«, echote Angelo. »Die siehst du doch vor dir.« Er schaufelte Luft in das Loch. »Unsere Trattoria ist am Ende«, rief er, »wegen dem da!«

Sergio legte seinem Vater eine Hand auf die Schulter.

»Jetzt mal von vorn, *babbo*. Was ist geschehen, nachdem ich gegangen bin?«

Angelo berichtete. Davon, dass er zuerst mal das Wasser beseitigt habe. Kugelblitz und Zitadelle hätten ebenfalls mit Aufnehmer und Wischmopp hantiert. Die Versorgung der Trattoria habe er gesichert, indem er Wasserkanister herbeischleppte, die er bei der Nachbarin füllte, denn auch seine Wohnung im ersten Stock des Hauses war von dem Rohrbruch betroffen. Irgendwann kamen dann die Bauarbeiter. »Manfredi hat Stefano und Oscar geschickt, die kennst du doch auch. In der Zeit, die sie von Manfredi bis zu uns brauchten, hätte ich in Rom sein können«, beschwerte sich Angelo. »Und dann wollten sie erst mal *caffè* trinken. Ich habe ihnen gesagt, dass ich die Espressomaschine leider nur mit dem Spülwasser von gestern füllen könne. Es läge an ihnen, etwas daran zu ändern.«

Die beiden Bauarbeiter hätten daraufhin mürrisch damit begonnen, den Boden aufzureißen. Ein Höllenlärm sei das gewesen. »Denk bloß nicht, dass sie einen Staubschutz vor die Toilettentür gehängt haben«, schimpfte Angelo. »Ich musste das selbst machen, sonst sähe es bei uns jetzt aus wie in einem Steinbruch.«

Stefano und Oscar hatten tief ausgeschachtet und dann festgestellt, dass es sich tatsächlich um einen Rohrbruch handelte. Eines der alten Keramikrohre war geplatzt und musste ersetzt werden. Angelo hatte ihnen Beine machen wollen, »aber diese Faulpelze standen einfach nur da und schüttelten die Köpfe. Weißt du, was sie gesagt haben? Im Il Gusto werde es wohl erst mal keinen *caffè* geben.«

Sergio runzelte die Stirn und versuchte, den Ausführungen seines Vater zu folgen. Wenn Angelo etwas erklären sollte, sorgte seine Aufgeregtheit meist für Verwirrung. Sergio wandte sich an den Signore auf der anderen Seite der Grube. Er kam sich vor wie ein Verkehrspolizist, der bei einem Unfall mit Blechschaden beide Seiten zu Wort kommen ließ. »*Per favore*«, sagte er zu dem Mann, »erklären Sie mir, was hier los ist.« Später würde sich Sergio wünschen, diese Frage niemals gestellt zu haben.

Der Unbekannte zog die Hände aus den Taschen und stellte sich mit ruhiger Stimme als Cosimo Cantarini vor, Doktor der Archäologie. Er sei Vertreter der Denkmalbehörde und vom Bauunternehmer Manfredi telefonisch darüber in Kenntnis gesetzt worden, dass bei Erdarbeiten in der Trattoria Il Gusto etwas aufgetaucht sei, das seine Aufmerksamkeit benötige.

»Manfredi bekommt Hausverbot«, wetterte Angelo. »Dieser Verräter! Verpfeift uns einfach bei der Verwaltung.«

Cantarini räusperte sich. »Es steht Ihnen natürlich frei, Signore Manfredi von Ihrem gastronomischen Angebot auszuschließen«, sagte er zu Angelo. »Aber lassen Sie mich bitte darauf hinweisen – zum wiederholten Male –, dass der Bauunternehmer richtig gehandelt hat. Er ist dazu verpflichtet, die Bodendenkmalbehörde zu informieren, wenn er oder seine Angestellten Spuren im Erdreich entdecken, die sich als historisch bedeutsam erweisen könnten.«

»Was sollen denn das für Spuren sein?«, fragte Sergio und spähte in die Baugrube. Deutlich war das Keramikrohr zu erkennen, in dessen dunkelbraunem Firnis ein faustgroßes

Loch klaffte. Der Boden um das Rohr herum bestand aus hellem Erdreich, vermutlich Lehm oder Mergel. Darin hatten sich Pfützen gesammelt. In dem Moment, in dem Cantarini auf eine Stelle in der Grube deutete, erkannte Sergio die dunklen Umrisse von Mauerwerk. Er ging in die Knie, streckte eine Hand aus und wischte den Lehm beiseite.

»Was ist das?«, fragte er mit dem unguten Gefühl, dass ein städtischer Beamter nicht umsonst um halb neun am Abend in der Trattoria stand.

»Das sind die Wände der alten Toilettenanlagen, die dein Urgroßvater Natale hier hochgezogen hat, als er das Il Gusto gründete«, blaffte Angelo. »Kein Grund zur Aufregung«, krächzte er mit hochrotem Gesicht.

»Das mag sein«, sagte Cantarini. »Aber es könnte sich auch um Reste eines etruskischen Gebäudes handeln. Aus der Eisenzeit, mehr als zweitausend Jahre alt. Unter Volterra liegt eine ganze Stadt der Etrusker begraben, und wir bekommen immer nur dann etwas davon zu sehen, wenn durch Bauarbeiten etwas zutage tritt.«

Sergio hielt Angelo mit einer Handbewegung davon ab weiterzuschimpfen. »Was bedeutet das für den Betrieb unseres Lokals?«

»Sofortige Stilllegung.« Cantarini hob die Hände in einer Geste der Hilflosigkeit. »Da kann man nichts machen. Der Fund muss archäologisch untersucht werden. Sobald wir sicher sind, dass es sich um etwas Unbedeutendes handelt, verschwinden wir wieder, und Sie können hier weitermachen wie zuvor.«

»Wie lange wird das dauern?«, fragte Sergio. Dabei behielt er seinen Vater im Auge, um rechtzeitig verhindern zu können, dass er auf Cantarini losging. Angelo war ein Mann mit einem großen Herzen, wenn es aber gegen seine Trattoria ging, war nichts und niemand vor ihm sicher.

»Die Dauer der Untersuchung hängt davon ab, was wir finden«, antwortete der Archäologe. »Eine Woche werden wir benötigen, um dieses Stück Mauerrest zu erforschen.«

Jetzt war Angelo nicht mehr zu bremsen. »Sie brauchen eine Woche, um drei Steine zu analysieren?« Er sprang in die Grube, das Wasser platschte in der Pfütze, in die er getreten war. Er fuhr mit seinen Händen über die rätselhafte Mauer. Dann riss er einen Stein heraus und hielt ihn Cantarini hin. »Da!«, rief Angelo. »Ich kann Ihnen die Steine sofort hervorholen. Dann brauchen Sie gar nicht erst mit einer ganzen Mannschaft hier anzurücken.«

»*Babbo!*«, entfuhr es Sergio.

Cantarini zog ein Gesicht, als hätte er auf eine verdorbene Nuss gebissen. »Das ist Kulturbarbarei«, rief er. »Sie machen sich strafbar!« Trotzdem griff er nach dem Stein, den Angelo ihm hinhielt, und betrachtete ihn von allen Seiten. »Das ist ein gebrannter Ziegel«, stellte der Archäologe fest. »Handarbeit, keine Massenware aus der Fabrik.« Er fuhr mit einem Daumen prüfend über eine Kante des Steins und kratzte dann ein Stück heraus, zerrieb es und roch daran. »Wie alt das ist, wird sich herausstellen müssen. Aber aus dem zwanzigsten Jahrhundert stammt es bestimmt nicht. Es tut mir leid, Signori, wir werden die Untersuchung hier, in Ihrem Haus, vornehmen müssen. Die Trattoria muss vorerst geschlossen werden.«

Angelo stand erstarrt in der Grube. Er erinnerte Sergio an ein Fossil, das aus den Tiefen der Zeit an die Oberfläche kam, nur um festzustellen, dass es die Welt um sich herum nicht verstand.

»Und wenn sich die Steine als etruskisch herausstellen«, fragte Sergio vorsichtig weiter, »was geschieht dann?«

»Dann werden die Arbeiten länger dauern«, stellte Cantarini fest. »Oben in der Stadt haben wir vor einigen Jahren etruskische Gebäudereste unter dem alten Krankenhaus gefunden, das die Cassa di Risparmio, die Sparkasse, zu einem Kongresszentrum umbauen wollte. Da waren wir länger als ein Jahr beschäftigt.« Er hob einen Zeigefinger. »Heute ist die Entdeckung dort noch immer zu sehen, unter einer Glasplatte, die in den Boden eingelassen ist. Viele Besucher sind daran interessiert.«

Ein Jahr? Sergio schluckte. Das würde das Ende der Trattoria bedeuten.

Cantarini schien seine Gedanken zu erraten. »Der Staat stellt in solchen Fällen finanzielle Hilfen bereit. In Form eines Darlehens.«

»Ich gebe keinen Kredit, und ich werde auch keinen annehmen. Niemals!«, rief Angelo, dessen Kopf sich auf Kniehöhe Cantarinis befand. »Und diese Trattoria wird niemals geschlossen werden. Nicht einmal über meine Leiche, denn ich sorge dafür, dass ich auf der Schwelle sterben und verhindern werde, dass man die Tür schließen kann.«

Cantarini sah mit einem gelangweilten Blick auf Angelo herunter. Wie es schien, war der Mann vom Denkmalamt Widerstand gewohnt. »Dann muss ich die Polizei einschalten, und die räumt dann das Lokal«, sagte er mit ruhiger Stimme. Er stutzte. Dann schaute er zu Sergio hinüber.

Sergio wollte lieber nicht darüber nachdenken, in welche Bedrängnis ihn sein Beruf diesmal bringen mochte. Er streckte seinem Vater eine Hand entgegen und half ihm aus der Grube. »Wir bekommen das schon hin, *babbo*«, sagte er beschwichtigend. Doch Angelo achtete nicht auf ihn und stapfte aus dem Waschraum – oder dem, was davon übrig war. Seine Schuhsohlen knirschten auf den Terrakottafliesen und hinterließen eine Spur aus Schlamm.

Gern hätte Sergio dem Archäologen noch einige vermittelnde Worte gesagt – Cantarini machte nur seinen Job, und Sergio war froh darüber, dass die Vergangenheit Volterras nicht einfach der Spitzhacke zum Opfer gefallen war –, doch der Archäologe kam ihm zuvor. »Ich werde morgen mit einem kleinen Grabungsteam anrücken. Dann werden wir sehen, wie sich die Situation entwickelt.« Cantarini verabschiedete sich und verließ die Trattoria.

Sergio fand seinen Vater im Büro. Eigentlich war es ein Abstellraum im hinteren Teil des Il Gusto, in den Angelo einen Tisch und einen Stuhl gezwängt hatte. Der Schreibtisch lag voller Zettel und Papiere. Was wie ein heilloses Durcheinander aussah, war der Beleg für Angelos Talent, sich noch im größten Chaos zurechtzufinden. Jetzt aber saß der alte Wirt starr vor den Bestellungen, Rechnungen und dem mit einer Reißzwecke an die Wand gehefteten Foto von Sergios verstorbener Mutter und regte sich nicht.

»Wir bekommen das schon hin«, sagte Sergio noch einmal.

Angelo fuhr zu ihm herum. »Natürlich bekommen wir das hin. Glaubst du etwa, daran würde ich auch nur einen Moment lang zweifeln? Wir ...« Bevor er weitersprechen konnte, tauchte Matteo hinter Sergio auf und rief: »Da ist jemand am Telefon, der den Wirt des Il Gusto verlangt.« Der Koch balancierte vier Teller mit Pizza, der Duft von Fenchelsamen, Pilzen und frischem Oregano zog in den Raum. »Dringend«, fügte er hinzu und verschwand.

Das Wandtelefon hing in der kleinen Kammer hinter der Theke, ein altes Gerät aus Bakelit, das noch mit Wählscheibe funktionierte. Angelo nahm den klobigen grauen Hörer auf, den Matteo auf das kleine Regal neben dem Telefon gelegt hatte, und presste ihn ans Ohr. *»Pronto!«*, sagte er. »Ja, Panda. Der Wirt. Ich sage Ihnen doch, dass ich das bin.«

Vermutlich vergrault er gerade eine junge Frau, die ihre Hochzeit im Il Gusto ausrichten will, dachte Sergio. Dabei könnte das Lokal die ein oder andere große Feier gut gebrauchen.

»Aus Norwegen?«, fragte Angelo. »Wieso?« Er lauschte, seine Gesichtsmuskeln zeigten, dass sie zu allerhand Bewegungen fähig waren. Er öffnete den Mund, aber kein Laut kam hervor. Stattdessen drang das Quäken einer Stimme aus dem Hörer. »Das wird uns eine Ehre sein«, sagte Angelo schließlich. Er kramte einen Bleistift und einen Fetzen Papier von dem Regal, kritzelte etwas darauf, sagte mehrfach »natürlich« ins Telefon und legte auf. »Wir sind erledigt«, krächzte er und starrte die Notiz an.

Sergio pflückte Angelo den Zettel aus der Hand. Sein Vater hatte ein Datum darauf notiert, den kommenden

Samstag. »Eine Vorbestellung?«, fragte Sergio. »Die werden wir absagen müssen, wenn das Lokal geschlossen bleibt.«

Angelo schüttelte mit dem Kopf. »Die nicht. Wir müssen geöffnet bleiben. Ohne Wenn und Aber.«

»Aber …«, begann Sergio.

Angelo hielt Sergio den Telefonhörer hin. »Das war der Vorsitzende der NNS, der Nationalen Norwegischen Stockfischgesellschaft. Er wird mit einer Delegation nach Volterra kommen, um die berühmten Stockfischrezepte der Familie Panda zu probieren. Weißt du, was das bedeutet?«

Das wusste Sergio nur zu gut. Stockfisch aus Norwegen gehörte seit Jahrhunderten zur traditionellen Küche der Toskana. Heutzutage hatten die meisten Ristoranti Stockfisch von der Karte gestrichen und kaprizierten sich auf Pizza und Pasta. Doch in Traditionslokalen wie dem Il Gusto gehörte der Trockenfisch noch immer zu den Spezialitäten. Die Familie Panda und die Norwegische Stockfischgesellschaft waren seit beinahe einem Jahrhundert Geschäftspartner, denn der Stockfisch kam aus Skandinavien in die toskanische Küche. Trotzdem hatte, abgesehen von Touristen, noch nie ein Norweger seinen Fuß über die Schwelle der Trattoria gesetzt.

»Die kommen hierher?«, fragte Sergio. »Am nächsten Samstag?«

»Ja. Sie. Kommen. Hier. Her«, polterte Angelo. »Und wir haben ein Loch im Waschraum, vielleicht macht uns dieser Kerl von der Behörde den Laden dicht.«

Sergio überlegte fieberhaft. Dabei faltete er den Zettel mit dem Ankunftstermin zusammen, faltete ihn immer weiter und weiter, bis er ein winziges Quadrat zwischen den Fingern hielt. »Die Archäologen müssen sich beeilen. Ich rede noch mal mit Cantarini.«

»Quatsch!«, sagte Angelo. »Wir schaufeln das Loch im Waschraum zu und sorgen dafür, dass niemand von dieser überflüssigen Behörde hier reinkommt. Ich brauche meine Küche – und zwar sofort.«

»Damit brockst du uns eine Menge Ärger ein«, entgegnete Sergio.

»Jetzt pass mal auf, Söhnchen.« Angelo hob einen Zeigefinger bis dicht unter Sergios Nase. »Die Norweger kommen nicht einfach nur zum Essen hierher. Die vergeben eine Auszeichnung. Ich soll von der Nationalen Norwegischen Stockfischgesellschaft geehrt werden. Darauf hatte schon dein Urgroßvater gehofft. Und jetzt ist es endlich so weit. Jahrzehntelange Erfahrung mit Stockfisch, zähes Durchhalten und der feste Glauben an unsere Küche haben uns diese Ehre eingebracht. Und du sagst, ich brocke uns Ärger ein? Das würde ich, wenn ich nicht mit Leib und Seele die Würde unserer Trattoria gegen ein paar Sturköpfe von der Verwaltung verteidigen würde. Und von dir erwarte ich nichts Geringeres, als dass du mir dabei hilfst!«

Kapitel 7

Sergio legte den Schalter um und ließ den Schriftzug *Il Gusto* erlöschen. Die Mücken schwirrten noch eine Weile um die Buchstaben und suchten sich dann eine ergiebigere Lichtquelle. Dasselbe hatte Sergio vor.

Der Tag war zermürbend gewesen. Mit dem Auftritt Leonettis in der Trattoria hatte alles begonnen, mit dem Diebstahl des Abendschattens war es weitergegangen, und schließlich hatte er es mit einem Mordfall zu tun bekommen. Und dann waren da noch die Probleme mit dem *Il-Girasole*-Wettbewerb, mit den Archäologen und mit den Norwegern. Einen solchen Haufen Ärger gab es in Volterra sonst übers gesamte Jahr verteilt – wenn es sich um ein schlechtes Jahr handelte.

Sergio schloss die Tür der Trattoria ab und atmete langsam aus. Eine dieser Schwierigkeiten hätte genügt. Warum musste sich das Chaos, wenn es einmal ausbrach, immer gleich zu einem Flächenbrand entwickeln?

Trotzdem lächelte Sergio. Er näherte sich dem Ziel des Tages: der Rückkehr in seine Wohnung, in die vor Kurzem Giulia eingezogen war. Bislang hatte sie noch in Cecina gewohnt, etwa vierzig Kilometer von Volterra entfernt an der ligurischen Küste. Aber nach den Ereignissen beim Gefängnisbankett hatte sie sich dazu entschlossen, nach Volterra umzuziehen.

Seit Giulia da war, sehnte Sergio den Feierabend herbei. Seine Schritte flogen über den Asphalt, als er jetzt vor der Via di Mandringa um die Ecke bog und auf das Transformatortürmchen zulief. Es war seine Landmarke, denn die Wohnung lag gleich daneben. Er hörte schon die Stromleitungen summen und bildete sich ein, eine kleine Melodie zu erkennen.

Als er das Haus erreichte, sah er, dass die Fenster im ersten Stock offen standen und hell erleuchtet waren. Er verharrte und genoss den Anblick. Als er noch allein gelebt hatte, war es immer dunkel gewesen, wenn er so spät wie heute heimgekehrt war – es war eine halbe Stunde vor Mitternacht. Jetzt aber hatte er das Gefühl, dass jemand auf ihn wartete, und ein bis dahin unbekanntes Kribbeln zwischen den Schulterblättern und ein Ziehen im Nacken erfassten ihn. Ich werde noch sentimental, dachte er und öffnete die Haustür.

Im Flur war es finster. Trotzdem verzichtete Sergio darauf, das Licht anzuschalten. Der Neonschein hätte seine Stimmung zerblitzt. Außerdem war es gar nicht notwendig, denn seine Füße kannten jeden Quadratzentimeter des Hauseingangs. Sergio schloss sacht die Tür hinter sich und lief leichten Schrittes in Richtung Treppe. Im Arm hielt er eine Flasche Rotwein, an die er eine der Seidenblumen aus der Trattoria gebunden hatte.

Im nächsten Moment prallte er gegen etwas Hartes. Etwas schepperte. Er verlor das Gleichgewicht und kippte nach vorn. Geistesgegenwärtig reckte er die Hand mit der Flasche in die Höhe, mit der anderen Hand versuchte er, Halt zu finden. Sergio stürzte. Etwas bohrte sich in seine Seite, und etwas kratzte durch sein Gesicht.

Hundegebell ertönte. Das Licht ging an und wurde von chromblitzendem Metall direkt vor Sergios Gesicht zurückgeworfen. Er fand sich zwischen einem Stahlrahmen, einer Klingel und zwei Reifen wieder und versuchte, den Schmerz in seiner Seite klaglos hinzunehmen. Was zum Teufel hatte ein Fahrrad mitten im Hausflur zu suchen?

»Pandolino? Bist du das?« Ein Klatschen war zu hören. Giulia kam barfuß die Treppe herunter, gefolgt von ihrem Hund Cardenio. Sie trug eine gelbe Freizeithose und ein grünes Träger-Top. Das dunkle Haar fiel ihr offen über die Schultern. »Ach du lieber Himmel! Sergio!«, rief sie. »Bist du verletzt?« Cardenio flitzte an ihr vorbei und schnüffelte Sergio ab.

Er kam auf die Beine und stellte nicht ohne Stolz fest, dass die Weinflasche heil geblieben war. Über das umgestürzte Fahrrad hinweg hielt er Giulia die Flasche entgegen. »Gerettet. Ich dachte schon, ich müsste heute Abend den Flur wischen und dann noch mal in die Trattoria zurückgehen.«

Giulia nahm ihm lächelnd die Flasche aus der Hand und öffnete die Haustür, um Cardenio hinauszulassen. Der schwarz-weiße Vierbeiner ließ sich von Sergio hinter den Ohren kraulen, dann rannte er ins Freie.

»Tut mir leid wegen des Fahrrads«, sagte Giulia. »Ich wollte dir keine Falle stellen.«

»Das ist dir gründlich misslungen«, gab Sergio zurück, manövrierte um das Fahrrad herum und begrüßte Giulia stürmisch – so, wie er es sich den ganzen Tag lang schon ausgemalt hatte. Nachdem sie sich voneinander gelöst hatten, hob er das Vehikel auf und lehnte es gegen die Wand. »Ich wusste gar nicht, dass du ein Fahrrad mitgebracht hast. Was willst du denn damit in Volterra anstellen?« Er lachte sie an. »In unseren Hügeln musst du kräftig strampeln, man kann nicht so herumsausen wie an der Strandpromenade von Cecina.«

Giulia streichelte den Lenker des Fahrrads. »Das ist überhaupt nicht mein Fahrrad. Es gehört dir. Ein Geschenk.« Sie lächelte. »Ich wollte dich überraschen. Mein Fahrrad steht draußen im Schuppen, ich dachte, von den Hügeln lassen wir uns nicht aufhalten. Du versetzt doch auch sonst Berge für mich – ich will mit dir herumsausen.« Leiser fügte sie hinzu: »Bergab klappt das auf jeden Fall.«

Erst jetzt fiel Sergio das blaue Geschenkband auf, das um die beiden Griffe des Lenkers zu Schleifen gebunden war. Ein Fahrrad? So was benutzten auf den steilen Straßen der Stadt, die auf einem über fünfhundert Meter hohen Hügel lag, nur Radrennprofis und Touristen. War das ein Scherz? Er suchte in Giulias Augen nach einem Anflug von Belustigung, aber er entdeckte nur die Erwartung von Freude. »Das ist wirklich eine schöne … Überraschung«, brachte er hervor.

Schließlich standen sie sich schweigend gegenüber, und

Sergio gab zu, dass er überhaupt nicht Rad fahren konnte und dass, sollte er es versuchen, der Sturz von vorhin nur ein Vorgeschmack dessen sei, was ihn erwarte. Andererseits spürte er, dass er neugierig war auf alles, was Giulia mit in sein Leben brachte.

»Wenn du meine Fahrlehrerin bist«, sagte er schließlich, »würde ich es sogar mit einem Skateboard aufnehmen.«

Der Wein war vorzüglich. Sie leerten ihn zwischen den Umzugskartons, die sich in der Wohnung stapelten. Sergio spürte, wie der Riserva ihn berührte, und erzählte, was geschehen war. Allmählich verschwand das Durcheinander aus seinem Kopf, die Ereignisse des Tages lagen so gut sortiert da wie die Formulare auf Alessandros Schreibtisch. Der Wein ging schon fast zur Neige, als er erschrocken feststellte, dass er viel zu lange nur von sich gesprochen hatte. Auch die Frage »Wie war's bei dir?« war ein Aspekt des Zusammenlebens, den er erst näher kennenlernen musste – und wollte.

Sie saßen auf dem Teppich. Giulia rückte an ihn heran und legte eine Hand auf sein Knie. »Die Musikschule«, sagte sie. »Es tut sich was.«

Giulia war Musikerin, ihr Instrument das Saxophon. In Florenz hatte sie am Konservatorium studiert, doch anschließend mit ihrer Kunst nirgendwo Fuß fassen können. Einige Jahre hatte sie sich mit einem Job auf einem Fährschiff über Wasser gehalten, dann als Busfahrerin in Volterra angeheuert – der Stadt, in der sie geboren worden war und in der sie und Sergio gemeinsam die Grundschule besucht hatten. Bei einem Fest im Stadtpark war Giulia vor einer Weile mal wieder mit ihrem Saxophon ins Scheinwerferlicht getreten und hatte die Band des lokalen Gefängnisses begleitet. Dabei war sie Maurizio Cesari aufgefallen, ihrem ehemaligen Dozenten, der das Fest zufällig besucht hatte. Cesari war so begeistert von Giulias Spiel und ihren Improvisationen, dass er ihr eine Stelle als Dozentin am Konservatorium angeboten hatte. Doch dafür hätte Giulia nach Florenz ziehen müssen, just in dem Augenblick, in dem sie sich dafür entschieden hatte, mit Sergio in Volterra zu leben. Was gab es da zu überlegen? Sie hatte das reizvolle Angebot abgelehnt, und Sergio liebte sie dafür umso mehr. Aber Cesari ließ nicht locker und bot ihr an, eine Musikschule in Volterra zu leiten, eine Filiale des Florentiner Konservatoriums. Allerdings gab es diese Einrichtung noch nicht, und Giulia sollte geeignete Räumlichkeiten suchen. Die finanziellen Mittel wollte Cesari zur Verfügung stellen, alles andere würde er ihr überlassen.

»Hast du einen Raum gefunden?« Sergio hielt das Glas dicht unter seine Nase und atmete das Bouquet des Weins ein.

Giulia nahm ihm das Glas aus der Hand und leerte es in einem Zug. Sie wischte sich mit dem Handrücken über die Lippen. »Einen Raum?«, fragte sie und lachte. »Ein ganzes Haus. Einen Palast der Musik, eine Konzerthalle, die Mailänder Scala der Toskana!« Ihre Augen leuchteten wild.

Sergio liebte Giulias Art, sich von glücklichen Fügungen mitreißen zu lassen. Ihr Talent zur Ausgelassenheit war ansteckend. Er umarmte und küsste sie. »Das ist wunderbar.

Wo steht dein Palast?« Für einen Moment befürchtete er, sie würde den Palazzo Viti meinen, jenen Unglücksort, an dem heute Luigi Leonetti ermordet worden war. Aber diese Sorge erwies sich als unbegründet.

Giulia schenkte Wein nach. »Oben in der Stadt, am Busbahnhof. Du kennst doch die alte Bar Bellezza.«

»Die früher Signora Terzo geführt hat? Die steht seit drei Jahren leer. Das Gebäude soll abgerissen werden.«

»Jetzt nicht mehr. Ich war heute da, gleich nach Feierabend. Man muss hier und da noch Hand anlegen. Aber baufällig ist es nicht. Signora Terzo war begeistert, als ich ihr sagte, was ich vorhabe. Sie will das Haus natürlich lieber verkaufen, als es niederwalzen zu lassen.«

»Und was sagt Cesari dazu?«, fragte Sergio. Er stellte sich vor, wie der Leiter des Konservatoriums reagieren würde, wenn Giulia ihm eine Rechnung über einen sechsstelligen Betrag präsentieren würde. Die Musikschule würde eine Menge Schüler unterrichten müssen, um das Geld wieder einzuspielen.

Giulia winkte ab. »Maurizio werde ich schon überzeugen. Natürlich können wir das Haus im derzeitigen Zustand nicht nutzen. Wir werden es ein wenig herrichten müssen. Die Fassade braucht einen Anstrich, und im Innern versuchen wir, die schlimmsten Schäden zu beseitigen. Maurizio wird begeistert sein, morgen rufe ich ihn an.«

»Sagtest du ›wir‹?« Im Geiste sah sich Sergio bereits auf einem Gerüst an der Außenwand der Bauruine herumklettern und einen Malerpinsel schwingen, während die Vorbereitungen für den Wettbewerb *Il Girasole* Volterra in Atem hielten und er gleichzeitig einen Mörder fangen musste – von dem Chaos in der Trattoria ganz zu schweigen.

Giulia lächelte. »Keine Sorge. Ich habe schon Helfer zusammengetrommelt. Du kannst natürlich trotzdem mitmachen. Die Unterstützung der Polizei ist immer willkommen.« Sie reichte Sergio das Glas und stieß mit ihm an. »Auf die Harmonie.« Sie tranken. »Und jetzt werde ich dich bewusstlos küssen.«

Kapitel 8

Die Sonne war ein heller Punkt zwischen dichten Wolken. Es war noch früh, als Sergio das Haus verließ, kurz vor halb sieben, aber nicht so früh wie sonst, wenn er sich zu Fuß auf den Weg zur Wache machte. Vor dem Dienst liebte er es, mit seiner alten Spiegelreflexkamera umherzustreifen und Fotos zu schießen. Eigentlich waren die Augenblicke kurz nach Sonnenaufgang die beste Zeit dafür. Sie zauberten ein einzigartiges Wechselspiel von Licht und Schatten auf die kleinen Dinge. Und gerade die machten dieses Fleckchen Erde aus. So wie die Mariendistel, die dort vorn in einer Mauerritze wuchs, als wäre der Sommer bereits eingezogen, und die schon jetzt, Mitte Mai, prachtvoll violett blühte. Sergio trat näher heran. Auf dem Farbklecks saß eine metallisch glänzende Fliege. Ein paar Schritte weiter war die Wiese vor dem Haus der Liottis mit hellilafarbenen Windröschen übersät. Wo sollten deren Blüten, die beim leisesten Hauch in Bewegung gerieten, eindrucksvoller aussehen als in Volterra, der Stadt des Windes? Er streckte sich wohlig. Der Frühling in der Toskana war kurz, aber prachtvoll.

Sergio hielt seine Entdeckungen auf Fotofilmen fest, die er in seinem kleinen Labor in einem Nebenraum der Trattoria selbst entwickelte. »Deine Bilder sind ja nur schwarzweiß«, pflegte sein Vater zu nörgeln. Aber für Sergio machte gerade das den Reiz aus. Die Grautöne, die zwischen den Extremen Weiß und Schwarz lagen, verhielten sich allesamt harmonisch zueinander. Bei einem Farbbild gab es hingegen immer etwas, das nicht passte: das Hellbraun des Hundes, den er weiter oben auf dem Borgo San Giusto sah, und das Rot der Schuhe von Signora Staiola, an denen das Tier schnüffelte, verdarben eine ansonsten gelungene Aufnahme. Und wer brauchte im Bild einer Blumenwiese schon Farben, wenn die Fantasie sie doch aufs Herrlichste auspinseln konnte?

Klack. Der Spiegel im Innern der Contax klappte rauf, ließ das Licht zum Film durch und fiel wieder herunter. Das Licht war nicht optimal, die Distel mit der Fliege und die Windröschen hatten den Zauber ihres morgendlichen Erwachens schon verloren. Er war zu spät dran, er hätte früher aus den Federn steigen müssen. Aber Giulia hatte die besseren Argumente, wenn es darum ging, aufzustehen oder noch ein wenig länger im Bett zu bleiben.

Sergio ließ die Kamera in der Fototasche verschwinden, die an seiner Schulter hing. Sein Weg führte nun den Borgo San Giusto hinauf ins historische Zentrum Volterras, zur Polizeiwache an der Piazza dei Priori. Er kam an der Trattoria vorbei. Die Tür war geschlossen, und aus dem Innern drang kein Licht. Hinter den Kulissen aber, das wusste Sergio genau, rumorte sein Vater schon herum und bereitete alles für den Tagesbetrieb vor. Dazu gehörte an diesem Dienstag ein weiterer Besuch des Archäologen Cantarini, der mit einem Grabungsteam das Loch im Waschraum untersuchen und dann beurteilen wollte, ob unter dem Il Gusto Schätze aus der Eisenzeit zu erwarten waren. Davon hing ab, ob die Trattoria geöffnet bleiben konnte.

Kurz dachte Sergio darüber nach, ob er hineingehen und seinem Vater alles Gute wünschen sollte. Aber Angelo Panda hatte für so etwas keinen Sinn und hätte Sergio bloß gefragt, wann er endlich Dienstschluss habe und in der Trattoria aushelfen könne.

Nach dem ersten steilen Anstieg erreichte Sergio das Tor in der mittelalterlichen Stadtmauer, die Porta San Francesco, das die Grenze zum Zentrum Volterras markierte. Der Durchgang war ein gewaltiger Bogen aus Tuffstein, durch den in der Renaissance schon die Medici-Fürsten gezogen waren. Jetzt war er allerdings blockiert. Ein Fiat Transporter stand davor, der Fahrer lehnte aus dem Fenster und präsentierte eine Faust zur Musik lautstarker Verwünschungen. Vor der Kühlerhaube des Wagens, direkt unter dem Bogen der Porta San Francesco, hatte sich ein halbes Dutzend Männer versammelt. Sie zeigten einander ebenfalls die Fäuste, die sie durch die nach Abgasen und Pinienharz riechende Frühlingsluft kreisen ließen.

»Signori!« Sergio vergewisserte sich, dass seine Uniform korrekt saß, und lief auf die Versammelten zu. »Bitte, macht den Weg frei. Der Verkehr kommt nicht durch.«

»Sergio! Was für ein Glück, dass du kommst!« Carlo, Stadtführer in Volterra, schälte sich aus der Traube Menschen heraus. Er war ein schlanker Mann von etwa dreißig Jahren. Seine Frisur war zu jugendlich für sein Alter, und um seinen Mund herum hatten sich tiefe Lachfalten eingegraben. Carlo trug ein schwarzes T-Shirt mit dem Stadtwappen und dem Schriftzug *Volterra* und darüber ein helles Leinensakko. In einer Hand hielt er sonst eine abgebrochene Autoantenne mit einem an die Spitze geknoteten Taschentuch, damit ihm die Touristen auch durch das Gewühl in der Stadt folgen konnten. Jetzt aber hatte er sein Markenzeichen gegen eine Zeitung eingetauscht, die er aufgerollt in die Höhe reckte. Sergio ahnte bereits, was der Grund für den Aufruhr war.

»Das war es dann wohl mit unseren Chancen beim Wettbewerb«, sagte einer der Männer, es war Mario Mitri, der Besitzer der kleinen Bar hinter dem Stadttor, die schon früh geöffnet hatte. Bei ihm tranken die Volterraner vor der Arbeit gerne ihren *caffè*. »Ich habe gleich gesagt, dass es ein Fehler ist, diesem Designer die Verantwortung für unser Städtchen zu überlassen. Aber auf mich hört ja niemand.«

»Auf dich hört nicht mal dein Hund«, spottete Gabriele, der Sohn des alten Villaggio, der eines der größten Geschäfte für Kunsthandwerk in Volterra betrieb. »Wenn der Bürgermeister Leonetti nicht engagiert hätte, wären unsere Aussichten auf den Sieg gleich null.«

»Ach ja?«, blaffte Mitri. »Und wie stehen die Chancen jetzt? So schlecht, dass wir uns noch wünschen werden, null zu erreichen.«

Im Hintergrund hupte der Fahrer des Transporters und hämmerte mit der Faust gegen das Blech der Fahrertür.

Sergio breitete die Arme aus, formte die Klammer des Gesetzes um die Männer und dirigierte sie zu der im Schatten liegenden Bar Mario Mitris. Der verführerische Geruch von frischem *caffè* wehte daraus hervor.

Der Fahrer beschwerte sich bei den Verkehrsverhinderern mit einem Aufheulen des Motors und ließ die Reifen quietschen. Dann sauste der Transporter vorbei, seinem Ziel irgendwo im Zentrum entgegen.

Sergio nahm Carlo die Zeitung aus der Hand, entrollte sie und las die Schlagzeile.

Mord im Palazzo stand da in Buchstaben von der Größe einer Faust, und darunter etwas kleiner: *Designer Luigi Leonetti erschlagen*. Und weiter unten, wiederum kleiner, aber noch sehr gut lesbar: *Volterra im Wettbewerb jetzt chancenlos*.

»Du bist auch zu sehen«, sagte Carlo und tippte auf die Zeitung. »Seite drei.«

Sergio schlug *Volterra Adesso* auf und wurde am Rande seines Gehörs gewahr, dass die Männer nicht länger stritten, sondern gebannt zusahen, wie er die Zeitung studierte.

Carlo hatte recht – leider. Die obere Hälfte von Seite drei war mit einem Foto bedruckt, das in verwaschenen Farben zeigte, wie Sergio neben der Leiche Leonettis kniete. Das Foto war reißerisch. Das Blut auf dem Boden, das Lindgrün von Leonettis Rollkragenpullover und das tiefe Blau von Sergios Uniform bissen sich und schmerzten in den Augen. Das Gesicht des Designers war von der Bodenvase verdeckt – und noch etwas war auf dem Foto nicht zu sehen, wie Sergio mit Erleichterung feststellte: der Abendschatten, die Statuette aus dem Museo Guarnacci. Sergio überflog den Text von Joe Bonos. Kein Wort über die Mordwaffe. Der Journalist hatte die Figur neben der Leiche nicht bemerkt.

Mario Mitri pflückte Sergio die Zeitung aus der Hand. »Das ist meine«, sagte der Barbesitzer in die Runde. »Kauft euch selbst eine. Oder lasst euch von den Schreiberlingen da drüben alles brühwarm erzählen.« Er zeigte auf die gegenüberliegende Straßenseite, auf das Gebäude, in dessen oberem Stockwerk sich die Redaktion der Tageszeitung befand.

Wieder hob einer der Männer an und schimpfte auf die Stadtväter, die »einem wie Leonetti« das Schicksal Volterras in die Hände gelegt hatten. »Und nun sind diese Hände kalt und nehmen unseren Sieg mit ins Grab.« Gabriele Villaggio verlieh noch einmal seiner Überzeugung Ausdruck, dass der Designer durchaus ein Segen für Volterra gewesen sei, wandte aber ein, dass ein Mord gewiss nicht zur schönsten Stadt der Toskana passte. Immerhin waren sich die Streithähne in diesem Punkt einig. Statt weiter aufeinander einzureden, schwiegen sie nun mit vor der Brust verschränkten Armen.

Sergio verstand die Männer. Sie liebten diesen Ort, und je heftiger sie über die richtige Methode stritten, ihn zu präsentieren, desto deutlicher war zu hören, wie laut ihre Herzen für die gute Sache schlugen. »Kommt schon, Leute!«, sagte er. »Gemeinsam haben wir schon ganz andere Situationen gemeistert. Der Vorhang ist noch nicht gefallen.«

Eine Hand legte sich auf seine Schulter. Carlo nickte Sergio aufmunternd zu. »Bravo, Sergio! Das ist der Geist, den wir jetzt brauchen. Solidarität, Leute! Und Zuversicht. Das sind jetzt unsere besten Ratgeber.«

»Große Töne und schöne Worte«, knurrte Mitri. Die gekreuzten Arme des Barbesitzers schienen sich noch enger um seine Brust zusammenzuziehen. »Damit werden wir die Jury nicht überzeugen können.«

»Aber mit Taten«, erwiderte Carlo. »Ich bin sicher, dass der Mörder gefasst werden wird, bevor die Jury kommt. Nicht wahr, Sergio? Deine Kollegen aus Pisa sind dem Täter doch bestimmt schon auf der Spur.«

Sergio verzichtete darauf, öffentlich zu erklären, dass Commissario Baldi nicht an diesem Fall arbeitete. Und Ispettore Rossi stammte, wie er gestern verkündet hatte, aus der Nachbarstadt San Gimignano und würde den Teufel tun und Volterra helfen. Nein! Wenn der Mörder gefangen werden sollte, dann würden das Sergio und seine Kollegen von der Wache allein erledigen müssen. Bloß wie?

»Ich finde den Täter«, hörte sich Sergio sagen. »Für euch und für unser Städtchen. Versprochen!« Was redete er da? Er biss sich auf die Unterlippe, aber es war zu spät. Die Worte waren ihm schon aus dem Mund geflogen.

Die Mienen der Umstehenden hellten sich auf. »Du?«, fragte Mario Mitri ungläubig. Dann wurde er von Gabriele belehrt, der daran erinnerte, dass Sergio auch den schurkischen Winzer vom Weingut Due Torri hinter Gitter gebracht habe, ebenso wie den mörderischen Regisseur, der seine Hauptdarstellerin in den Abgrund hatte stürzen lassen. »Unser Sergio«, lautete Gabrieles Fazit, »wird das schon schaffen. Gut, dass wir dich haben, Agente Panda.«

Den Rücken beklopft von den Händen dankbarer Volterraner und mit Anfeuerungsrufen im Ohr verließ Sergio die kleine Versammlung und setzte seinen Weg fort, die Straße hinauf in Richtung Piazza.

Kapitel 9

Hast du das gesehen?« Sergio tippte auf die Zeitung, die auf Alessandros Schreibtisch lag, und nippte an seinem Kaffee. Die Wache war voll besetzt, und ein Vorteil daran war, dass sich die Bürokaffeemaschine im Dauerbetrieb befand. Morelli war zwar Teetrinker und Alessandro rührte außer Orangensaft nichts an, aber genau wie Bertini versorgten sie den Apparat mit Wasser und Kaffeepulver. In der Regel hatte einer der vier Polizisten dienstfrei. Dass alle zugleich bei der Arbeit waren, machte deutlich, unter welchem Druck Alessandro als Dienststellenleiter stand.

Sergios Freund und Vorgesetzter legte seinen Bleistift beiseite und nickte. »Das hat wohl jeder in Volterra schon gelesen.« Er schaute auf die Uhr, die über der Tür hing und die Sekunden aufpickte. »Du bist ein bisschen zu spät dran, um den kalten Kaffee aus der Tagespresse als Neuigkeit zu verkaufen.«

Sergios Blick folgte dem Alessandros, während er sich die Uniformjacke auszog, ohne die Kaffeetasse abzustellen. Die Zeiger standen auf Viertel nach acht. »Ich habe am Stadttor verhindert, dass ein Tumult ausbricht. So viel Zeit musste sein.« Sergio berichtete, wie die Volterraner auf den Tod Leonettis reagiert hatten.

»Wenn wir den Mörder bis Montag nicht finden, wird diese Stadt nie wieder so sein wie zuvor«, sagte Morelli düster.

Der Kollege war sonst eher schweigsam. Dass er sich jetzt so dramatisch äußerte, war ein weiterer Beleg dafür, welche Bedeutung der Wettbewerb für die Menschen in Volterra hatte. Sergio musste an das Versprechen denken, das er den Männern an der Porta San Francesco gegeben hatte. Die Sorge, sein Wort nicht halten zu können, nagte an seinen Nerven. »Welche Hinweise haben wir?«, fragte er in die Runde. »Sind die Ergebnisse der Spurensicherung schon da? Oder hat sich auf den Zeitungsbericht hin jemand gemeldet, der am Palazzo etwas beobachtet hat? Der Mord ist schließlich am helllichten Tag geschehen, es kommt nur eine kurze Zeitspanne am Nachmittag als Tatzeit infrage.« Meist klingelte das Telefon in der Wache unaufhörlich, wenn ein Verbrechen in Volterra öffentlich bekannt wurde. Dann wollte jeder in der Stadt etwas gesehen oder gehört haben.

Diesmal nicht.

»Alles ruhig.« Alessandro deutete auf das Telefon. »Morelli wird sich später in Leonettis Nachbarschaft umhören.« Er sortierte mehrere Seiten Faxpapier und hielt sie in die Höhe. »Den Bericht aus Pisa haben wir bekommen, aber neue Anhaltspunkte liefert er uns nicht. Die Obduktion der Leiche hat Clara Manfredis Angaben zur Todesursache bestätigt, und es ist auch klar, dass der Abendschatten die

Mordwaffe war. Wir haben keine Fingerabdrücke, nur Leonettis Blut ist daran festgestellt worden.«

Sergio dachte an die Statuette, die nun ein Beweismittel war und in der Questura in Pisa aufbewahrt wurde. »Wir beide werden jetzt Dottor Boschetti vom Schicksal seines Lieblingsstücks berichten.« Alessandro nahm Sergio die Kaffeetasse aus der Hand und stellte sie auf den Schreibtisch. »Hoffentlich bekommt der gute Dottore keinen Herzinfarkt, wenn er erfährt, dass Volterras berühmteste Bronze als Mordwerkzeug missbraucht worden ist.« Er stand auf und zog Sergio zur Tür. »Auf ins Museum!«

Das Museo Etrusco Guarnacci hatte bereits geöffnet. Es war in einem alten Adelspalast an der Via Don Minzoni untergebracht und zeigte auf drei Etagen archäologische Funde aus dem Untergrund Volterras. Im Eingangsbereich roch es pfeffrig nach alten Büchern und dem Parfüm von Signora Nichetti, die hinter dem Kartenschalter saß und gerade einer Touristin die dreisprachige Museumsbroschüre überreichte. Die beiden Polizisten meldeten sich an und fragten nach dem Museumsleiter. Signora Nichetti telefonierte und informierte sie dann, dass Dottor Boschetti sie vor dem Saal des Abendschattens erwarte. »Die Treppe in den ersten Stock, Raum zweiundzwanzig.«

Das Licht im Museum war gedämpft, wohl um die Ausstellungsstücke in den hell erleuchteten Vitrinen besser zur Geltung kommen zu lassen. Sergio kannte den Weg. Erst gestern hatte er mit Boschetti vor dem zerstörten Schaukasten gestanden. Er ging mit Alessandro die Stufen hinauf und, oben angekommen, an einem Spalier aus Vitrinen vorbei. Unter den einmaligen Funden aus Volterra und Umgebung war ein Handspiegel der Antike ausgestellt, der, da man damals spiegelndes Glas noch nicht kannte, aus poliertem Silber bestand. Die Oberfläche zeigte dank der Kunst der Restauratoren noch immer das Abbild desjenigen, der hineinschaute, wenn auch leicht verzerrt. Alessandro blieb, von dem Artefakt fasziniert, stehen und drehte den Kopf hin und her, während sein Gesicht in dem Silber verschwamm und immer neue Formen annahm. »Wie haben sich die Frauen denn damals zurechtgemacht, wenn sie sich nicht richtig erkennen konnten?«, fragte er.

»Vielleicht war Kosmetik eine viel größere Kunst als heute«, sagte Sergio und zog seinen Kollegen weiter. Die Tür zum Saal des Abendschattens, dem Höhepunkt jedes Museumsbesuchs, war geschlossen. Davor stand Guido Boschetti. Den roten Pullover, den er gestern lässig über die Schultern gelegt hatte, mangelte er diesmal in den Händen.

»Signori«, rief er so laut, dass seine Stimme durch die Gänge hallte, »wie froh ich bin, Sie hier zu sehen.« Dann sprach er leise weiter. »Bitte, sagen Sie mir, dass Sie den Abendschatten wiedergefunden haben.« Die Augen des Dottore waren groß unter seinen buschigen weißen Brauen. Der Museumsleiter sah aus wie ein Kind vor den Geschenkpaketen unter der geschmückten Weihnachtstanne.

Alessandro deutete auf die Tür. »Sie halten den Saal der Ombra della Sera geschlossen, damit die Museumsgäste das Fehlen der Statuette nicht bemerken? Fürchten Sie denn nicht, dass Ihre Mitarbeiter etwas verraten könnten?«

Boschettis Haut nahm beinahe die Farbe seines Haares an. »Das Personal des Museums«, sagte er gedämpft, »weiß nichts von dem Diebstahl. Gestern war Montag, da ist unser Haus geschlossen. Und heute habe ich die Tür einfach zugesperrt, noch bevor die Raumpflegekräfte mit der Arbeit begonnen haben.« Er deutete auf ein rotes Schild mit der Aufschrift *Vietato l'ingresso* und einer durchgestrichenen Person daneben, das an der Türklinke baumelte.

Sergio dachte an seinen gestrigen Besuch im Museum. Der Dottore hatte ihn mit Nachdruck um Diskretion gebeten und wollte den Diebstahl offenbar weiterhin vertuschen.

»Aber lange kann ich diese Katastrophe nicht mehr geheim halten«, Boschettis Stimme war nur noch ein Flüstern. Er schaute von einem zum anderen. »Bitte, sagen Sie mir, dass Sie den Dieb erwischt und meine Statuette wiedergefunden haben.«

»Ihre Statuette«, hob Alessandro an. Es war ihm anzusehen, dass es ihm schwerfiel, die passenden Worte zu finden. »Sie ist tatsächlich gefunden worden.« Er zeigte ein verkrampftes Lächeln. »Aber …«

»Das ist ja wunderbar!«, entfuhr es Boschetti. »Sie ist doch nicht etwa beschädigt?«

»Das nicht gerade.« Alessandro nahm seine Dienstmütze ab und klopfte dreimal hinein.

Sergio beschloss, es seinem Freund einfacher zu machen. »Haben Sie schon die Zeitung gelesen?«, wollte er wissen.

»*Volterra Adesso?*«, fragte Boschetti. »Ja, beim Frühstück. Der Mord an diesem Designer. Entsetzlich! Dass so etwas hier in unserem Städtchen möglich ist! Aber der Mann kam ja aus Mailand, vermutlich hat er, als er nach Volterra übersiedelte, Verbrecher aus der großen Stadt in seinem Kielwasser hinter sich hergezogen.« Er machte eine Pause, schien zu überlegen. »Warum fragen Sie? Hat das etwas mit dem Diebstahl des Abendschattens zu tun? War Leonetti der Dieb?«

»Schauen Sie, Dottore«, fuhr Sergio fort. »Luigi Leonetti wurde erschlagen. Mit der Ombra della Sera.« Er beeilte sich hinzuzufügen: »Der Figur ist nichts passiert.« Dass die Bronze mit Leonettis Blut verklebt war, verschwieg er. Wenn die Statuette ins Museum zurückkehrte, würde davon nichts mehr zu sehen sein. Die Frage war, wann das geschehen würde.

Ein pfeifender Luftstrom drang aus Boschettis Nase. »Das ist ja grässlich«, rief er aus. »Was für ein Unmensch würde so etwas tun?«

Sergio war sich nicht sicher, ob sich der Dottore auf den Mord bezog oder darauf, dass jemand ausgerechnet die Bronzestatuette als Tatwaffe benutzt hatte. »Der Abendschatten ist in Sicherheit«, erklärte er, »und wird in der Questura in Pisa untersucht. Vorläufig erfährt niemand, dass er als Mordwaffe missbraucht worden ist.«

»Wird er bald wieder hier sein?«, fragte Boschetti, den das Entsetzen schon wieder verlassen hatte. »Sie wissen doch: der Wettbewerb, mein Museum …« Er breitete die Arme aus.

Alessandro schüttelte den Kopf. »Ich fürchte, Sie werden auf die Ombra della Sera vorerst verzichten müssen. Vermutlich kommt die Figur erst dann zurück, wenn der Mörder überführt und verurteilt ist. Sie ist jetzt ein Beweisstück und wird für die Spurensicherung und vielleicht sogar später im Gerichtssaal benötigt.«

Boschetti nickte, als ob er diese Antwort erwartet hätte. »Vielleicht können wir eine andere Lösung finden? Ich versichere Ihnen: Ich bin zu jeder Art der Zusammenarbeit bereit. Wenn Sie verlangen, dass nur eine Handvoll Besucher täglich zu der Statuette geführt wird – das kann ich einrichten. Sie brauchen den Abendschatten bei einem Prozess oder für weitere Untersuchungen? Fragen Sie mich nur, und ich bringe die Ombra della Sera persönlich innerhalb weniger Minuten zu Ihnen – oder wohin Sie wollen. Signori! *Per favore!* Retten Sie mich und das Museum! Sprechen Sie mit Ihren Vorgesetzten in Pisa!«

Ein kleiner Kloß bildete sich in Sergios Kehle. Boschetti war ein ehrwürdiger Mann, ein Wissenschaftler und Kurator, der seinem Haus in den vergangenen Jahrzehnten einen guten Ruf und viele Besucher eingebracht hatte. Ein Mann, der wusste, wie man harte Arbeit buchstabierte. Einmal hatte Sergio, als er Giulia das Museum gezeigt hatte, Boschetti auf allen vieren auf dem Boden gefunden. Der Museumsdirektor hatte eigenhändig den antiken Mosaikboden geputzt, weil er befürchtet hatte, die Reinigungskräfte könnten die bunten Tesserae, die Mosaiksteinchen, mit einem zu scharfen Mittel ramponieren. Wenn es in diesem Haus etwas zu erledigen gab, war Boschetti stets selbst zur Stelle, und in seinem Büro brannte auch dann noch Licht, wenn das Museum längst geschlossen war. Dass ein

Mann wie er nicht auf den Abendschatten verzichten wollte, lag nicht allein daran, dass Boschetti um seinen Leumund fürchtete. Er konnte den Gedanken nicht ertragen, dass sein zweitausend Jahre alter Schützling Schaden nehmen könnte.

Nichts wäre Sergio glatter über die Lippen gekommen als die Zusage, die Statuette sofort aus Pisa zurückzuholen. Am liebsten wäre er selbst in die Provinzhauptstadt gefahren. Aber das, was er wollte, und das, was möglich war, unterschied sich drastisch voneinander.

»Wir können nichts tun, Dottore«, brachte er mühsam hervor. »Es liegt nicht an uns.« Sondern an Ispettore Rossi, führte er den Gedanken im Geist zu Ende. Rossi war zuständig für alles, was mit dem Mordfall Leonetti in Zusammenhang stand. Und er wollte gleichzeitig, dass seine Heimatstadt San Gimignano den Wettbewerb *Il Girasole* gewann. Bevor dieser Mann den Abendschatten herausgab und Volterra damit einen Vorteil verschaffte, würde er eher den Geburtstag seiner Mutter in der Trattoria Mortale feiern.

Da war nichts zu machen.

Boschetti hörte sich Sergios Worte mit zerknitterter Miene an. Er versuchte es mit einem fragenden Blick in Richtung Alessandro, doch als der bestätigte, was Sergio soeben erklärt hatte, breitete sich kaltes Schweigen aus.

Der Dottore presste eine Hand gegen die Tür zu dem Saal, in dem normalerweise der Abendschatten stand. Er senkte das Kinn auf die Brust. Boschetti ist mit dem Museum verheiratet, dachte Sergio, er sieht gerade aus wie ein

Mann, der am Sarg seiner verstorbenen Frau Abschied nimmt.

Ein anderer Gedanke schoss Sergio durch den Kopf. Er hielt ihn fest, bevor der aberwitzige Einfall an den Klippen der Vernunft zerschellen konnte. »Es gibt da noch eine Möglichkeit«, sagte er. »Eine Lösung für alle, aber wir müssen dazu bereit sein, persönliche Opfer zu bringen.«

Kapitel 10

Ich wiederhole: Das können wir nicht machen!« Alessandros Worte kamen stoßweise aus seinem Mund. Er war außer Atem. Zum einen, weil die drei Männer im Eiltempo durch das Stadtzentrum liefen, zum anderen, weil ihm die Luft weggeblieben war, als Sergio ihm seinen Vorschlag unterbreitet hatte.

Dabei war es so einfach.

Sie mussten den Abendschatten ersetzen.

Zwar gab es die Figur nur ein einziges Mal. Aber es gab Kopien.

»Ich kenne Federica«, sagte Sergio. »Sie kommt mit ihren Freundinnen oft in die Trattoria zum Essen. Sie wird uns helfen.« Er schritt weit aus, um Alessandro von weiteren Einwänden abzuhalten. Davon hatte er im Museum schon genug geäußert.

Als Reaktion auf Sergios Vorschlag, eine Kopie der Statuette aufzustellen und niemandem davon zu erzählen, hatte Alessandros Gesichtsfarbe den Ton von frischem Pecorino angenommen. In seinen Argumenten dagegen waren die Worte »Gesetz« und »Betrug« mehrfach vorgekommen. Doch Sergio hatte diese Einwände beiseitegewischt. In keinem Gesetz stehe geschrieben, dass es verboten sei, die Nachahmung eines Kunstwerks auszustellen. Wohl aber, dass Mord ein Kapitalverbrechen sei und unbedingt aufgeklärt werden müsse.

»Der Mörder weiß, dass wir die Statuette gefunden haben«, legte Sergio dar. »Er hat sie am Tatort zurückgelassen. Sie ist unsere einzige Spur. Wenn wir die Ombra della Sera dem Museum wieder zurückgeben, wird der Mörder denken, dass wir diese Spur nicht länger verfolgen. Wir wiegen ihn in Sicherheit. Alessandro! Was macht es schon, die Museumsbesucher eine Zeit lang in dem Glauben zu lassen, sie würden die echte Figur sehen, wenn wir dafür dem Täter einen Schritt voraus sind?«

Boschetti hatte Sergios Idee mit gemischten Gefühlen aufgenommen. Die echte Statuette in fremden Händen zu wissen bereite ihm größtes Unbehagen, betonte er. Die Museumsbesucher allerdings würden den Unterschied nicht bemerken, er werde einfach das Licht etwas herunterdrehen. Vorausgesetzt natürlich, die Kopie wäre von hoher Qualität. Woher Sergio denn so etwas bekommen wolle?

Sergios Antwort hatte Boschetti die Röte ins Gesicht getrieben. Damit bildete der Dottore zu dem käseweißen Alessandro einen dramatischen Kontrast. »Federica Tulli ist eine Hochstaplerin«, hatte er so laut gerufen, dass es wohl im gesamten Museum zu hören war. »Aus ihrer schändlichen Werkstatt kommt mir nichts in mein Museum. Eher reiße ich es eigenhändig ein.«

Die Feindschaft zwischen Boschetti und der Kunstschmiedin Federica Tulli war stadtbekannt und sogar schon sprichwörtlich geworden. »Zwei wie Tulli und Boschetti« sagte man, wenn sich zwei stritten. Der Grund dafür stand im Schaufenster von Federica Tullis kleinem Laden an der Via Guarnacci: Abbilder des Abendschattens, von der Kunstschmiedin selbst angefertigt und bei Touristen begehrt. Dass Boschetti vehement gegen diesen Verkaufsschlager wetterte, lag unter anderem daran, dass viele Besucher Volterras gar nicht mehr in sein Museum gingen, um die Statuette zu besichtigen, sondern sich mit einem kurzen Abstecher in das Geschäft der Kunstschmiedin begnügten.

Sergio hatte mit dem Widerstand des Dottore gerechnet. Deshalb hielt er auch die passende Entgegnung bereit. »Wenn ich mich recht entsinne«, sagte er jetzt, während er im Laufschritt auf das kleine Geschäft mit den grün bemalten Türflügeln zusteuerte, »kam der Vorschlag von Ihnen selbst, Dottore. Erst gestern haben Sie Ispettore Minotti und mir in der Polizeiwache vorgeschlagen, den Diebstahl des Abendschattens geheim zu halten. Wir folgen nur Ihrem Wunsch. Kein Grund also, sich aufzuregen.« Bevor Boschetti etwas erwidern konnte, umrundete Sergio eine lärmende Touristenfamilie in pastellfarbener Freizeitkleidung und huschte in den Laden von Federica Tulli.

Im Innern herrschte Dunkelheit, die umso schwärzer wirkte, weil draußen die Sonne alles in gleißende Helligkeit getaucht hatte. Sergio kniff die Augen zusammen. Allmählich gewöhnte er sich an den Dämmer, jetzt erkannte er auch die kleinen Teiche aus Licht, die von Strahlern an der

Decke in den Raum gegossen wurden. In jedem Lichtfleck lag ein Stück aus der Produktion der Kunstschmiedin, ein Armreif, eine Halskette, ein Feuerzeug und, stolz und schlank auf einer Säule stehend, eine Version des Abendschattens.

»*Giorno!*«, rief Sergio, und wenige Augenblicke später erschien Federica Tulli in dem kleinen Durchgang zum hinteren Bereich des Ladens, wo vermutlich die Werkstatt lag, wie Sergio an der Lederschürze und der Schutzbrille erkannte, die sie trug. Die Kunstschmiedin schob die Brille in die Stirn und bündelte damit ihr langes braunes Haar aus drahtigen Locken. Federica war eine Frau um die dreißig und von einer herben Schönheit. Spontan würde ihr ein Mann keinen Blick hinterherwerfen, wenn er es dennoch tat, wurde er umso mehr von ihrem eigenwilligen Äußeren gefesselt.

»Sergio«, rief sie, und der Geruch von Schleifmitteln, vermischt mit dem Orangenduft eines Parfüms, wehte in den Verkaufsraum. »Willst du endlich die Eheringe für die Hochzeit mit deiner Giulia bestellen oder …« Sie verstummte, als Alessandro und Dottor Boschetti eintraten.

»Was will der denn hier?«, fragte sie, und die Temperatur in ihrer Stimme fiel um einige Dutzend Grad Celsius.

Boschetti machte auf dem Absatz kehrt, aber bevor er den Laden wieder verlassen konnte, hielt Alessandro ihn am Ärmel fest. »Der Dottore hat eine Bitte.« Sergio schaute den Museumsleiter auffordernd an, doch als der demonstrativ die Lippen aufeinanderpresste, erkannte Sergio, dass er das Heft wohl selbst in die Hand würde nehmen müssen.

Er deutete auf die Kopie der Ombra della Sera. »Wir benötigen ein Duplikat des Abendschattens«, eröffnete er. »Das beste, das du hast.«

Federicas Augen wurden schmal, als sie jetzt von einem zum anderen blickte. Man konnte die Gedanken hinter ihrer Stirn Blasen werfen sehen. »Wozu?«, fragte sie. »Und warum bringt ihr die Museumsmumie hierher? Steckt da Ärger für mich dahinter? Ich habe Genehmigungen für alle meine Vorlagen, auch für den Abendschatten. Hier geht alles mit rechten Dingen zu.«

Verdammt! Mit Federicas Misstrauen hatte Sergio nicht gerechnet. Er war einfach aus dem Museum gestürmt und losgelaufen. Jetzt musste er sich etwas einfallen lassen, um der Kunstschmiedin glaubhaft zu vermitteln, warum zwei Polizisten in Uniform und der ihr verhasste Museumsleiter in ihren Laden platzten und eine ihrer Arbeiten haben wollten.

»Eine Ausstellung«, sagte Sergio und verfertigte die nächsten Gedanken zu Worten, während er die ersten noch aussprach. »In Norwegen. In einem Museum in Bergen. Man bereitet dort eine Ausstellung über die Etrusker vor und will den Abendschatten zeigen. Dottor Boschetti benötigt für die Dauer der Leihgabe eine Kopie, die er stattdessen in seinem Museum zeigen kann.« Er sah, wie sich Federicas Züge etwas entspannten, und setzte hinzu: »Und da du die Beste auf deinem Gebiet bist, will der Dottore gern mit dir zusammenarbeiten.«

Doch anscheinend war das für Boschetti zu viel des Guten. »Die Beste?«, rief er. »Die Beste in der schmierigen

Kunst, Fälschungen anzufertigen«, rief er, »und dem Museum die Besucher abspenstig zu machen!«

Federica verschränkte die Arme und lächelte kalt. »Meine Kunst überzeugt das Publikum nun mal mehr als der uralte Schrott im Museum. Schauen Sie doch selbst.« Sie deutete auf die Statuette, die, das musste Sergio zugeben, dem echten Abendschatten zum Verwechseln ähnlich sah.

Boschetti folgte Federicas Fingerzeig und warf einen Blick voller Abscheu auf die Kopie. Dabei entdeckte er einen Aufkleber auf dem Sockel der Figur. »Was steht da?«, fragte er und beugte sich vor, um die Schrift entziffern zu können. Er schnappte nach Luft.

»Besser als das Original«, zitierte Federica langsam und genussvoll. »He, was soll das?«

Boschetti hatte die Figur von dem kleinen Podest gerissen und hielt sie drohend in die Höhe. Sergio blieb für einen Moment das Herz stehen. So, wie der Dottore dastand, mit schlagbereit ausholendem Arm, so musste der Mörder hinter Luigi Leonetti gestanden haben. Rechtzeitig fiel Sergio dem Museumsleiter in den Arm, bevor dieser die Figur auf den Boden schmettern konnte.

»Die Etrusker waren die besten Handwerker der antiken Welt«, rief der Dottore. »Sie haben Staubgranulat hergestellt, winzige Körnchen geschmolzenen Goldes mit einem Durchmesser von null Komma zwei Millimeter. Mit bloßem Auge! Niemand schafft so etwas heutzutage noch. Und Sie maßen sich an, besser zu sein als diese alten Meister?«

Während Sergio die Statuette wieder an ihren Platz stellte,

sah er, dass die bunt gekleidete Familie durch die Tür in den Laden lugte. Er schob die neugierigen Besucher ins Freie und zog die Türflügel zu. Was auch immer noch in Federica Tullis Laden geschehen würde, er konnte keine Zuschauer gebrauchen.

Die Kunstschmiedin lachte laut über Boschettis Belehrung. »Natürlich kann ich kein Staubgranulat ohne Hilfsmittel herstellen. Da haben Sie schon recht. Aber warum sollte ich mir diese Mühe überhaupt machen? Mir stehen Apparate und Maschinen zur Verfügung, von denen Ihre Etrusker nicht mal zu träumen wagten. Die Leute damals mögen Wunderknaben des Kunsthandwerks gewesen sein. Aber ich kann mit meinem Arsenal viel mehr erreichen.«

Sergio bat die beiden, ihren Streit für einen Augenblick beizulegen, und erinnerte an den Grund für ihr Gespräch. Zu Federica sagte er: »Wir brauchen eine sehr, sehr gute Kopie des Abendschattens, von mir aus kann sie ruhig mithilfe einer Maschine gefertigt worden sein.« Dabei nickte er Boschetti verschwörerisch zu. Aber natürlich war es nicht so einfach, die Kontrahenten auseinanderzubringen.

»Boschetti verkaufe ich nichts«, sagte Federica. »Wer weiß, was der mit meinen Stücken anstellen würde? Eine Kostprobe haben wir ja gerade schon bekommen.«

Jetzt schaltete sich Alessandro ein. Der Polizeichef hatte die ganze Zeit über neben der Ladentheke gestanden und das Geschehen mit sorgenvoll gerunzelter Stirn beobachtet. Sergio befürchtete schon, Alessandro werde zum Rückzug blasen. Doch sein Freund überraschte ihn, als er eine strenge Miene aufsetzte und sich an Federica wandte.

»Die Kopie des Abendschattens ist von großer Bedeutung für die Zukunft Volterras. Wenn die Ombra della Sera nicht im Museum steht, bevor die Jury des Wettbewerbs *Il Girasole* kommt, werden wir verlieren.« Das war zwar nicht der einzige Grund, aber trotzdem sagte Alessandro die Wahrheit. »Wollt ihr beide für die Niederlage Volterras verantwortlich sein?« Er hatte in einen vertraulichen Ton gewechselt. »Springt doch bitte über eure Schatten und helft uns.« Er stutzte, als er das unfreiwillige Wortspiel bemerkte. »Vertragt euch einfach.«

Federica löste den Knoten der Schürze an ihrem Rücken, zog sie über ihren Kopf und rollte sie auf einem Hocker zusammen. Auch die Schutzbrille legte sie beiseite. »Von mir aus könnt ihr eine Figur haben«, sagte sie mürrisch. »Aber ihr zahlt Touristenpreise, damit das klar ist.«

In der Werkstatt hinter dem Laden war kaum Platz für die vier Personen. Den meisten Raum nahm eine Werkbank mit allerlei Apparaturen darauf ein. Sergio hatte eine staubige Bude erwartet, doch alles war peinlich sauber. Sogar die Metallspäne auf der Werkbank waren zu ordentlichen Häuflein zusammengeschoben. Auf der Fensterbank hatte Federica ihre fertigen Arbeiten aufgereiht. Das Tageslicht helfe, unsaubere Stellen zu entdecken, erklärte sie. Drei Versionen des Abendschattens standen nebeneinander wie die verzerrten Abbilder eines Jazztrios. Nur die Instrumente fehlten.

»Diese drei und die Figur im Laden habe ich derzeit im Angebot«, sagte die Kunstschmiedin. »Sucht euch eine aus.«

Boschetti nahm jede einzelne Statuette in die Hand, hielt sie ins Licht und drehte sie in alle Richtungen. Sein Widerwille war ihm am Gesicht abzulesen, aber er hielt sich mit weiteren Beleidigungen zurück. So vergingen einige Minuten in Schweigen, und Sergio nutzte die Gelegenheit, um sich die Werkstatt genauer anzusehen. Da gab es einen Stapel zerlesener Kataloge und Zeitschriften, ein Waschbecken, Tuben, Töpfe und Schleifköpfe, die an der Wand aufgereiht hingen wie die Goldenen Schallplatten eines Popstars. Und dann war da noch etwas, etwas, das er bei Federica nicht vermutet hätte.

»Die hier!«, sagte Boschetti so leise wie ein bezwungener Gladiator, der im Staub der Arena auf das Todesurteil des Imperators wartet.

»Ich wusste doch, dass er sich für meine Arbeit begeistern kann«, versetzte Federica mit einem hämischen Lächeln.

»Das liegt nur daran, dass mein Augenlicht nachlässt«, gab der Dottore zurück. »Diese Figur hier ähnelt dem Original. Aber es fehlt noch ein wichtiges Detail. Die Patina stimmte nicht. Schauen Sie her!« Er strich mit den Fingern über die schlanke Gestalt. »Der originale Abendschatten ist aus Bronze gegossen. Bronze wird im Laufe der Zeit grün. Der grüne Ton verändert sich wiederum im Laufe von Jahrhunderten. Dieses Stück hier ist einfach nur grün übermalt. Der Unterschied ist zu deutlich.«

Federica verdrehte die Augen und streckte eine Hand aus. »Geben Sie her! Ich bessere das nach. Sie suchen die passende Farbe aus.« Sie zog eine Schublade auf, die mit kleinen Farbtöpfen gefüllt war. Die Deckel zeigten den Ton des Inhalts an. Alle waren grün. Sergio hätte nicht gedacht, dass es so viele Schattierungen desselben Farbtons gab. Einmal mehr war er froh, sich beim Fotografieren auf Schwarz, Weiß und Grauwerte zu beschränken.

»Sonderwünsche berechne ich natürlich extra«, verkündete die Kunstschmiedin.

»Wie viel?«, fragte Alessandro und seufzte, als Federica ihm eine Summe nannte, die ausgereicht hätte, um die Polizeiwache zu renovieren. »Einverstanden«, knurrte Alessandro. »Aber beeil dich. Dottore, Sie stellen die Figur dann im Museum auf und öffnen den Saal für Besucher. Wir sind hier fertig. Komm, Sergio! Auf uns wartet noch eine Menge Arbeit.«

Die beiden Polizisten verließen den Laden. Die Touristenfamilie lehnte jetzt an der gegenüberliegenden Hauswand und saugte geräuschvoll Limonade aus mit Strohhalmen bestückten Pappbechern. Anscheinend hofften die Leute, Zeugen einer Verhaftung zu werden. Als Sergio und Alessandro nun allein aus dem Geschäft kamen, verrieten die Gesichter, wie enttäuscht sie waren.

Während die beiden Männer den Weg zurück zur Wache nahmen – diesmal gemessenen Schrittes –, nutzte Sergio die Gelegenheit, sich bei Alessandro zu bedanken.

»Weißt du, Sergio«, sagte Alessandro, »deine spontanen Einfälle bringen mich immer wieder in Schwierigkeiten. Aber sie sind meist das Beste, was wir haben. Was hätte ich denn sonst tun sollen? Und wenn sich Boschetti und Federica jetzt nicht noch in letzter Minute gegenseitig zerfleischen, haben wir die Situation wohl tatsächlich in den Griff bekommen. Jedenfalls, wenn man von der Honorarforderung absieht.«

»Es gibt da noch etwas«, sagte Sergio. »Hast du es auch gesehen?«

Alessandro überlegte nicht lange. »Ihre Schuhe«, antwortete er. »Erst dachte ich, das Licht spielt mir einen Streich. Aber dann war ich sicher: Sie waren dreieckig.«

»Leonettis Markenzeichen«, stellte Sergio fest. »Und da er seine Objekte selten in Masse herstellen und frei verkaufen ließ, muss sie die Schuhe von ihm selbst bekommen haben.«

»Na gut.« Der Polizeichef rückte seine Dienstmütze zurecht. »Dann sind wir einen Schritt weiter.«

Kapitel 11

In der Wache roch es nach warmem Kunststoff, wie immer, wenn die Mittagssonne durch die Fenster auf das Linoleum fiel und den alten Fußbodenbelag Wellen schlagen ließ.

Alessandro ging zu seinem Schreibtisch und zog eine Schublade auf. »Könnte es sich bei dem Damenbesuch in Leonettis Palazzo um Federica Tulli gehandelt haben?«, fragte er und holte einen durchsichtigen Plastikbeutel hervor. Sergio erkannte darin die Schachtel Zigaretten, die sie bei der Untersuchung des Palazzo von der Kriminaltechnikerin erhalten hatten. Den zweiten Beutel für Beweismittel mit den Zigarettenkippen und dem roten Lippenstift daran hatten sie wieder an die Spurensicherung abgeben müssen.

»Federica ist keine Raucherin, und sie schminkt sich kaum«, wehrte Sergio ab, lehnte sich gegen den Schreibtisch und verschränkte die Arme.

»Für Luigi Leonetti vielleicht doch«, mutmaßte Alessandro und schob den Beutel über den Schreibtisch in Sergios Richtung.

Sergio überlegte. Was hatte ihnen die Kriminaltechnikerin zu dem Fund erzählt? Die Schachtel hatte neben dem Aschenbecher im Atelier gelegen.

»Wie soll uns die denn weiterhelfen?«, mischte sich Bertini ein, der gerade Kaffee aufsetzte. Kaum hatte er auf den abgewetzten Knopf gedrückt, gab die orangefarbene Kaffeemaschine ein zufriedenes Glucksen von sich.

Morelli kam nach vorne und beugte sich über das Beweisstück. »Ombra Dorata. Der goldene Schatten«, las er von der Packung ab. »Kein Wunder, dass die Questura die nicht haben wollte«, sagte er. »Wenn wir den Mörder unter denjenigen finden wollen, die diese Marke rauchen, müssten wir einige Hundert Volterraner verhören.«

»Noch mehr Schatten«, stellte Sergio fest, griff nach dem Beutel mit der Zigarettenschachtel und hielt ihn sich vor die Augen. »In diesem Mordfall wird es immer düsterer. Wird Zeit, dass wir endlich Licht in die Angelegenheit bringen.«

»Aber wo ist der Lichtschalter?«, wollte Alessandro wissen.

»Der Lippenstift auf den Kippen«, sagte Sergio, »stammt wahrscheinlich von einer Frau, die Leonetti vor seinem Tod besucht hat. Vielleicht war sie der letzte Mensch, der den Designer lebend gesehen hat. Vielleicht hat sie ihn sogar auf dem Gewissen. Wir müssen sie finden.«

Alessandro lachte auf. »Das ist mir schon klar. Aber wie sollen wir das anstellen?«

»Der Lippenstift«, rief Bertini, und seine Augen leuchteten im Jagdfieber. »Der enthält doch bestimmt DNA-Spuren. Wenn die Kollegen die im Labor analysieren …« Der Gedanke verkümmerte auf seiner Zunge.

Morelli schüttelte den Kopf. »DNA können wir nur zum Abgleichen verwenden. Solange wir keine Verdächtigen haben, hilft uns das nicht. Es sei denn, wir bestellen ganz Volterra zur Speichelprobe in die Wache.«

»In meiner Wache wird nicht herumgespeichelt.« Alessandro deutete energisch auf den grünen Linoleumboden.

Bertini schlug die Augen nieder. »Aber wie finden wir den Mörder dann? Oder wenigstens die Signora mit dem Lippenstift?«

»Jedenfalls nicht mit dem technischen Firlefanz der Spurensicherung«, sagte Sergio. Er schaute auf Alessandros Schreibtisch. Dort lag die zerlesene Tageszeitung. »Alles, was wir brauchen«, sagte er und tippte auf das Papier, »ist Joe Bonos.«

»Den Mitarbeiter von *Volterra Adesso*?« Bertini erstarrte beim Eingießen des Kaffees und zuckte zusammen, als das heiße Gebräu über den Rand der Tasse auf seine Finger lief. »Verdammt«, rief er, trank den brühend heißen Kaffee ab und verzog das Gesicht.

»Bonos ist bei der Zeitung für die Klatschgeschichten zuständig.« Sergio begann, durch die Wachstube zu laufen, als wollte er seinen Gedanken hinterherjagen. »Er weiß genau, wer mit wem schläft, sogar lange vor den Betreffenden selbst. Lippenstift bei Leonetti. Das hört sich an wie der Titel einer typischen Joe-Bonos-Story.«

»Also gut.« Alessandro schlug die Zeitung auf, fand im Impressum die Telefonnummer der Redaktion und tippte sie ins Telefon ein. Während er dem Rufzeichen lauschte, sagte er zu den anderen: »Wir zitieren Bonos auf die Wache!

Das hört sich an wie etwas, das ich schon lange mal tun wollte. Hallo? Ist da die Redaktion von *Volterra Adesso*? Hier spricht die Polizei, Alessandro Minotti. Ich suche einen Ihrer Mitarbeiter.«

Joe Bonos ließ sich Zeit. Bevor er in der Wache erschien, hatte Sergio noch zweimal Kaffee und Morelli zweimal Tee gekocht. Bertini hatte sein Fahndungssystem in Gang gesetzt, eine Methode, bei der er den Stadtplan Volterras mit Klebezetteln, Stecknadeln und roten Wollfäden versah. Das helfe, so behauptete er, bei der Visualisierung von Tathergängen und Verdachtsmomenten. »Was man nicht vor Augen hat, versteht man auch nicht«, lautete sein Credo. Keiner der anderen Polizisten wurde aus Bertinis System schlau. Bisher steckte auch nur eine einzige Nadel in der Karte, dort, wo das archäologische Museum mit der gestohlenen Statuette zu finden war. »Und noch eine«, sagte Bertini und ließ den Worten Taten folgen, »brauchen wir für den Tatort des Mordes: den Palazzo Viti.« Er drehte sich zu den Kollegen um und hob die Augenbrauen, als sei der Fall praktisch schon gelöst. »Was habt ihr denn?«

Sergio, Alessandro und Morelli starrten auf den Stadtplan, der die Hälfte der Wand bedeckte. Die winzigen roten Köpfe der beiden Stecknadeln waren darauf kaum zu erkennen, sie waren so verloren und klein wie die Aussicht, den Mörder rechtzeitig zu finden.

»Ich werde mich bei Ihren Vorgesetzten beschweren«, tönte es von der Tür her. Joe Bonos kam herein, auf dem sommersprossigen Gesicht einen Ausdruck der Wut und

Entschlossenheit. Doch die zögerlichen Schritte, mit denen er die Wachstube betrat, verrieten, wie es wirklich in ihm aussah.

Alessandro bot Bonos einen Stuhl an, auf den er sich fallen ließ. »Machen Sie schnell! Ich habe Termine.«

»Fotografieren Sie wieder Tatorte und stören die Arbeit der Polizei?« Sergio setze sich vor den Journalisten auf die Kante des Schreibtischs, nahm die Ausgabe von *Volterra Adesso*, rollte sie auf und schlug damit einen Takt auf seinem Oberschenkel.

»Ich habe nichts Unrechtes getan«, brach es aus Bonos hervor. »Die Öffentlichkeit hat ein Recht, zu erfahren …«

Sergio unterbrach ihn, indem er mit der Zeitung gegen Bonos' Brust tippte. »Wenn hier jemand Rechte hat, etwas zu erfahren, dann sind wir das. Wie gut kannten Sie Luigi Leonetti?«

»Ich habe ihn ein paarmal bei offiziellen Terminen gesehen und fotografiert. Ist das verboten?«, fragte Bonos.

»Keineswegs«, sagte Alessandro. »Verboten ist allerdings, einen Tatort zu betreten, bevor die Polizei ihn freigegeben hat. Verunreinigungen können wichtige Spuren verwischen.«

»Bin ich deswegen hier?«, blaffte Bonos. »Sie wollen sich wegen Kleinigkeiten an mir rächen, weil ich Ihre Arbeit publik gemacht habe?«

»Rache gehört nicht zu den Aufgaben der Polizei«, entgegnete Sergio. »Aber Sie haben eine Grenze überschritten.«

Bonos wischte mit den Händen über seine Jeans und strich sich durch die Haare. Dann entdeckte er den Plastikbeutel mit den Zigaretten, riss ihn auf und fischte die Packung Ombra Dorata heraus.

»He!«, rief Alessandro. »Das ist wichtiges Beweismaterial.«

»Stellen Sie sich nicht so an. Ich brauch das jetzt«, sagte Bonos nuschelnd, denn eine der Zigaretten steckte schon zwischen seinen vollen, feuchten Lippen. Er warf die Packung zurück auf den Schreibtisch und schaute die vier Polizisten erwartungsvoll an. »Feuer?«

Niemand in der Wache rauchte, alle schüttelten den Kopf.

Bonos spähte in die Packung und zog ein Streichholzheft daraus hervor. Er riss eines der Zündhölzchen an und hielt es an die Spitze der Zigarette. Er inhalierte und stieß blauen Rauch gegen die Decke der Wachstube, wo sich dieser langsam auflöste.

»Geht's besser?«, fragte Sergio. Bonos nickte und nahm noch einen Zug.

Alessandro klappte die Zigarettenschachtel behutsam zu und ließ sie wieder in dem Plastikbeutel verschwinden. »Sie könnten Ihren Fehler wiedergutmachen, indem Sie der Polizei zur Abwechslung mal helfen«, sagte er.

Bonos zog Alessandros Kaffeetasse zu sich heran, schaute hinein und streifte die Asche von der Zigarettenspitze daran ab. »Ach ja? Warum sollte ich?«

»Ganz einfach«, sagte Sergio. »Weil Sie es können. Sie haben Leonetti nicht nur bei offiziellen Terminen fotografiert. Ich habe Ihre Klatschkolumnen gelesen. Seit bekannt ist, dass Leonetti Volterra beim Wettbewerb *Il Girasole* hilft, haben Sie keine Gelegenheit ausgelassen, über den Mann zu berichten. Über seine Vergangenheit …«

»… seine Skandale, seine Pleiten, seine Erfolge und seine Verstrickungen in Mailands Stadtspitze«, zählte Bonos auf. »Ich weiß selbst, was ich geschrieben habe.«

»Hören Sie zu, Joe.« Sergio beugte sich vor. Seine Stimme sank in das tiefe Register der Vertraulichkeit. »Wir haben bei Leonetti Zigarettenkippen mit Lippenstift gefunden. Möglicherweise führen die zu einer Zeugin. Hatte der Mann eine Partnerin?«

Bonos schaute zu Sergio auf, grinste und zog noch einmal an der Ombra Dorata, betont genussvoll. »Ach ja?«, fragte er. »Lippenstift? Und auf einmal ist Joe Bonos gar nicht mehr der Schmierenjournalist, als den Sie ihn sonst immer beschimpfen, sondern ein wichtiger Informant, der einen Mord aufklären soll.«

»Aufklären werden wir die Tat mit Ihrer Aussage nicht«, warf Alessandro ein. »Leonetti ist ja nicht mit dem Lippenstift erschlagen worden. Aber Ihre Hilfe wäre trotzdem willkommen.«

»Kann schon sein, dass ich das ein oder andere Detail über Leonettis Liebesleben kenne.« Er warf die Zigarette in die Tasse, wo sie zischend verglühte. »Diese Informationen musste ich mir mühsam erarbeiten. Welchen Vorteil hätte ich, wenn ich sie Ihnen überlasse?«

Sergio und Alessandro schauten sich an. Dann sagte Alessandro: »Sie werden für das unbefugte Betreten des Tatorts nicht belangt. Damit ersparen Sie sich eine hohe Geldstrafe.«

Bonos lachte. »Die sowieso der Verlag zahlen würde. Nein. So leicht kommen Sie nicht davon.«

Sergio seufzte. »Was wollen Sie dann?«

Bonos spielte mit dem Streichholzheftchen und leckte sich die Lippen. »Meine Strafmandate. Für Geschwindigkeitsübertretungen und Parksünden. Davon habe ich einige gesammelt, aber irgendwie bin ich nie dazu gekommen, sie zu bezahlen.« Er führte den Gedanken nicht weiter aus und schaute von einem zum anderen.

»Das können wir nicht«, protestierte Alessandro. »Das wäre gegen das Gesetz. Und selbst, wenn wir es könnten: Über die Strafmandate verfügen wir überhaupt nicht. Die liegen beim Ordnungsamt, drüben im Palazzo dei Priori.«

Sergio legte Alessandro eine Hand auf den Arm und brachte den Kollegen damit zum Schweigen. »Ich kümmere mich darum. Aber versprechen kann ich nichts. In Ordnung?«

Bonos nickte. »Sie sind eine ehrliche Haut, Agente Panda. Wenn Sie sagen, dass Sie versuchen, die Angelegenheit für mich zu bereinigen, vertraue ich Ihnen.« Er zögerte, schien zu überlegen. »Die Mahngebühren auch?«, fragte er dann.

Sergio nickte. »Ja, die auch. Jetzt raus mit der Sprache. Wer hat in Leonettis Atelier Ombra Dorata geraucht?«

»Es gibt da so ein Gerücht. Angeblich soll Signora Ragagioni eine Affäre mit dem Mann gehabt haben.«

»Die Frau des Bürgermeisters?«, platzte es aus Sergio heraus.

»Das ist unmöglich«, rief Morelli. »Das wäre ein Riesenskandal. Der Wettbewerb ...«

»Ja, ja«, sagte Bonos, »schon gut. Ich behalte mein Wissen für mich. Jedenfalls, bis die Jury in der Stadt war.«

»Was Morelli sagt, stimmt.« Alessandro rieb sich die Stirn. »Es ist wirklich unmöglich, dass der Lippenstift auf den Kippen von Signora Ragagioni stammt. Sie raucht nämlich nicht.« Alessandro warf Sergio einen kurzen Blick zu, wohl, weil er dasselbe Argument benutzte wie Sergio bei Federica Tulli, dann lehnte er sich zurück und strich sein Hemd glatt. »Ich war bei den Ragagionis zu Gast, kurz bevor ich Leiter der Wache wurde. Damals wollte sich der Bürgermeister mit mir über den künftigen Kurs in der Sicherheitspolitik abstimmen. Den ganzen Abend lang habe ich keinen meiner Gastgeber rauchen sehen, es standen keine Aschenbecher herum, und wenn Signora Ragagioni zu diesem Zweck in den Garten gegangen sein sollte, so hätte ich es bemerkt.«

Sergio legte die Zeitung beiseite. »Wenn an dem Gerücht über Signora Ragagionis Verhältnis nichts dran ist«, er hob eine beschwichtigende Hand, als Joe Bonos protestieren wollte, »muss unsere Raucherin jemand anders sein. Haben Sie noch einen anderen Tipp für uns, Giovanni? Denken Sie gut nach, sonst müssen Sie Ihre Strafmandate selbst bezahlen.«

Als er seinen wirklichen Namen hörte, funkelte Bonos Sergio wütend an. »Natürlich gibt es noch andere Möglichkeiten. Als Leonetti nach Volterra umgezogen ist, hat er eine Weile Besuch von seiner Geliebten aus Mailand bekommen. Valentina heißt sie. Sie ist Malerin. Aber die habe ich schon länger nicht mehr gesehen.«

»Valentina.« Alessandro notierte den Namen. »Und wie weiter?«

Bonos zuckte mit den Schultern. »Keine Ahnung. Und bevor Sie sich die Mühe machen, danach zu fragen: Ich weiß nicht, ob die Dame raucht, und erst recht nicht, wo sie wohnt.«

Alessandro tippte mit der Bleistiftspitze auf das Papier. »Tja, dann war es das wohl. Sergio, deine Idee, Signor Bonos hierher einzuladen, war ja vielversprechend, aber manchmal hält das Leben die Versprechen nicht, die es einem gibt.« Er entließ Joe Bonos und bedankte sich zurückhaltend. Der Journalist verließ die Wache doppelt so schnell, wie er hereingekommen war.

»Die Spur verläuft im Sand«, sagte Bertini.

»Wohl eher im Aschenbecher«, versetzte Morelli.

»Da wäre ich nicht so sicher«, sagte Sergio und nahm das Streichholzheft vom Tisch. Bonos hatte es in der Zigarettenschachtel gefunden. Auf der Klappe war Werbung zu sehen. Sergio musste die kleinen Buchstaben nicht erst mühsam entziffern. Das Logo erkannte er sofort. »Joe Bonos hat uns letztendlich doch auf eine Spur gebracht. Die Raucherin war vermutlich in diesem Laden zu Gast.« Er tippte auf das Streichholzheft. »Im Il Mulino. Dem Ristorante von Sofia Zacchi.« Er setzte seine Dienstmütze auf. »Zeit für einen Besuch bei der ärgsten Konkurrentin meines Vaters.«

Kapitel 12

Begleitet vom Teergeruch einer frisch asphaltierten Straße lief Sergio den Borgo San Giusto hinab. Sein Ziel war das Ristorante Il Mulino, wo er sich einen Hinweis im Mordfall Leonetti erhoffte. Der mittägliche warme Wind fegte Stimmen aus den Fenstern. Sergio hatte das Il Mulino schon fast erreicht, als ihm drei Gestalten entgegenkamen. Gestalten, die er nur allzu gut kannte.

»Was macht ihr denn hier?«, rief er Trommelfeuer, Kugelblitz und Zitadelle entgegen. Die drei Stammgäste der Trattoria Mortale saßen um diese Zeit normalerweise an ihrem üblichen Tisch, genossen das übliche Mittagessen und führten die üblichen Gespräche.

Heute nicht.

»Dein Vater hat uns ausquartiert«, antwortete Zitadelle etwas atemlos, denn die Straße stieg an. Er blieb stehen und stemmte die Hände in die Hüften. »Das ist erst einmal vorgekommen, als Trommelfeuer Ketchup auf sein Wildschweinragout gegeben hat. Daran kannst du dich nicht erinnern, damals warst du noch ein Knirps, Terremoto.«

Für Angelos Kumpane waren sozialistische Kampfnamen

und Spitznamen, die sie allem und jedem gaben, ein wichtiger Teil der menschlichen Verständigung.

»Eigentlich«, sagte Kugelblitz und klatschte mit einer Hand gegen seinen Bauch, »hat uns dieser Archäologe rausgeschmissen. Er hat gesagt, das Il Gusto müsse schließen.«

Sergio spürte, wie der Druck des Pulses an seinem Hals zunahm. Cantarini und die Ausgrabungen! »Was ist geschehen? Was hat der Archäologe entdeckt? Hat er uns keine Frist eingeräumt?« All das wollte Sergio fragen. Doch alles, was er hervorbrachte, war *»No!«*.

»Sì!«, repetierte Trommelfeuer. »Angelo hat versucht, dem Archäologen einen Kompromiss anzubieten. Er wollte ihm die Hand reichen.«

»Aber wie leicht wird aus einer Hand eine Faust«, ergänzte Kugelblitz, vergnügt, seinen neuen Lieblingssatz anbringen zu können.

»Und jetzt gehen wir ins Il Mulino, um da zu essen. Obwohl es teurer ist.« Zitadelle überlegte einen Moment. »Dafür müsste eigentlich dieser Archäologe aufkommen.«

Bevor die drei Männer ihn darum bitten konnten, Cantarini diesen Vorschlag zu unterbreiten, war Sergio schon an ihnen vorbei. Den Blick hielt er auf die Risse im Bürgersteig geheftet, die unter seinen polierten schwarzen Schuhen verschwanden. Das Il Mulino ließ er links liegen. Um Sofia Zacchi und das Streichholzheft würde er sich später kümmern.

In der Trattoria brannte Licht, trotzdem war die Tür geschlossen, und das Schild *Chiuso* hing vor der rot karierten Gardine in der Scheibe. Sergio klopfte. Kurz darauf war die

Türglocke zu hören und weißes Stoppelhaar zu sehen. Sein Vater öffnete.

Angelo schaute seinen Sohn missmutig an. Sein kleiner, schmaler Mund zuckte, es schien, als halte der Gastwirt mühevoll eine Kaskade von Beschimpfungen zurück.

Bevor er loslegen konnte, drängte sich Sergio an ihm vorbei ins Lokal. »Ich habe es schon von deinen Kumpanen erfahren«, sagte er. Hinter sich hörte er, wie Angelo die Tür schloss. Die Glocke, die sonst mit hellem Ton die Ankunft jedes neuen Gastes verkündete, klang wie eine Totenglocke. Verstärkt wurde dies von der ungewohnten Stille in der Küche und in der Gaststube. Nur aus dem Waschraum waren Laute zu hören: Kratzen, Scharren, Klirren und Scheppern, untermalt von Raunen und Gelächter.

Am Stammtisch von Zitadelle, Trommelfeuer und Kugelblitz saß Cosimo Cantarini und schaute Sergio erwartungsvoll an. Der Archäologe hatte keinen *caffè* bekommen. Normalerweise ließ es sich Angelo nicht nehmen, seinen Widersachern Leckereien aufzutischen, sie in den Glauben zu versetzen, eingeladen zu sein, und ihnen dann eine saftige Rechnung zu präsentieren. Dass er Cantarini ignorierte, zeigte, wie ernst die Lage war.

»Agente Panda.« Cantarini schaute von einem Bogen Millimeterpapier auf. »Ich grüße Sie mit einem lachenden und einem weinenden Auge.« Der Archäologe trug ein blau-grün kariertes, ärmelloses Hemd und wirkte wie ein Verwaltungsbeamter, der unversehens Vorarbeiter einer Baustelle geworden war.

Sergio setzte sich Cantarini gegenüber.

»Lachend«, fuhr der Wissenschaftler fort, »weil wir einen spektakulären Fund in der Trattoria Ihres Vaters gemacht haben. Weinend, weil das Lokal deshalb leider schließen muss. Wir hatten ja schon darüber gesprochen.«

»Er lügt!«, brach es aus Angelo hervor. »Der und weinen! Der freut sich, weil wir bankrottgehen werden. Was Besseres kann dieser Wühlmaus doch gar nicht passieren. Wenn die Trattoria pleite ist, lässt er hier alles abreißen, um nach Schätzen zu suchen.«

»Archäologen suchen nicht nach Schätzen«, verbesserte Cantarini. »Wir sind nur an Wissen über die Vergangenheit interessiert.«

»Sie wollen etwas über die Vergangenheit wissen?«, schnappte Angelo. »Mein Großvater Natale hat diese Trattoria aufgebaut, mein Vater Alberto hat sie zum besten Lokal in Volterra gemacht, und ich bin gerade dabei, den Ruf des Il Gusto bis nach Norwegen erschallen zu lassen. Und wenn ich hier den Löffel abgebe, wird mein Sohn Sergio …« Er verstummte, warf Sergio einen irritierten Blick zu und fuhr dann fort: »Jedenfalls ist das genug Wissen über die Vergangenheit.«

Sergio wollte seinem Vater zur Seite springen, wollte mit rechtlichen Konsequenzen für Cantarinis Denkmalbehörde drohen. Er spürte, wie *terremoto*, das Erdbeben, in ihm zu rumoren begann. Wenn sein innerer Seismograf einmal ausschlug, gab es in der Regel kein Halten mehr.

Aber er trug noch immer die Uniform der Polizia di Stato. Als Polizist war es Sergio gewohnt, Fakten zu sammeln und erst dann zu handeln, wenn er einen Überblick hatte. Er bat Angelo um zwei *caffè*. Dann, als sein Vater hinter der Theke verschwunden war, fragte er Cantarini, was er überhaupt im Waschraum gefunden habe.

Der Archäologe sah misstrauisch zu Angelo hinüber und bat Sergio, ihm nach hinten zu folgen.

Der Waschraum war schmal. Zwei Türen führten zu den Toiletten. Sie standen offen, und in den Kabinen konnte Sergio allerlei Werkzeuge und Kisten erkennen. Auf dem Sitz der Damentoilette lagen Beutel aus durchsichtigem Plastik mit schmutzverkrusteten Objekten darin.

Das Loch im Boden war tiefer und weiter geworden. Hatte es gestern noch die Ausmaße einer Familienpizza gehabt, so fanden die beiden jungen Männer darin jetzt bequem Platz. Die jungen Burschen in Arbeitshosen und T-Shirts hatten ihre langen Haare zu Pferdeschwänzen zusammengebunden. Kniend machten sie sich an den Seiten der Grube zu schaffen und kratzten mit einem Werkzeug daran herum, das wie eine Mischung aus Maurerkelle und Kuchenheber aussah. Dabei gingen sie so bedächtig vor, dass immer nur einige Krümel Erdreich zu Boden fielen.

Vor der Grube stand eine Frau und fotografierte die Arbeiten mit ihrem Mobiltelefon. Sie schien nicht zu der Mannschaft zu gehören, denn sie trug ein elegantes Kostüm und hochhackige Schuhe. Eine walnussfarbene Fülle krausen Haars war so toupiert, dass ihre Frisur bedenkliche Ausmaße angenommen hatte. Ihre hohe Stirn war mit dünnen Augenbrauenstrichen gezeichnet. Erst jetzt erkannte Sergio Donatella Donadini, die Referentin des Bürgermeisters. Sie lächelte, als sie sich Sergio und Cantarini zuwandte.

»Was für eine Entdeckung!«, sagte Donatella mit leuchtenden Augen. »Und das kurz vor dem Finale des Wettbewerbs. Etwas Besseres hätte Volterra nicht passieren können.«

»*Ciao*, Donatella.« Sergio nickte ihr zu.

Cantarini bat die beiden Ausgräber, aus dem Loch zu steigen. Dann nahm er eine Taschenlampe und leuchtete hinein. In dem kalten weißen Licht schimmerte das Erdreich unter dem Fliesenboden feucht. Das Wasserrohr war abgesägt und mit einer gelben Masse abgedichtet worden. Die Ziegelsteine, die Cantarini gestern gefunden hatte, hatten Zuwachs bekommen. Sergio zählte fünf Reihen Steine untereinander, die letzte verschwand zur Hälfte im Boden. Eine ganze Mauer schien sich durch den Untergrund des Il Gusto zu ziehen.

Trotz der Verzweiflung, die sich in ihm breitmachen wollte, packte Sergio die Faszination des Unbekannten. Was hatte jahrzehntelang unter dem Il Gusto verborgen gelegen? Worauf war er herumgelaufen, seit er ein kleiner Junge war? Er warf Cantarini einen fragenden Blick zu.

»Die Mauer ist römisch, nicht etruskisch«, sagte der Archäologe und zeigte auf die Zwischenräume zwischen den Steinen. »Das da ist *Opus caementitium*. Der Zement der Antike. Diese Art zu bauen kannten die Etrusker noch nicht. Die kam erst mit den Römern hierher. Das bedeutet, die Fundstelle ist nicht ganz so alt, wie wir gehofft haben. Drittes oder viertes Jahrhundert nach Christus.«

»Wenn sie nicht so alt ist, wie ihr gehofft habt, könnt ihr sie ja wieder zuschütten«, kam es von hinten. Angelo hatte in der Gaststube zurückbleiben müssen, denn der Waschraum war bereits überfüllt. Er trank den *caffè*, den Sergio bestellt hatte.

»Leider nicht«, widersprach Cantarini. »Die Römer haben Volterra von den Etruskern erobert und ihre eigenen Gebäude auf deren Bauten gesetzt, so wie es bei Eroberungen damals üblich war. Das bedeutet, dass wir es hier zunächst mit römischen Mauern zu tun haben, unter denen dann ältere Gebäude zu finden sein werden.«

»Das wird ein sehr, sehr tiefes Loch«, sagte einer der Ausgräber und zog das Haargummi um seinen Pferdeschwanz strammer.

Sergio warf seinem Vater einen sorgenvollen Blick zu. Angelo sah aus, als ob er beharrlich im Stillen bis hundert zählte. Was danach geschehen würde, wollte Sergio lieber nicht herausfinden.

»Schauen Sie!« Cantarini holte die Plastikbeutel vom Sitz der Damentoilette und hielt sie in die Höhe. »Das sind die Kleinfunde, die in der oberen Schicht lagen.«

Sergio kniff die Augen zusammen, konnte aber nicht viel erkennen.

»Natürlich klebt noch Dreck dran«, entschuldigte sich der Archäologe, »aber es sind eindeutig winzige Figuren.«

»Spielzeug!«, rief Angelo von hinten. »Dafür setzen die meine Trattoria aufs Spiel.«

»Nicht alles, was klein ist, ist Kinderkram«, korrigierte Cantarini.

»Und nicht alles, was alt ist, muss wertvoll sein«, gab Angelo zurück.

»In diesem Fall ist es aber so«, fuhr Cantarini fort. »In der Antike waren diese Figürchen Götter. Man kaufte sie auf dem Markt und stellte sie im Hausschrein auf – oder«, er zog bedeutungsschwer die Augenbrauen hoch, »in einem Tempel.« Er machte eine Pause. »Das könnte die Sensation des Jahres sein: die Reste eines etruskischen Tempels unter unseren Füßen. Wenn wir den finden, wird das weltweit für Schlagzeilen sorgen.«

»Damit hat Volterra den Wettbewerb schon so gut wie gewonnen«, sagte Donatella und hielt Sergio die Kameralinse ihres Mobiltelefons vor das verdutzte Gesicht. Zu spät hielt er eine Hand vor die Augen. Erst gestern hatte ihn Joe Bonos ähnlich unvorbereitet für *Volterra Adesso* fotografiert, neben einer Leiche. Diesmal stand er im ausgeschlachteten Kadaver der Trattoria Mortale.

»Das hört sich an, als würde das Il Gusto in dieser Woche nicht mehr öffnen können«, sagte er und schaute Cantarini herausfordernd an.

Der umfangreiche Wissenschaftler hielt weiter die Plastiktüten mit den Fundstücken in die Luft, er brauchte eine Weile, bis er einsah, dass Sergio seine Begeisterung nur begrenzt teilte. »Diese Woche?«, echote er und ließ die Beutel sinken. »Ich fürchte …«

»Hören Sie, Signor Cantarini«, sagte Sergio. »Soweit ich informiert bin, ist die Bodendenkmalpflege dazu da, Denkmäler im Boden zu pflegen. Das heißt: sie dort zu belassen und zu bewahren, damit sie nicht zerstört werden.«

»Agente Panda …«, hob der Archäologe an. Aber Sergio war nicht zu bremsen.

»Nach dem Gesetz der Bodendenkmalpflege dürfen Sie nur das aus dem Boden holen, was akut gefährdet ist. Und das«, er zeigte in die Grube, »haben Sie getan. Die Erneuerung des Wasserrohrs hätte diese Ziegelmauer und die darum liegenden Funde zerstört, Sie haben das verhindert. Gute Arbeit! Jetzt schütten Sie das Loch bitte wieder zu, bevor einer unserer Gäste hineinfällt.«

Sergio musste sich nicht zu seinem Vater umsehen, um zu wissen, dass Angelo ihm einen zufriedenen Blick zuwarf.

Doch so einfach gab sich Cosimo Cantarini nicht geschlagen. »Sie wollen allen Ernstes verlangen, dass wir uns diese einmalige Gelegenheit entgehen lassen? Haben Sie eine Ahnung, was dieser Fund für die Wissenschaft bedeutet? Vielleicht liegt dort unten der Schlüssel zum Verständnis der etruskischen Kultur! Vielleicht können wir endlich herausfinden, woher die Etrusker kamen. Die Herkunft unserer Vorfahren ließe sich enträtseln.«

Sergio lächelte matt. Schon die Tatsache, dass Cantarini versuchte, ihn zu überzeugen, bewies ihm, dass er mit seiner Einschätzung richtiglag. Der Archäologe überschritt seine rechtlichen Kompetenzen. Sergios Einwand war ein Schuss ins Blaue gewesen, und jetzt fiel ein Brathuhn vom Himmel. »Dann gilt es wohl abzuwägen: die Vergangenheit der Etrusker gegen die Zukunft des Il Gusto.«

Donatella ließ ihr Mobiltelefon in ihrer Handtasche aus geflochtenen Lederstreifen verschwinden. »Signori, *per favore*! Wir können uns doch verständigen, nicht wahr? Diese Funde könnten die Jury des Wettbewerbs überzeugen, Volterra die Goldene Sonnenblume zu verleihen. Stell dir das vor, Sergio: Ich würde die Preisrichter in euer Lokal führen!«

»Welches Lokal?«, fragte Angelo von hinten, und seiner heiseren Stimme war die Genugtuung anzuhören. »Ich dachte, wir müssen schließen.«

»Vielleicht können wir uns darauf einigen, das Il Gusto wenigstens zum Teil geöffnet zu halten«, schlug Sergio vor. »Die Ausgrabungen laufen weiter und der Betrieb auch.«

Cosimo Cantarini warf der Grube einen sehnsuchtsvollen Blick zu. »Aber …«, murmelte er. Bevor er etwas einwenden konnte, klopfte Donatella Sergio auf den Arm. »Das ist eine hervorragende Idee. Aber ich muss erst mit dem Bürgermeister darüber sprechen.«

»Wenn hier jemand mit dem Bürgermeister redet, dann bin ich das«, verlangte Angelo.

»Es wäre vermutlich besser, wenn wir das Donatella erledigen lassen, *babbo*«, sagte Sergio. »Wir können den Bürgermeister anschließend zu uns in die Trattoria einladen, um alles Weitere zu klären.« Er nickte seinem Vater aufmunternd zu. Zu seiner Überraschung nickte Angelo zurück. Bevor sein Vater den zerbrechlichen Waffenstillstand mit dem Archäologen wieder gefährden konnte, war es besser, ihn zu beschäftigen. »*Babbo*, ich glaube, die beiden jungen Signori haben von der schweren Arbeit Hunger bekommen. Schau doch bitte mal, ob Matteo ihnen eine Pizza zubereiten kann.« Er deutete auf den Durchgang zur Küche.

Von der anderen Seite der Grube warfen ihm die beiden Grabungshelfer dankbare Blicke zu.

Angelo protestierte. »Wenn die jetzt auch noch in Ruhe essen, werden sie doch niemals fertig.«

»Und wenn sie kraftlos sind, erst recht nicht«, entgegnete Sergio. »Außerdem sagst du doch immer: Niemand verlässt meine Trattoria mit einem leeren Magen.«

KAPITEL 13

Im Eingang des Il Mulino blieb Sergio stehen. Seine Augen mussten sich erst an das dämmrige Licht im Innern gewöhnen. Wie durch eine Sonnenbrille nahm er die Szenerie ohne Konturen wahr, helle Punkte tanzten darin, Kerzenschein, dazu mischten sich leise Klavierklänge und der Duft von Meeresfrüchten, Estragon und Knoblauch – die wuchtige Holztür führte in eine andere Welt.

Die umgebaute Windmühle aus dem 18. Jahrhundert gehörte Giulias Tante Sofia, die im Turm ein Ristorante eingerichtet hatte und im angeschlossenen Neubau ein Hotel betrieb. Der flügellose Mühlenturm war auf dem Streichholzheft abgebildet, das Joe Bonos aus der Zigarettenschachtel vom Palazzo Viti gefischt hatte. Sergio hoffte, hier die Spur der rauchenden Besucherin von Luigi Leonetti verfolgen zu können.

Zusammen mit Donatella Donadini hatte er die Trattoria verlassen. Sie war auf dem Weg zum Rathaus, der Bürgermeister hatte nun zu entscheiden, ob der Betrieb im Lokal während der Ausgrabungen weitergehen durfte.

Trotz der späten Mittagsstunde waren im Il Mulino noch

einige Tische besetzt, wahrscheinlich mit Hotelgästen, und auch von der Terrasse her waren fröhliche Stimmen sowie ein grölendes Lachen zu hören, das Sergio Zitadelle zuordnen konnte. Er nahm seine Dienstmütze ab, nickte grüßend in alle Richtungen und ging auf den Durchgang zu, der auf der anderen Seite des Turms wieder ins Freie führte.

Auf der Terrasse musste er nun tatsächlich seine Sonnenbrille aufsetzen, um etwas erkennen zu können, so kräftig schien die Sonne auf Blumenkübel, Stehtische und Sitzecken. Er sah den breiten, wippenden Rücken von Zitadelle und Trommelfeuers kahlen Hinterkopf. Ihnen gegenüber stand Kugelblitz mit erhobenem Grappaglas. Als er Sergio erkannte, winkte er ihn mit der freien Hand heran. »Auf den schönsten Ort der Welt«, hörte Sergio die vierte Person an dem Stehtisch sagen – es war Sofia Zacchi. Ihr dunkler Bass stand in scharfem Kontrast zu ihrer eleganten Erscheinung. Die Chefin des Il Mulino stieß mit den Männern an und leerte ihren Grappa in einem Zug. Ihr tiefblaues Perlenarmband rutschte klimpernd den Unterarm hinauf und dann wieder hinunter.

»*Ciao,* Sergio«, grüßte sie strahlend. »Trinkst du mit uns?«

»Gibt es etwas zu feiern?« Sergio lächelte vorsichtig, diese vertraute Runde kam ihm merkwürdig vor.

»Die gute Nachbarschaft«, verkündete Sofia.

Sergio suchte nach einem ironischen Aufblitzen in ihren dunkelbraunen Augen. Die Chefin des Il Mulino und sein Vater führten mit ihren Lokalen einen Konkurrenzkampf und ließen kein gutes Haar am anderen. Zwar hatten sich die beiden vor einiger Zeit zusammengerauft, als Angelo wegen der toten Diva fast im Gefängnis gelandet wäre, aber das war, wie der alte Wirt zu sagen pflegte, kalter Cappuccino. Wenn Angelo wüsste, dass sich seine Kumpane von Sofia Zacchi nicht nur bewirten, sondern auch um den Finger wickeln ließen, würde er den Stammtisch der Männer sofort aus der Trattoria Mortale auf die Straße verbannen.

Zitadelle dachte offenbar dasselbe. »Wir wollten nur noch schnell etwas zur Verdauung trinken, damit uns das ungewohnte Essen bekommt«, erklärte er mit Unschuldsmiene und erhielt von Trommelfeuer einen Stoß in die Seite, »… das natürlich sehr gut war«, ergänzte Zitadelle und blickte verlegen zu Sofia.

Auch Kugelblitz wirkte befangen. Er gähnte künstlich und tippte mit den Fingerspitzen auf den Tisch. »Wir müssen jetzt los, das Mittagsschläfchen wartet«, sagte er zu niemand Bestimmtem. Dann wandte er sich an Sergio. »Du kannst ja Sofia erzählen, ob ihr bei den Ausgrabungen in der Trattoria schon auf Öl gestoßen seid.«

»Vielleicht auf den Olivenölvorrat von meinem Urgroßvater«, sagte Sergio, nahm seine Sonnenbrille wieder ab und steckte sie in die Innentasche seiner Uniformjacke. »Die Arbeiten laufen noch.«

Kugelblitz grinste. »Wir werden auf dem Heimweg auf jeden Fall eine Baustellenbesichtigung bei Angelo machen.«

Zitadelle beugte sich zu Sergio herüber. »Dann können wir diesem Archäologen auch gleich die Rechnung servieren«, raunte er.

Sergio setzte seine strengste Polizistenmiene auf und bedachte Zitadelle mit einem tadelnden Blick.

Die drei Männer gaben Sofia zum Abschied die Hand und klopften Sergio auf die Schulter.

Sofia ließ sich von einem Kellner ein weiteres Grappaglas bringen, reichte es ihm und schenkte aus der Flasche ein, die auf dem Tisch stand. »Lass uns auf die drei trinken«, schlug sie vor. »Sie sind wirklich einmalig. Angelo und du, ihr könnt euch glücklich schätzen über solche Freunde.«

»Einverstanden«, sagte Sergio und stieß mit ihr an. »Obwohl mein Vater besser nicht erfahren sollte, dass sich seine Kumpane hier bei dir amüsiert und dann noch über ihn geplaudert haben.« Der goldfarbene Tresterbrand schmeckte nach Orangen mit einer Note Apfel. Sergio wusste, dass Sofia ihren Grappa nach einem alten Familienrezept selbst brannte. Wie bekam sie nur dieses intensive Aroma hin?

»Sie machen sich Sorgen um ihn und die Trattoria.« Sofia bedachte Sergio mit einem fragenden Blick. »Wie ernst ist die Lage?«

Sergio berichtete von dem Rohrbruch, der erst einen Wasserschwall, dann Manfredis Bauarbeiter und schließlich einen Haufen Archäologen in das Lokal gespült hatte. Von der tiefen Grube im Boden und dem noch tieferen Loch in Angelos Herzen. Von der Schließung der Trattoria, weil in dem Lokal auf einmal nicht mehr zählte, was auf dem Teller lag, sondern weit darunter. Von seinen Versuchen, den Chefarchäologen milde zu stimmen und eine Teilzeitöffnung zu erreichen. Er hielt kurz inne. »Und für Samstag haben sich nun auch noch Gäste aus Norwegen angekündigt, die meinem Vater sehr wichtig sind.« Dass Angelo auf die Auszeichnung durch die Nationale Norwegische Stockfischgesellschaft hoffte, behielt er besser für sich.

»Ihr braucht Hilfe«, stellte Sofia fest.

»Du fütterst unsere Stammgäste durch, das genügt.«

»Das Il Mulino steht euch offen. Noch ist genug Zeit, um hier bei uns für Samstag etwas vorzubereiten.«

»Sofia, das ist sehr großherzig von dir, aber du weißt ja, dass mein Vater ...«

Sie unterbrach ihn. »Sag ihm einfach, dass er zu feige ist, sich in meiner Küche sehen zu lassen, dann ist er schneller hier, als du ›*babbo*‹ sagen kannst. Unsere Querelen kochen Angelo und ich dann für ein paar Tage auf Sparflamme.« Sofia berührte Sergios Arm. »Ich bin und bleibe eurer Familie trotz allem verbunden, das weißt du.«

Sergio nickte ihr zu. »In Ordnung. Ich rede mit ihm.« Sofia war eine enge Freundin seiner verstorbenen Mutter gewesen, und auch seine Verbindung mit ihrer Nichte Giulia spielte bei ihrem Hilfsangebot wohl eine Rolle. Nun wollte er auf den Mordfall zu sprechen kommen. »Ich brauche noch in einer anderen Sache deine Unterstützung, Sofia. Du hast doch sicher vom Tod Luigi Leonettis gehört.«

»Natürlich«, brummte die Chefin des Il Mulino. »Darüber redet ganz Volterra.«

»Hat er mal bei dir gegessen?«, fragte Sergio.

»Leonetti war häufig bei uns zu Gast. Gestern war er noch hier und hat sein selbst entworfenes Besteck vorbeigebracht, das wir verwenden sollen, wenn die Jury für den *Il-Girasole*-Wettbewerb bei uns im Städtchen unterwegs ist. Bei euch muss er auch aufgetaucht sein, er hat mich nach dem Weg gefragt.« Sofia seufzte. »Kaum zu glauben, dass er tot ist.«

»War er in Begleitung, wenn er zum Essen kam?«

»Ja, immer. Er war mit einer Frau zusammen, einer Künstlerin, die er noch aus Mailand kannte. Sie hat sich auch hier niedergelassen, irgendwo auf dem Land. Sie waren ein sehr auffälliges Paar.«

»Was meinst du damit?«

»Du weißt ja, was Leonetti für eine Erscheinung war, und ebenso grell musst du dir Valentina vorstellen. Saßen sie im Mühlenturm, war es, als leuchte dort auf einmal Neonlicht statt Kerzenschein. Und mit der Ruhe war es auch vorbei, die beiden waren entweder so ausgelassen wie ein Haufen Junggesellen, oder sie haben gestritten wie Tulli und Boschetti. Dagegen war dein Vater zuletzt auf leisen Sohlen hier.«

»Worum ging es bei den Auseinandersetzungen von Leonetti und seiner Gefährtin? Hast du davon etwas mitbekommen?«

»Das hätte man gar nicht überhören können«, erzählte Sofia. »Leonetti hatte wohl mehrere Liebschaften gleichzeitig, jedenfalls hat Valentina ihm das vorgehalten. Sie war enorm eifersüchtig und verzweifelt, weil er so kühl reagiert hat. Einmal ist sogar ein Messer geflogen.«

»Ein Messer?«

»Sie hat ein Fischmesser nach ihm geworfen und ist weggerannt. Und kannst du dir vorstellen, was Leonetti gemacht hat? Er hat ihren Teller abräumen lassen und seelenruhig seinen Seeteufel aufgegessen.«

»Weißt du, wo ich diese Valentina finden kann?«

»Ich habe sie nur mit Leonetti zusammen getroffen, und beide schwärmten immer vom Palazzo Viti, diesem Prachtbau, den er in Volterra gekauft hatte. Vor allem Valentina war von dem Gebäude und dessen Geschichte hingerissen und hat gerne davon erzählt. Gewohnt hat sie dort aber nicht, sie ist irgendwo in der Umgebung bei Freunden untergekommen. Sie hatte auch kein festes Atelier, sie sagte mir mal, sie richte sich jeweils dort ein, wo die besten Aussichten für sie bestehen.«

»Kennst du ihren Nachnamen?«

»Nein. Sie hat sich als Valentina vorgestellt, und ihre Bilder hat sie auch so signiert. Vielleicht ist es ihr Künstlername.« Sofia deutete auf eine Ziegelwand im überdachten Bereich der Terrasse. »Da vorne hängen drei ihrer jüngsten Arbeiten, sie gehören zu einer Reihe, die sie gerade produziert. Die stellt sie hier einige Wochen aus, um in der Stadt bekannter zu werden und Käufer zu finden. Mir gefallen sie sehr gut.«

Zusammen mit Sofia ging Sergio zu den Gemälden hinüber. Ihre Einladung zum Essen schlug er aus. Sofia entschuldigte sich, sie habe Gäste zu verabschieden.

Valentinas Bilder zeigten Stadtansichten Volterras – und zwar bei Nacht. Seine Schwarz-Weiß-Fotografien kamen Sergio in den Sinn, als er die Arbeiten betrachtete. Die Künstlerin ließ wie er die meisten Farben aus. Sie konzentrierte sich auf die markanten Umrisse der mittelalterlichen Gebäude, auf Licht in Fenstern und auf Fassaden, auf die Wölbungen von Dächern. Auf einem Bild waren am Horizont feine Spuren der Sonne zu sehen, die gerade untergegangen sein musste, auf einem anderen goss der Mond sein fahles Licht über der Stadt aus.

Er hatte eine Spur zu Valentina gefunden, aber wie sollte er sie weiterverfolgen?

Sergio kam eine Idee. Er zückte seine Kamera und fotografierte Valentinas Werke.

Kapitel 14

Ist es nicht wunderschön?« Giulias Frage und der Klang ihrer Stimme waren frei von Zweifeln.

»*Bellissima*«, stimmte Sergio zu und ließ den Blick über die Fassade des alten Hauses an der Piazza Martiri schweifen. Bis vor einem Jahr hatte darin die Bar Bellezza Gäste von der nahen Busstation angelockt. Die Gastwirtschaft war eine Oase für wartende Passagiere gewesen. Dann hatte Signora Terzo, der das Gebäude und das Lokal gehörten, den Betrieb aus Altersgründen aufgegeben. Einen Nachfolger fand sie nicht, jedenfalls keinen, dem sie zugetraut hätte, die Bar in ihrem Sinne weiterzubetreiben. Doch jetzt gab es Giulia und deren Plan, die Musikschule in dem Gebäude einzurichten.

Sergio musste zugeben: Im Abendlicht sah das Haus gar nicht so heruntergekommen aus, wie er es in Erinnerung hatte. Die sinkende Sonne, deren Schein mit voller Kraft über den nahe gelegenen Aussichtspunkt auf die Fassade fiel, ließ den hellen Verputz tiefrosa wirken. Das Gebäude wirkte geradezu anheimelnd.

»Ich kann schon die Musik aus den Fenstern dringen hören«, sagte er. Der Blick, den Giulia ihm schenkte, hatte die Wirkung eines guten Grappas: Er entfachte Wärme an den richtigen Körperstellen und ließ ihn für einen Moment das Schicksal der Trattoria Mortale vergessen. Das Lokal seines Vaters war geschlossen, der Bürgermeister hatte noch nicht über das weitere Vorgehen der Archäologen entschieden, und auch nicht über den Vorschlag, die Grabung und die Trattoria gleichzeitig zu betreiben. Sergio hatte aus der Not eine Tugend gemacht und den freien Abend genutzt, um in seinem Fotolabor die Bilder von Valentinas Gemälden abzuziehen und anschließend Zeit mit Giulia zu verbringen. Sofort hatte sie die Arme aus den Umzugskartons gehoben und sich ein helles Sommerkleid angezogen, das vorteilhaft ihre gebräunten Arme und Schultern frei ließ, und war mit Sergio – und seinem neuen Fahrrad – in den Abend aufgebrochen.

»Du willst doch Radfahren lernen«, hatte sie ihn erinnert. »Und von der Musikschule bis zu unserer Wohnung geht es ununterbrochen bergab. Einfacher kann man es als Anfänger nicht haben.«

Sergio hatte das Fahrrad zum Stadtzentrum hinauf geschoben, und jetzt stand es neben dem ehemaligen Eingang der Bar Bellezza. Das blaue Geschenkband war noch um die Lenkstange gebunden und wehte fröhlich im warmen Abendwind. Doch auf Sergio wirkte das Fahrrad wie ein Bulle bei einem Rodeo, der nur auf einen Todesmutigen wartete, der auf seinen Rücken sprang. Vielleicht konnte er diesem Schicksal entgehen und Giulia später dazu überreden, das Rad den Berg wieder hinunterzuschieben.

»Komm!« Sie zog ihn hinter sich her. »Wir sehen uns mal im Innern um, solange die Sonne noch in die Fenster scheint.« Stolz wie eine Schlossbesitzerin holte sie den Schlüssel hervor, den Signora Terzo ihr überlassen hatte, und schloss die Tür auf. Dahinter lag die alte Bar, ein länglicher Raum mit Tonnengewölbe. Die Decke trug Rußspuren. Die Theke war noch installiert, und auch Tische und Stühle waren vorhanden. Das Aroma von kaltem Kaffee hatte sich in den Wänden festgesetzt und mischte sich mit dem Geruch von Staub und Verlassenheit.

Die Trostlosigkeit des dämmrigen Raums konnte Giulia in ihrer Begeisterung nichts anhaben. »Hier soll eine Begegnungsstätte entstehen«, verkündete sie. Ihre Stimme hallte von den Wänden wider und schreckte Spinnen und Käfer auf, die seit langer Zeit in der alten Bar ungestört waren. Giulia legte eine Hand auf die Theke. »Die Musikschülerinnen und -schüler können hier etwas trinken und sich treffen. Auf diese Weise entstehen vielleicht Bekanntschaften, und man findet zum Duett, Trio, Quartett zusammen, vielleicht entwickeln sich sogar Bands oder kleine Orchester. Was meinst du, Sergio? Über einer Tasse *caffè* ist doch alles möglich.« Als sie die Hand von der Theke nahm, blieb ein Abdruck im Staub zurück. Giulia war bereits dabei, ihre Spur zu hinterlassen.

Gern hätte Sergio den Moment mit der Kamera festgehalten, doch diesmal hatte er seine Fotoausrüstung wegen der Radfahrstunde zu Hause gelassen. Also legte er einen Film in das Gehäuse seiner Erinnerung und drückte den Auslöser genau in dem Moment, in dem Giulia sich schwungvoll zu ihm umdrehte. In ihren Augen blitzte etwas so hell auf, dass Sergio es trotz des Dämmerlichts sehen konnte. Er wusste, er würde den Moment noch lange im Gedächtnis tragen.

»Ich glaube, du bist am richtigen Ort angekommen«, sagte er. »Und der Ort scheint dich zu mögen.«

Giulia führte ihn durch einen Flur neben der Theke und eine Treppe aus Palisander hinauf. Im ersten Obergeschoss schienen einst Wohnungen gelegen zu haben, wie marmorne Tafeln mit eingravierten Namen an den Türen verrieten. Dahinter lagen Räume, an deren Wänden noch Tapeten klebten. Hier und da hatten die ehemaligen Bewohner ausrangierte Möbelstücke zurückgelassen. Balken verliefen an den Decken, an einigen Stellen gepunktet von Wurmlöchern. Giulia durchschritt den Raum im Kreis und demonstrierte die Akustik, indem sie abwechselnd den alten Jazz-Song *Night and Day* von Cole Porter anstimmte und Mundtrompete spielte, ihre Art, ein Blasinstrument nur mit den Lippen nachzuahmen.

Sergio ließ sich in einen Sessel mit grünen Samtpolstern fallen. Die Troddeln am Rand der Lehnen schwangen.

»Der perfekte Raum für Saxophonstunden«, sagte Giulia. »Findest du nicht?«

Sergio schaute sich um. An einem Balkenstück erkannte er eine eingeritzte Inschrift, darauf war die Jahreszahl 1804 zu erkennen. In der Wand neben seinem Sessel entdeckte er Risse, stand auf, steckte einen Finger hinein und ließ ihn bis zum Knöchel verschwinden. Die Wand würde irgendwann abrutschen, wenn man nichts dagegen unternahm.

Vor eines der Fenster war ein Holzgitter genagelt, darin war Papier gespannt. Das Papier bewegte sich im Wind. Vermutlich diente es als notdürftiger Schutz, weil das Fensterglas dahinter zerbrochen war.

»Da wartet eine Menge Arbeit auf uns«, sagte er. »Einiges werden wir gar nicht selbst erledigen können. Ich schätze, du wirst Manfredis Baukolonne anrücken lassen müssen.«

Giulia nickte. »Zuerst brauche ich eine Kosteneinschätzung, die ich Maurizio präsentieren kann. Und natürlich die endgültige Zusage von Signora Terzo. Dann wird sich zeigen, was wir umsetzen können. Auf jeden Fall sieht Maurizio sich das Haus morgen mal an.«

Sergio deutete auf einen Stapel Metallleisten und einen Sack Zement in einem Winkel des Raums. »Hast du das hier heraufgeschleppt?«

Giulia folgte Sergios Blick und stutzte. »Die Sachen waren gestern noch nicht hier«, sagte sie verwundert. »Merkwürdig.«

»Vielleicht will Signora Terzo schnell noch etwas unternehmen, um den alten Bau zu verschönern und den Preis in die Höhe zu treiben«, mutmaßte Sergio.

»Der Musik wird es jedenfalls nicht schaden.« Giulia winkte ihm, ihr zu folgen. Sie zeigte ihm die weiteren Räume. Im Dachgeschoss gab es eine Kammer mit einem runden Fenster in der Giebelwand, durch das man über die Dächer der Stadt ins Land hinaus sehen konnte. Die Sonne schickte einen letzten Strahl durch das Fenster, der gebündelt wie ein Scheinwerfer auf ein altes Sofa fiel. Sergio bat Giulia ins Rampenlicht.

Als sie die künftige Musikschule verließen, hatte die Nacht ihr blaues Tuch über Volterra ausgebreitet. Die Luft war noch warm, und die Zikaden zirpten sich wie an einem Sommerabend die Neuigkeiten des Tages zu. Sergio legte einen Arm um Giulia und führte sie in Richtung der Via Matteotti, wo die zahlreichen Ristoranti ihre Lichter aufgesteckt hatten. »Wie wär's mit *antipasti*, *saltimbocca* und danach einem *tiramisu*? Für mich hört sich das wie Musik an.«

Giulia lachte. Dann blieb sie stehen. »Wir haben etwas vergessen«, sagte sie und modulierte den Ton ihrer Stimme eine Oktave tiefer. »Das Fahrrad.«

»Das holen wir später«, winkte Sergio ab. Wenn er mit Giulia erst beim *tiramisu* angelangt war, würde sie das Fahrrad längst vergessen haben. So hoffte er jedenfalls.

»Aber mit vollem Magen wirst du weniger gelenkig sein.« Sie zwinkerte ihm zu. »Und weniger gelehrig. Außerdem ist das Rad nicht abgeschlossen. Wir sollten es nicht einfach so stehen lassen.«

»Das stiehlt schon niemand«, sagte Sergio. »Zum einen gehört es einem Polizisten, das sieht man ihm an«, er grinste, »und zum anderen ist das hier Volterra, nicht Neapel. Man kann seinen Mitmenschen vertrauen.«

Giulia ließ sich nicht umstimmen. Die erste Fahrstunde für Sergio stand unmittelbar bevor, also holten sie das Rad. Giulia schob es über die Piazza dei Priori bis zu deren Ausgang an der Via Ricciarelli. Von hier führte die Straße bergab bis hinunter nach San Giusto, vor ihnen lag eine Strecke von etwa eineinhalb Kilometern Schussfahrt. Jetzt fühlte sich Sergio nicht nur wie ein Rodeoreiter, sondern auch noch wie ein Skispringer. So mulmig musste es den Wintersportlern zumute sein, wenn sie oben auf der Rampe standen und in die Tiefe blickten.

Er stieg auf den Sattel und warf einen verstohlenen Blick über die Schulter, zum Palazzo Pretorio hinüber. In den Fenstern im zweiten Stock brannte Licht. Die Wache war besetzt, Morelli hatte zusätzlich die Spätschicht übernommen. Hoffentlich schaute er nicht gerade aus dem Fenster zur Piazza hinunter.

Giulia erklärte, wie am besten mit den Bremsen umzugehen sei. Dann schaltete sie die Lampe ein. Der Lichtschein war hell und schnitt einen Kegel aus der Finsternis vor ihnen.

Sergio räusperte sich. »Ich dachte, wir machen das bei Dunkelheit, damit mich niemand sieht.«

»Ohne Licht werden wir vor einer Hauswand enden, bevor ich bis zehn zählen kann«, sagte Giulia. »Außerdem ist es polizeilich verboten, ohne funktionierende Lichtanlage Fahrrad zu fahren, oder nicht?« Mit diesen Worten schwang sie sich auf den Gepäckträger und schlang die Arme um seine Hüften.

»Du willst mitfahren?«, fragte Sergio verblüfft. »Das ist auf jeden Fall polizeilich verboten.«

»Los!«, rief sie. »Zusammen bringt uns nichts aus der Spur.«

Sergio fielen noch ein Dutzend Argumente dagegen ein, aber als er spürte, wie Giulia ihre Wange gegen seinen Rücken schmiegte, war all das mit einem Mal unwichtig. Er stieß sich mit den Füßen ab. Die Schwerkraft griff nach den Reifen und zog das Fahrrad und seine Passagiere in Richtung Il Gusto. Die Abfahrt begann.

Die Reifen übertrugen die Unebenheiten des Straßenpflasters auf den Lenker. Damit hatte Sergio nicht gerechnet. Bevor ihm die Griffe aus den Händen geschlagen werden konnten, packte er fester zu. Die Balance ließ sich leichter halten, als er geglaubt hatte. Daran war wohl die Geschwindigkeit schuld, die mit jedem zurückgelegten Meter zunahm. Der Fahrtwind pfiff ihm in den Ohren und zauste sein Haar. Er hörte Giulia etwas rufen, konnte sie aber nicht verstehen. Eine sanfte Kurve. Er schlug den Lenker ein, zunächst zu stark, dann korrigierte er. Es war ein bisschen wie Motorradfahren, mit dem Unterschied, dass er beim Motorrad die Geschwindigkeit kontrollieren konnte, indem er Gas wegnahm und einen Gang herunterschaltete. Das Fahrrad sauste einfach bergab, und Sergio konzentrierte sich auf seine Finger, die, zum Zupacken bereit, an den Bremshebeln lagen. Wieder rief Giulia etwas. Sergio wandte den Kopf, doch der Fahrtwind verwehte ihre Worte. »Ich versteh nicht«, gab er nach hinten zurück, doch Giulia erging es offenbar ebenso wie ihm. Als er wieder nach vorn schaute, sah er gerade noch die Gruppe Männer, die im Kreis vor Mario Mitris Bar standen. Dann war er schon vorbei und wischte durch die Porta San Francesco. Sergio erschrak über sich selbst. Er hätte vor dem Tor anhalten müssen, denn auf der anderen Seite kreuzte die Landstraße SP15, die auch zu dieser Stunde noch befahren war. Glück gehabt. Ein Hochgefühl bemächtigte sich seiner.

Er spürte sein Herz unter seinem Hemd schlagen, Giulias Hände heiß an seinem Bauch, den Wind im Gesicht, und er schoss auf nichts weiter als einem Stahlrahmen mit Rädern den Stadtberg hinunter.

»Warum habe ich mir das in meiner Jugend bloß entgehen lassen?«, fragte er Giulia, als sie vor ihrer Wohnung angekommen waren und Sergio so abrupt abgebremst hatte, dass er die Arme durchdrücken musste, um nicht über den Lenker zu stürzen. Er zupfte sich die Insekten vom Hemd und von der Stirn, die während der Fahrt dagegengeweht waren.

Giulia richtete ihr Kleid und strich sich mit beiden Händen durchs Haar. »Wenn du als Kind so gefahren wärst wie gerade eben, hättest du mehr Zeit im Krankenhaus als in der Schule verbracht. Und dann hättest du mir auf dem Schulhof nicht nachstellen können, sondern dich mit einer Krankenschwester im Alter deiner Mutter herumschlagen müssen.« Sie trat nah an ihn heran. »Das war ein guter Anfang. Bei der nächsten Lektion fahren wir die Strecke andersherum. Du weißt doch: Bergab ist alles einfach, der wahre Meister zeigt sich, wenn es bergauf geht. Das gilt nicht nur beim Radfahren.«

Kapitel 15

Das Wetter hatte den Kalender überholt. Die Sonne leuchtete den großen Platz zwischen den prächtigen Gebäuden von Polizeiwache und Rathaus schon am Vormittag aus. Sergio war nach einem morgendlichen Termin bei der Misericordia – er hatte mit der Notärztin Clara und dem Sanitäter Silvano Stillschweigen im Fall Leonetti vereinbart – auf dem Weg in die Wachstube und genoss das Schauspiel auf der Piazza dei Priori. Der Sommer hatte vier Wochen vor dem offiziellen Starttermin seinen ersten Auftritt – genau wie Juan, der spanische Straßenmusiker, der seinen Platz auf dem steinernen Sims des Palazzo dei Priori eingenommen hatte. Vor der Bar Piazza waren die meisten Plätze besetzt, eine laue Brise wehte den Duft von *caffè* und frischer Tischwäsche heran.

Die ersten Touristen des Tages bildeten bunte Grüppchen, einige Kinder tanzten zu den Gitarrenklängen. »*Una bella bici che va*«, hörte Sergio den Musiker singen. Er stutzte. War das nicht Paolo Contes Loblied auf das Radfahren? Verwundert sah Sergio zu Juan hinüber. Tatsächlich. »*Velocità silenziosa*«, lautlose Geschwindigkeit, schmetterte der Sänger den Titel des Songs, kniff Sergio ein Auge zu, lehnte sich über seine Gitarre wie über einen Fahrradlenker und ließ die hohe E-Saite wie eine Klingel ertönen. Ob er gestern Zeuge von Sergios erster Fahrstunde geworden war? Oder hatte er in Giulias Bus davon erfahren? War Sergio bereits Stadtgespräch?

»Achtung, Gegenverkehr«, riss ihn eine heisere Stimme aus den Gedanken. Beinahe wäre Sergio mit seinem Vater zusammengestoßen. Angelo trug zu seiner hellblauen Jeans ein weißes Hemd und ein dunkles Jackett, das Sergio zuletzt bei seinem Rendezvous mit einer alten Flamme an ihm gesehen hatte.

»*Babbo!*«, rief Sergio überrascht aus. Dann erkannte er Onkel Lorenzo neben seinem Vater. Lorenzo Testi war der ehemalige Polizeichef von Volterra und überragte Sergios Vater, seinen Schwager, um mindestens zwei Köpfe. Beide Männer sahen Sergio durch große dunkle Sonnenbrillen an. Lorenzo kaute auf einem Zahnstocher herum.

»Was heckt ihr denn zusammen aus?«, fragte Sergio.

»Dein Vater …«, begann Lorenzo.

»… muss jetzt dringend weg«, schnitt Angelo ihm das Wort ab und wandte sich zum Gehen.

»Moment mal«, sagte Sergio und hielt ihn am Ärmel fest. »Wo bist du in diesem Aufzug gewesen?«

»Hatte was im Rathaus zu erledigen«, antwortete Angelo knapp. Er blickte auf Sergios Hand an seinem Jackett. »Werde ich deshalb verhaftet, Agente Terremoto?«

»Es wäre nicht das erste Mal«, erwiderte Sergio und ließ ihn los.

»Dein Vater …«, hob Lorenzo erneut an.

»… schschsch«, fuhr Angelo dazwischen und fuchtelte mit den Händen.

»… hat das Heft in die Hand genommen.« Diesmal ließ Lorenzo sich nicht beirren. »Zu Recht, wenn du mich fragst, aber gegen die Windmühlen der Bürokratie kommt er nicht an.« Er schob den Zahnstocher von einem Mundwinkel in den anderen.

Sergio seufzte. Aus seinem sturen Vater war nichts herauszubringen, und sein Onkel sprach in Rätseln.

»Das werden wir ja sehen«, schnappte Angelo in dessen Richtung und stemmte die Hände in die Hüften. »Erzähl du mal besser nichts von Windmühlen. Mit denen wirst du auch nicht so leicht fertig.« Damit spielte er auf das Techtelmechtel an, das Lorenzo vor einiger Zeit mit der Chefin des Il Mulino, Sofia Zacchi, gehabt hatte.

»Immerhin noch besser als du mit dem Bürgermeister«, erwiderte Lorenzo.

Sergio spürte die Stöße, die ein Erdbeben in seinem Innern ankündigten. »Du warst bei Emilio Ragagioni?«

Angelo breitete wortlos die Hände aus.

»Ich geh dann mal«, verkündete Lorenzo. »Klärt das unter euch. Und erzähl deinem Sohn von dem Feuer, Angelo.« Er entfernte sich gemächlichen Schrittes.

Sergio schüttelte den Kopf und kämpfte gegen die Erschütterungen an. »Was hat das alles zu bedeuten, *babbo*?«

Angelo schnaubte. »Ich sehe doch nicht tatenlos zu, wie meine Trattoria in ein zweites Pompeji verwandelt wird. Deshalb habe ich mich beim Bürgermeister beschwert.«

»Aber wir waren uns doch einig: Donatella Donadini redet mit ihm darüber, dass die Trattoria während der Ausgrabungen geöffnet bleiben soll.«

»Dieser aufgetakelten Tante traue ich nicht über den Weg. Außerdem dauert mir das zu lange. Hast du vergessen, dass wir am Samstag Ehrengäste aus Norwegen empfangen wollen?«

Kurz überlegte Sergio, ob er seinem Vater das Angebot von Sofia Zacchi unterbreiten sollte, die Stockfischgesellschaft im Il Mulino zu bekochen. Aber jetzt war nicht die richtige Gelegenheit dazu. »Und was hat Ragagioni zu dir gesagt?«, fragte er stattdessen.

»Der? Hat sich rausgeredet, will sich der Sache annehmen und so weiter, wollte mich schnell wieder loswerden.« Angelo tippte sich mit dem Zeigefinger gegen die Schläfe. »Der spinnt doch. Feuert in seinem Büro den Kamin an, jetzt, wo es warm wird. Ich dachte, ich sehe nicht richtig. Der sollte sich lieber um meinen Pizzaofen kümmern.«

Sergio nickte. Das also war mit dem Feuer gemeint, das Onkel Lorenzo erwähnt hatte.

»Für so einen Unsinn hat der feine Herr Bürgermeister Zeit, aber nicht für die Sorgen der Menschen in Volterra.«

»Das hast du ihm hoffentlich so nicht gesagt«, wandte Sergio ein.

In diesem Moment klingelte sein Mobiltelefon. Er zog das Gerät aus der Jackentasche.

»Sergio hier.«

»Ich bin's, Alessandro. Gerade kam ein Anruf aus dem Rathaus. Der Bürgermeister will dich sprechen. Sofort.«

Langsam stieg Sergio die vier Steinstufen zum Eingang des Palazzo dei Priori hinauf. In dem Gebäude aus dem 13. Jahrhundert hatte der Bürgermeister sein Büro. Als Sergio sich noch einmal umdrehte, sah er am entfernten Ende des Platzes Angelos weißes Stoppelhaar leuchten. Sein Vater ging Richtung San Giusto, zur Trattoria, er hatte sich nach Alessandros Anruf schnell verabschiedet. Sergio hatte darauf verzichtet, ihn weiter zur Rede zu stellen. Der Bürgermeister würde ihm wohl brühwarm auftischen, was Angelo angerichtet hatte.

Durch die doppelflügelige Holzpforte gelangte Sergio in die kleine Eingangshalle, in der einige Touristen das Kreuzgewölbe und die historischen Wappen der Ratsherren an den Wänden besichtigten. Der Palazzo dei Priori war Sitz des Bürgermeisters und des Stadtrates und gleichzeitig eine Sehenswürdigkeit, ein lebendiges Museum. Im Aufgang zum ersten Stock musste sich Sergio an einem Besucher vorbeidrängen, der dort ein Fresko der Kreuzigung Jesu fotografierte. Auf dem oberen Absatz angekommen, sah er über die Köpfe einer Gruppe Gäste hinweg Carlo, den Stadtführer, der im üppig mit Decken- und Wandmalereien ausgestatteten Saal des Stadtrates einen Vortrag hielt. Sergio bog nach rechts ab, zum Vorzimmer des Bürgermeisters.

Die beiden Schreibtische waren unbesetzt. Einer davon war Donatellas Arbeitsplatz, Sergio hatte damit gerechnet, sie hier zu treffen. Ein Hauch Parfüm lag in der Luft und ein Geruch, als habe jemand geraucht. Die Tür zum Büro des Bürgermeisters stand offen, also trat er ein. Der rauchige Dunst lag in der Luft, durch ein hohes Fenster fiel Licht,

Staub tanzte unter den Balken der dunklen Holzdecke. Auch hier traf er niemanden an. Sergio beschloss zu warten.

Als er auf einem der – unbequemen, wie er von zahlreichen Sitzungen wusste – Besucherstühle vor dem massigen Schreibtisch des Bürgermeisters Platz nehmen wollte, fiel sein Blick auf den Kamin. Das Feuer, von dem Angelo berichtet hatte, brannte nicht mehr, aber verkohlte Reste waren zu sehen. War das ein Stapel Papier? Einen Schritt machte er auf den Kamin zu, dann zögerte er, weil er den Schreibtisch hätte umrunden müssen, um mehr erkennen zu können. Was würde der Bürgermeister sagen, wenn er den Sohn des Aufrührers Angelo Panda beim Schnüffeln in seinem Büro erwischte?

»Agente Panda?«

Sergio fuhr herum. Im Eingang stand Vittorio Natoli, der Sekretär des Bürgermeisters, und sah ihn abschätzig an. »*Buon giorno*, Signor Natoli.« Sergio setzte sein Polizistengesicht auf, das ihm einen ernsthaften und zugleich freundlichen Ausdruck verlieh. »Der Bürgermeister wollte mich sprechen.«

Statt den Gruß zu erwidern, nickte Natoli huldvoll wie der Kammerdiener eines Schlossherrn. »Signor Ragagioni empfängt gerade eine Besuchergruppe im Ratssaal, Sie sollen auf ihn warten. Wenn Sie etwas trinken möchten, bedienen Sie sich.« Er deutete auf eine schmale Anrichte unter dem Fenster, auf der Wasserflaschen und Gläser bereitstanden. »Das sind die Reste der letzten Besprechung. Die will niemand mehr.« Damit drehte er sich um und verließ den Raum.

Ein *caffè* war wohl nicht zu erwarten. Sergio ging zu der Anrichte und schenkte sich Wasser ein. Er musste blinzeln, weil die Sonne wie ein Schwert durch das Fenster stach und sich im Glas spiegelte. Neben den Flaschen stand eine bunte Schachtel *cornetti* mit dem Firmenzeichen einer Volterraner Pasticceria. Sofort gab Sergios Magen ein Signal von sich. Auch wenn es nur Reste waren – das Gebäck von Giannelli war das beste der Stadt. Sergio hob den Deckel an, doch bis auf eine weiße Serviette und ein paar Krümel war der Behälter leer. Schade. Er lehnte sich gegen die Anrichte und ließ den Blick durch den Raum schweifen. Auf das verkohlte Papier im Kamin fiel Sonnenlicht. Etwas glänzte silbern.

Das verschnörkelte L, Leonettis Logo.

Sergio schaute zur Tür. Aus dem Vorzimmer war ein stetiges Klicken zu hören, Natoli tippte am Computer und kehrte ihm den Rücken zu. Mit zwei Schritten war Sergio beim Kamin. Außer dem silbernen L war an einigen Stellen des Papierstapels Schrift zu erkennen, aber nicht so viel, dass man auf den Inhalt der Dokumente schließen konnte. Das Feuer hatte das Papier stark beschädigt, die Ränder waren verkohlt und brüchig. Doch dann schienen die Flammen schnell in sich zusammengefallen zu sein, denn es war noch recht viel von dem Stapel erhalten.

Sergio überlegte fieberhaft. Warum wurden im Büro des Bürgermeisters Papiere verbrannt, die offensichtlich mit dem ermordeten Designer in Verbindung standen? Natürlich könnte er Ragagioni einfach nach dem Inhalt der Unterlagen fragen. Aber besser wäre es wohl, wenn er selbst einen Blick darauf werfen würde. Dazu musste er sie sichern – aber wie, ohne dass sie zu Staub zerfielen?

Sergio dachte an den Karton in seiner Fototasche, darin steckten die Aufnahmen von Valentinas Gemälden, die er gestern noch abgezogen hatte. Nein, der war zu klein. Die Schachtel für die *cornetti* fiel ihm ein. Die würde hier wohl niemand vermissen, er könnte seine Uniformjacke darüberlegen und sie aus dem Büro hinausschmuggeln.

Er lief zu der Anrichte hinüber, nahm die Schachtel auf und kippte die Krümel auf die Steinfliesen. Mit der Serviette schob er vorsichtig den verkohlten Stapel vom Kaminrost in das Behältnis. Die Papiere passten hinein, nun musste er die empfindliche Fracht vorsichtig transportieren. Hoffentlich war dann auf den Dokumenten noch etwas zu erkennen.

Gerade wollte Sergio die Schachtel auf dem Besucherstuhl ablegen und seine Uniformjacke ausziehen, als der Bürgermeister in den Raum gehetzt kam. Emilio Ragagioni war groß, elegant und außerdem Alessandros und sein Vorgesetzter.

»Agente Panda«, sagte er atemlos und schaute abwechselnd Sergio und die bunte Schachtel an. »Wie ich sehe, haben Sie sich schon bedient.«

Sergio ignorierte die Druckwellen, die durch seinen Körper schossen, und lächelte unverbindlich. »Seien Sie gegrüßt, Signor Ragagioni«, sagte er so gelassen wie möglich. »Sie verstehen es, einem die Wartezeit zu versüßen. *Cornetti* ziehen Polizisten magisch an.«

»Nicht nur Polizisten«, sagte der Bürgermeister und

rückte seine dunkle Hornbrille zurecht. »Haben Sie eins übrig gelassen?«

Was nun? Dass die Schachtel leer war, konnte Sergio unmöglich behaupten, warum sollte er sie dann in den Händen halten? Wenn er nicht entdeckt werden wollte, blieb ihm nur die Flucht nach vorn. Er hob den Deckel ein wenig an. »Pistaziencreme ist noch da. Möchten Sie?« Diese Sorte war ein Ladenhüter – zumindest bei den Kollegen in der Wache.

Ragagioni streckte die Hand aus, zog sie aber gleich wieder zurück und knöpfte sein dunkles Sakko auf. »Bloß Pistaziencreme? Nein, das ist nicht nach meinem Geschmack. Ebenso wenig wie das, was wir beide zu besprechen haben.« Er ging an Sergio vorbei zu seinem Schreibtisch und setzte sich mit einem Schwung auf seinen Bürostuhl. Von den fehlenden Papieren im Kamin hatte er offenbar nichts bemerkt. Sergio ließ sich Ragagioni gegenüber auf einen der Besucherstühle nieder und legte die Schachtel auf seine Beine. Der Bürgermeister stützte die Ellenbogen auf den Schreibtisch und faltete die Hände. »Wir haben da ein Problem, Agente Panda. Ein großes Problem.«

Ragagionis Worte hingen wie Rauchschwaden im Raum, jetzt würde sich der Bürgermeister über Angelo und sein Verhalten beschweren. Sergio musste sich schnell etwas einfallen lassen, um seinem Vater Ärger zu ersparen.

»Die Musikschule ist im Grunde eine gute Idee«, sagte Ragagioni. »Aber vielleicht etwas voreilig von Signora Fonte, meinen Sie nicht?«

Giulias Nachname ließ Sergio aufhorchen. Wieso ging es hier um sie und nicht um Angelo?

»Voreilig?«, wiederholte er.

»Nun ja, das Haus von Signora Terzo steht an einer Stelle, die für die Stadtentwicklung von großer Bedeutung ist. Die künftige Nutzung muss mit mir abgestimmt werden. Ich habe gehört, dass Signora Fonte dort eine Musikschule einrichten möchte. Begrüßenswert, sehr begrüßenswert ist diese Idee. Aber wir finden sicher einen anderen Ort dafür. Einen besseren.«

»Aber warum?«, wollte Sergio wissen und dachte an die Begeisterung, mit der Giulia ihn gestern Abend durch das Haus an der Piazza Martiri geführt hatte.

»Wir haben andere Pläne für die Immobilie«, sagte Ragagioni und rieb die Handteller gegeneinander. »*Ganz* andere Pläne.«

Sergio kannte die Angewohnheit des Bürgermeisters, seinen Worten mit Wiederholungen mehr Gewicht verleihen zu wollen. Dagegen hatte er eine Strategie entwickelt: gleichfalls wiederholen. »Sie haben andere Pläne?«, fragte er.

Ragagioni pumpte Luft durch die gefalteten Hände. »Wir haben einen Investor, der hier in Volterra einen Touristenmagnet installieren will. Genau neben der Stelle, an der die Besucher aus den Bussen strömen, im Haus von Signora Terzo. Das Vorkaufsrecht muss auf die Stadt Volterra übertragen werden. So schnell wie möglich! Sie müssen Signora Fonte umstimmen, Panda.«

Warum sollte ich das tun?, fragte sich Sergio. Laut sagte er: »Die Arbeiten für die Musikschule laufen doch schon.« Dass damit der Einsatz von Kugelblitz, Trommelfeuer und

Zitadelle gemeint war, die Topfblumen aus dem Garten von Onkel Lorenzo vor den Eingang gestellt hatten, musste ja niemand wissen.

»Deshalb muss die ganze Sache schnell gestoppt werden.« Ragagioni strich sein volles Haar zurück und sprach jetzt lauter. »Dann können wir die Bombe platzen lassen, wenn die Wettbewerbsjury in der Stadt ist. Die Konfettibombe, meine ich. Das lenkt perfekt von diesem unglückseligen Todesfall ab, den wir zu beklagen haben.«

»Die Eröffnung der Musikschule könnte die Jury ebenso begeistern«, wandte Sergio ein und wunderte sich, dass der Bürgermeister Leonettis Namen nicht erwähnte.

»Aber nicht so wie ein Foltermuseum«, polterte Ragagioni.

Einen Moment lang war es still.

»Ein Foltermuseum?«, fragte Sergio ungläubig. »Hier in Volterra?« Er kannte diese Art von Museum, das seine Besucher das Fürchten lehren sollte, aus anderen toskanischen Städten wie San Gimignano und Lucca. Waffen und Folterinstrumente aus dem Mittelalter konnten dort besichtigt werden, außerdem Gemälde mit Szenen von Demütigung, Schmerz und Tod. Die Ausstellungsstücke stammten in der Regel nicht aus dem jeweiligen Ort, oft waren es Nachbauten, sodass beliebig viele Filialen des Foltermuseums eröffnet werden konnten. Die Idee dahinter war das universelle Phänomen des Grauens. Sergio graute es vor allem vor den Werbeplakaten für das Museo della Tortura, mit denen die Landschaft um die bestehenden Standorte herum gepflastert war.

»Es wäre eine Attraktion für unser Städtchen«, schwärmte Ragagioni. »Woanders ist das ein Riesenerfolg.«

»Birgt das nicht die Gefahr, dass andere Anziehungspunkte in Volterra Besucher verlieren?«, meldete Sergio Zweifel an.

»Agente Panda, Sie müssen meine Entscheidung für das Foltermuseum nicht begrüßen, sondern annehmen«, sagte Ragagioni streng. »Und meinen Auftrag an Sie sollten Sie nicht diskutieren, sondern ausführen.« Er senkte die Stimme und sprach im vertraulichen Ton weiter. »Wenn Sie den Verkauf des Hauses von Signora Terzo an Ihre Liebste verhindern, springt auch für Sie etwas dabei heraus. Heute Morgen war Ihr Vater hier und hat sich über die Ausgrabung in seiner Trattoria beschwert.«

»Er fürchtet um sein Geschäft«, erklärte Sergio. »Das Lokal ist sein Lebenswerk.«

»Verständlich, völlig verständlich, dass Sie beide sich Sorgen machen.« Zum ersten Mal lächelte der Bürgermeister. »Und nun liegt das Schicksal des Il Gusto in Ihrer Hand: Wenn Sie mir helfen und die Musikschule verhindern, darf das Lokal wieder öffnen.«

Und wenn nicht, ergänzte Sergio in Gedanken, platzt der Traum meines Vaters, von der Norwegischen Stockfischgesellschaft ausgezeichnet zu werden. *Porca miseria!* Trattoria oder Musikschule, Angelo oder Giulia – vor diese Entscheidung war er nun gestellt.

Bevor er etwas entgegnen konnte, stand Ragagioni auf und erklärte das Gespräch für beendet. Sergio erhob sich und wandte sich zum Gehen. Ragagioni deutete auf die

Pappschachtel und bedachte Sergio mit einem Gönnerblick.

»Die nehmen Sie besser mit in die Wachstube«, sagte er. »Sie und Ihre Kollegen haben sicher Verwendung dafür.«

Wenn der Bürgermeister wüsste, wie recht er damit hatte, dachte Sergio und verließ das Büro. Die Papiere in der Schachtel knisterten leise. Sergio hatte den Eindruck, sie flüsterten ihm etwas zu.

Kapitel 16

Der goldene Schuh blitzte auf. Sergio betrachtete das glänzende Detail am Fuß der Marienfigur, die im Dom auf einem Steinsockel stand. Die sechshundert Jahre alte Madonna sah aus, als habe sie sich soeben dort niedergelassen, ihren tiefblauen Umhang gerafft und auf einem Bein ihr Kind abgesetzt. Sergio trat neben ihr von einem Fuß auf den anderen und wartete auf Carlo, der eine Besuchergruppe durch die Kirche führte.

Nach seinem Besuch im Rathaus hatte Sergio die Hintertür in das Nachbargebäude, den *Duomo*, genommen, eine Abkürzung. Er wollte etwas Wichtiges mit dem Stadtführer besprechen, den er im Rathaus gesehen hatte und dessen übliche Runde von dort in Volterras größten Kirchbau führte. Carlo erklomm mit wehendem Jackett die geschwungene Treppe zur Kanzel und sprach von dort zu einem Dutzend Zuhörerinnen und Zuhörer, die den marmornen Aufbau der reich verzierten Plattform bewunderten.

In den Kirchbau aus dem 12. Jahrhundert zog sich Sergio manchmal zurück, wenn er ungestört grübeln wollte. Auch jetzt bewunderte er die Erhabenheit des Raumes zwischen dem schachbrettartig gemusterten Steinboden und der vergoldeten Kassettendecke, hörte das Schleifen von Schritten auf dem Marmor, nahm das Flackern der Kerzen neben den kleinen Altären wahr. Licht fiel auf die Madonna neben ihm und auf ihre beiden unterschiedlich farbigen Schuhe. Von Carlo wusste er: Um die Marienfigur vor der Zerstörung durch die vielen Hände zu schützen, die sie an ihrem linken Fuß berührten, hatte man einen der dunklen Schuhe vergoldet. Diese Oberfläche war zum einen robuster als die alte Bemalung, und zum anderen wagten viele der Betenden nicht mehr, den Schuh anzufassen.

Sergios Gedanken wanderten zu der Sandale von Luigi Leonetti, die er beim Blick durch das Fenster des Palazzo Viti entdeckt hatte. Warum hatte der Designer sterben müssen? Welches Geheimnis verbarg sich unter der silbern glänzenden Oberfläche von Leonettis Arbeit? Vielleicht würden die verkohlten Reste aus dem Kamin des Bürgermeisters Sergio weiterbringen – oder der Stadtführer Carlo. Dessen Runde im Dom würde hoffentlich gleich enden.

Ein Knall schreckte Sergio auf, und etwas kullerte über den Steinboden. Er ging dem Geräusch nach und sah unter der Kanzel die abgebrochene Autoantenne liegen, die Carlo als Erkennungszeichen für seine Gäste trug. Der Stadtführer eilte herbei, hob den Metallstab auf und knotete ein Stofftaschentuch darum. Dann winkte er seiner Besuchergruppe damit zu und verabschiedete sich. Endlich. Sergio sprach ihn an. »*Ciao*, Carlo. Hast du kurz Zeit? Ich brauche deine Hilfe.«

Carlo blickte auf seine Armbanduhr, die er mit einem Fingertippen aufleuchten ließ. »Meine nächste Führung beginnt in acht Minuten. Worum geht's denn? Bist du dabei, den Mord an diesem Designer aufzuklären und die Ehre unserer Stadt zu retten? Oder suchst du mal wieder nach einem Übeltäter mit vier Pfoten und großer Schnauze?«

Sergio ignorierte den Seitenhieb auf Giulias Hund Cardenio, der vor einiger Zeit zur Fahndung ausgeschrieben gewesen war, und zog Carlo zu einem Seitenaltar. »Ich möchte dir etwas zeigen.«

Carlo lehnte sich gegen den Altar und schlug mit der Antenne einen Takt in seine Hand.

»Deine Ortskenntnis ist gefragt, Carlo.« Sergio stellte die Cornetti-Schachtel auf einer Kirchenbank ab, kramte in seiner Kameratasche und zog den Fotokarton hervor. Nebeneinander legte er die Fotos, die er von Valentinas Gemälden im Il Mulino gemacht hatte, auf das weiße Tuch des Altars. »Weißt du, an welchen Stellen in der Stadt man eine solche Aussicht hat?«

Carlo beugte sich über die Aufnahmen und setzte die Lichtfunktion seiner Armbanduhr in Gang. Mit der Antenne fuhr er die Konturen von Gebäuden und Dächern nach und murmelte vor sich hin. »Chiesa di San Michele«, hörte Sergio, und »Fortezza Medicea«.

Schließlich richtete sich Carlo auf und grinste ihn siegesgewiss an. »Die sind alle am selben Ort entstanden. Die Malerin hat die Motive von weit oben gesehen. Das ist der Rundblick aus dem Torre Toscano.«

Der uralte eckige Turm mit den von der Zeit geschwärzten Steinen! Sergio kannte den *torre* an der Piazzetta San Michele. Er war zu besichtigen, in dem dazugehörigen Haus waren Büros und andere Räume untergebracht, vornehmlich für Studenten. Hatte Valentina dort vielleicht ein Atelier?

»Du bist ein Genie, Carlo.«

»Plant ihr eine Ausstellung in der Wachstube, oder warum beschäftigt ihr euch mit Kunst?« Carlo grinste. »Oder ist einer von euch an dieser Valentina interessiert?« Er deutete mit der Antenne auf die Signatur der Künstlerin.

»Du kennst sie?«, fragte Sergio.

»Flüchtig«, erwiderte Carlo. »Sie ist doch diese Nachtmalerin, oder? Ich bin ihr im vergangenen Sommer mit einer Gruppe bei einer Nachtführung begegnet, damals hat sie zur Zeit des Blutmondes mit ihrer Staffelei oben im Stadtpark gesessen. Zwei aus meiner Gruppe fanden ihre Arbeiten so originell, dass sie ihr spontan Bilder abgekauft haben.« Carlos Armbanduhr leuchtete auf. »Sergio, ich muss los. Viel Glück mit der Ausstellung.«

»Das soll wohl ein Scherz sein«, maulte Morelli und blies in seinen Tee. »Da freut man sich auf ein *cornetto* von Giannelli – und dann das.« Er präsentierte Alessandro und Bertini die geöffnete Pappschachtel, die Sergio in die Wache mitgebracht hatte, und sah ihn vorwurfsvoll an.

Sergio nahm Morelli die Kiste ab. »Könnt ihr euch mal abgewöhnen, Beweismittel zu verspeisen?«

Morelli schlürfte seinen Tee, es duftete nach Salbei und Minze. »Was soll das für ein Beweismittel sein? Eines für deinen schlechten Geschmack bei der Auswahl von Gebäck?«

»Oder für dein fehlendes Talent, Beweismittel ordnungsgemäß zu verpacken?«, ergänzte Bertini.

»Ihr könnt gleich frische *cornetti* mitbringen, wenn ihr von euren Einsätzen zurückkehrt«, mischte sich Alessandro ein, der an seinem Schreibtisch saß und durch einen Ordner blätterte. »Vor der Rettungswache der Misericordia findet in zehn Minuten eine Notfallübung statt – dort wirst du uns vertreten, Morelli.« Er notierte etwas und zeigte dann mit dem Bleistift auf Bertini. »Und du übernimmst die Besprechung für die Verkehrsplanung zum Giro am Wochenende, das Radrennen führt an beiden Tagen durch unser Städtchen. Das Treffen mit den Kolleginnen und Kollegen vom Ordnungsamt beginnt um halb zwölf unten auf der Piazza.«

Nachdem die Kollegen die Wachstube verlassen hatten, berichtete Sergio von seinem Besuch beim Bürgermeister – und von der Klemme, in der er steckte. Dabei ging er in der Wachstube auf und ab.

»Ragagioni scheint wegen dieses Foltermuseums selbst mächtig unter Druck zu stehen.« Alessandro kratzte sich die Schläfe. »Er hat dich ganz schön in die Zange genommen.«

»So was nennt man auch Erpressung«, brummte Sergio. Unter seinen Schuhsohlen quietschte das Linoleum. »Aber natürlich nur, wenn niemand von der Stadtverwaltung beteiligt ist.«

»Was wirst du tun?«, fragte Alessandro. »Und was ist in der Schachtel?«

»Beides weiß ich noch nicht genau«, antwortete Sergio. »Der Inhalt der Schachtel hat etwas mit Luigi Leonetti zu tun. Es sind Papiere, auf denen sein Logo zu sehen ist. Und der Bürgermeister hat versucht, sie im Kamin seines Büros zu verbrennen.«

»Du hast Dokumente aus dem Bürgermeisterbüro mitgehen lassen?« Alessandro schoss von seinem Stuhl auf. »Bist du verrückt geworden?«

»Genau genommen habe ich Asche und Ruß mitgenommen«, erklärte Sergio, ohne seinen Marsch durch die Wache zu unterbrechen. »Das machen die Reinigungskräfte und die Müllwerker auch, und die bekommen sogar Geld dafür.«

»Mal abgesehen davon, dass du kein Saubermann bist: Was willst du mit der Asche und dem Ruß anfangen? Eine Wahrsagerin darin herumstochern lassen?« Alessandro stützte sich auf dem Schreibtisch ab.

»Ein bisschen Naturwissenschaft wird auch nötig sein, um etwas damit anfangen zu können.« Sergio ließ seine rechte Hand kreisen. »Mit Fantasie und Spucke lässt sich ein klares Bild schaffen.«

»In deinem Fotolabor vielleicht. Aber nicht in diesem Fall.« Alessandro schüttelte energisch den Kopf. »Das geht zu weit.«

»Den Kollegen aus Pisa können wir den Fund aber schlecht geben, oder?« Sergio blieb stehen. »Lass mich nur machen. Außerdem habe ich noch mehr.« Er erzählte Alessandro, was er bei Sofia und Carlo über Valentina herausgefunden hatte, die Joe Bonos bei dem Gespräch in der Wachstube erwähnt hatte.

»Eine Nachtmalerin?« Alessandro massierte sein Gesicht. »Im Torre Toscano? Vielleicht lässt Rapunzel ihr Haar für dich herab, damit du hinaufklettern kannst.«

»Das werde ich, wenn du mich danach als Ritter in den Märchengeschichten für deine Kinder auftreten lässt«, entgegnete Sergio.

Alessandro warf ihm einen strengen Blick zu. »Vielleicht ist Raperonzolo zur Tatzeit von ihrem Turm herabgestiegen. Morelli hat sich in der Nachbarschaft des Palazzo umgehört. Niemand hat in der fraglichen Zeit etwas Ungewöhnliches bemerkt. Aber eine Nachbarin meinte, dass Leonetti Damenbesuch hatte, beschreiben konnte sie die Frau aber nicht.«

»Also ist Valentina für uns eine heiße Spur.«

Alessandro nickte. »Genauso wie der Abendschatten. Der ist zwar wieder da, aber der Diebstahl ist nicht aufgeklärt.«

»Halten wir fest, was wir wissen.« Sergio stützte sich auf die Lehne des Stuhls, der vor Alessandros Schreibtisch stand. Das Metallgestänge quietschte. »Es gibt keine Einbruchsspuren im archäologischen Museum. Die Figur findet sich ein paar Häuser entfernt wieder. Es muss eine Verbindung zwischen dem Museum und Leonetti geben, die wir noch nicht kennen.«

»Es gibt bisher nur Boschetti.«

»Wir sollten ihm noch einmal auf den Zahn fühlen«, bestätigte Sergio.

Die Polizeisirene ertönte, der Klingelton von Alessandros Telefon. Sergio schaute aus dem Fenster, während der Kollege mit jemandem sprach, der ihn kaum zu Wort kommen ließ. Auf der Piazza sah er Bertini ein rot-weißes Absperrband zwischen zwei Stühle der Bar Piazza spannen und dabei drei Beschäftigten des Ordnungsamtes gestenreich etwas erklären.

»Das war Rossi«, sagte Alessandro schließlich. »Der Ispettore wollte uns vorwarnen«, er setzte mit den Zeigefingern Häkchen in die Luft, »weil die Wettbewerbsjury schon am Samstag nach Volterra kommen wird.«

»Am Samstag?« Sergio spürte den Boden unter seinen Schuhsohlen erzittern. Der Wettbewerb und die Zukunft der Stadt, der Abendschatten, Leonetti, Angelo und die Trattoria, Giulia und die Musikschule, der Bürgermeister und das Foltermuseum – die Gedanken polterten wie eine Steinlawine durch seinen Kopf. »Das ist schon in drei Tagen!« Wie sollte er bis dahin all das in den Griff bekommen? Er schnaubte verächtlich. »Woher will dieser Angeber Rossi das überhaupt wissen?«

»Er hat vermutlich selbst dafür gesorgt, um die Chancen, dass der Mord an Leonetti rechtzeitig aufgeklärt wird, zu verringern. Zu unserem Fall hat er keine Silbe gesagt. Mit diesem Schachzug verschafft er San Gimignano einen Vorteil«, erklärte Alessandro. »Das war seinem gehässigen Tonfall zu entnehmen.«

»Wie hat er das gemacht?«, fragte Sergio.

»Ganz einfach: Er hat seinen Chef angerufen.« Alessandro klatschte mit der flachen Hand auf den Schreibtisch. »Commissario Baldi sitzt in der Jury. Volterra ist geliefert.«

Kapitel 17

Die Trattoria war geschlossen. Trotzdem leuchtete die Laterne neben der Tür, und das Licht hinter dem Schriftzug *Il Gusto* schien sogar zu strahlen. Sergio stand vor dem Lokal und lächelte ein Lächeln, das immer breiter wurde. Es war erst früher Abend und noch viel zu hell für die Beleuchtung. Aber sein Vater zeigte dem Stadtviertel, dass er nicht bereit war, die Segel zu streichen und seine Trattoria untergehen zu lassen. Das Licht war das Leuchtfeuer seines Kampfgeistes und signalisierte: Angelo Panda würde sich niemals ergeben. Das Schild mit dem Schriftzug *Chiuso* hing noch an seinem Platz. Er klopfte und wurde von Matteo eingelassen.

»Was machst du denn hier?«, fragte Sergio den Koch. Einen Moment lang befürchtete er, Angelo habe heimlich geöffnet und würde die Gäste durch den Hintereingang einschleusen.

Matteo zerstreute Sergios Bedenken. »Wir haben zwar geschlossen, aber zum einen sind die Archäologen da und brauchen Verpflegung, und dein Vater meinte, das sei immerhin ein kleines Geschäft, das er sich nicht entgehen lassen dürfe. Zum anderen nutzen wir die Ruhe, um uns auf den Besuch der Norweger vorzubereiten.« Matteo schaute auf den Pappkarton in Sergios Hand. »Hast du dir dein Essen selbst mitgebracht?«

Sergio hob die Schachtel an, in der die verkohlten Papiere aus dem Kamin des Bürgermeisters lagen. »Daran verbrennt man sich möglicherweise die Finger«, gab er zurück, legte die Kiste auf den Stammtisch und bog in den Waschraum ab.

Dieselben Geräusche, dieselben Gerüche. Seit gestern hatte sich an der Ausgrabungsstelle nicht viel verändert. Einzig die Grube war noch tiefer und breiter geworden. Einer der jungen Männer hockte in dem Loch und zeichnete etwas auf einem Bogen Millimeterpapier. Er grüßte Sergio mit einem verschwörerischen Augenzwinkern. Der andere saß auf dem Rand, stopfte Pizza in sich hinein und zeigte einen erhobenen Daumen.

»Ist Dottor Cantarini da?«, fragte Sergio. Der Archäologe lugte aus der Damentoilette hervor. Um seinen Kopf hatte er eine Stirnlampe gebunden, mit der er Sergio blendete. Cantarini schaltete die Lampe aus, aber seine Augen leuchteten weiter. »Agente Panda! Wollen Sie mal sehen, was wir alles in Ihrem *bagno* finden?« Er hielt Plastiktüten in die Höhe, in einer war etwas Rostrotes zu erkennen. Ein Ring aus Metall.

»Was ist das?«, fragte Sergio. »Ein Armband?«

»Metallfesseln«, sagte Cantarini strahlend. »Die Handschellen der Antike. Jedenfalls eine Hälfte davon.«

Sergio zuckte zusammen. Er hatte mit einem Tempel unter dem Il Gusto gerechnet, jedenfalls hatte der Archäologe so etwas angekündigt. Ein Riesenspektakel sollte das sein, das die Ausgrabung über die Stadtgrenzen hinaus berühmt machen würde. Und jetzt: »Handschellen?«, fragte Sergio und zog das Wort in die Länge. »Erzählen Sie mir nicht, dass unter unserer Trattoria ein Folterkeller lag.«

»Das glaube ich nicht«, sagte Cantarini. »Es würde auch nicht zu den anderen Entdeckungen passen. Schauen Sie!« Er hielt weitere Tüten in die Höhe und gab den verschwommen erkennbaren Inhalten mit Erklärungen Kontur. »Der Rest eines Küchengeräts, einer Kasserolle vielleicht. Das hier ist ein zerbrochener Knochenheber, der gehörte früher zum Operationsbesteck eines Chirurgen. Und hier haben wir Spinnwirtel, Gewichte für die Fäden an einem Webstuhl.«

Sergio schwirrte der Kopf. »Was schließen Sie daraus? Lag hier die Kerkerzelle eines Arztes, der in Eisenfesseln gekocht und seine eigene Tunika gewebt hat?«

Die Ausgräber lachten. Cantarini schüttelte den Kopf und ließ die Tüten wieder verschwinden wie ein Zauberkünstler nach dem Auftritt. »*No, no*«, sagte er. »Was wir hier haben, ist eine Abfallgrube.« Er klatschte in die Hände.

»Abfall?«, fragte Sergio. »Und den graben Sie aus? Ich dachte, hier soll ein Tempel liegen.«

»*Sì, sì*«, sagte Cantarini. »Der Tempel liegt vermutlich tiefer. Hoffe ich jedenfalls. Etruskisch. Die Römer haben ihren Abfall darauf ausgeleert. Typisch Besatzer.« Sergio musste an das Römische Theater Volterras denken, in das früher die Einwohner ihren Müll gekippt hatten. Die Menschen änderten sich wohl nie.

Cantarini deutete auf die Tüten. »Für Archäologen sind Abfallgruben wie Schatztruhen. Sie verraten viel über das Leben zur damaligen Zeit. Der Müll eines Hauses ist für uns wertvoller als Gold und Edelsteine.«

»Warum arbeiten Sie dann in meinem Waschraum und nicht in meiner Mülltonne? Sie finden sie draußen um die Ecke.« Angelo war in der Tür aufgetaucht, vermutlich von Sergios Stimme angelockt. »Ich brauche dich in der Küche. *Pronto!*«, befahl er seinem Sohn.

»Bin gleich da, *babbo*«, sagte Sergio und fuhr, an Cantarini gewandt, fort: »Angenommen, Sie finden Papyrus oder Pergament dort unten. Mit Schriftzeichen darauf. Weiter angenommen, der Fund wäre angebrannt, nicht zerstört, aber verkohlt. Könnten Sie die Texte wieder lesbar machen?«

Cantarini rieb sich den runden Hinterkopf. »So etwas werden wir hier nicht entdecken, fürchte ich. Die Feuchtigkeit im Boden zersetzt organisches Material innerhalb weniger Jahre. Und wir sprechen hier von mehreren Tausend Jahren. Keine Chance.«

Sergio sank der Mut. Er hatte fest damit gerechnet, dass der Archäologe ihm helfen konnte, die Papiere aus dem Kamin des Bürgermeisters zu entziffern. »Aber so etwas hat es doch gewiss schon gegeben. Texte der Antike sind doch auch heute bekannt. Sophokles, Julius Caesar, Marc Aurel.« Das waren die drei Autoren, die er in der Schule hatte lesen müssen.

»Deren Schriften sind Überlieferungen aus dem Mittelalter«, erklärte Cantarini. »Die Originale sind nicht erhalten. Aber es gibt tatsächlich einige seltene Funde antiker Papyri. In Herculaneum und Pompeji. Beide Städte hat der Ausbruch des Vesuv im Jahr 79 nach Christus unter einer Ascheschicht begraben und luftdicht eingeschlossen. Darin haben sich Rollen aus Papyrus erhalten, die meine Kollegen vom Nationalmuseum in Neapel wieder lesbar machen konnten.« Er grinste. »Sie hatten auf verlorenes Wissen gehofft, aber es waren bloß Lagerlisten. Was für eine Enttäuschung!« Dem Archäologen war die Schadenfreude anzusehen.

»Wie sind Ihre Kollegen bei der Untersuchung vorgegangen?« Sergio spürte nun doch die Überzeugung, auf der richtigen Spur zu sein.

»Das ist keine Zauberei. Archäologie im zweiten Semester. Dazu braucht man nur Gelatine und Essigsäure.« Cantarini schien zunehmend verwundert über Sergios folgende Fragen, genoss jedoch die Rolle des Dozenten, der mit seinem Wissen vor einem Laien glänzen kann.

»Kommst du endlich?«, rief Angelo mit seiner heiseren Stimme. »Oder läufst du gerade ins feindliche Lager über?«

Sergio bedankte sich bei dem Archäologen und ging die vier Schritte bis zur Küche. Im Hintergrund bemerkte er noch, dass Cantarini seinen Grabungshelfern das Kommando zum Aufbruch gab. Für diesen Tag war der Boden der Trattoria genug untersucht worden.

In der Küche sah es ebenfalls aus wie bei einer Ausgrabung. Alle Schranktüren standen offen, die Schubladen waren herausgezogen, Angelo und Matteo standen inmitten von ausgeräumten Kartons und Frischhalteboxen und sahen Sergio mit Mienen an, die er so noch nie an ihnen gesehen hatte, nicht einmal angesichts der Schließung des Il Gusto. Aus den Gesichtern der beiden Männer sprach die Verzweiflung.

»Was ist passiert?«, wollte Sergio wissen. »Ist jemand gestorben?«

»Noch nicht«, krächzte sein Vater.

»Die Norweger«, sagte Matteo. Mehr musste er nicht hinzufügen. Jetzt wurde Sergio klar, welche Nöte Angelo ausstand. Die hervorgezerrten Kisten und Dosen, die Gläser mit der getrockneten Pasta, die Tiegel mit selbst hergestellten Soßen und die Batterien von Gewürzstreuern stellten zusammen ein gewaltiges Fragezeichen über den Köpfen des Gastwirts und des Kochs dar.

»Ihr wollt doch wohl nicht von mir wissen, wie ihr die Kommission der Stockfischgesellschaft beeindrucken könnt?« Sergio stützte sich mit einer Hand am Türrahmen ab. »Hört mal! Ich jage einen Mörder, arbeite daran, dieses Lokal wieder zum Leben zu erwecken, und soll ein altes Gemäuer in einen Palast verwandeln, damit Musik daraus hervorkommt.« Beinahe hätte er hinzugefügt, dass er zudem noch versuche, Fahrrad fahren zu lernen. »Für die Küche der Trattoria seid ihr zwei zuständig. Oder fällt euch nichts mehr ein?«

»Na ja«, sagte Angelo, »es ist keineswegs so, dass wir nicht wüssten, was wir kochen sollen.« Er warf einen Blick zu Matteo hinüber.

»Das Problem ist, dass wir uns nicht auf ein Gericht einigen können«, ergänzte der Koch. Er deutete auf das

Wasserbecken. Es war gefüllt mit Stockfisch. Der Trockenfisch, in der Regel handelte es sich um Kabeljau, erinnerte an ein gerupftes und ausgenommenes Hühnchen, über das ein Lastwagen gefahren war. Wenn Sergio es nicht besser gewusst hätte, würde er niemals annehmen, dass daraus die schmackhaftesten und originellsten Gerichte in der Trattoria Mortale zubereitet werden konnten.

»Ich würde *stoccafisso* in einem Tomatensugo anbieten«, sagte Matteo. »Das ist bekömmlich, ein einfaches Gericht, das zu unserer Trattoria passt, und wir können die Norweger mit dem intensiven Geschmack unserer sonnenverwöhnten Tomaten beeindrucken. So etwas haben die im Norden bestimmt noch nie geschmeckt.«

»Und du, *babbo?*«, fragte Sergio. »Auf welches Rezept würdest du setzen?«

»Baccalà«, blaffte Angelo. »Was sonst? Wenn wir den Trockenfisch in Salzlake wässern, ist er in ein bis zwei Tagen weich und genießbar. In normalem Wasser oder Tomatensugo bräuchten wir viel länger, vier bis sechs Tage. Bis dahin sind die Norweger längst hier. Es stimmt: Der Geschmack wäre natürlicher, aber die Frist ist zu kurz. Dazu bräuchte ich Nerven so dick wie die Unterarme von Zitadelle.«

»Aber *baccalà* ist viel zu salzig.« Matteo warf die Hände in die Höhe. »Das werden die Gäste niemals akzeptieren. Die wollen ihren Stockfisch wiedererkennen, die wollen Norwegen am Gaumen haben, mit einem Schuss Italien. Einen Wikinger, der eine italienische Schönheit im Arm hält.«

»Aber *baccalà* geht schneller«, warf Angelo ein.

»*Baccalà, baccalà*«, leierte Matteo, nahm eine Dose von der Arbeitsplatte und drückte sie Angelo in die Hand. »Mach doch einfach eine Dose auf. Das macht weniger Mühe, und das Ergebnis wird dasselbe sein.«

Sergio runzelte die Stirn. Es ging scheinbar nicht darum, wer den Gaumen besser zu verwöhnen verstand, sondern darum, was in der knappen Zeit überhaupt möglich war. Matteo wollte alles auf eine Karte setzen, Angelo lieber auf Sicherheit spielen. Sergio hatte Verständnis für beide Positionen. Er suchte nach einer Lösung, einem Kompromiss, der die beiden Männer zusammenbrachte, da tippte ihm jemand von hinten auf die Schulter. Cantarini und seine Helfer hatten zusammengepackt und baten darum, aus dem Lokal herausgelassen zu werden. Sergio begleitete das Grabungsteam zur Tür, überhörte Angelos Befehl, er solle die Rechnung für die Pizza präsentieren, schloss auf und entließ die drei Männer in den frühsommerlichen Abend.

Vor der Tür stand Giulia im sahnigen Licht. Sie trug die dunkelblaue Uniform von CPT, der Busgesellschaft, nickte den Archäologen zu und huschte in die Trattoria.

In Sergios Kopf schrillten Alarmglocken. Das Foltermuseum! Er würde Giulia davon berichten müssen. Und, wenn er wollte, dass die Trattoria überlebte, sie darum bitten, auf die Musikschule zu verzichten. Eigentlich hatte er diese Situation hinausschieben wollen. Wenn er ehrlich mit sich selbst war, so musste er sich eingestehen, dass er die Forderung des Bürgermeisters sogar verdrängt hatte. Und jetzt war Giulia plötzlich da. Sie schlang ihre Arme um seinen Hals und küsste ihn. Ihr Atem roch nach teurer Schokolade, ihre Haut noch ein wenig nach dem Inneren des Omnibusses. Die Welt wurde sehr klein. »Ich habe gerade Feierabend und wollte nachsehen, wie es um das Il Gusto steht. Und ich hatte gehofft, dich hier zu finden.«

»Sergio?«, rief Angelo von hinten, »Was treibst du so lange? Ist dir das Wechselgeld ausgegangen?«

Giulia löste sich von ihm. Gemeinsam gingen sie in die Küche. Angelos griesgrämige Miene hellte sich auf, als er Giulia sah. »Deine Anwesenheit macht ein ganzes Lokal voller Gäste wett«, sagte er. »Du kannst uns bestimmt bei einer wichtigen Entscheidung helfen.« Er beschrieb das Problem, vor dem die Trattoria stand.

Giulia griff nach einem Einmachglas mit einer klaren Flüssigkeit darin, in der weiße Stücke Fisch schwammen. »Das ist doch *baccalà*, oder?«

Angelo nickte. »Ja, aber vom Lieferanten. Den haben wir nicht selbst eingelegt.«

Giulia stellte das Glas ab. »Hat dein Lieferant auch Stockfisch in Tomatensugo? Nein? Da hast du die Antwort, nach der du suchst. So etwas kann man nirgendwo kaufen.«

»Sie hat recht«, pflichtete Matteo bei. »Vermutlich kennen nur drei Köche in der Toskana überhaupt das Rezept.«

»Also ist dieser Stockfisch das Pferd, auf das du setzen musst«, schloss Giulia ihr Argument.

»Ein Seepferdchen.« Matteo grinste.

»Aber die Zeit läuft uns davon«, protestierte Angelo schwach. »Wir haben doch nur noch drei Tage. Am Samstagabend werden die Norweger hier sein. Wenn ich mir vorstelle, dass der *stoccafisso* dann nicht weich sein wird, werden es meine Knie sein.«

»Dann solltet ihr euch besser sofort an die Arbeit machen«, sagte Sergio und schaute demonstrativ durch die Ausgabeluke in den leeren Gastraum. »Im Moment scheint ihr ohnehin nichts Besseres zu tun zu haben.«

Angelo atmete tief ein und klatschte in die Hände. »Also los! Matteo, warum steht die ganze Küche voll mit diesem Zeug? Wer soll denn in einem solchen Durcheinander arbeiten?« Die beiden begannen, die Dosen und Kartons an ihre Plätze zurückzuräumen.

Bevor Matteos flinke Hände alles beiseiteschaffen konnten, wühlte Sergio durch die Packungen mit Backpulver, Schokostreuseln und Haferflocken, bis er fand, wonach er suchte. »Ich leihe mir das hier mal kurz aus«, sagte er und hielt den Beutel mit dem Gelatinepulver hoch.

»Bringt dir Giulia das Kuchenbacken bei?«, fragte Angelo.

»So ähnlich«, erwiderte Sergio ausweichend. Er kramte noch die Flasche mit der Essigessenz hervor, griff nach der kleinen Küchenwaage, einem Tiegel, Schneebesen und einem Pinsel und legte alles auf der kleinen Arbeitsplatte am entgegengesetzten Ende der Küche zurecht.

»Was hast du vor?«, fragte Giulia.

Sergio bat sie mit erhobener Hand, einen Moment zu warten. Er flitzte in den Gastraum, holte den Karton und postierte ihn inmitten der Utensilien. Dann klappte er die Schachtel auf.

Angelo warf einen neugierigen Blick über Sergios Schulter. »Wenn das dein Versuch eines Kuchens ist, hast du etwas grundsätzlich falsch verstanden.«

»Das hier«, erklärte Sergio, »ist eine besondere Art Nachspeise, die erst noch zum Leben erweckt werden muss. Reich mir bitte mal einen Achtelliter Wasser.«

Angelo protestierte. Er habe es eilig, den Stockfisch anzusetzen. »Du kannst deinen Chemiebaukasten doch in deinem Fotolabor aufbauen.« Einen Messbecher mit Wasser gab er ihm trotzdem.

»Das hier dauert nur einen Moment.« Sergio mischte das Gelatinepulver mit Wasser. Dottor Cantarini hatte ihm erklärt, dass die benötigte Menge davon abhänge, wie verkohlt der Papyrus sei. Die Papiere aus dem Kamin des Bürgermeisterbüros waren an den Rändern schwarz angebrannt, zur Mitte waren die Flammen noch nicht vollständig vorgedrungen, dort hatte sich das Papier braun verfärbt. Leonettis silbernes *L* schaute noch daraus hervor. An den Rändern des Papiers waren Stücke abgebrochen, sodass die Unterlagen aussahen wie alte Schatzkarten. Vielleicht, dachte Sergio, sind es sogar welche.

»Verrätst du nun endlich, was das werden soll?«, drängte Giulia.

Sergio berichtete, woher er die Dokumente hatte.

»Na und?«, fragte Giulia. »Der Bürgermeister kann doch alte Unterlagen vernichten, so viel er will.«

Sergio rührte die Gelatine mit dem Schneebesen an. Die Rippen des Küchengeräts tickten gegen die Ränder der Schüssel. »Natürlich kann der Bürgermeister Papiere beseitigen. Dafür benutzt er in der Regel Aktenvernichter. Und die werden von Angestellten der Verwaltung bedient. Wenn er die Dokumente stattdessen im Kamin verbrennt, ist das schon etwas merkwürdig.«

»Vielleicht war es einfach praktisch.« Matteo nahm ein Rezeptbuch und schleuderte es mit lässiger Handbewegung in einen Schrank.

»Ausgeschlossen.« Sergio tunkte den Backpinsel in die Gelatine. Die Masse war noch etwas körnig, aber für seine Zwecke musste das genügen.

Matteo ließ nicht locker. »Woher willst du wissen, dass Ragagioni den Kamin eigens zu dem Zweck angezündet hat, diese Unterlagen zu vernichten? Er könnte sich doch einfach ein gemütliches Feuerchen gemacht haben.«

Sergio tippte mit dem Zeigefinger unter sein Auge. »Bei fünfundzwanzig Grad? Dann muss Ragagioni aus irgendeinem Grund sehr kalte Füße bekommen haben.«

Als sich kein Widerspruch mehr regte, begann Sergio, das oberste Blatt Papier mit der Gelatine einzustreichen. Bei den ersten Bewegungen lösten sich Fetzen der verbrannten Masse. Sergio stoppte. Er musste behutsamer zu Werke gehen, wenn er die Dokumente nicht vollends zerstören wollte. Er biss sich auf die Unterlippe. Zum ersten Mal, seit Cantarini aufgetaucht war, wünschte Sergio, der Archäologe wäre hier.

»Gib mal her!« Matteo nahm Sergio den Pinsel ab. »Wenn hier einer was davon versteht, mit einem Bratenpinsel umzugehen, dann bin ich das.« Er tunkte die Spitze des Pinsels in die Gelatine und streifte die Borsten am Rand der Schüssel so geschickt ab, dass sich die Masse gleichmäßig verteilte. Dann strich er die Gelatine mit langsamen, ruhigen Bewegungen über die verbrannte Fläche. Die Papiere blieben unbeschädigt.

»Und jetzt?«, fragte der Koch, als er fertig war. Die Unterlagen schimmerten feucht.

»Jetzt warten wir, bis die Gelatine eingezogen und getrocknet ist. Unterdessen mischen wir Essigsäure mit Wasser«, wiederholte Sergio Cantarinis Anweisungen. »Zu zwanzig bis dreißig Prozent.«

Angelo war schon dabei, die Essigessenz abzumessen. Dann gab er das Wasser hinzu, hielt den Becher gegen das Licht und schüttelte ihn. »Fertig!«, sagte er und stellte das Ergebnis vor Sergio auf die Arbeitsplatte.

Sie umringten die bearbeiteten Papiere und warteten noch einen Augenblick. Der Kleber verlieh jedem Blatt Stabilität und sorgte dafür, dass es sich von den anderen löste. So jedenfalls hatte es Cantarini erklärt. Jetzt näherte sich der Moment, die Behauptung des Archäologen zu überprüfen. »Haben wir eine Pinzette hier?«, fragte Sergio. Das war nicht der Fall. Aber Giulia konnte mit einer Haarklammer aus Messing aushelfen. Die Spitzen ließen sich wie bei einer Pinzette zusammendrücken. Sergio hielt den Atem an, als er ein Stück des Deckblatts mit der Haarklammer anhob. Es löste sich mit einem knisternden Geräusch. Sergio bewegte die Hand langsam, trotzdem konnte er nicht verhindern, dass ein Stück Papier abbrach. Von den anderen war das Seufzen der Enttäuschten zu hören.

Sergio konnte sein Publikum beruhigen. »Das ist normal. Dottor Cantarini hat mir erklärt, es sei unmöglich, verkohltes Papier am Stück zu retten. Das ist auch gar nicht nötig. Aufgepasst!«

Er fühlte sich wie ein Zauberkünstler, als er den großen Block für die Einkaufslisten der Trattoria unter der Arbeitsplatte hervorzog. Er bat Matteo, das obere Blatt dünn mit der Essigsäure einzustreichen. Dann legte Sergio das verkohlte Fragment, das er noch immer mit der Haarklammer festhielt, auf das nun leicht gewellte, frische Papier. Die Feuchtigkeit ließ es daran haften. Innerhalb weniger Sekunden drang die Essigsäure in die Gelatine ein, und in dem Schwarz wurden Strukturen sichtbar: einzelne Striche zunächst, dann Buchstaben, mit einer Maschine geschriebene Wörter und schließlich der Teil eines Satzes.

Cantarini hatte recht: Der Essig reagierte auf moderne Tinte genauso wie auf antike. Tinte, so hatte der Archäologe erklärt, wurde früher aus Ruß und dem Saft von Galläpfeln angerührt. Noch heute sei Gallat ein wichtiger Bestandteil der Flüssigkeit, ebenjener Teil, mit dem die Essigsäure sich verband.

Vor den staunenden Augen von Sergio, Giulia, Angelo und Matteo wurde der verbrannte Text wieder sichtbar.

»Was steht da?«, krächzte Angelo. Er fischte seine Brille aus der Hemdtasche. »*... mit der Ausge...*« Danach brach der Text am Rand des Fragments ab.

»Jemand scheint irgendwo ausgegangen zu sein«, mutmaßte Matteo.

»Oder jemandem ist etwas ausgegangen«, kommentierte Angelo. »Das Geld. Immerhin stammt das da aus der Stadtverwaltung.«

»Nicht so ungeduldig. Das Puzzlespiel hat doch gerade erst begonnen.« Sergio griff nach dem nächsten Stück Papier und begann von Neuem, es vorsichtig von den darunter liegenden Bögen zu lösen. Diesmal bekam er ein größeres Stück zu fassen, legte es auf den Bestellblock und wiederholte die Prozedur. Nachdem er acht Stücke abgeschält und neu zusammengesetzt hatte, erschien ein zusammenhängender Text.

»Daher empfehle ich, Luigi Leonetti mit der Ausgestaltung des Wettbewerbs *Il Girasole* zu beauftragen. Leonetti ist ein international anerkannter Designer. Eine Liste seiner berühmtesten Arbeiten findet sich im Anhang, Anlage C. Die Verwaltung sollte Leonetti jedwede Unterstützung zukommen lassen.« Darunter waren die handschriftlichen Schnörkel einer Unterschrift zu sehen, doch keiner der Anwesenden konnte sie entziffern.

Sergio rieb sich das Kinn, seine Finger kratzten über seinen Dreitagebart. »Ich gebe zu, ich hatte etwas Bedeutsameres erwartet«, sagte er.

»Da ist dir ja ein dicker Fisch ins Netz gegangen«, höhnte Angelo. »Dagegen ist mein Stockfisch fett wie ein Pottwal.« Er stieß Matteo mit dem Ellenbogen an. »Was sagst du zu unserem Sherlock Holmes?«

Sergio presste die Lippen zusammen. Die Haarklammer zwischen seinem Daumen und Zeigefinger – bislang hatte er sie ruhig gehalten – begann zu zittern wie die Weidenrute eines Wünschelrutengängers. Das durfte doch nicht wahr sein! Angelo verspottete ihn vor Giulia. »Es geht ja noch weiter«, presste er hervor.

»Natürlich«, sagte Angelo. »Was kommt denn wohl als Nächstes? Anträge der Einwohnermeldebehörde für Bleistiftanspitzer? Strafmandate von Parksündern? Da sieht man es doch: Ein Verkehrspolizist ist und bleibt ein Verkehrspolizist. Komm, Matteo, wir haben Wichtigeres zu tun.«

Kleine Stöße verschoben die tektonischen Platten in Sergios Verstand. Er versuchte, ruhig zu bleiben, aber die Haarnadel zitterte immer stärker. »*Basta!*«, rief er und warf sie auf die Arbeitsplatte. Klirrend prallte sie ab und landete auf dem Fußboden. »Bevor du deinen Sohn noch weiter verhöhnst«, rief er, »solltest du ihn erst mal darum bitten, dass er deine Trattoria rettet.«

Angelo prustete. »Die rette ich schon selbst. Du hast doch gesehen, dass ich beim Bürgermeister war.«

Matteo zog sich in den Hintergrund der Küche zurück. Der Koch kannte die Auseinandersetzungen zwischen Vater und Sohn Panda gut genug, um zu wissen, wann man besser Deckung suchte.

»Du warst beim Bürgermeister«, fuhr Sergio seinen Vater an, »und ich musste die Kohlen für dich aus dem Feuer holen.« Er blinzelte kurz auf die verbrannten Papiere hinunter. »Jedenfalls liegt es nicht an dir, ob das Il Gusto weiter geöffnet bleibt«, er tippte sich mit dem Zeigefinger gegen die Brust, »sondern einzig und allein an mir.«

Er holte tief Luft, um sich gegen die nächste Attacke seines Vaters zu wappnen. Doch die blieb aus. Angelo schaute ihn stirnrunzelnd an. »Das sagst du doch nicht einfach so daher. Ich kenne dich. Du hast doch irgendwas mit Ragagioni ausgehandelt. Raus mit der Sprache!«

Sergio zuckte zusammen. *Porca miseria!* Er war zu weit gegangen, hatte sich verraten, und jetzt gab es kein Zurück mehr. Dabei hatte er über die Forderung des Bürgermeisters erst noch in Ruhe nachdenken wollen, bevor er eine Entscheidung traf. Die Trattoria oder die Musikschule. Jetzt würde er mit der unbequemen Wahrheit herausrücken müssen. Er bückte sich und hob die Haarnadel auf, drehte sie zwischen den Fingern. »Ragagioni hat in Aussicht gestellt, die Trattoria trotz Ausgrabungen weiterlaufen zu lassen. So wie es Donatella vorgeschlagen hat.«

Angelos hellblaue Augen leuchteten auf. Er klatschte in die Hände. »Das ist ja wunderbar. Warum sagst du das nicht gleich?« Er klopfte Sergio auf die Schulter. »Du bist vielleicht kein Sherlock Holmes, aber dafür ein Meister knallharter Verhandlungen, du bist …«

Sergio streifte Angelos Hand ab. Jetzt kam der schwierige Teil. »Ich habe noch nicht zugestimmt«, sagte er. »Der Bürgermeister gibt uns die Trattoria nicht bedingungslos zurück.« Sergios Blick flog zu Giulia hinüber. »Im Gegenzug will er, dass Giulia von dem Vorkaufsrecht für das Haus von Signora Terzo zurücktritt. Er will das Gebäude für sich.«

Im Schimmern von Giulias Iris lag etwas, ein winziges Schwanken, dann verschleierte sich ihr Blick, die unteren Ränder ihrer Lider hoben sich und verkleinerten ihre Augen zu Schlitzen. »Was?«, hauchte sie. »Was will denn der Bürgermeister mit dem alten Gemäuer?«

Sergio blieb nichts anderes übrig, als Ragagionis Pläne darzulegen. Er beschrieb das Foltermuseum und die angeblichen Vorteile für Volterra, so gut er es vermochte, achtete aber darauf, seine eigene ablehnende Haltung gegenüber dem Plan deutlich zu machen.

»Ein Foltermuseum anstelle einer Musikschule?« Giulia hätte nicht verständnisloser geklungen, wenn Sergio ihr offenbart hätte, er liebe eine andere. »Wie kannst du so etwas zulassen?«

Sergio hob abwehrend die Hände. »Das ist nicht meine Idee. Ich erzähle euch nur, was der Bürgermeister will. Auf keinen Fall bin ich dafür, ein Foltermuseum in Volterra einzurichten.«

»Ach!«, blaffte Angelo. »Das bedeutet dann wohl, dass du auf Ragagionis Angebot nicht eingehen willst. Und das Il Gusto muss schließen? Wie stellst du dir das vor?«

»Es gibt bestimmt eine Lösung«, sagte Sergio so ruhig wie möglich – was nicht besonders ruhig war –, »einen Kompromiss.«

Giulia lachte gekünstelt. »Welchen denn? Sollen meine Gesangsschüler Schmerzensschreie auf der Streckbank ausstoßen? Tragen meine Tänzerinnen Spanische Stiefel und die Saxophonspieler Daumenschrauben? Wie lange weißt du überhaupt schon davon? Wann hattest du vor, mir von dieser Katastrophe zu erzählen?«

»Eigentlich …«, begann Sergio.

Giulia presste eine Hand gegen die Stirn. »Das ist das Ende des Projekts Musikschule.«

Kopfschmerz erwachte über Sergios linkem Auge. Er rieb sich die Schläfe. »Jetzt mal langsam. Wir dürfen uns nicht Bange machen lassen. Ragagioni treibt mit seiner Erpressung einen Keil zwischen uns. Aber das Problem sind nicht wir selbst, das Problem sind die Pläne des Bürgermeisters. Wenn wir zusammenhalten, werden wir einen Weg finden, die Musikschule und die Trattoria zu retten. Es gibt kein ›Entweder-oder‹, uns gibt es nur im Gesamtpaket. Versteht ihr?«

Zwei Paar Augen starrten ihn an, zwei Paar Arme verschränkten sich in Erwartung einer Offenbarung.

»Das sind schöne Worte«, sagte Angelo. »Aber bedeutet das, wir können morgen wieder öffnen, oder nicht?«

»Genau.« Giulia nickte. »Ich habe für morgen früh einen Besichtigungstermin mit Maurizio bei Signora Terzo vereinbart. Er wird Vertreter des Konservatoriums mitbringen. Soll ich das Treffen absagen?«

Sergio schlug mit der Faust auf den Gasherd. Das Blech schepperte. »Macht doch, was ihr wollt. Aber macht es ohne mich.« Er riss den Schlüssel vom Haken, lief zur Eingangstür, zerrte sie nach zwei vergeblichen Versuchen, das Schlüsselloch zu treffen, endlich auf und lief in den Abend hinaus.

Kapitel 18

Mit einem stotternden Quäken und einem kräftigen Zischen blieb Sergio neben dem Torre Toscano stehen. Rücktritt- und Handbremse waren seine Freunde, stellte er zufrieden fest. Mit dem Fahrrad war er von San Giusto bis ins historische Zentrum Volterras hinaufgestrampelt und von der Piazza dei Priori durch die spätabendlichen Gassen bis zum Turmhaus auf der anderen Seite der Stadt hinabgeschossen. Die Besuchermassen des Tages waren verschwunden und nur noch ein paar Nachtschwärmer unterwegs, denen man auch mit wenig Übung ausweichen konnte. Die Anstrengung und die kleine Abfahrt hatten gutgetan, die Reibereien mit Giulia und seinem Vater hatte er – zumindest für den Moment – hinter sich gelassen. Sergio lehnte das Fahrrad gegen die Hauswand.

Vor ihm ragte der kantige Turm auf. Neben den prächtigen Stadthäusern und Palazzi wirkte der Bau der Familie Toscano aus dem 12. Jahrhundert wie ein Pflasterstein zwischen lauter Kieseln. Das festungsartige, schmucklose Gebäude war ursprünglich zu Verteidigungszwecken errichtet und später um einen Wohnteil erweitert worden. Als

Sehenswürdigkeit galt es vor allem wegen des Ausblicks vom Dach. Der Turm war beleuchtet, und zusätzlich strahlte ein satter Mond vom cremefarbenen Himmel herab.

Um diese Zeit zwischen Abend und Nacht lag noch ein Schuss Sonnenuntergang im Dunkel über der Stadt – wie die entscheidende Zutat in einem gelungenen Cocktail. Kurz überlegte Sergio, ob er seinen Freund Daniele besuchen solle, der ein paar Häuser weiter in einem Hotel arbeitete und um diese Zeit an der Bar auf der Dachterrasse Getränke mixte. Sie teilten die Vorliebe für Cocktails und hatten gemeinsam schon einige Kreationen ausprobiert, den »Egal« zum Beispiel, der einen die Widrigkeiten des Lebens im Nu vergessen ließ.

Später vielleicht, dachte Sergio, zunächst würde er der Spur Valentinas folgen. Ob die Nachtmalerin Licht in den Fall Leonetti bringen konnte? Er schaute die Fassade des Torre Toscano hinauf. Der Bau hatte keine Fenster, aber im ersten Obergeschoss waren mehrere Türen zu sehen. Wie Sergio wusste, hatten die schmalen Flügeltüren einst auf einen umlaufenden Balkon geführt, von der Konstruktion waren jedoch nur noch Spuren im Mauerwerk erkennbar. Ob im Innern Lampen brannten, war nicht zu erkennen.

Sergio wandte sich dem Eingangsportal zu. Es war tief in die Gebäudewand eingelassen. Er drückte die Klinke herunter. Die Holzpforte war verschlossen. Aber es gab einen zweiten Eingang in dem aus dem 13. Jahrhundert stammenden angrenzenden Wohngebäude, das heute Büros und Begegnungsräume für Studierende beherbergte.

Etwas wischte an seinen Füßen vorbei. Eine schlanke

graue Katze streifte an der Fassade des Turms entlang und verschwand um die Ecke. Sergio folgte dem Tier, das im Schein einer Hauslaterne die Via Matteotti hinablief, und bog zum zweiten Eingang ab. Ein Flügel des Portals stand offen. Durch einen schmalen Flur gelangte er zum Turmaufgang.

Die Holztreppe, eine gerüstartige Konstruktion, war von gläsernen Wandlampen matt beleuchtet. Sergio hatte bereits mehrere Umläufe des steilen Aufgangs hinter sich, als seine knarrenden Schritte ein Echo von oben erhielten. Das Poltern näherte sich schnell, dann lief ein junges Paar kichernd an ihm vorbei. Von oben waren jetzt Stimmen zu hören.

Am Ende der Treppe war ein Durchgang und dahinter der nächtliche Himmel zu sehen. Sergio trat auf ein gepflastertes Plateau hinaus, das von einer gemauerten Galerie umgeben war. Dort waren etwa zwei Dutzend junge Leute versammelt. Einige standen in Grüppchen zusammen und plauderten, andere saßen allein oder zu zweit auf Mauervorsprüngen und genossen die Aussicht über die Stadt. War das hier ein neuer Treffpunkt für diejenigen, die man sonst um die Zeit in der Bar Finito antraf? Die Antwort lieferte ein Plakat auf einem Klappschild. *Der Weg zu den Sternen* stand dort zu lesen, und *Astronomieseminar*. Offenbar warteten die Versammelten darauf, dass die Stars des Abends die himmlische Bühne betraten.

Fünf Steinstufen führten zu der Galerie hinauf, Sergio drängte sich an drei darauf sitzenden Frauen vorbei, die über ein Telefonino gebeugt waren. Oben angekommen, ging er an dem schmiedeeisernen Geländer entlang, das die Galerie säumte. Die Aussicht vom Turm war atemberaubend. Der Mond schien auf die Ziegeldächer der Stadt und verlieh ihrer von der Sonne ausgeblichenen Oberfläche einen silbrigen Glanz, Streifen hellgrauer Rundziegel zogen sich wie Nähte darüber, Antennen und Schornsteine ragten skulpturenartig daraus hervor. Der schlanke Glockenturm der Kirche San Michele schien zum Greifen nah, in einiger Entfernung war die Medici-Festung zu sehen. Sergio erkannte die Ausschnitte der Umgebung, die Valentina für ihre Bilder gewählt hatte.

Im nächsten Moment entdeckte er die Künstlerin selbst.

Am Ende der Galerie stand eine Frau an einer Staffelei. Das musste sie sein, Valentina, die Nachtmalerin. Sie hatte sich etwas abseits eines großen Teleskops postiert, das von einigen Seminarteilnehmenden umringt war, und arbeitete an einem Bild. Sergio näherte sich der Unbekannten. Sie trug ein langes Trägerkleid mit grünem Batikmuster und war barfuß, an einem Fußgelenk blitzte eine zarte silberne Kette. An der Staffelei hing ein kleines Windlicht. Sergio versuchte, das Motiv des Bildes zu erkennen, das wie die ihm bereits bekannten in Schwarz-, Weiß-, Blau- und Grautönen gehalten war.

»Komm ruhig näher«, sagte die Künstlerin, ohne ihn anzusehen.

»Störe ich Sie nicht?«, fragte Sergio.

»Kein bisschen«, erwiderte sie und tupfte mit einem Pinsel auf die Leinwand. »Ich bin Zuschauer gewohnt.«

Sergio trat neben sie. »Das sollte man nicht meinen bei

jemandem, der an einem solchen Ort und zu so ungewöhnlicher Zeit arbeitet.«

»Es gibt mehr Nachtgestalten, als man denkt.« Die Künstlerin fuhr sich mit einer Hand durch die kurzen roten Haare und sah Sergio an. »Von denen finden viele den Weg hier hinauf. Späte Gäste aus der Bar Finito. Touristen. Liebespaare. Und Menschen auf der Suche nach den Sternen. Bist du einer von denen?«

»Zu dem Astronomieseminar gehöre ich nicht«, antwortete Sergio. »Mein Name ist Sergio Panda.«

»Valentina«, sagte die Künstlerin, deren Alter er auf Mitte dreißig schätzte, und reichte ihm die Hand. Daran fiel ihm ein Ring mit einem silbernen Dreieck als Stein auf.

Er hatte Valentina gefunden, jetzt war es Zeit, sich zu erkennen zu geben. Sergio senkte die Stimme. »Ich bin Polizist und möchte mit Ihnen über Luigi Leonetti reden.«

Valentinas grüne Augen weiteten sich, dann schaute sie weg und hielt den Blick auf ihre Leinwand geheftet. »Also suchst du doch nach einem Stern. Nach Luigi«, flüsterte sie. Einen Augenblick lang blieb sie still, dann fuhr sie fort: »Ich versuche gerade, mich ihm zu nähern.« Sie deutete mit dem Pinsel auf die Leinwand. »Das ist meine Art, seinen Tod zu verarbeiten. Aber ich kann mich auch auf deine Art einlassen, Sergio Panda. Lass uns reden.«

Valentina zeigte sich weitgehend unbeeindruckt davon, dass ein Polizist sie aufsuchte und nach ihrem ermordeten Geliebten befragen wollte. Auch wechselte sie nicht in einen förmlichen Umgangston. Auf dem Bild erkannte Sergio den Palazzo von Luigi Leonetti, der nur wenige Meter vom Torre

Toscano entfernt stand. Valentinas Gemälde zeigte das lang gezogene Gebäude an der Via dei Sarti mit seiner auffälligen Sandsteinfassade von schräg oben und in bläulichem Licht. Ein Fenster war hell erleuchtet – dahinter lag das Atelier, in dem der Designer ermordet worden war.

»Wann haben Sie Leonetti zuletzt gesehen?«, fragte Sergio leise.

Valentina ging zu der breiten Mauer, nahm eine kurze Jeansjacke und zog sie über. Dann kramte sie in der Innentasche und zog eine Zigarettenschachtel hervor. Ombra Dorata. Sergio erkannte das auffällige Design der Marke. »Setzen wir uns«, schlug sie vor und ließ sich auf den Steinen nieder.

Sergio setzte sich neben sie. Hier hatten sie Abstand zu den anderen Turmgästen, die inzwischen dem Vortrag eines Mannes neben dem Teleskop lauschten. »... Abendstern ...«, hörte Sergio ihn sagen.

Die Packung knisterte, als Valentina eine Zigarette herausschüttelte und Sergio anbot. Da er ablehnte, nahm sie sie selbst und entzündete ein Streichholz. Ihr Lippenstift hatte die Farbe ihres Haars. Der Rauch verdrängte den Duft des Parfüms, das Sergio an ihr wahrgenommen hatte.

»Sonntag«, sagte sie nach einigen Zügen. »Am Sonntagabend war ich bei Luigi im Palazzo.«

Also hatte Valentina den Designer am Abend vor seinem Tod getroffen. »Wissen Sie noch, wann Sie dort weggegangen sind und wohin?«, fragte Sergio.

»Luigi hatte keine Zeit für mich, deshalb war ich nicht lange dort. Bis acht Uhr vielleicht.« Valentina streckte die

Beine aus, Sergios Blick fiel auf ihre nackten Füße, das silberne Kettchen um die Fessel und die rot lackierten Zehennägel. »Danach habe ich bis spätabends hier gearbeitet und bin dann nach Mazzolla gefahren, dort wohne ich in einem Haus von Freunden.«

»Erzählen Sie mir von Leonetti«, bat Sergio. »Was war er für ein Mensch?«

Die Nachtmalerin blies Rauch aus. »Luigi hat sich selbst als formvollendet bezeichnet, weil er als Designer das Spiel mit den Formen perfekt beherrschte. Er war erfolgreich, seine Kollektionen verkauften sich wie geschnittener *panettone*. Deshalb wollte er aus Mailand weg, wo er über zwanzig Jahre gelebt hat und wo wir uns begegnet sind. Die Stadt komme ihm vor wie ein Kunstsupermarkt, sagte er damals, und das Geschäft mit der Kreativität reize ihn nicht mehr. Als wir vor sechs Jahren nach Volterra kamen, wollte er mehr Inhalt als Verpackung schaffen.«

»Ist ihm das gelungen?«, fragte Sergio.

»Nein«, sagte Valentina entschieden. »Er hat nie auch nur an der Oberfläche gekratzt, er hat sie immer wieder poliert. Und ich habe ihn darin bestärkt, denn was ist schon dagegen zu sagen, dass jemand Glanz ins Leben bringt?«

Sergio deutete in Richtung der Via dei Sarti. »Warum sind Sie nicht gemeinsam in den Palazzo Viti gezogen?«

»Luigis Ego brauchte viel Raum, und ich bin gerne unterwegs und lebe aus dem Koffer«, erzählte Valentina. »Das passte gut zusammen. Den Palazzo habe ich immer, wenn ich dort war, wie ein Reiseziel behandelt, habe ihn besucht und erkundet, so wie ich es auch mit Luigi gemacht habe.«

»War am Sonntagabend sonst noch jemand bei ihm?« Sergio wich dem Zigarettenqualm aus und stützte die Arme auf den Knien ab.

»Nicht, solange ich da war.« Valentina tippte mit dem Zeigefinger auf die Zigarette, Fetzen von Asche schwebten davon. »Aber ob ihn noch eine andere Muse geküsst hat, weiß ich natürlich nicht.«

»Was meinen Sie damit?« Sergio dachte an die Klatschgeschichten von Joe Bonos.

»Luigi hatte eine Menge Verehrerinnen.« Valentina nahm einen tiefen Zug, die Spitze ihrer Zigarette leuchtete auf.

Sergio überlegte. Sofia hatte ihm von Valentinas Eifersucht und den Streitigkeiten mit Leonetti erzählt. »Kennen Sie diese Verehrerinnen?«

»Jeder kennt eine. Du wahrscheinlich auch.«

»Geht es etwas genauer?« Sergio wollte sich nicht davon beirren lassen, dass Valentina ihn beharrlich duzte.

Sie blies Rauch aus, dem ein Name folgte. »Federica Tulli.«

Dass Valentina jemanden benannte, überraschte Sergio ebenso wie der Name selbst. Brachte Valentina die Kunstschmiedin ins Gespräch, weil sie sich an ihr rächen wollte? »Was für ein Verhältnis hatte Federica Tulli zu Leonetti?«

»Das musst du sie schon selbst fragen.«

An der Kunstschmiedin waren Sergio und Alessandro die dreieckigen Schuhe aufgefallen, die möglicherweise von Leonetti stammten. Sie würden noch einmal mit ihr reden müssen – diesmal über Leonetti.

Zunächst jedoch wollte Sergio noch mehr von Valentina wissen. »Wann haben Sie vom Tod Leonettis erfahren?«

»Als ich am Montagabend zu ihm wollte, war der Palazzo in blaues Licht getaucht. Dieses Flackern der Rettungs- und Polizeiwagen werde ich nie vergessen.« Valentina drückte die Zigarette an der Mauer aus, auf der sie saßen, und ließ den Stummel in der Zigarettenpackung verschwinden. »Einige Leute auf der Straße wussten schon Bescheid, von denen habe ich es gehört. Gestern konnte man dann alles über Luigis Tod in der Zeitung lesen.«

»Wieso haben Sie nicht mit der Polizei geredet?«

»Worte wären schwer zu finden gewesen. Mein Ausdruck sind Farben. Ich wollte schnell weg und nur noch malen, malen, malen, hier auf dem Turm.«

»Haben Sie denn kein Interesse daran, dass Leonettis Mörder gefunden wird? Oder seine Mörderin?«

»Doch, natürlich, deshalb rede ich ja mit dir.« Valentina griff nach einer weiteren Zigarette.

»Ist Ihnen etwas an ihm aufgefallen, als Sie am Sonntag bei ihm waren? Stand er unter Druck, war er anders als sonst?«

»Er war aufgekratzt, arbeitete an einem Entwurf für etwas, das Volterra den Sieg bei diesem Wettbewerb der Städte bringen sollte.« Wieder flammte ein Streichholz auf.

»Was war das für ein Entwurf?« Sergio setzt sich wieder aufrecht.

»Daraus hat er ein großes Geheimnis gemacht, deshalb wollte er im Atelier allein sein.« Valentina inhalierte den Rauch mit Genuss. »Außerdem hatte er Zeitdruck, er sollte wohl am nächsten Tag schon etwas Geeignetes vorlegen.«

»Das ist merkwürdig«, überlegt Sergio laut. »Wir haben

im Palazzo eine Mappe mit Volterra-Aufschrift, aber keinen Entwurf gefunden.«

Valentina ließ die Zigarette durch die Finger ihrer rechten Hand wandern. »Luigi hatte die Angewohnheit, seine Skizzen oder unfertigen Arbeiten zu verbergen«, berichtete die Nachtmalerin. »Dabei ging es nicht so sehr um den Schutz vor Einbrechern, sondern um ihn selbst, er wollte sich bei der Arbeit an einem bestimmten Punkt davon frei machen, über seinen Ideen zu brüten, deshalb sperrte er sie weg. Für ihn war es ein Teil des kreativen Prozesses, sich zeitweilig vom Werk zu trennen.«

»Wissen Sie, wo er die Entwürfe aufbewahrte? Gibt es einen Tresor?« Ein solcher Geldschrank hätte mir und den Kollegen beim Durchsuchen des Palazzo aber eigentlich auffallen müssen, dachte Sergio.

»Nein, Luigi hatte keinen Tresor, sondern Verstecke«, erklärte Valentina. »Im Palazzo gibt es genug davon.«

Der Palazzo Viti barg offenbar noch Hinweise im Fall Leonetti, die bislang übersehen oder nicht bemerkt worden waren. Sergio kam eine Idee. »Würden Sie mir helfen, die Entwürfe zu finden?«, fragte er und erhob sich von der Mauer. Vielleicht ließe sich bei einem Besuch von Leonettis Wohn- und Arbeitsplatz auch noch mehr über Valentina und ihre Beziehung zu dem Designer herausfinden. »Ansonsten können wir unser Gespräch morgen aber auch in der Polizeiwache fortführen«, setzte er nach, um Valentina deutlich zu machen, dass sie als Zeugin und Verdächtige galt. In seiner Jacke kramte er nach einem Bleistift, um sich ihre Adresse aufzuschreiben.

Die Nachtmalerin lächelte traurig, vielleicht hatte sie seinen Hinweis verstanden. »Ich sagte doch, du bist ein Suchender, Sergio Panda. Und mein Weg soll wahrscheinlich noch einmal in Luigis Palazzo führen, deshalb begleite ich dich dorthin.«

Als Sergio über die Galerie zum Ausgang der Dachterrasse ging, brandete Applaus auf. Der Astronomievortrag war beendet, die Teilnehmenden bedankten sich mit Beifall bei dem Dozenten und zerstreuten sich auf der Dachterrasse. Sergio blickte in den inzwischen blauschwarzen Himmel über der Stadt, in dem es funkelte und blinkte, dann stieg er die Treppen des Torre Toscano hinab. Der Abend hatte schließlich auch für ihn noch unter einem guten Stern gestanden.

Kapitel 19

Es war kurz vor Mitternacht, und Volterra schlief. Nur vereinzelt fuhren Autos die leeren Straßen entlang. In der Bar von Mario Mitri hinter der Porta San Francesco verloschen die Lichter. Unterwegs zurück ins Viertel San Giusto nahm Sergio den langen Weg über die Landstraße und schob sein Fahrrad. Er wollte über den Fall Leonetti und das Gespräch mit der Nachtmalerin nachdenken, ohne sich auf seine frisch erworbenen Fahrkünste konzentrieren zu müssen – und er wollte den Moment hinauszögern, in dem er sich wieder mit der Entscheidung zwischen Giulias Musikschule und der Trattoria seines Vaters befassen musste. Für das Dilemma hatte er noch keine Lösung gefunden.

Sergio ging auf dem schmalen Seitenstreifen die Landstraße entlang und erreichte den westlichen Stadtrand, das Fahrrad rumpelte über Schotter und Gras. Rings um ihn herum lag ausgebreitet die hügelige Landschaft, von unten erhellt durch vereinzelte Lichter der umliegenden Gehöfte, von oben beschienen vom Sternengestöber am Nachthimmel. Ihn zu fotografieren hatte er sich schon immer gewünscht. Gelungen war ihm das noch nie. Das Universum war einfach zu gewaltig, um auf einen Bogen Fotopapier gebannt zu werden.

Die verkohlten Papiere aus dem Kamin des Bürgermeisters fielen ihm ein. Er hatte es tatsächlich geschafft, die Schrift darauf lesbar zu machen – und sich dafür den Spott seines Vaters eingehandelt. Allerdings hatte er nur eine Seite von etwa einem Dutzend untersucht. Die anderen lagen noch unbehandelt in der Trattoria. Falls Angelo sie nicht weggeworfen hatte.

Sergio schüttelte seine Müdigkeit ab und versuchte, die Sehnsucht nach Giulia zu unterdrücken. In Höhe der Kirche San Giusto, die mit ihrer wuchtigen Gestalt aus dem Ortsteil herausragte, bog er von der Landstraße ab und lenkte das Fahrrad auf einen Trampelpfad, der um das Gotteshaus herum und zum Il Gusto führte. Mit einem Mal gefiel ihm der Gedanke, allein zu sein mit der Trattoria seiner Vorfahren. Er fühlte sich angezogen von dem in Dunkelheit liegenden Eingang des Lokals. Für einen Moment meinte er, der einzige lebende Mensch im Viertel zu sein.

Er holte den Schlüssel hervor, öffnete die Tür und trat ein. Die kleine Glocke begrüßte ihn so, wie sie jeden Gast begrüßte. Sie machte keinen Unterschied, wer kam oder ging. Das entsprach dem Wesen des Il Gusto. Jeder war willkommen, solange er nur nicht hungrig wieder nach Hause zurückkehrte.

Sergio fiel auf, dass sein Magen knurrte. Er ging in die kleine Kammer hinter Theke, in der auch seine Cocktailbar untergebracht war, öffnete den Schrank, holte eine Tüte salziger Snacks hervor und ließ sie sich in den Mund rieseln.

Das war zwar nicht sonderlich kultiviert, aber effektiv. Schließlich war er nicht hier, um es sich gut gehen zu lassen, sondern um die Dokumente des Bürgermeisters zu untersuchen.

Er war schon auf dem Weg in die Küche, da verharrte er. Draußen fuhr ein Auto vorbei. Die verirrten Kreise der Scheinwerfer fielen durch die Fenster der Trattoria und huschten über die Fotografien an den Wänden. Das Spiel von Licht und Schatten war so trügerisch, dass sich die Gestalten auf den alten Bildern zu bewegen schienen.

Die Fotografien in der Gaststube erzählten die Geschichte der Trattoria. Sie waren in Schwarz-Weiß gehalten, weil es damals noch keinen Farbfilm gab – und zeigten das Lokal im Laufe der Jahrzehnte. Da war sein Urgroßvater Natale mit seiner Frau Ginetta und den vier Kindern, sie alle hatten im Il Gusto gearbeitet, hatten das Lokal am Leben erhalten und damit sich selbst. Einer der Söhne, Alberto, hatte die Trattoria später weitergeführt. Er war Angelos Vater, und auf dem nächsten Bild war die Familie wieder zu sehen, diesmal Angelo als junger Mann und, an seiner Seite, eine bildschöne Frau, Sergios Mutter Giuseppina, die alle Pina nannten. Damals hatte es ihn, Sergio, noch nicht gegeben. Aber so, wie sich die beiden auf dem Foto in den Armen lagen, konnte es nicht mehr lange dauern.

Sergio streckte eine Hand aus und tippte mit den Fingerspitzen auf das Glas des Bilderrahmens. Für einen Moment hatte er das Gefühl, in die Aufnahme hineingreifen und die Menschen auf dem Foto durch die Zeit hindurch berühren zu können. Wer weiß?, fragte er sich. Vielleicht haben sie in jenem Moment einen Luftzug gespürt, ein kurzes Vibrieren der Atmosphäre, und sich gefragt, woher das gekommen sein könnte.

Noch einmal ließ er den Blick über die Wände schweifen. Unter einem Wildschweinkopf hingen Zeitungsausschnitte an einer Korkplatte. Einer zeigte auf einem Farbfoto die Trattoria von außen, und davor standen Commissario Baldi und Ispettore Rossi und sprachen mit Journalisten. Sergio schmunzelte. Damals hatte Baldi beim Fall der toten Diva das Il Gusto landesweit im Fernsehen bekannt gemacht. Eine Zeit lang hatte sich das Lokal vor Reservierungen kaum retten können.

Als ihn die Erinnerung streifte, lachte Sergio auf, und das Geräusch hallte durch die verlassene, dunkle Gaststube. Wie könnte er jemals das Lokal seiner Familie, seiner Vorfahren, im Stich lassen? Nicht einmal für Giulias Musikschule. Ausgeschlossen!

Andererseits konnte er Giulias Traum auch nicht einfach platzen lassen, indem er sich beim Bürgermeister für die Trattoria einsetzte. Es musste einen anderen Weg geben.

Sergio ging in die Küche hinüber und schaltete das Licht an. Geblendet schloss er die Augen. Als er sie langsam wieder öffnete, sah er sofort die Schachtel mit den verbrannten Unterlagen. Sie war zugeklappt und zur Seite gestellt worden. Daneben standen noch die angerührte Gelatine und das Schälchen mit der Essigsäure. Matteo und Angelo hatten wohl damit gerechnet, dass Sergio sein Werk würde fortsetzen wollen.

Die beiden waren auch nicht untätig gewesen. Im Wasserbecken lag der Stockfisch, um einzuweichen. In einem Topf aus Gusseisen – den hatte schon Urgroßvater Natale verwendet – entdeckte Sergio den Beginn eines Tomatensugos. Matteo hatte die Soße schon jetzt angesetzt. Recht so, denn damit hatte er aus der Not eine Tugend gemacht. Da der *stoccafisso* mehrere Tage wässern musste, hatte der Sugo viel Zeit zum Ziehen. Es würde eine regelrechte Geschmacksexplosion geben, wenn er am Samstag serviert wurde. Sergio klappte den Karton auf und betrachtete das Menü, das er sich nun selbst zubereiten würde. Die Papiere sahen aus wie angebrannte *scaloppine*. Er zog den Bestellblock hervor und legte ihn neben die Schachtel. Dann begann er erneut mit der Prozedur, die ihn schon vor einigen Stunden zum Erfolg geführt hatte – wenn auch nur zu einem bescheidenen.

Den Bratenpinsel in die Gelatine getunkt, die Borsten über das Papier gestrichen. *Porca miseria!* Zu fest. Unter dem Druck lösten sich winzige Teilchen und blieben an dem Pinsel kleben. Mit Verwünschungen auf den Lippen, wie er sie nur in der Einsamkeit der verlassenen Trattoria ausstoßen konnte, klaubte Sergio die Bröckchen von den Borsten und wischte sie an einem Küchentuch ab. Neuer Versuch. Wie hatte Matteo das vorhin nur hinbekommen? Ein geübter Koch war eben ein Experte für eine solche Angelegenheit. Aber Sergio war kein Koch, er war Polizist, Kellner – und Fotograf. Und als solcher nutzte er in kritischen Situationen ein Stativ.

Beim nächsten Versuch stützte Sergio den rechten Arm, der den Pinsel hielt, mit der linken Hand ab. Diesmal ging es besser. Die Gelatine drang gleichmäßig in das Papier ein. Nach einiger Zeit war sie getrocknet, und das Blatt ließ sich in großen Fetzen lösen. Er hatte es geschafft, auch ohne die Hilfe der anderen. Nun begann das Puzzlespiel auf dem mit Essigsäure getränkten Bestellblock – und schließlich stand Sergio vor einem Ergebnis, das ihn nicht hätte stolzer aussehen lassen, wenn er die Geburtsurkunde Christi aus den Geheimarchiven des Vatikans gefunden hätte.

Stattdessen schaute er auf ein Manifest moderner Korruption. Er beugte sich vor und las den Text wieder und wieder, bis er sicher war, die Lücken an den Bruchstellen korrekt ergänzen zu können, ohne dass ein Zweifel zurückblieb. Danach wusste er nicht, was länger dauerte: die Überraschung zu verdauen oder das nächste Blatt zu behandeln, bis auch dieses lesbar war und die Geschichte einer Schande offenbarte, ausgerechnet an einem Ort, an dem Sergio sie nicht für möglich gehalten hätte. Der Inhalt dieser Unterlagen war so heiß, dass Ragagioni ihn gar nicht in den Kamin hätte werfen müssen, damit er sich entzündete.

Er musste die empfindlichen Dokumente sichern. Sergio holte die Kamera aus seiner Fototasche und machte Aufnahmen von jeder einzelnen Seite. Alessandro würde Augen machen! Dann begab er sich in den Lagerraum, in dem er sein Fotolabor eingerichtet hatte, und setzte seine Arbeit fort. Als er die Abzüge schließlich mit einer Zange aus dem Entwicklerbad zog, waren drei Stunden vergangen, Stunden, in denen sich eine Tür einen Spaltbreit geöffnet hatte. Gleich morgen früh würde er sie mit einem Tritt aufstoßen.

Kapitel 20

Zweihundert Meter lagen zwischen dem Il Gusto und Sergios Wohnung. An normalen Tagen legte er die Strecke in wenigen Atemzügen zurück. In dieser Nacht jedoch schien es ihm, als wäre er zu Fuß nach Florenz unterwegs und die Straße sei gesperrt, sodass er einen Umweg über Rom nehmen musste.

Es war zwar mittlerweile kurz vor drei am Morgen. Aber Giulia war noch wach und wartete auf ihn. Das wusste Sergio, schon bevor er das Licht aus dem Fenster im ersten Stock fallen sah. Nun gut, dachte er und ging in Gedanken noch einmal durch, was er sich überlegt hatte. Er konnte zwar keine Lösung anbieten, konnte nicht sagen, dass die Trattoria zugunsten der Musikschule geschlossen bleiben würde, aber was er mitbrachte, war schon mal gut genug, um die Wogen zu glätten und den Klabautermann in eine Nixe zu verwandeln. Jedenfalls hoffte er das. Außerdem fühlte er sich gewappnet durch die Flasche Wein aus dem Il Gusto, die er in der Hand hielt. Sein Großvater hatte immer gesagt: *Wein wird durch Mondlicht immer besser.*

Giulia erwartete ihn auf dem durchgesessenen Sofa. Sie

trug noch immer ihre Busfahrerinnenuniform, hielt ein Buch in der Hand und gab vor zu lesen – die Beschreibung einer rumänischen Stadt, aus der vor einigen Jahren einmal Polizeikollegen zu Besuch gekommen waren. Jedem Polizisten in Volterra hatten sie ein Buch über Drăgăneşti-Olt, ihre Heimat, mitgebracht. In der Landessprache.

»Wie ist das Buch?«, fragte Sergio und warf seine Uniformjacke über einen Stuhl.

Giulia tat so, als sei sie in die Lektüre vertieft. Dann bemerkte sie wohl, dass ihre Pose durchschaubar war. Die Beschreibung der Sehenswürdigkeiten von Drăgăneşti-Olt landete mit einem klatschenden Geräusch vor Sergios Füßen. »Hast du mit deinem Vater noch die Wiedereröffnung eurer Trattoria gefeiert?«, fragte sie mit Bitterstimme.

Sergio spürte das schwer verdauliche Gefühl in sich aufkochen, das einen überfällt, wenn man sich selbstlos für jemanden ins Zeug gelegt hat und trotzdem beschuldigt wird, nicht genug zu unternehmen. Undankbarkeit nannte man so was. »Vielleicht hörst du mir erst mal zu, bevor du mich mit Einrichtungsgegenständen bewirfst«, sagte er. Mit einem Mal war er sicher, die Weinflasche in seiner Hand sei mit Essig gefüllt.

»Ein Foltermuseum!« Giulia sprang auf. Unter ihren Augen lag der Anflug eines Schattens, wie ihn Ärger und Müdigkeit hervorriefen. Ihre sonst perfekt sitzende Uniform hatte gelitten, ein Zipfel des hellblauen Hemds ragte unter der dunklen Jacke hervor, und auf der Hose waren die Krümel einer hastig verschlungenen Mahlzeit zu sehen. Sie war barfuß. Sie sah hinreißend aus.

»Was starrst du denn so?«, knurrte sie. »Dir fällt wohl nichts mehr ein.«

»Mir fällt gerade eine ganze Menge ein«, sagte Sergio und hob die Flasche. »Wein?«

»Natürlich!«, rief sie, die Stimme hoch entzündlich. »Wir trinken einfach Wein, und alles ist wieder in Ordnung.« Sie schnaubte. »Ich sage dir mal was.« Sie trat ganz dicht an Sergio heran. »Diese Stadt braucht gar kein Foltermuseum mehr, weil sie schon eins hat. Und ich wohne mittendrin.«

Die Flasche noch immer erhoben, schaute Sergio Giulia nach, wie sie aus der Wohnung lief und die Tür knallte. Weit würde sie nicht kommen, denn sie hatte die Schuhe nicht angezogen. Vermutlich hoffte sie, dass er das bemerken würde.

Mit einem Seufzer ging Sergio in die kleine Küche, entkorkte den Wein und klemmte sich zwei Gläser zwischen die Finger. Der Pasiteo hatte eine rauchige Note von reifen Früchten – genau das Richtige für eine Situation wie diese. Sergio war lange genug Kellner, um zu wissen: Einer aufgebrachten Frau serviert man keinen leichten Valpolicella. Das würde alles nur noch schlimmer machen. Er wartete noch einen Augenblick, sammelte seine Gedanken, dann folgte er Giulia ins Freie.

Er musste sie nicht lange suchen, er fand sie bei den Tre Amici, drei ausrangierten Stühlen gegenüber dem Haus, gleich neben dem Transformatortürmchen. Von dort hatte man einen einzigartigen Blick ins Cecina-Tal und bis zum Meer. In weiter Ferne schimmerten sogar noch um diese nachtschlafende Zeit die Lichter der Küstenorte, und manchmal, wenn die warme Luft Schlieren über dem Land bildete, schien es, als trieben diese fernen Leuchtsignale auf die hohe See hinaus. Was für eine Aussicht! Oft standen die Leute aus San Giusto an der Stelle, verharrten bei ihren täglichen Geschäften und genossen für einen Moment den Blick. Manchmal fanden sich kleine Gruppen für ein Schwätzchen zusammen. Irgendwann war jemand auf die Idee gekommen, einige Stühle aufzustellen, und seit einigen Jahren gab es die Tre Amici, die drei Freunde, die schon viele Gesäße willkommen geheißen und viele Gespräche mit angehört hatten.

Giulia saß nicht auf einem der Stühle, sie stand davor, kehrte Sergio mit verschränkten Armen den Rücken zu und schaute ins Land hinaus. Eine Brise spielte mit ihrem dunklen Haar. Sergio stellte sich neben sie und reichte ihr ein Glas Wein. Sie schüttelte den Kopf. »Auf was willst du anstoßen?«, fragte sie, ihre Stimme war jetzt wieder ruhiger. Dafür hatte sich der drohende Unterton in einen Anflug von Verzweiflung verwandelt. Damit konnte Sergio noch weniger umgehen. Dann lieber die blanke Wut.

»Wir könnten darauf anstoßen, dass wir zusammenhalten. Ragagioni wird keinen Keil zwischen uns treiben. Und wenn nichts anderes hilft, werden wir die Musikschule eben in der Trattoria einrichten.«

Er konnte in der Dunkelheit nicht erkennen, ob sie lächelte, aber er wusste es auch so. »Du führst doch was im Schilde«, sagte sie.

Jetzt erklärte Sergio, wo er die halbe Nacht über gewesen war. Er berichtete von seinen erfolgreichen Laborarbeiten in der Küche des Il Gusto. Schließlich versuchte er noch darzulegen, wie er in der verlassenen Trattoria die Geister der Vergangenheit hatte flüstern hören. Aber irgendwie fielen ihm dazu die passenden Wort nicht ein, und er brach diesen Teil seines Berichts unbeholfen ab.

Giulias Blick wechselte vom Küstenpanorama in das Panorama von Sergios breitestem Lächeln. »Sag das noch mal«, forderte Giulia ihn auf.

»Dottor Boschetti, der Leiter des Museo Guarnacci, hat öffentliche Gelder für das Haus beantragt. Hohe Summen. Für das Sicherheitssystem. Und dieses Geld ist wahrscheinlich niemals zu diesem Zweck verwendet worden.«

»Und das belegen diese Dokumente?«, fragte Giulia. »Wer ist denn so blöd und schreibt auf, dass er den Staat beklaut?«

»Du kannst keine öffentlichen Mittel beantragen und das Geld einfach für irgendetwas ausgeben«, erklärte Sergio. »Du musst Belege einreichen, die dokumentieren, dass du dein Vorhaben auch wirklich umgesetzt hast, Quittungen, eine Dokumentation der Ergebnisse, Fotos, einen Abschlussbericht.«

»Und diese Belege fehlen?«, fragte Giulia.

»Nein, nein«, sagte Sergio. »Aber es sind Fälschungen. Mit dem beantragten Geld wollte Boschetti angeblich die Sicherheit im Museum verbessern: die Alarmanlage, die Überwachungskameras, Brandmelder, Zutrittskontrollen. Boschetti gab vor, in großem Stil eingekauft zu haben, jedenfalls hat er das in den Dokumenten eindringlich dargelegt. Aber er hat das Geld für etwas anderes verwendet.«

»Woher weißt du das?«

»Ich war im Museum. Da hat Boschetti zugegeben, dass das Sicherheitssystem nicht funktioniert und dass die Kameras bloß Attrappen sind.«

»Und was hat er mit dem Geld gemacht?«

»Das hoffe ich, morgen herauszufinden. Es gibt möglicherweise eine Verbindung zu dem Mord an Luigi Leonetti. Denn wegen des nicht vorhandenen Sicherheitssystems konnte der Abendschatten, die Ombra della Sera, aus dem Museum gestohlen werden. Und damit wurde kurz darauf Leonetti erschlagen.«

Sie schwieg einen Moment lang. »Du hast recht, da könnte es eine Verbindung geben. Aber welche?«

»Vielleicht hilft ein klärendes Gespräch mit Boschetti weiter. Gleich morgen früh.«

Giulia seufzte. »Ich habe morgen den Termin mit Maurizio und den Leuten vom Konservatorium. Die kommen zu dem Haus von Signora Terzo, und ich werde ihnen berichten müssen, dass die einzige Musik, die jemals aus den Fenstern dringen wird, die künstlichen Schmerzensschreie aus den Lautsprechern des Foltermuseums sein werden. Wie furchtbar!« Sie hielt sich eine Hand gegen die Stirn.

»Mit dem Anruf würde ich noch warten«, sagte Sergio. Jetzt kam er zum wesentlichen Teil seines Berichts, er freute sich wie ein Schuljunge, der seiner Banknachbarin die Hausaufgaben gemacht hat und sie damit überrascht. »Wie ich vorhin schon erklärte, stammen die verbrannten Unterlagen aus dem Kamin des Bürgermeisters. Ragagioni selbst hat versucht, sie zu vernichten.«

»Du glaubst, der Bürgermeister steckt mit drin?«, fragte Giulia.

»Was ich glaube, spielt erst mal keine Rolle. Aber hier stimmt etwas nicht. Fest steht: Der Bürgermeister hat sich die Finger schmutzig gemacht. Die Frage ist: Hat er bloß Ruß an den Händen, oder klebt Blut daran?«

Kapitel 21

»Du glaubst, der Bürgermeister hat Luigi Leonetti erschlagen?« Alessandro blätterte durch die Fotos, die Sergio von den wiederhergestellten Unterlagen aus Ragagionis Kamin gemacht hatte. Auf dem Papier sahen die Bögen aus wie ein aus Zeitungspapierschnipseln zusammengeklebter Erpresserbrief.

In der Wache herrschte an diesem Morgen schon um acht eine angespannte Atmosphäre. Morelli tippte schweigend einen Bericht für Ispettore Rossi in den Computer. Bertini stach neue Stecknadeln in den Stadtplan und verband sie mit roten Wollfäden. Seit gestern war der Torre Toscano hinzugekommen, auf dem Sergio mit Valentina gesprochen hatte, und nun markierte Bertini das Rathaus.

Sergio schlug mit dem Handrücken seiner Rechten in seine offene Linke. »Sergio glaubt dies, Sergio glaubt das. Wenn du nicht bald damit aufhörst, mir Mutmaßungen unterzujubeln, quittiere ich den Dienst und werde Parkplatzwächter.« Er deutete auf die Abzüge, auf denen die Schande des Bürgermeisters und des Museumsleiters schwarz auf weiß – in diesem Fall braun auf gelb – zu sehen war. »Aber wir haben einen Anhaltspunkt«, fuhr Sergio ruhiger fort. »Jetzt müssen wir versuchen, etwas daraus zu machen.«

»Welche Fragen stellen sich?« Alessandro hielt die Fotos in die Höhe, aufgefächert wie Spielkarten.

»Zunächst mal«, begann Sergio, »müssen wir herausbekommen: Wo ist das Geld, das Boschetti bekommen und dann nicht für das Sicherheitssystem im Museum ausgegeben hat? Vierhunderttausend Euro verschwinden nicht ohne Weiteres.«

»Zweitens«, rief Morelli von hinten. »Wieso versucht der Bürgermeister, Unterlagen zu vernichten, die Boschetti belasten?«

Bertini murmelte etwas Unverständliches.

»*Come?* Was?«, fragte Sergio. »Nimm dir mal die Stecknadeln aus dem Mund, dann versteht man dich auch.« Er war müde, an Schlaf war in der Nacht kaum zu denken gewesen.

»Weil Ragagioni und Boschetti unter einer Decke stecken«, wiederholte Bertini. »Sie haben die Kohle gemeinsam veruntreut und aufgeteilt. Und Leonetti ist dahintergekommen. Also hat Boschetti den Abendschatten selbst aus seinem Museum geklaut und Leonetti damit erschlagen. Dann hat er die Statuette am Tatort liegen lassen, damit wir denken, dass es eine dritte Person, einen Museumsdieb, gibt.« Er deutete auf die Nadel im Stadtplan, die dort steckte, wo das Museum war. »Fall gelöst!«, verkündete er freudestrahlend.

»Hört sich schlüssig an«, sagte Alessandro. »Aber wie sollen wir das beweisen?«

»Wir laden Boschetti vor, konfrontieren ihn mit den Unterlagen und bringen die Wahrheit aus ihm heraus«, sagte Morelli. »Ich habe mal einen Kursus in Verhörtechniken belegt.«

Sergio schüttelte den Kopf. »Ihr glaubt doch nicht im Ernst, dass ein Mann wie Boschetti unter unseren Fragen zusammenbricht und einen Mord gesteht. Der ruft erst mal seinen Anwalt an, und dann wird es Monate dauern, bis wir unsere Beweismittel überhaupt zugelassen bekommen. Immerhin habe ich sie aus dem Zimmer des Bürgermeisters entwendet. Das ist ein gefundenes Fressen für jeden Juristen. Bevor wir uns versehen, haut man uns das Indiz, mit dem wir eigentlich einen Täter überführen wollten, um die Ohren.« Er schaute aus dem Fenster. »Außerdem kann ich mir nicht vorstellen, dass Dottor Boschetti zu so etwas fähig ist.«

Alessandro rieb sich den Kopf, ein kleines Büschel schwarzer Haare stand davon ab. »Wir müssen mit Boschetti im Vertrauen sprechen.« Er warf einen fragenden Blick zu Sergio hinüber.

Der tippte sich mit einem Finger gegen die Brust. »Ich? *Du* bist doch der Leiter der Wache. Ich habe in diesem Fall schon ein Archäologiestudium angefangen, die Trattoriaküche meines Vaters in ein Labor verwandelt, und beinahe wäre ich aus meiner eigenen Wohnung geworfen worden. Jetzt soll ich auch noch die Wahrheit aus Boschetti herausbringen? Warum ich?«

»Weil du schon ein Vertrauensverhältnis zu ihm hast. Er hat dir gegenüber zugegeben, dass das Sicherheitssystem nicht funktioniert, und er hat sich von dir dazu überreden lassen, eine von Federica Tulli angefertigte Kopie des Abendschattens in seinem Museum auszustellen.«

Sergio kniff die Lippen zusammen. Er wusste, dass Alessandro recht hatte. Als Leiter der Polizeiwache trat sein Freund und Kollege viel zu offiziell auf, um einem Mann wie Boschetti unvorsichtige Worte zu entlocken. Aber er hatte wirklich schon genug am Hals. Noch an diesem Vormittag besichtigte die Kommission aus Florenz den umstrittenen Bau, der entweder eine Musikschule oder ein Foltermuseum werden sollte. Sergio wollte eigentlich zur Stelle sein, wenn die Besucher kamen. Er musste Giulia zur Seite stehen.

Alessandro arrangierte seine Miene zu einem besonders verständnisvollen Ausdruck. »Stimmt. Du hast schon viel geleistet in diesem Fall. Weil du mit den Menschen in dieser Stadt so verständnisvoll umgehst. Ich habe davon gehört, dass du den Archäologen, die die Trattoria deines Vaters verwüsten, Essen spendiert hast. Stimmt das?«

»Woher weißt du das nun wieder?«, fragte Sergio.

»Um deine eigenen Worte zu benutzen«, gab Alessandro zurück, »ich weiß viel, ich bin von der Polizei.«

Sergio spürte eine Ader an seinem Hals pochen.

»Also gut«, sagte er schließlich, sammelte die Fotos ein, steckte sie ins Seitenfach seiner Fototasche und wandte sich zum Gehen.

»Augenblick noch«, rief ihm Alessandro hinterher. »Wenn du im Museum bist, schau doch bitte mal, wie sich der neue Abendschatten dort macht.« Alessandro presste beide Lider zusammen. Das sollte eigentlich ein Zwinkern sein, aber er schaffte es nie, nur ein einzelnes Auge zuzukneifen. Sergio verstand auch so, was sein Freund meinte: Er sollte nachsehen, ob die falsche Ombra della Sera aus der Werkstatt von Federica bei den Museumsbesuchern als Original durchging.

»Und richte dich noch ein bisschen her«, ergänzte Alessandro nach einem langen Blick auf Sergios Hemd.

»Bist du jetzt auch noch meine Mutter?« Sergio ging zu dem Spiegel über dem kleinen Waschbecken hinüber. Auf dem Kragen seines Hemdes war ein roter Fleck zu sehen. Er rieb daran und verschmierte den Fleck in die Breite. »Was zum Teufel?«, rief Sergio. Dann fiel ihm ein, was in der Nacht zuvor bei den Tre Amici passiert war, nachdem er sich mit Giulia versöhnt hatte.

»Du musst Boschetti ja nicht auf die Nase binden, dass es Lippenstift ist«, schlug Bertini vor. »Sag einfach, du hättest Blut am Hemdkragen von deiner letzten Auseinandersetzung mit einem Schurken, der öffentliche Gelder veruntreut hat.«

Kapitel 22

Auf dem Weg zum Museum schien die Frühlingssonne über die Dächer. Die Wärme fühlte sich gut an auf Sergios Gesicht. Der Wind trug aus den Gärten den Geruch von frisch aufgeworfener Erde heran. Der Duft mischte sich mit den Aromen aus den offen stehenden Türen der Geschäfte, dem von *pecorino*, dem Käse aus Volterraner Schafsmilch, von *finocchiona*, der pikanten Fenchelsalami, und von frisch angeschnittenem Wildschweinschinken. Sergio nahm sich vor, so bald wie möglich mit Giulia zu einem Picknick aufs Land hinauszufahren, auf dem Fahrrad, wenn es sein musste.

Im Museum Guarnacci hatte sich schon um halb zehn eine Besucherschlange vor der Kasse gebildet. Sergio drängte an den Wartenden vorbei und ging, die Rufe von Signora Nichetti an der Kasse überhörend, direkt die Treppe hinauf. Er wollte Guido Boschetti überraschen und verhindern, dass sich der Dottore auf eine Konfrontation mit der Polizei vorbereiten konnte. Sergio nahm zwei Stufen auf einmal, kam an dem Saal mit dem Abendschatten vorbei – aus dem das ehrfurchtsvolle Flüstern von staunenden Besuchern hervordrang – und ging im Saal XXI, hinter den Flachreliefs mit Szenen aus der griechischen Mythologie, auf die Tür zu Boschettis Büro zu. Er klopfte kurz und stieß die Tür auf, ohne eine Antwort abzuwarten.

Das Büro des Museumsleiters war ein Ausstellungsraum für sich. Überall waren Bücher, es schien mehr Papier als Luft zum Atmen zu geben, Ausstellungskataloge waren in die Nussbaumregale gequetscht, deren Böden sich unter dem Gewicht bogen. Fachbücher stapelten sich auf den Stühlen und bildeten Säulen auf dem Terrazzoboden. Einige waren umgefallen und hatten sich in den Raum ergossen. Sergio stieg darüber hinweg und ging auf den Schreibtisch zu – oder auf das, was davon unter all dem Druckwerk zu erkennen war. Boschetti saß zwischen den Stapeln und lugte daraus hervor wie eine Maus, die die Katze kommen sieht.

»Agente Panda«, sagte er mit brüchiger Stimme. »Was für eine Überraschung!« Er erhob sich.

»Dottore.« Sergio nickte. »Ich habe Neuigkeiten im Fall Leonetti.« Täuschte das Licht, das durch die großen Fenster fiel und die Staubpartikel im Raum wie Schnee aussehen ließ, oder wurde Boschetti wirklich so weiß wie sein Bart?

»Das ist ja wunderbar, Agente.« Der Museumsleiter nahm einen Katalog von einem Stapel und legte ihn auf die Papiere, an denen er gerade gearbeitet hatte.

»Für die Polizei schon«, sagte Sergio, »aber nicht für Sie.« Er zog die Fotos aus der Kameratasche und hielt sie Boschetti hin. »Diese Unterlagen …«, er zögerte, »… sind mir in die Hände gefallen.«

Boschetti nahm die Fotos entgegen, setzte eine Brille auf und studierte die Bilder. »Wenn das keine Maschinenschrift wäre, würde ich sagen: Sie haben einen antiken Papyrus entdeckt.« Er schaute Sergio über den Rand seiner Gläser an. »Worum handelt es sich?«

»Um Dokumente, die jemand zu vernichten versucht hat. Ich habe sie rechtzeitig gefunden und konnte den Text lesbar machen.« Er räusperte sich. »Dottore, da steht, dass Sie öffentliche Gelder in Höhe von beinahe einer halben Million Euro beantragt und erhalten haben. Für ein Sicherheitssystem, das niemals installiert wurde.«

Boschetti blinzelte und lächelte, als habe er gerade einen frivolen Scherz gehört. Die Farbe seiner Haut wechselte von Elfenbein zu Kirsche, passend zu dem Pullover, den er um den Hals geschlungen hatte. »Das muss ein Irrtum sein. Eine halbe Million! Damit könnte ich das ganze Haus sanieren, nicht bloß ein Sicherheitssystem kaufen. Was für ein Quatsch!« Er hielt Sergio die Fotos hin. »Sie glauben doch nicht im Ernst, dass ich …«

Sergio verschränkte die Arme vor der Brust. Die Fotos schwebten in der ausgestreckten Hand des Museumsleiters. Sie zitterten. Boschetti legte sie auf einen Stapel Bücher. »Ich bitte Sie! Agente Panda! Das ist Unsinn.«

»Wäre es auch Unsinn, wenn ich Sie bitten würde, mir Ihre Abrechnungen des vergangenen Jahres zu zeigen? Würden Sie dann sagen, dass die Akte gerade beim Steuerberater ist? Oder dass Sie sie verlegt haben?«

»Ich …«

»Zeigen Sie mir diese Abrechnungen, Dottore!« Sergios

Stimme hatte einen metallenen Klang angenommen. Er konnte den Schweiß des alten Mannes riechen, der sich mit dem Aroma von Staub und Papier mischte.

Boschetti trat zum Fenster hinüber, stemmte die Fäuste auf den Sims aus Sandstein und schaute hinaus auf den Museumsgarten. Sergio folgte seinem Blick. In dem Garten waren die Statuen und Reliefs aufgestellt, für die im Museum kein Platz mehr war. Moos und Flechten waren über die Artefakte gewuchert. Sergio ahnte, dass Boschetti sich in diesem Moment wünschte, ebenfalls eine Statue zu sein: stumm und vergessen, eine steinerne Figur, von der niemand mehr etwas wollte.

Er konnte sehen, wie es hinter der Stirn des Dottore arbeitete, wie er nach einem Ausweg suchte. »Reden Sie, Boschetti!«, verlangte Sergio. »Sonst muss ich die Kollegen von der Questura einschalten, und die legen Ihnen sofort Handschellen an und stellen die Fragen erst in Untersuchungshaft.«

»Ja, es stimmt.« Boschetti flüsterte. »Ich habe diese Gelder beantragt. Aber nicht, um mich zu bereichern. Sondern weil das Museum kein Sicherheitssystem hat. Ich habe eine Kalkulation aufstellen lassen, für ein Konzept mit allem Drum und Dran: Bewegungsmelder, Brandschutz, elektronische Zugangskontrollen, Kameras. Das volle Programm.« Er schnaubte. »Früher hat das ein Museumswärter übernommen, aber den Versicherungen genügen die Fähigkeiten eines Menschen nicht mehr. Die wollen Technik. Und es ist ihnen egal, was das kostet.«

»Die Gelder sind bewilligt worden. Da steht es.« Sergio

deutete auf die Fotos. »Aber im Museum angekommen sind sie nicht.«

»In diesem Fall liegen Sie falsch«, sagte Boschetti. »Das Geld ist dem Museum zugutegekommen. Allerdings …«, er knetetet seine Finger, »… nicht so wie vorgesehen.«

»Erzählen Sie«, forderte Sergio den Dottore auf, »dann können wir vielleicht gemeinsam eine Lösung finden.«

Boschetti sog Luft durch die Zähne ein. »Es war vor einem halben Jahr. Da kam ein junger Mann zu mir und hat mir eine Urne auf den Tisch gestellt. Auf diesen Tisch dort.« Er deutete auf seinen Schreibtisch. »Die Urne war etruskisch. Das habe ich sofort erkannt. Aus Alabaster. Ein Meisterwerk. Diese Stücke sehen aus wie Sarkophage, bloß kleiner, weil darin kein Leichnam aufbewahrt wird, sondern nur dessen Asche. Auf den Seiten sind Reliefs eingearbeitet, die zeigen meist Szenen aus der antiken Mythologie, Götter, Helden, Ungeheuer. Davon haben wir schon einige im Haus. Aber diese war anders. Denn die Szene darauf stellte eine Sage aus der Kultur der Assyrer dar.« Boschetti sprach jetzt schneller, seine Augen leuchteten. »Trotzdem war die Arbeit eindeutig etruskisch. Verstehen Sie, was das bedeutet, Agente?«

Sergio schüttelte den Kopf. Sein Verständnis für Archäologie beschränkte sich auf die Ausgrabungen in der Trattoria und, seit gestern, auf die Rekonstruktion verbrannten Papiers.

»Bis heute wissen wir nicht, woher die Etrusker kamen«, fuhr Boschetti fort. »Ob sie Griechen waren oder aus der heutigen Türkei eingewandert sind. Und da stellt mir jemand eine Urne auf den Tisch, auf der eine Verbindung in den Mittleren Osten zu erkennen ist. Eine Sensation!« Boschetti warf die Hände in die Luft. Der Pullover um seine Schultern verrutschte.

»Ich verstehe nicht, was das mit unserem Fall zu tun haben soll«, sagte Sergio.

Der Dottore lächelte verschwörerisch. »Natürlich nicht. Das Wichtigste habe ich ja noch gar nicht erzählt: Der junge Mann war kein Archäologe. Er hat die Urne durch Zufall gefunden. Zufall! Zweifelsohne war er ein Raubgräber, einer von denen, die nachts an einschlägigen Orten nach Schätzen suchen. Er kannte sich aus, wusste, was sein Fund wert war. Eine halbe Million Euro wollte er haben, bar auf die Hand, keine Fragen, kein Papierkram. Sonst, so drohte er, würde er die Urne dem Nationalmuseum in Florenz anbieten, und die hätten das Geld bestimmt übrig.« Boschetti hob die Schultern. »Was sollte ich tun? Das Geld für das Sicherheitssystem war gerade bewilligt worden und schon auf dem Konto. Und da stand dieses einmalige Stück vor mir. Ich habe mich einverstanden erklärt.«

Sergio sah Boschetti in die Augen, um die Lüge darin zu erkennen. Doch der Dottore hielt die Lider gesenkt. Ebenso gut hätte er sich die Hände vors Gesicht halten können. »Sie erwarten von mir, dass ich Ihnen diese Geschichte glaube?«, fragte er schließlich. »Was Sie mir da erzählen, klingt nach einer Ausrede. Sie lassen fast fünfhunderttausend Euro verschwinden und denken sich ein Märchen aus. Keine Quittungen, keine Fragen, keine Namen. Das Geld ist einfach verschwunden.«

Jetzt schaute Boschetti doch hoch. In seinem Blick funkelte die Empörung. »Sie bezichtigen mich, ein Lügner zu sein? Gewiss, ich habe es mir wohl selbst zuzuschreiben. Aber diese Urne gibt es wirklich. Kommen Sie, ich zeige sie Ihnen!«

Boschetti wollte das Büro verlassen, doch Sergio hielt ihn fest. »Dottore! Wie soll ich feststellen, ob das, was Sie mir präsentieren, tatsächlich aus einer Raubgrabung stammt oder nicht schon seit Jahren im Magazin des Museums schlummert? Sie werden sich etwas Besseres einfallen lassen müssen.«

»Sonst?«, fragte Boschetti und schüttelte Sergios Hand ab. »Wissen Sie überhaupt, wovon wir hier sprechen? Diese Urne wird Volterra zum Zentrum der Etruskerforschung aufsteigen lassen. Historiker, Altphilologen, Ikonografen und Archäologen werden in unser Städtchen pilgern. Überall in der Welt wird man von der Volterra-Urne sprechen. Dagegen ist unser Abendschatten nur ein … ein … ein Schatten seiner selbst.« Er räusperte sich, sein Gesicht wurde schmal. »Es fällt mir schwer, mich selbst zu loben, aber Ihr Misstrauen lässt mir keine andere Wahl: Indem ich mich ins Unrecht setzte und das mir anvertraute Geld für diese Urne ausgab, habe ich Volterra einen unschätzbaren Dienst erwiesen. So! Und nun können Sie mich meinetwegen verhaften und diese ganze Angelegenheit der Altertumskommission in Florenz melden. Aber seien Sie versichert, Agente Panda: Damit erweisen Sie Volterra einen Bärendienst.«

Sergios Herz klopfte wie der Hammer eines Zimmermanns. Wie sollte er sich entscheiden? Konnte er Boschetti glauben? Einem Mann, der die Versicherungsgesellschaft betrog und Kamera-Attrappen an die Wände hängte? Die Worte des Kollegen Bertini gingen Sergio durch den Kopf, und er sah die Ereignisse jetzt deutlich vor sich: Boschetti bekommt das Geld für das Sicherheitssystem. Er verwendet es für etwas anderes, vielleicht für den Kauf einer Urne aus einer illegalen Quelle. Irgendwie erfährt Luigi Leonetti davon. Der erpresst Boschetti und bedrängt ihn so lange, bis der Museumsleiter nur noch einen Ausweg sieht: Leonettis Tod. Also stiehlt Boschetti den Abendschatten aus dem eigenen Museum, lässt alles so aussehen, als sei ein Museumsdieb am Werk gewesen, und erschlägt Leonetti mit der Statuette.

Sergio schaute auf die Finger des Museumsleiters. Könnte es so gewesen sein? »Natürlich!«, sagte Sergio laut. »Sie waren der Einzige, der wusste, dass das Sicherheitssystem nicht funktionierte. Ein echter Dieb wäre vorsichtiger zu Werke gegangen. Er hätte erst versucht, die Kameras auszuschalten. Aber das ist nicht geschehen. Mein lieber Dottore! Sie haben den Abendschatten selbst gestohlen, um Luigi Leonetti zum Schweigen zu bringen. Denn der hat Ihre Machenschaften aufgedeckt. Sagen Sie die Wahrheit!«

»Ich? Ein Mörder?« Boschetti wollte weiterreden, doch ihm verging der Atem. Er hustete und schlug sich gegen die Brust. Schon fürchtete Sergio, der alte Museumsleiter erleide einen Herzinfarkt, doch Boschetti fing sich. »Ist das die Neuigkeit im Fall Leonetti, die Sie mir vorhin angekündigt haben?«, fragte der Dottore. »Dass ich selbst der Mörder sein soll?« Er lachte und hustete zugleich.

Sergio warf ihm einen besorgten Blick zu. Kurz war er versucht, das Büro zu verlassen und Boschetti ein wenig Ruhe zu gönnen. Da fand der Museumsleiter die Sprache wieder.

»Sie lassen mir keine andere Wahl, Agente. Diese ganze Geschichte wächst mir über den Kopf. Ich gebe zu: Den Abendschatten habe ich selbst aus dem Museum entwendet. Ich bevorzuge das Wort ›entliehen‹, denn ich wollte ihn natürlich zurückbringen.«

Ein Geständnis. Sergio spürte, wie ihm das Blut in den Kopf stieg. Er wollte eine Frage stellen, schwieg aber, denn Boschetti war noch nicht fertig.

»Ein Mörder bin ich deshalb aber nicht. Diese Geschichte mit der Statuette … also … ich wurde erpresst. Man hat mich gezwungen, den Abendschatten für eine Weile zu entfernen.«

Also doch! In Sergios Gehirn blinkten alle Lampen gleichzeitig. Es gelang ihm, äußerlich ruhig zu bleiben. »Wer hat Sie erpresst, Dottore?«, fragte er, obwohl er die Antwort schon zu kennen glaubte.

»Luigi Leonetti«, sagte der Museumsleiter, »war es jedenfalls nicht. Denn das ist es doch, was Sie denken, nicht wahr? Dass ich hier einen Mord gestehe. Vielleicht habe ich etwas Unrechtmäßiges mit dem Museumsgeld getan. Aber deshalb bringe ich noch lange keinen Menschen um.«

»Wer dann?«, wollte Sergio wissen. Jetzt war es so weit. Boschetti musste einen Namen liefern.

»Wissen Sie«, sagte der Museumsleiter, »das ist jetzt nicht einfach für mich. Die Person, der ich den Abendschatten ausgehändigt habe, würde Schwierigkeiten bekommen, wenn ich sie an die Polizei verrate. Und das will ich auf keinen Fall.« Er rieb sich den Hinterkopf.

»Reden Sie, oder ich muss Sie verhaften, Dottore!«

Boschetti öffnete den Mund.

In diesem Augenblick schrillte ein elektronisches Signal durch das Büro. Ausgerechnet jetzt! Sergio zog sein Telefonino aus der Uniformjacke und hielt es sich ans Ohr. »*Pronto*«, sagte er missgestimmt.

Am andere Ende hörte er ein Keuchen und Schnaufen. Sofort erkannte er seinen Vater. »*Babbo?*«, fragte Sergio. »Was ist los? Wo bist du?«

Angelos Stimme platzte so laut aus dem Telefon hervor, dass Sergio das Gehäuse in seiner Hand vibrieren spürte. Er hielt das Gerät am ausgestreckten Arm von sich, trotzdem war jedes Wort seines Vaters deutlich zu verstehen.

»Ausgesperrt!«, rief Angelo. »Aus meiner eigenen Trattoria. Die Tür ist zu. *Chiuso. Finito Il Gusto*, kapierst du?«

»Nein, ich verstehe das nicht«, sagte Sergio, obwohl er bereits ahnte, was vorging.

»Deine Freunde aus dem Rathaus haben die Trattoria geschlossen«, rief Angelo und betonte jede Silbe so laut und deutlich, als müsse er einem schwerhörigen deutschen Touristen beschreiben, was *scaloppine* sind. »Hier klebt ein Siegel mit dem Stadtwappen auf der Tür, und daneben steht ein Schild: *Historisches Denkmal. Betreten nur für Befugte.*« Angelo brüllte etwas, das der Lautsprecher von Sergios

Telefonino ins Unverständliche verzerrte, aber er wusste auch so, was sein Vater da rief. Man hatte ihn, den Wirt der Trattoria Mortale, zu einem Störenfried in seinem eigenen Lokal erklärt.

»Ich komme sofort zu dir runter«, sagte Sergio. Er warf Boschetti einen Blick zu. Gerade noch war er dabei gewesen, ein Geständnis aus dem Museumsleiter herauszuholen. Was sollte er tun? Er konnte nicht weg, er konnte nicht bleiben. Frustration brodelte in ihm auf, die Sorte, aus der Erdbeben entstanden. Für dieses Dilemma gab es nur eine Lösung. Er musste den Dottore in die Wache bringen, damit er nicht entfloh. »Warte auf mich«, sagte Sergio in das Telefonino hinein. »In einer halben Stunde bin ich da.«

»Spar dir die Mühe!«, rief Angelo. »Ich bin schon unterwegs zum Rathaus. Und diesmal lasse ich mich nicht abwimmeln. Diesmal bringe ich den Aufräumer mit.«

»*Babbo*, nicht!« Jetzt war die Reihe an Sergio, ins Telefon zu brüllen. Doch Angelo hatte die Verbindung unterbrochen.

»*Porca miseria!*« Sergio holte aus und warf den Apparat gegen einen der Bücherstapel, der daraufhin ins Rutschen geriet und umfiel.

»Der Aufräumer?«, fragte Boschetti. Angelo hatte so gebrüllt, dass der Museumsleiter das Gespräch hatte mit anhören können.

»So heißt das Jagdgewehr meines Großvaters«, erklärte Sergio. »Ich muss sofort los, bevor ein Unglück geschieht.« Er lief zur Tür, blieb aber auf halbem Weg stehen und drehte sich zu Boschetti um. »Dottore, wenn Sie wirklich unschuldig am Tod Luigi Leonettis sind, dann gehen Sie jetzt auf die Polizeiwache und warten dort auf mich. Sollten Sie die Flucht ergreifen, werde ich Sie finden.«

»Bringen Sie dann Ihren Vater und den Aufräumer mit, um mich zu fangen?« Boschetti lächelte. »Keine Sorge, Agente. Ich bin unschuldig, und ich werde in der Wache auf Sie warten. Oder wollen Sie mich lieber mit Handschellen an meinen Schreibtisch ketten?«

Sergio verzichtete auf weitere Kommentare. Er musste so schnell wie möglich ins Rathaus und verhindern, dass der Bürgermeister in die beiden Läufe des Aufräumers blicken musste. Als er Boschettis Büro verließ, schickte ihm der Museumsleiter eine Hustensalve hinterher, die wie die Schüsse aus einem Gewehr klang.

Kapitel 23

So lang war Sergio die Strecke vom Museum zur Piazza dei Priori und zum Rathaus noch nie vorgekommen. Er lief, so schnell er konnte, platzte durch Reisegruppen und stieß die Auslage vor einem Schuhgeschäft um. Hinter sich hörte er Poltern und Schimpfen, aber er drehte sich nicht um. Als er die Piazza erreichte, war er in Schweiß gebadet. Dennoch waren seine Hände und Füße gefühllos vor Kälte. Wo war sein Vater? Kam er schon mit dem Gewehr im Arm die Straße hinauf?

Sergio lief auf den Eingang des Rathauses zu. Juan, der Straßenmusiker, saß auf seinem Platz, dem Sims an der Fassade, und spielte für ein bisschen Kleingeld Lieder aus dem Stegreif. Er bemerkte den auf ihn zustürzenden Sergio und hob an, ein Lied auf ihn zu dichten. Wie alle Volterraner liebte auch Sergio Juans spontane Kunst, oft genug hatte er schon darüber gelacht und war zugleich nachdenklich geworden. Diesmal nicht. Kaum hatte Juan die Worte »Ich habe keine Angst vor der Polizei, denn für mich gilt nur das Gesetz der Schwerkraft« angestimmt, war Sergio auch schon da und rief, während er die Rathaustreppe hinaufsprang, Juan solle das Weite suchen, denn gleich werde es Ärger geben.

Ob der Sänger die Warnung ernst nahm, bekam Sergio nicht mit, denn schon lief er durch die Vorhalle, drängte einen Mann gegen die Wand und rannte die Treppe hinauf. Es war unwahrscheinlich, dass sein Vater vor ihm da war, aber Sergio wollte sichergehen.

Er stürmte ins Vorzimmer. Donatellas Schreibtisch war leer, an dem anderen saß Vittorio Natoli, die Füße auf der Fensterbank, und lachte lauthals in einen Telefonhörer hinein. Die Tür zu Ragagionis Büro stand offen. Der Bürgermeister war nicht da.

»Wo steckt Signor Ragagioni?«, rief Sergio. In Gedanken sah er den Stadtchef vor Angelos Schrotflinte auf der Piazza stehen.

Der Sekretär zeigte mit ausholender Geste auf den Telefonhörer an seinem Ohr und schüttelte verdrießlich den schmalen Kopf.

Sergio riss die Station des Telefons vom Tisch, die Kabel flogen heraus. »Der Bürgermeister«, schrie er. »Wo ist er? Schnell.«

Natoli nahm die Beine von der Fensterbank und drehte seinen Bürostuhl langsam in Sergios Richtung. »Ihnen ist wohl nicht gut. Wollen Sie wieder *cornetti* schnorren?«

Sergio packte den Sekretär an der Knopfleiste seines missfarbenen Hemds und zog ihn zu sich heran. »Wenn Sie mir nicht sofort verraten, wo sich Signor Ragagioni aufhält, geschieht ein Unglück. Der Bürgermeister ist in Lebensgefahr.« Zwar glaubte Sergio nicht daran, dass Angelo abdrücken würde. Aber er würde den Aufräumer fantasievoll gegen den Bürgermeister einzusetzen wissen.

»Der Signor Sindaco ist mit der Kollegin Donadini auf einem Außentermin«, sagte Natoli. »Am Haus von Signora Terzo.«

»An der Musikschule?«, schnappte Sergio. Dort traf sich doch heute Morgen Giulia mit den Vertretern des Konservatoriums.

»Was für eine Musikschule?«, keuchte der Sekretär.

Sergio ließ ihn los, und Vittorio Natoli wich vor ihm zurück, bis er mit dem Rücken an der Wand stand. »Sie sind ja wahnsinnig.« Er rieb sich den Hals. »Ich werde …«

Sergio rannte aus dem Zimmer hinaus und die Treppe hinab. Was war schlimmer? Angelo, der Ragagioni die Funktionstüchtigkeit seiner Donnerbüchse demonstrierte, oder der Bürgermeister selbst, der Giulia die Präsentation der Musikschule verdarb? Vor dem Rathaus blieb Sergio wie angewurzelt stehen. Sollte er nach links in Richtung San Giusto laufen, um seinen Vater aufzuhalten, oder nach rechts, um Giulia beizustehen? Er schaute in die eine, er schaute in die andere Richtung.

Musik drang in sein Ohr.

»Wüsst ich doch nur, wohin ich will«, sang Juan und zupfte auf seiner Gitarre, »wär ich schon längst bei dir.« Er schaute zu Sergio hoch und kniff ihm ein Auge zu, während er weiterdichtete.

Sergio hockte sich vor den Straßenmusiker hin, kramte in seiner Uniformjacke nach Kleingeld und erklärte Juan die Situation. »Glaubst du, du könntest einen Mann mit einem Gewehr aufhalten, der den Bürgermeister erschießen will?«

Juan klopfte auf den Korpus der Gitarre, es klang wie ein Schuss. »Eine Gitarre gegen ein Gewehr?«, fragte er. »Musik gegen Gewalt? Damit halte ich jeden auf. Gib mir zwanzig Minuten, dann singen wir hier auf der Piazza alle zusammen *Azzurro*.«

Nicht ausgerechnet *Azzurro*, dachte Sergio, der den alten Hit von Adriano Celentano monatelang in der Wache als Klingelton seines Bürotelefons hatte ertragen müssen. »In zwanzig Minuten bin ich wieder da und erlöse dich.« Ein Geldschein knisterte zwischen seinen Fingern und landete in dem aufgeklappten Gitarrenkoffer. Dann lief er in die Richtung von Signora Terzos Haus.

Bei Tageslicht sah das alte Gebäude weniger reizvoll aus als am Abend, wenn die untergehende Sonne den bröckelnden Putz wie das Craquelé auf einem Gemälde von Tizian erscheinen ließ. Jetzt war das Haus nur noch ein alter Bau, trotzdem ragte es noch immer majestätisch über dem Aussichtspunkt am Busbahnhof auf und schaute mit seinen Fensteraugen über die Stadt.

Vor dem Eingang hatte sich eine Menschentraube gebildet, Rufe und das gekünstelte Gelächter einer empörten Frau wehten herüber. Sergio näherte sich langsam, versuchte herauszufinden, was vor sich ging. Er erkannte Giulia, sie trug bereits ihre Busuniform, ihr Haar war zum Pferdeschwanz gebunden. Neben ihr stand Maurizio Cesari. Sergio hatte den Leiter des Florentiner Musikkonservatoriums im vergangenen Sommer bei einem Festessen im Volterraner Stadtpark kennengelernt – und im nächsten Moment den Mörder eines Schlagersängers gefasst. Während Cesari eine legere Lederjacke trug und das streichholzkurze Haar mit Gel in die Höhe gestrichen hatte, trugen die vier Herren im Hintergrund Anzüge in allen Schattierungen von Burgunder, Lachs und dem Gelb einer Kerzenflamme. Ihnen gegenüber standen der Bürgermeister mit seiner dunklen Hornbrille und seine Referentin Donatella Donadini. Und in der Mitte der beiden Parteien, im Zentrum der Aufmerksamkeit, war Signora Terzo zu sehen, eine kleine alte Frau mit einer Haut, braun und runzelig wie eine Walnuss. Sie lächelte mit ihrem Froschmund mal in die eine, mal in die andere Richtung und zeigte kleine, nikotinverfärbte Zähne.

»Wir alle müssen uns fragen: Was ist das Beste für unsere Stadt?«, sagte Donatella gerade. Sie trug eine schmale Brille, darüber ragten ihre gezupften Augenbrauen wie die Fühler eines Insekts hervor. Sergio wusste, dass Donatella in der Regel keine Sehhilfe benötigte. Sie schien die Brille für Gelegenheiten wie diese aufzubewahren, wenn sie betont seriös aussehen wollte. »Das Museum wird an dieser Stelle wie ein Leuchtfeuer über Volterra wirken. Die Fahnen mit dem Schriftzug *Museo della Tortura* werden flattern, und Ihr Haus, Signora Terzo, jetzt noch ein altes Gemäuer, wird ein Schmuckstück sein. Wir putzen es heraus. Mit städtischen Mitteln, mit professionellen Maurern und den besten Stuckateuren der Toskana. Die Vertreter der Musikschule wollen, soviel ich weiß, alles in Eigenarbeit reparieren. Darauf dürfen Sie sich nicht einlassen. Pfuschereien hat Ihr altehrwürdiges Gebäude nicht verdient.«

»Stuckateure?«, fragte Signora Terzo.

»Pfuscherei?«, echote Giulia mit hoher Stimme.

Donatella sprach einfach weiter. »Das Museo della Tortura wird Volterra nach vorn bringen. Zunächst beim Wettbewerb *Il Girasole*. Wenn die Jury am Samstag kommt, werden die Fahnen schon an der Fassade wehen. Und für Neugierige haben wir auch schon einige Ausstellungsstücke bestellt.« Sie schaute auf die Uhr. »Der Transporter müsste jeden Augenblick kommen, dann können wir einräumen. Sie haben doch nichts dagegen, Signora Terzo?«

»Moment mal!« Giulia griff nach Donatellas Arm, doch die Referentin des Bürgermeisters schüttelte die Hand ab. »Was erlauben Sie sich?«, zischte sie. »Sehe ich etwa aus wie das Lenkrad eines Omnibusses?«

Sergio stellte sich zwischen die beiden Gruppen und tippte grüßend an den Rand seiner Dienstmütze. »Signori? Kann ich behilflich sein?«

Signora Terzo hob das Kinn. »Die Polizei ist gerade nicht nötig. Wir unterhalten uns bloß, alles im Rahmen des Gesetzes.«

Der Bürgermeister warf Sergio einen abschätzigen Blick zu. Dann knöpfte er sein dunkelgraues Sakko ein Stück auf und wandte sich an die Hausbesitzerin. »Wissen Sie, Signora, der Agente ist hier, weil er mit mir sprechen will. Lange habe ich auf ihn im Rathaus gewartet, denn er wollte mir eine Nachricht überbringen. Aber er kam nicht. Er hat mich enttäuscht. Als ich hörte, dass Sie heute Besuch aus

Florenz erwarten, bin ich gekommen, um die Sache selbst in die Hand zu nehmen. Vermutlich will der Agente sein Versäumnis jetzt nachholen, aber dazu ist es zu spät. Viel zu spät.«

Signora Terzo runzelte die Stirn, was angesichts der Falten in ihrem Gesicht kaum zu erkennen war, und warf Sergio einen strafenden Blick zu. »Soso« war alles, was sie sagte.

Sergio hatte bei dieser Begegnung mit vielem gerechnet, aber nicht damit, dass der Bürgermeister seine erpresserischen Methoden gegen ihn in der Öffentlichkeit anwendete und vorgab, Sergio sei an allem schuld. »Signor Sindaco«, sagte er zu Ragagioni, »wenn wir uns bitte mal unter vier Augen unterhalten könnten? Ich bin sicher, die Situation wird sich klären lassen.« Es war Zeit, Ragagioni mit den beinahe verbrannten Dokumenten aus seinem Kamin zu konfrontieren. Aber nicht hier. Nicht in dieser Runde. Er wollte Ragagioni Gelegenheit geben, alles zu erklären oder sich in Widersprüche zu verstricken.

Doch der Bürgermeister reagierte überhaupt nicht auf Sergios Worte, er wandte ihm nicht einmal das Gesicht zu, sondern sprach weiter zu Signora Terzo.

»Diese Geschichte ist für Sie von großem Interesse, Signora«, fuhr Ragagioni fort. »Denn durch die Nachlässigkeit von Agente Panda musste die Trattoria seines alten Vaters schließen. Was für ein Verlust für Volterra! Das Il Gusto war eines der letzten echten Traditionslokale in unserem Städtchen. Generationen haben dieses Lokal mit Erfolg geführt, und jetzt ist es weg, weil der jüngste Spross nicht achtgegeben hat.« Er senkte die Stimme. »Vielleicht wissen Sie es noch nicht. Aber Agente Panda und Signora Fonte dort drüben sind ein Liebespaar. Und was glauben Sie wohl, wie zuverlässig die beiden sein werden, wenn es um das Abtragen der Raten für Ihr wunderschönes Haus gehen wird? Sie werden, und da bin ich mir ganz sicher, ebenfalls eine Enttäuschung erleben, eine herbe Enttäuschung.«

Giulia trat vor. »Das wollen wir doch mal sehen, wie pünktlich wir unsere Rechnungen bezahlen. Die Herren hier neben mir sind vom Konservatorium in Florenz. Das ist die größte und beste Musikhochschule in der Toskana.«

Donatella stellte sich Signora Terzo an die Seite und beugte sich verschwörerisch zu ihr hinab. Trotzdem sprach sie so laut, dass alle sie hören konnten. »Hören Sie das, Signora? Aus Florenz kommen diese Leute. Florenz! Wollen Sie etwa, dass Fremde unser Städtchen in den Griff bekommen? Wir beide, der Bürgermeister und ich, wir sind Volterraner, und wir wollen das Gebäude zum Wohl aller Volterraner nutzen. Überlegen Sie nicht lange. Verkaufen Sie an uns. Damit tun Sie sich selbst, der Stadtverwaltung und allen Menschen Ihrer Heimat einen Gefallen.« Sie hielt Signora Terzo eine Hand hin. »Schlagen Sie ein, dann gilt das Geschäft als abgeschlossen.«

Donatella war gut. Sergio schlug das Herz bis zum Hals, und er konnte sehen, dass Giulia die Hände zu Fäusten geballt hatte. Donatella wusste, wie sie ihre Ziele erreichen konnte, und sie setzte die Mittel, die ihr zur Verfügung standen, skrupellos ein.

Höchste Zeit einzuschreiten. Aber wie? Ragagioni tat so,

als sei Sergio überhaupt nicht anwesend. Er konnte den Bürgermeister nicht in aller Öffentlichkeit einer Erpressung bezichtigen. Damit würde er Ragagioni einen Grund liefern, Sergio aus dem Polizeidienst zu entfernen. Es musste einen anderen Weg geben, einen, der indirekt ans Ziel führte.

»Signora Terzo«, sagte Sergio. »Bevor Sie entscheiden, wem Sie das Haus verkaufen, möchte ich Ihnen eine Geschichte erzählen.«

Die alte Volterranerin löste den Blick von der Hand Donatellas und schaute Sergio fragend an. »Was für eine Geschichte?«

»Da bin ich auch mal gespannt«, sagte Ragagioni. Seiner erwartungsfreudigen Miene nach zu urteilen, glaubte er, Sergio werde jetzt erzählen, wie er vor die Wahl gestellt worden sei: entweder das Il Gusto oder die Musikschule – und sich damit selbst das Grab schaufeln. Aber Sergio hatte noch ein anderes Ass im Ärmel, eines, das er in einem Kamin gefunden hatte.

»Vor einigen Tagen«, begann Sergio, »besuchte ich ein anderes altes Gebäude hier in der Stadt.«

»Da gibt es ja viele«, sagte die Terzo. »Wenn Sie ein anderes gefunden haben, dann kaufen Sie doch das, und wir müssen hier nicht länger herumstehen.«

Sergio redete weiter. »In diesem Haus gab es ein leeres Zimmer, trotzdem brannte darin ein Feuer im Kamin. Und das, obwohl die Sonne auf die Mauern schien und es sehr warm war in diesem Raum.«

»Verschonen Sie uns mit Ihren Märchen, Panda«, sagte Ragagioni. Offenbar hatte der Bürgermeister begriffen, dass

Sergio nichts über die Erpressung erzählen würde. Seine Falle klemmte.

»Dieser Kamin kam mir merkwürdig vor, also schaute ich hinein und fand darin etwas Seltsames. Es war zur Hälfte verbrannt und kaum noch zu erkennen. Doch ich ging damit zu einem alten Mann hier in der Stadt. Wussten Sie, dass es Magier gibt in Volterra? Der berührte das Fundstück mit seinem Zauberstab, murmelte eine Beschwörungsformel, und schwups, verwandelte sich der Fund in einen Stapel Papiere.«

»Verschwinden Sie, Panda«, sagte der Bürgermeister, aber seine Stimme hatte die Schärfe verloren.

Signora Terzo kniff die Augen zusammen. »Ich verstehe nicht, was das mit meinem Haus zu tun haben soll. Wollen Sie den Preis in die Höhe treiben?«

»Der Agente ist verwirrt«, erklärte Ragagioni, »er hat ein paar alte Papiere in einem Kamin gefunden, aber er weiß ja gar nicht, wie sie hineingekommen sind. Bloß, weil etwas in einem Zimmer liegt, muss das nicht bedeuten, dass der Bewohner es dort hineingelegt hat.«

»Diese Geschichte wird ja immer merkwürdiger«, sagte Signora Terzo. »Sprechen Sie von den Kaufverträgen? Aber die habe ich doch noch gar nicht aufgesetzt. Wollen wir nun verhandeln oder nicht?«

Donatella reichte der alten Hausbesitzerin noch einmal die Hand. »Genau, Signora. Das ist der Unternehmergeist, der Volterra großgemacht hat. Schließen wir das Geschäft endlich ab!«

Sergio konnte spüren, wie aufgeregt Ragagioni war. Der

Bürgermeister fühlte sich ertappt. Jetzt hatte er ihn in der Hand, als Nächstes musste er aus dieser Hand eine Faust machen. Stammte das Bild nicht von Leonetti? Der Kreis schloss sich. »Das wird sich alles klären, Signora Terzo«, sagte er. »Der Bürgermeister hat schon recht. Ich kann ja gar nicht wissen, wem diese Papiere gehören. Also werde ich sie zu den Kollegen von der Guardia di Finanza schicken. Die kennen sich mit solchen Fällen aus und werden wissen, wie man das herausfinden kann.«

Jetzt, endlich, wandte sich Ragagioni zu Sergio um. »Folgen Sie mir!«, knurrte er und ging davon.

Sergio begleitete den Bürgermeister zu der kniehohen Mauer am Aussichtspunkt. Ragagioni ließ es so aussehen, als sei er es, der allein mit Sergio sprechen wollte, und nicht umgekehrt. Sergio überließ ihm die Show. Sollte er die Vorstellung doch so gestalten, wie er wollte. Hier kam es einzig und allein auf das Ergebnis an.

»Tief«, sagte Ragagioni, rückte seine Brille zurecht und schaute über das Mäuerchen nach unten. Dort erstreckten sich die Dächer der Stadt, und dahinter lag die Landschaft der Toskana, bewachsen von dem zarten Grün des Frühsommers. »Man kann tief fallen in dieser Stadt.« Der Bürgermeister schlug sein Sakko zurück und setzte sich auf die Steine, und für einen Moment fragte sich Sergio, ob er mit dem Gedanken spielte, sich hinabzustürzen. Vorsichtshalber ließ er sich neben ihm nieder, bereit, sofort zuzufassen. »Sie haben mit Boschetti gemeinsame Sache gemacht«, stellte Sergio fest. Er formulierte es nicht als Frage. Über diesen Punkt waren sie beide hinaus.

»Den Kamin anzuzünden an einem warmen Tag.« Ragagioni schüttelte den Kopf. »Wie dumm von mir. Aber woher hätte ich ahnen sollen, dass im nächsten Moment die Polizei in mein Büro kommt?«

»Wie viel Geld haben Sie dafür bekommen, dass Sie Boschetti bei der Veruntreuung gedeckt haben?«

»Ein Viertel der Summe. Hundertzwanzigtausend Euro.« Ragagionis Stimme war nur noch ein Flüstern. »Hören Sie, Agente. Boschetti hat das Geld nicht für sich genommen. Er wollte damit ein Stück für sein Museum kaufen. Eine Urne. Echt etruskisch, aber aus illegaler Quelle. Sehen Sie es dem alten Museumsgeist nach.«

Immerhin bestand der Sindaco nicht auf seiner Unschuld, sondern setzte sich für jemand anderen ein. »Um Boschetti kümmern wir uns schon«, sagte er.

»Und in meinem Fall?«, wollte Ragagioni wissen. »Was werden Sie da unternehmen?« Er warf einen Blick zu Sergio hinüber, Hoffnung schimmerte darin.

Gute Frage, dachte Sergio. Wenn es hier nur um Geld geht und der Bürgermeister sich bloß bereichert hat, könnte ich ihn dazu bringen, alles zurückzuzahlen und noch mal dieselbe Summe draufzulegen, damit im Museum ein Sicherheitssystem installiert werden kann. Was aber, wenn das bloß die Spitze des Eisbergs war? Immerhin prangte auf den Unterlagen aus dem Kamin das silberne Logo von Luigi Leonetti. Hatte der Bürgermeister etwas mit dem Mord an dem Designer zu tun? Hatte er ihn womöglich erschlagen? Er war neben Boschetti der Einzige, der wusste, dass das Sicherheitssystem im Museum nicht funktionierte, weil er gemeinsam mit dem Museumsleiter die dafür vorgesehenen Gelder für etwas anderes verwendet hatte. Also wäre es einfach gewesen, die Statuette zu stehlen und das Kunstwerk in eine Tatwaffe zu verwandeln. Ragagioni kam als Mörder Leonettis in Betracht. Sein Motiv war noch unklar.

»Wie die Polizei mit Ihrem Fall umgehen wird, kann ich noch nicht sagen«, antwortete Sergio. »Die Dokumente aus dem Kamin sind sichergestellt.« Es war vorerst besser, im Ungefähren zu bleiben.

Sergio spürte die Hand des Bürgermeisters auf seinem Unterarm und zuckte zusammen. Ragagionis Finger waren dunkel behaart. Er drückte den Ärmel von Sergios Uniformjacke zusammen. »Wenn es Ihnen die Entscheidung leichter macht, Agente: Ich werde dafür sorgen, dass die Trattoria Ihres Vaters ab morgen wieder geöffnet ist. Das ist es doch, was Sie wollen, oder nicht?«

Ein bitterer Geschmack stieg Sergio in den Mund. Natürlich wollte er das. Aber nicht um den Preis, einen mutmaßlichen Mörder aus dem Visier der Polizei entkommen zu lassen. Er musste das Angebot ablehnen. Er musste das Angebot annehmen.

Porca miseria! Man konnte nicht gleichzeitig Polizist und Sohn eines Trattoriawirts sein. Das. Ging. Nicht.

Bevor Sergio antworten konnte, blökte eine Hupe. Vor der Musikschule war ein Transporter vorgefahren. Über die schwarz lackierte Seitenwand lief ein karmesinroter Schriftzug, der wie ein Flatterband gestaltet war und die Worte *Museo della Tortura* bildete. Darunter zeigte das Bild einer aufgeklappten Eisernen Jungfrau ihre Eisenspitzen, mit denen sie wohl die Fantasie des Betrachters anstacheln sollte.

Bei Sergio funktionierte das. Er blinzelte die Bilder vor seinem geistigen Auge weg, Visionen, in denen Bürgermeister Ragagioni eine entscheidende Rolle bei der Verwendung des Foltergeräts spielte.

Zwei Männer stiegen aus dem Wagen, der eine ein Hänfling mit einer Figur wie Pinocchio, der andere ein bulliger Typ mit einem weichen Gesicht. Beide trugen dunkle Anzüge und Krawatte. Es war ihnen anzusehen, dass sie das normalerweise nicht taten. Vermutlich eine Anordnung von Donatella. »Ist das hier das neue Foltermuseum?«, rief der Große mit hoher Stimme. »Wir sollen die Fahnen anbringen und die ersten Ausstellungsstücke einräumen.«

Sergio sprang auf. »Warten Sie!«, rief er den Männern entgegen. »Es ist ja noch gar nicht entschieden, was mit diesem Gebäude geschehen soll.« Aber das glaubte er selbst nicht, denn Signora Terzo ging gerade um den Wagen herum und betrachtete die Eiserne Jungfrau. Die morbide Faszination des Grauens spiegelte sich auf ihrem runzligen Gesicht wider.

Donatella und der Bürgermeister waren kurz davor zu gewinnen. Das durfte nicht geschehen! »Hören Sie!«, rief Sergio den beiden Folterknechten entgegen. »Sie dürfen hier nicht halten. Dieser Platz ist für Reisebusse reserviert. Fahren Sie sofort weiter!«

Donatella trat vor und klemmte etwas hinter die Sonnenblende des Transporters. Eine Sondergenehmigung der Stadtverwaltung. Sie hatte an alles gedacht.

Jetzt blieb nur noch rohe Gewalt. Gerade wollte Sergio den Fahrer des Wagens zwingen, ihm den Schlüssel auszuhändigen, damit er das Fanal von Giulias Niederlage selbst wegfahren konnte, da trat Maurizio Cesari an den Wagen heran. Er deutete auf die hinteren Türen. »Darf ich mal sehen, was dadrin ist?«, fragte der Leiter der Musikhochschule. Die Fahrer warfen Donatella einen fragenden Blick zu. Mit dem Lächeln des Triumphs trat die Pressechefin zu Cesari heran und zog die Türflügel auf.

Von seiner Position konnte Sergio nicht erkennen, was sich Donatella und Cesari offenbarte, aber es schien einen längeren Blick wert zu sein. Er ging um den Transporter herum und schaute hinein. Auf einem Stapel lagen Banner in den Farben des Museums, Rot und Schwarz. Große Pappkartons ließen die Formen der darin befindlichen Folterinstrumente erahnen. Aus einem Styroporkasten ragte die Lehne eines mächtigen Holzstuhls heraus. Daraus traten die Spitzen rostiger Nägel hervor. Sergio warf einen Blick in eine offene Kiste, die mit Hellebarden gefüllt war. Allein die recht unachtsame Art des Transports verriet, dass es sich nicht um Originalstücke, sondern um günstig hergestellte Kopien handelte.

Schließlich kehrte Cesari zu Giulia und seinen Kollegen vom Konservatorium zurück und beriet sich leise mit ihnen. Alle nickten. Dann wandte sich der Direktor zu Donatella, Ragagioni und Signora Terzo um.

»Wir möchten einen Kompromiss vorschlagen«, sagte er. »Eine Musikschule für Volterra ist dringend nötig. Aber sie kann nicht entstehen, wenn sie auf Dissonanzen gegründet wird. Wenn wir diesen Grundstein legen wollten, brauchen wir Harmonie. Es gibt offensichtlich zwei Interessenten für das Haus der ehrenwerten Signora Terzo. Warum nutzen wir es nicht gemeinsam? Das Foltermuseum muss der Musikschule nicht im Wege stehen und umgekehrt. Ich bin sicher, es lässt sich ein Weg finden, beides, Musik und Museum, unter einem Dach zu vereinen. Denn letztlich, das sehen wir von der Hochschule ganz realistisch, ist das, was Musikschüler hervorbringen, auch eine Folter.«

Sergio fing Giulias Blick auf. Sie dachten dasselbe: daran, dass Giulia schon vor zwei Tagen bei der Besichtigung des Hauses über die musikalischen Qualitäten von Streckbänken gewitzelt hatte. Jetzt erwies sich ihr Humor als visionär. Warum auch nicht?, dachte Sergio. In Volterra hat es schon viel verrücktere Sachen gegeben. Er nickte Giulia zu. Sie lächelte zurück.

»Das kommt nicht infrage.« Donatella warf die Tür des Transporters zu. »Wir haben Signora Terzo versprochen, dass sie das Museo della Tortura bekommt, und dieses Versprechen werden wir halten.« Sie klopfte der alten Volterranerin auf die Schulter. »Seien Sie unbesorgt, Signora.«

Die Hausbesitzerin schaute von einem zum anderen, während sie eine zerdrückte Schachtel Zigaretten aus ihrem Kittel hervorzog. Sie zog eine heraus, brach den Filter ab und steckte sie sich in den Mund. Dann tastete sie nach dem Feuerzeug. Sofort hielt ihr Donatella ein schweres Klappfeuerzeug hin und zündete die Flamme. Signora Terzo zog an der Zigarette und blies den Rauch in die klare Luft, wo er zerfaserte. »Zwei Käufer«, sagte sie, »bedeuten doch auch, dass sich der Preis verdoppelt. Oder nicht?« Sie untersuchte die Fingernägel an ihrer linken Hand.

In Donatellas Gesicht spielte sich Unheilverkündendes ab. »Signora Terzo!«, rief sie rotgesichtig und gebieterisch. »Das ist keine gute Idee. Denken Sie an …«

»Denken Sie an Volterra, aber denken Sie auch an sich selbst.« Es war der Bürgermeister, der dazwischenging. »Der Vorschlag von Signore Cesari gefällt mir ausgesprochen gut. Ich bin sicher, wir werden sowohl Museum als auch Musikschule unter einem Dach vereinen. Und was den Kaufpreis angeht: Ich bin sicher, dass die doppelte Nutzung auch den Wert des Gebäudes steigert. Vielleicht muss es nicht gleich das Doppelte sein.« Während Ragagioni sprach, warf er immer wieder Blicke zu Sergio hinüber.

Signora Terzo lächelte ein kaum sichtbares Lächeln, das sofort wieder verschwand. »Also gut«, sagte sie, »wenn Sie wollen, kaufen Sie mein Haus halt zweimal. *Doppio.*« Sie wechselte die Zigarette in die linke Hand, spuckte in die rechte und hielt sie Donatella hin. »Schlagen Sie ein!«, krähte die alte Toskanerin und zeigte lachend ihre kleinen nikotingelben Zähne.

Kapitel 24

Was nicht ausgesprochen wird, das kann man trotzdem hören. Jedenfalls ging es Sergio so, als er vor der Musikschule stand und Giulia ansah. Ihre Lippen bewegten sich, ihre Augen strahlten, und es schien, als bewege sich ihr Haar nicht in der Brise, sondern weil sie es so wollte. Die Musikschule würde die Arbeit aufnehmen – unter eigenwilligen Bedingungen zwar, aber damit würde Giulia schon zurechtkommen, dessen war sich Sergio sicher. Immerhin nahm sie es täglich mit ihm auf, wie viel einfacher war es da, Menschen das Musizieren beizubringen, während sie von Foltergeräten umgeben waren?

All das las er in ihrem Blick, als sie sich jetzt gegenüberstanden, zwischen ihnen die bunten Jacketts von Cesari und seinen Kollegen, der Rauch aus der Zigarette von Signora Terzo und die hochtoupierten Haare von Donatella. Giulia machte einen Schritt auf Sergio zu, aber er tippte demonstrativ auf seine Armbanduhr. Alles hätte er jetzt lieber getan, als Giulia in diesem Augenblick die Umarmung zu verwehren. Aber er hatte zu viele lose Enden hinter sich gelassen: Angelo, der mit dem Gewehr im Rathaus aufräumen wollte, und Boschetti, den er kurz vor einem Geständnis hatte verlassen müssen.

Giulias Gesicht verfinsterte sich. Er konnte ihr jetzt nicht erklären, warum er sie stehen ließ. Er tat es einfach. War es nicht genug, dass er einen Mörder fangen musste? Während er zum Rathaus lief, fragte er sich, wie es Onkel Lorenzo geschafft hatte als Polizist, als Polizeichef sogar, sein ruhiges Gemüt zu bewahren? Ha! Der saß jetzt in seiner Gartenlaube und genoss das Dolce Vita als Pensionär, und Sergio blieb vor lauter Eile die Luft weg.

Er hörte es schon von Weitem. Auf der Piazza sang jemand *Azzurro*. Ein ganzer Chor schmetterte dieses Lied voller Sehnsucht, diese Worte, nach denen der Nachmittag viel zu blau und zu lang war ohne die Geliebte. Was war da los? Als Sergio um die Ecke bog, sah er Juan vor einer Gruppe Touristen stehen, mit der Gitarre die Akkorde des alten Hits spielen und die Strophen singen, während die anderen beim Refrain einstimmten. Neben Juan stand Angelo, mit einer Flasche und Pappbechern in der Hand. Er schenkte ein und reichte das Getränk in die Gruppe der Sängerinnen und Sänger hinein.

Erleichterung überschwemmte Sergio. Die Knie wurden ihm weich, als die Anspannung von ihm abfiel und sich der Gedanke, sein Vater könnte zum Schrecken der Volterraner Stadtverwaltung geworden sein, in Luft auflöste. Wie hatte Juan das bloß angestellt? Und wo war das Gewehr?

»Was für ein Gewehr?« Angelo musste die heisere Stimme heben, um sich gegen den spontanen Chor verständlich zu machen. Nachdem Sergio ihn an den Aufräumer erinnert hatte, stutzte Angelo, dann schüttelte ihn ein stummes Lachen von innen heraus, sodass seine schmalen, aber muskulösen Schultern zuckten. »Du hast allen Ernstes geglaubt, ich würde den Bürgermeister mit einer Flinte bedrohen?« Er hob die hellen Augenbrauen. »Vielleicht wäre das sogar eine gute Idee. Immer schnell zum Ziel kommen, das ist mein Sohn Sergio, das ist der wahre Terremoto.« Er stupste Sergio mit der Flasche an. »Ich wollte unser Problem erst mal friedlich aus der Welt räumen. Hiermit. Mit einem Magenbitter. Alte Geheimwaffe von Lorenzo. Schau mal, was auf dem Etikett steht. *Il Ripulitore.* Der räumt deinen Magen nach dem Essen auf. Da dachte ich: Das ist genau das Richtige, um alle Meinungsverschiedenheiten zwischen Ragagioni und mir zu beseitigen. Verstehst du? Damit es wieder besser läuft zwischen uns. Oh, Moment mal, Telefon.«

Angelo drückte Sergio die Flasche und die Becher in die Hand, um sein Mobiltelefon aus der Westentasche holen zu können. Während sein Vater abseitsstand und telefonierte, schenkte Sergio den Magenbitter ein und reichte ihn den Singenden. Als die Flasche leer war, verklangen die letzten Takte von *Azzurro*. Die Sängerinnen und Sänger klatschten Juan Beifall. Applaus erklang auch aus der Bar Piazza, und Juan verbeugte sich, hielt die Gitarre hoch und deutete mit unmissverständlicher Geste in seinen aufgeklappten Gitarrenkoffer. Während Münzen und Geldscheine auf die rote Samtauslage regneten, bedankte sich Sergio bei Juan dafür, dass er seinen Vater abgefangen hatte.

»Der Aufräumer wirkt, auch auf Entfernung«, rief Angelo.

»Was meinst du damit, *babbo*?«, fragte Sergio.

»Das war unser Freund Ragagioni«, erklärte Angelo und hielt das Telefonino in die Höhe. »Er hat es sich noch einmal überlegt und will dafür sorgen, dass die Trattoria wieder öffnet. So schnell wie möglich.« Angelo fasste Sergio bei den Schultern und schüttelte ihn. »Das hast du ausnahmsweise mal richtig gut hinbekommen.«

Sergio erstarrte. Ragagioni, dieser Fuchs, versuchte, ihn zu kaufen. Mit etwas, das er den Pandas zuvor gestohlen hatte. Der Bürgermeister wollte sicher sein, dass Sergio nicht wegen der Unterschlagung gegen ihn ermittelte.

»Was schaust du denn so grimmig?«, krächzte Angelo und zeigte eines seiner seltenen Lächeln. »Wir öffnen wieder. Die Archäologen werden abgezogen. Vielleicht bleibt uns noch genug Zeit, den Besuch der Norweger vorzubereiten.« Wieder rüttelte Angelo an Sergios Schultern. »Freust du dich denn gar nicht?«

Sergio schaute seinen Vater mit herzlichem Widerwillen an. Ragagioni könnte der Mörder von Leonetti sein. Sergio durfte sich um keinen Preis auf einen Handel mit ihm einlassen. »Das Il Gusto muss geschlossen bleiben«, sagte er mit Grabesstimme. Niemals hätte er geglaubt, dass er selbst einmal etwas gegen die Trattoria Mortale unternehmen würde.

»Was?« Angelos Stimme hatte den Ton eines Menschen, der vergessen hatte, sein Hörgerät einzusetzen. Dabei funktionierte das Gehör des alten Toskaners wunderbar – wenn er wollte.

Sergio wiederholte den schicksalhaften Satz und fügte hinzu: »Ich kann leider nicht erlauben, dass der Laden wieder öffnet. Es tut mir leid, *babbo*.«

Angelos Hände lösten sich von Sergios Schultern. »Ist das ein Scherz?« Er schaute zu Juan hinüber, wohl in der Hoffnung, dass der Straßenmusiker die Lage gleich erklären würde. Doch der war damit beschäftigt, das Geld aus seinem Gitarrenkoffer in seinem Portemonnaie zu verstauen, und achtete überhaupt nicht auf die beiden Pandas.

Angelo deutete auf die leere Flasche in Sergios Hand. »Wenn ich das Zeug nicht selbst an die Leute da drüben ausgeschenkt hätte, würde ich glauben, du hast es dir allein eingeflößt und bist sturzbetrunken. Warum redest du so einen Unsinn daher?«

In Sergio spielte sich ein Kampf ab. Seine Gefühle rangen mit seinem Verstand, seine Liebe zu seinem Vater stand im Widerstreit mit dem Bewusstsein dafür, was Recht und Gesetz war. Er schwankte, trat von einem Fuß auf den anderen, er durfte sich von Ragagioni nicht in die Pflicht nehmen lassen. Er musste dem Bürgermeister auf den Zahn fühlen. Er atmete tief ein und aus. Das Skalpell der Logik schnitt durch seine Gefühle hindurch.

Die Wahrheit konnte er seinem Vater nicht sagen, denn dann hätten Kugelblitz, Trommelfeuer und Zitadelle davon erfahren, dass Sergio das Stadtoberhaupt des Mordes an Leonetti verdächtigte, und schon am nächsten Tag hätte es die halbe Stadt gewusst. Ragagioni hätte darauf reagieren können, Sergio wäre ihm nicht länger einen Zug voraus.

»Die Archäologen müssen ihre Arbeit beenden«, sagte er. »Das Il Gusto ist Teil der Geschichte Volterras. Wir können die Ausgrabungen jetzt nicht einfach stoppen. Sie müssen weitergehen, bis dieser Tempel gefunden ist.«

Angelos Gesicht nahm die Farbe seines Haares an. »Das meinst du doch nicht ernst. Das ist irgendein Scherz, den du mit dieser Donatella ausgeheckt hast.«

Sergio schaute seinem Vater in die klaren hellblauen Augen. In dem Blick schien Angelo die Wahrheit erkennen zu können, denn der alte Toskaner stieß Sergio mit seinen knochigen Fäusten gegen die Brust. »Das ist das Letzte, was ich von dir erwartet hätte. Dass ausgerechnet du mir in den Rücken fällst! Mein eigener Sohn.« Angelos Stimme hallte über die Piazza, eine scharfe Dissonanz im Vergleich zu dem harmonischen Lied, das noch vor wenigen Minuten zwischen den mittelalterlichen Gebäuden erklungen war. Jetzt, dachte Sergio, war aus dem himmelhellen Azzurro ein nachtdunkles Nero geworden.

»Was soll denn passieren, wenn ich das Il Gusto trotzdem öffne? Willst du mich dann verhaften?«

»*Babbo*, glaub mir, wir dürfen es nicht so weit kommen lassen.« Er wusste, es war sinnlos. Nichts ging Angelo über seine Trattoria, kein etruskischer Tempel und erst recht nicht die Fahndungen seines Sohnes.

»Ich öffne. Ich habe die offizielle Erlaubnis vom Bürgermeister persönlich«, sagte Angelo. »Was soll schon geschehen?«

Sergios Kiefer schmerzte, die Sehnen an seinem Hals waren angespannt wie Seile. Er griff nach Angelos Handgelenk und drückte es mehrfach, ein Morsecode der Hoffnung, denn er hoffte, dass die Botschaft durchdrang. »Nein«, sagte Sergio. »Diesmal nicht.«

Angelo starrte auf Sergios Hand, auf die Finger, wie sie

zudrückten und losließen, zudrückten und losließen. Dann schaute er Sergio in die Augen, ein Dutzend unbeantwortete Fragen im Blick. Die wichtigste stellte er sofort: »Wie lange?«

Dankbarkeit ergriff Sergio, und er ließ seinen Vater los. »Danke, *babbo*. Ich werde dir beizeiten alles erklären.«

Angelo hob die Stimme. »Wie lange?«

Es war wohl das Beste, bei der Geschichte mit den Archäologen zu bleiben. »Bis die Archäologen fertig sind. Ich sorge dafür, dass es schnell geht.«

Angelo nickte zögerlich. »Mein eigener Sohn«, murmelte er immer wieder.

Sergio warf noch einen prüfenden Blick auf seinen Vater. Er war sicher, dass Angelo die Trattoria nicht öffnen würde. Jedenfalls heute nicht. Dass es morgen so blieb, dafür würde Sergio seine Hand nicht ins Feuer legen. Aber morgen war morgen. Und der Tag war noch lang genug, um einen Mörder zu überführen. Das Geständnis des Dottor Boschetti war noch unvollständig. Und das Puzzleteil, das der Museumsleiter zu dem Bild hinzufügen konnte, mochte das entscheidende sein.

»Ich muss los!«, rief Sergio und setzte sich in Bewegung.

»He!«, rief Angelo ihm hinterher. »Lass die Flasche hier, sonst glauben die Leute noch, du bist volltrunken. Würde jedenfalls zu deinem Benehmen passen.«

Kapitel 25

Schon als er in die Via Don Giovanni Minzoni einbog, sah Sergio das Flackern von Blaulicht. Vor dem Eingang des Museums stand ein Wagen der Misericordia. Die Hintertüren waren geöffnet, die Sanitäter Silvano und Umberto lehnten dagegen und unterhielten sich.

»Was ist hier los?« Sergio hatte das unbestimmte Gefühl, dass es nur um den Museumsleiter gehen konnte. In diesem Mordfall ging so viel schief – es konnte gar nicht anders sein.

Seine Befürchtung bestätigte sich. »Der alte Boschetti ist in seinem Büro zusammengebrochen«, berichtete Silvano, »Clara ist oben und verarztet ihn.«

Die Hustenanfälle des Dottore kamen Sergio in den Sinn. Bei ihrem Gespräch vorhin hatte Boschetti Luftnot gehabt. Sergio hatte geglaubt, der Museumsleiter wolle ihm Theater vorspielen, um sein Geständnis hinauszuzögern. Er hatte sich geirrt.

»Wie ernst ist es?«, wollte Sergio wissen.

Silvano hob die Schultern. »Das musst du Clara fragen. Aber solange wir die Trage und das Beatmungsgerät nicht hochbringen müssen, scheint es nicht bedrohlich zu sein.«

Sergio beschloss, mit den beiden Sanitätern vor dem Gebäude zu warten. Wenn er jetzt zu Boschetti hinaufging, würde er den Mann vermutlich nur in Aufregung versetzen. Und ein Tatverdächtiger, den er nicht verhören konnte, weil er im Krankenhaus lag, nutzte ihm wenig. Außerdem, das musste sich Sergio eingestehen, machte er sich Sorgen um den Museumsleiter. Ob Betrüger oder Unschuldiger – Guido Boschetti war ein Volterraner Urgestein. Er gehörte zu dieser Stadt wie der Abendschatten ins Museum. Da genügte es, dass einer von beiden nicht länger an seinem Platz war.

Nach einer Weile kam Clara Manfredi aus dem Museum. Eine rote Notarzttasche hing über ihrer Schulter, und ihr straff gebundener Pferdeschwanz wippte. Sie lächelte die drei Männer am Wagen an und verstaute die Tasche in einer Seitenklappe.

»Die Polizei ist auch schon da«, sagte sie zu Sergio. »Diesmal ist aber kein Verbrechen geschehen, Sergio. Der alte Dottore ist einfach umgekippt. Jetzt geht es ihm schon wieder besser.«

»Was hatte er denn?« Sergio presste die Frage zwischen den Zähnen hervor. Das Letzte, was er hören wollte, war, dass die Aufregung während des Verhörs zu viel gewesen war für Boschetti und dass er selbst, Sergio, für den Zusammenbruch des Dottore verantwortlich war.

Clara winkte ab. »Akute Herzprobleme wegen einer Atemwegserkrankung. Vermutlich durch den ganzen Staub in seiner Bibliothek. Dazu das Alter. Der Dottore muss sich vorsehen, dass man ihn nicht irgendwann tot in seinem

Büro findet. Hinterher balsamieren sie ihn noch ein und stellen seine Mumie neben dem Kassenhäuschen aus.«

Silvano und Umberto grinsten. Claras makabrer Humor war nicht immer nach Sergios Geschmack, aber diesmal lächelte er – erleichtert darüber, dass Boschetti wieder einigermaßen wohlauf war. Ob er hinaufgehen und das Gespräch von vorhin zum Abschluss bringen sollte? Boschetti hatte den Betrug gestanden, aber da war mehr gewesen, das er hatte vorbringen wollen. »Glaubst du, er ist vernehmungsfähig?«, fragte Sergio die Notärztin.

Sie schüttelte den Kopf. »Ich weiß zwar nicht, worum es geht, aber wenn du in der Nähe bist, Terremoto, beschleunigt sich der Herzschlag der Menschen, und der Atem geht stoßweise, und das gilt leider nicht nur für deine Giulia. Gib dem Dottore Zeit, sich zu erholen. Morgen wird er wieder auf dem Damm sein. Aber auch dann hältst du dich bitte etwas zurück und fasst ihn nur mit Samthandschuhen an.«

»Gummihandschuhe gehen auch«, mischte sich Silvano ein, zog einen Erste-Hilfe-Handschuh auseinander wie ein Gummiband und ließ ihn zusammenschnappen.

»Könnte Boschetti …«, Sergio suchte nach Worten. Er wollte von Clara wissen, ob der Dottore körperlich in der Lage war, Volterra zu verlassen, sich dem Zugriff der Polizei zu entziehen, abzuhauen, um es mit einem Wort zu sagen, »… verreisen?«

»Klar kann er das«, antwortete die Notärztin, »aber er würde es nicht. Jedenfalls nicht freiwillig. Der verlässt sein Museum nur zum Essen und Schlafen, und nach dem Zustand seines Büros zu urteilen, manchmal nicht einmal dann. Du hättest mal sehen sollen, wie er sich aufgeführt hat, als ich ihm angeboten habe, ihn im Krankenhaus unter Beobachtung zu stellen.«

Sergio schaute an der Fassade hinauf. Er wusste, hinter welchem Fenster der Ausstellungssaal lag, der zu Boschettis Büro führte. Hinter einer Scheibe glaubte er, eine Bewegung wahrzunehmen. Oder war das nur die Reflexion eines vor dem Haus vorbeifliegenden Vogels? Drohte auch Boschetti auszufliegen, wenn Sergio ihn jetzt nicht einfing? Er würde es darauf ankommen lassen.

»Danke, Clara«, sagte er und tippte sich gegen die Dienstmütze. »Wenn eine Ärztin einem Dottore Ruhe verordnet, muss sich sogar die Polizei danach richten.«

Kapitel 26

Der Löwe trug ein Halsband. Um den Türklopfer am Eingang zu Luigi Leonettis Palazzo war rot-weißes Absperrband gewickelt, dessen lose Enden im Frühlingswind flatterten. Offenbar hatte sich nach dem Abzug der Spurensicherung niemand mehr die Mühe gemacht, das Gebäude vorschriftsgemäß abzusperren. Gut, dass Alessandro das nicht sieht, dachte Sergio und schloss die Tür zum Palazzo auf. Den Schlüssel hatte er aus der Wachstube mitgenommen, aus dem Aktenkarton des Polizeichefs mit der Aufschrift *Mordfall Leonetti*. Er trat zur Seite und ließ Valentina hineingehen.

Wie verabredet hatte die Künstlerin vor dem Torre Toscano auf Sergio gewartet und war mit ihm die wenigen Meter bis zum Palazzo Viti gegangen. Dort wollten sie nun in Leonettis Räumen nach dem Entwurf suchen, an dem der Designer am Tag vor seinem Tod gearbeitet hatte. Vielleicht gaben die Unterlagen Aufschluss darüber, was in seinem Atelier vor sich gegangen war.

Sergio beobachtete die Nachtmalerin, die nach kurzem Zögern an ihm vorbei in das Gebäude schritt. Würde sie ihm als Zeugin eine Hilfe sein? Oder würde sie sich als Mordverdächtige bestätigen? Valentina schob ihre große Sonnenbrille auf den Kopf und streifte die Sandaletten ab. Die Schuhe ließ sie in einer Strandtasche aus Bast verschwinden, die sie über der Schulter trug. Ihre nackten Füße klatschten dumpf über die Fliesen des dunklen Eingangsbereichs, und der Stoff ihrer Pluderhose, der beim Gehen aneinanderrieb, betonte jeden ihrer Schritte. Zielstrebig ging sie vor Sergio her und durch die kleine Empfangshalle auf die mit rotem Teppich ausgelegte Treppe. Nun war nur noch leises Tappen zu hören. Auf dem Zwischenabsatz hielt sie inne und ließ sich auf die oberste Stufe sinken.

»Ich rauche erst mal«, verkündete sie und kramte in ihrer Tasche.

Sergio lehnte sich an das schlanke hölzerne Treppengeländer. Er fragte sich, was die raschen Stimmungswechsel der Künstlerin zu bedeuten hatten und ob es wirklich eine gute Idee gewesen war, sie in den Palazzo mitzunehmen. Wenn Valentina auf den ersten Metern schon zauderte, wie würde sie sich dann erst im Atelier Leonettis verhalten, dem Schauplatz des Verbrechens? Oder spielte sie nur Theater?

Ein Streichholz ratschte, dann noch eins. Valentina fluchte leise und legte die Hölzer auf den steinernen Rand der Treppe. Beim dritten Versuch entstand zischend eine kleine Flamme, und sie zündete sich die Zigarette an.

»Dieser Palazzo hat die Täuschung zur Kunstform erhoben, wusstest du das?«, fragte sie paffend.

»Nein, ich habe nur die Fünfzig-Cent-Tour mitgemacht«, erwiderte Sergio und versuchte, seine Ungeduld zu zügeln. Dies war kein Ausstellungsbesuch, sondern eine Mordermittlung.

Valentina deutete mit der Zigarette auf die Wände. »Die hellen Streifen dort imitieren Marmor, das ist ein Überbleibsel der Ausstattung aus dem 19. Jahrhundert. An anderer Stelle sind Tapeten aufgemalt und sogar Wandteppiche.« Sie nahm einen Zug von der Zigarette und sprach weiter. »Dieser schöne Schein, das war etwas für Luigi, er selbst hat auch noch das ein oder andere dazu beigetragen. Bei einem Schachspiel aus Alabaster, das einer der Vorbesitzer des Palazzo geschaffen hat, tauschte Luigi einige Spielfiguren aus – gegen Modelle aus Filz. Die Oberfläche ist so fein, dass es nur bemerkt, wer die Figuren berührt. So war Luigi, er liebte dieses Spiel mit der Illusion.«

»Und Sie?«

»Ich finde es faszinierend. Einiges betrachte ich mit Grausen, anderes berührt mich auf angenehme Art. Die ältesten Teile des Palazzo sind vor über vierhundert Jahren entstanden, Renaissance und Barock sind sich während des Baus begegnet, und seine Bewohner, Luigi inbegriffen, konnten nicht genug davon bekommen, das Innere mit Prunk und Blendwerk auszufüllen. Auf eine gewisse Art fügt sich sein Design in diese bizarre Sammlung von Objekten, Möbeln und Gemälden ein, die man hier über die Jahrhunderte aus aller Welt zusammengetragen hat.«

»Dann sehen wir uns die Herrlichkeit mal an«, schlug Sergio vor, um einen aufmunternden Ton bemüht.

Valentina rauchte schweigend. Nach einer Weile sagte sie: »Nein. Tut mir leid, aber ich kann nicht weitergehen. Es wird zu persönlich, sobald ich nicht nur an Luigis Werk, sondern auch an sein Menschsein denke.«

Sergio hätte am liebsten mit der Faust gegen das Marmorimitat geschlagen. Stattdessen atmete er tief aus, bis die letzten Druckwellen aus seinem Innern entwichen waren, dann ging er zwei Stufen die Treppe hinauf, um mit der Nachtmalerin auf Augenhöhe zu sein. »Ich bin hier, um herauszufinden, wer für den Tod von Luigi Leonetti verantwortlich ist«, sagte er mit Nachdruck.

Valentina sah ihn an. »Das wirst du bestimmt auch.«

Sergio nickte. »Und Sie, Valentina, möchten wissen, wer in der Nacht vor seinem Tod bei ihm war und ob es vielleicht Federica Tulli war.«

Ihre grünen Augen blitzten auf.

»Vielleicht suchen wir dieselbe Person«, fuhr Sergio fort. »Und vielleicht führt uns der letzte Entwurf Luigi Leonettis zu ihr.«

Valentina blickte wortlos auf ihre nackten Füße und bewegte die Zehen mit den rot lackierten Nägeln. Sergio wartete. Immerhin hatte er richtig damit gelegen, ihre raschen Stimmungswechsel auszunutzen – er hatte sie ins Grübeln gebracht, indem er an ihrer Eifersucht gerührt hatte.

Die Nachtmalerin drückte die Zigarette in der Schachtel aus, nahm ihre Sonnenbrille vom Kopf, sammelte die Hölzchen von der Treppenstufe und warf alles in ihre Tasche. Dann stand sie auf und strich die Hose glatt. »Also gut, Sergio. Wir fangen mit dem Salon der Schlachten an.«

In dem Raum, der seinen Namen einer Sammlung von Schlachtengemälden verdankte, drehte Valentina ein Bild nach dem anderen um. »Luigi hat seine Arbeit oft als Kampf mit der Kreativität bezeichnet, deshalb landeten hier die Entwürfe, mit denen er besonders gerungen hat«, erklärte sie und zog einen Bogen Papier hinter einem Goldrahmen hervor.

Darauf waren Bleistiftskizzen zu sehen, Sergio erkannte das dreieckige Weinglas, das Leonetti vor drei Tagen in die Trattoria gebracht und das Zitadelle stibitzt hatte. Nach diesem Entwurf suchte er zwar nicht, aber immerhin waren sie auf der richtigen Spur. Sergio dachte an den Moment, als er dem Designer das Glas zurückbringen wollte und Leonetti tot im Palazzo entdeckt hatte. Mit dem merkwürdig geformten Objekt hatte die ganze Geschichte angefangen.

Unter der kirschroten Figur eines betenden buddhistischen Mönchs, die auf einer Kommode aus Edelholz stand, verbarg sich »etwas, das Luigi heilig war«, wie Valentina es ausdrückte: ein halb fertiges, handgeschriebenes Manuskript, eine Abhandlung über »Das Dreieck als Zeichen der Ausgewogenheit«, so der Titel des Werks. Im bunt bestickten Bezug eines Sofakissens hatte das Modell für einen dreieckigen Nasenring »Geborgenheit gefunden«, erfuhr Sergio von Valentina. Die Künstlerin führte ihn in den benachbarten, von drei gläsernen Kronleuchtern ausgestrahlten Raum, der einst ein Ballsaal gewesen war und den Leonetti ausschließlich zum Durchschreiten genutzt hatte. Entlang der Wände standen Konsolentische, auf denen Schaustücke präsentiert waren, wie ein Glaskasten mit ausgestopften

Vögeln. Sergio musterte die drei exotischen Tiere mit dem gelb-roten Gefieder, die zur Reglosigkeit verdammt und trotzdem noch in einen Käfig gesperrt waren. Einer trug etwas im Schnabel. Valentina hatte das offenbar auch bemerkt, denn sie öffnete den Glaskasten und griff danach. »Das Versteck bei den Paradiesvögeln kannte ich noch gar nicht«, sagte sie, drückte Sergio den Vogel in die Hand und betrachtete den Fund, den sie aus dem Schnabel gezogen hatte: ein gefaltetes Stück Papier. Während Valentina sich daran zu schaffen machte, stellte Sergio das ausgestopfte Tier behutsam zurück in den Kasten. Es fühlte sich merkwürdig weich an. »Das ist ein Objekt von Luigi, es ist aus Seide«, sagte Valentina, ohne aufzusehen, als hätte sie seine Gedanken gelesen. Sie redete weiter, während sie das Papier begutachtete. »Die anderen beiden hat einer der früheren Hausherren im 18. Jahrhundert von einer Reise nach Neuguinea mitgebracht. ›Entführung aus dem Paradies‹ haben Luigi und ich das genannt und …«

Sie stockte, das Papier in ihrer Hand zitterte.

»Stimmt etwas nicht?«, fragte Sergio.

Valentina starrte auf das Blatt, sie sah nun aus wie ein Teil der ausgestellten Eigentümlichkeiten.

»Das ist ein Brief von Luigi«, antwortete die Künstlerin, ihr Blick flog über die Zeilen. »An mich.«

Tränen ließen das Grün ihrer Augen im Licht der Kronleuchter funkeln.

»Darf ich?«, fragte Sergio und streckte die Hand aus.

Valentina las gebannt den handgeschriebenen Text, den Sergio blau durch das Papier hindurchschimmern sah, dann reichte sie ihm das Schriftstück. Es war ein Bogen Briefpapier, in den am oberen Rand ein geschwungenes silberfarbenes *L* geprägt und der mit ausladender Handschrift gefüllt war. Der Brief trug das Datum vom Freitag vergangener Woche und begann mit *Geliebte!*. Im Folgenden ging es um Sehnsucht, Verzückung und Verzweiflung. Die Sprache war ebenso schnörkelig wie die Schrift. Auffällig war, dass Leonetti seine Angebetete in der dritten Person Plural ansprach: *… Ihr lasst mich schlaflos … denke an Eure Alabasterhaut …*

Sergio stellte sich Leonetti an einem der Sekretäre oder am Schreibtisch im Atelier sitzend vor. Vielleicht hatte die herrschaftliche Atmosphäre des Palazzo beim Verfassen des Briefs auf ihn eingewirkt.

Sergio stutzte. Oder …

»Luigi hat den Brief nicht an mich allein geschrieben.« Valentinas Stimme klang plötzlich hart. Sie strich sich mit beiden Händen über ihre kurzen Haare und lachte verächtlich. »Er hatte noch einen anderen Paradiesvogel im Sinn. Deshalb die Anrede im Plural! Dieser Schuft hat seine persönliche Dreiecksgeschichte geschaffen, der Brief ist der Entwurf dazu.« Sie zerrte die Zigaretten aus ihrer Tasche. Die Nachtmalerin war so blass geworden, dass ihr Gesicht zusammen mit den roten Haaren Sergio an das Flatterband am Eingang des Palazzo denken ließ.

Er faltete den Bogen zusammen, steckte ihn in die Jackentasche und beschloss, die Künstlerin einen Moment allein zu lassen. Ihre Stimmungsschwankungen mochten sonst dafür sorgen, dass er erneut mit ihr festsitzen würde.

Grübelnd ließ Sergio seinen Blick durch den Ballsaal gleiten. Valentinas Schlussfolgerungen waren stimmig, ihre Eifersucht schien begründet zu sein. Die dramatischen Szenen im Il Mulino, von denen Sophia Zacchi berichtet hatte, kamen ihm in den Sinn, Valentina hatte dabei sogar mal ein Messer nach Leonetti geworfen. War ihr ein Mord zuzutrauen? War sie am Montag noch einmal bei ihm gewesen, und ein Streit mit dem Designer war eskaliert?

Auf einer Konsole an der gegenüberliegenden Wand des Raums entdeckte Sergio ein Schiffsmodell und ging darauf zu, vielleicht hatte Leonetti auch dort etwas hinterlassen. *Chinesische Dschunke aus Elfenbein, vierzehntes Jahrhundert*, las Sergio von dem Etikett ab, das auf der Tischplatte angebracht war. Er beugte sich vor, um das Modell genauer zu betrachten. Aus den hauchdünnen Schiffswänden waren feinste Verzierungen herausgearbeitet worden, menschliche Figuren säumten die Szenerie. Am Bug der Dschunke waren Musiker zu erkennen und Lampions, die merkwürdig verzerrt aussahen.

»Das sind Triangeln.« Valentina war herangekommen. »Luigis Lieblingsinstrumente, die er hier im Miniaturformat als Laternen eingesetzt hat.«

»Er gab wohl gerne den Ton an«, sagte Sergio, »und hält uns mit seinen Verstecken und seiner künstlerischen Gaukelei gut beschäftigt.«

»Das war noch gar nichts.« Valentina ruckte den Henkel der Tasche auf ihrer Schulter zurecht. »Als Nächstes nehmen wir uns das Porzellanzimmer vor und sehen uns dort alle Tassen im Schrank an, danach zeige ich dir die Fächersammlung.« Die Künstlerin hatte sich vom einen Moment auf den anderen wieder im Griff. Offenbar wollte auch sie weiter nach Leonettis letztem Entwurf suchen – möglicherweise, weil aus dem Brief des Designers nicht hervorging, wer die dritte Spitze seines Beziehungsdreiecks bildete.

Eineinhalb Stunden später hatten sie sämtliche Säle und Kammern von Leonettis Palazzo durchstöbert. Sogar im Atelier des Designers hatten sie sich umgesehen, obwohl Leonetti seine Entwürfe stets außerhalb seines Arbeitszimmers versteckt hielt, wie Valentina mehrmals betonte. Die Nachtmalerin besichtigte den Tatort überraschend intensiv, befand Sergio, es schien, als wolle sie sich die Kulisse einprägen. Die leere Mappe mit dem *Volterra*-Schriftzug, die Sergio mit Alessandro entdeckt hatte, lag nach wie vor auf dem Schreibtisch. Was darin für den Wettbewerb *Il Girasole* präsentiert werden sollte, wusste Sergio nicht. Leonettis letzter Entwurf fehlte.

»Stattdessen haben wir etwas über uns selbst herausgefunden«, sagte Valentina, als sie sich vor der Pforte des Palazzo verabschiedeten. Sie bückte sich und zog die Riemen der Sandaletten über ihre Fersen.

»Dass wir auf beiden Augen blind sind?«, riet Sergio.

»Dass wir uns zu leicht täuschen lassen«, verbesserte die Künstlerin.

Sie schüttelten sich die Hände, Sergio spürte ihren kantigen Ring. Jetzt sei die perfekte Zeit für ihre Arbeit auf dem Torre Toscano, sagte Valentina. Er schaute der Nachtmalerin hinterher, die entlang des Palazzo die Via dei Sarti hinunterging.

Wie dunkler Rotwein floss die Dämmerung durch die Gasse, die Fassade des Palazzo war in kühles Grau getaucht. Ein kleiner Lichtschein flackerte darin, ein in die Wand eingelassenes Marienbildnis war von einer Kerze beleuchtet. Sergio betrachtete die Malerei und die rosafarbenen Seidenblumen in der Espressotasse, die in der Nische aufgestellt waren. Winzige Gebetsstätten wie diese waren den Volterranern ebenso wichtig wie ihre größten Kirchen. Sie ließen sich mit einer Klappe verschließen, die in diesem Fall allerdings etwas marode aussah. Vorsichtig bewegte Sergio den Flügel. Vielleicht konnte er die Archäologen aus der Trattoria bitten, sich darum zu kümmern, für die wäre diese Reparatur eine Kleinigkeit. Im nächsten Moment zog er die Hand zurück, als habe er sich verbrannt. Die rostige Klappe fühlte sich weich an. Sergio betastete die Innenseite, darin löste sich ein rotbraunes, fleckiges Tuch. Dahinter kam ein verschnürtes Bündel zum Vorschein. War dies auch eines von Leonettis Verstecken? Aber wieso hier, wo jeder Volterraner es entdecken konnte?

Noch bevor er die Schnur gelöst hatte, war Sergio klar, was das Päckchen enthielt: den Entwurf für das, was der Stadt den Sieg beim Wettbewerb bringen sollte. Leonetti hatte ihn schließlich für alle Einwohnerinnen und Einwohner geschaffen, deshalb hatte er ein Versteck in aller Öffentlichkeit gewählt.

Als Sergio die Skizzen im Licht der kleinen Kerze durchblätterte, war er froh, dass niemand die Papiere vor ihm entdeckt hatte. Auf dem Papier, das in seinen Händen leicht zitterte, war der Abendschatten zu sehen. Leonetti hatte das über zweitausend Jahre alte Wahrzeichen Volterras verwandeln wollen. In eine Puppe.

Kapitel 27

Eine Plüschfigur?« Alessandros Stimme überschlug sich fast. »Leonetti wollte den Abendschatten in eine Plüschpuppe verwandeln? Das etruskische Erbe unserer Stadt? Das ist Kränkung! Frevel! Quälerei!« Bei jedem dieser Worte schlug er auf den Entwurf, der vor ihm auf einem zum Stehtisch umfunktionierten Weinfass lag. Bevor er weiter auf sie eindreschen konnte, zog Sergio die Papiere zu sich heran. Alessandro würde ihm noch seinen Spitznamen streitig machen, wenn er weiter so tobte. »Da hilft nur eins«, sagte Sergio und gab dem Kellner der Cocktailbar einen Wink. »Bring uns einen ›Egal‹, eiskalt.«

Nach seinem Treffen mit Valentina und dem Fund der Skizzen in der Wandnische von Leonettis Palazzo hatte er Alessandro angerufen und sich mit ihm auf der Dachterrasse des Hotels Fiorentina verabredet. Die dortige Bar war für einen frühen Kaffee und für einen späten Cocktail die richtige Adresse, und das Hotel lag nur ein paar Schritte von Leonettis Palazzo entfernt, nahe der Porta Fiorentina. Das westliche Stadttor war auch für Alessandro gut zu erreichen. Der hatte sein Bocciaspiel auf der Bahn von San

Giusto unterbrochen und seinen drei kleinen Söhnen die Kugeln überlassen – was Sergio zeigte, wie ernst sein Freund es nahm, dass es neue Erkenntnisse im Fall des Toten im Palazzo gab.

Wie auf dem Torre Toscano war man auf der Dachterrasse des Hotels Fiorentina den Sternen am toskanischen Himmel nah, außerdem flackerten Kerzen, die auf bepflanzten Blumenkübeln und Weinfässern verteilt standen. Vier weitere Stehtische waren besetzt. Sergio nahm leise Stimmen und einen Cocktail aus Worten wahr – Schwedisch, Englisch, Deutsch, Französisch –, wahrscheinlich waren es Hotelgäste, die den Abend über den Dächern Volterras genossen.

»Für mich bitte ohne Alkohol«, sagte Alessandro zu Daniele, der die Bestellung aufnahm.

»Ein alkoholfreier ›Egal‹?« Daniele, wie Sergio ein großer Freund der Mixkunst, ließ den Notizblock sinken. »Wie soll das denn gehen?«

»Das ist mir schnuppe«, gab Alessandro zurück. »Aber ich habe heute Abend noch einen Dienstwagen zu fahren und meinen Kindern etwas vorzulesen – für beides brauche ich einen klaren Verstand.«

»Verstehe.« Daniele grinste. »Du willst einen ›Schnuppe‹. Sag das doch gleich.«

Sergio sah, wie Alessandro nach Luft schnappte und den Mund dann zu einem Lächeln verzog. Die Männer kannten sich gut, und Daniele wusste, dass sein Gegenüber am liebsten Orangensaft trank – eine Eigenart, mit der Alessandro fast so häufig aneckte wie mit den bunten Hemden, die er in seiner Freizeit gerne trug. Das heutige Modell war farblich wie lodernde Flammen gestaltet und mit Vulkanen bedruckt, was gut zur Stimmung seines Trägers passte. Wenn sein sonst so beherrschter Kollege angesichts des Entwurfs Leonettis schon die Fassung verlor, wollte Sergio sich gar nicht erst ausmalen, wie Volterraner vom Kaliber seines Vaters reagiert hätten.

Kurz darauf standen zwei von Kälte beschlagene Gläser vor ihnen, deren Inhalt das Farbspektrum von Alessandros Hemd widerspiegelte. Der herbe Duft von Gin und der süße Geruch von rotem Wermut stiegen Sergio in die Nase, als er an seinem »Egal« nippte. Er konnte aus jedem Cocktail die Zutaten herausschmecken, und diese Mixtur hatte er – zusammen mit Daniele – sogar selbst erfunden. Alessandro sog genüsslich Fruchtsaft aus einem Strohhalm.

Sergio hielt Leonettis Papiere hoch. »Wenn du dich beruhigt hast, können wir uns vielleicht noch einmal mit diesen Unterlagen beschäftigen.«

»Stell dir doch mal vor, was das für unsere Chancen beim Wettbewerb bedeutet hätte«, legte Alessandro wieder los. »Also, wenn ich in der Jury säße und das da sähe …«

»Sitzt du aber nicht«, unterbrach Sergio. »Außerdem ist es nicht unsere Aufgabe, über Leonettis Arbeit zu urteilen, sondern seinen Mörder zu fangen.« Alessandro zur Ordnung zu rufen war ungewohnt. Hoffentlich fange ich nicht noch an, Listen zu führen, dachte Sergio.

Alessandro nickte verdrossen und rührte mit dem Strohhalm in seinem Glas, die Eiswürfel klickten aneinander. Sergio breitete die Papiere wieder auf dem Weinfass aus.

Gemeinsam betrachteten sie die Bögen mit Federzeichnungen darauf. Alle zeigten dasselbe Objekt, jedes Mal aus einem anderen Blickwinkel.

»Leonetti hat sich intensiv mit dem Abendschatten auseinandergesetzt«, sagte Alessandro, wohl um Ausgleich zu seinen Beschimpfungen bemüht.

»Dann hätte er sich eigentlich im Museo Guarnacci sehen lassen müssen, um das Original der Figur zu studieren. Davon hat Boschetti aber nichts gesagt.« Sergio berichtete Alessandro von seinem Gespräch mit dem Museumsleiter, der behauptet hatte, erpresst worden zu sein und jemandem den Abendschatten ausgehändigt zu haben. Dieser Jemand sollte aber nicht Leonetti gewesen sein.

»Wenn das stimmt, haben wir einen Hauptverdächtigen für den Mord«, sagte Alessandro. »Wir brauchen nur noch den Namen.«

»Den wird uns Boschetti verraten, sobald er wieder bei Kräften ist«, versicherte Sergio. Clara Manfredi hatte am Nachmittag von einem Schwächeanfall des Dottore gesprochen, morgen würde er sicher wieder ansprechbar sein.

»Hast du ihn so in die Mangel genommen, dass er umgekippt ist?«, wollte Alessandro wissen.

Sergio nahm noch einen Schluck von seinem Cocktail und erzählte von Angelo, der Boschettis Geständnis im entscheidenden Moment unterbrochen hatte. Dass mit Angelos Waffe, dem Aufräumer, nicht das Jagdgewehr von Sergios Großvater, sondern ein Magenbitter von Lorenzo Testi gemeint war, hatte er zu dem Zeitpunkt nicht wissen können. An Alessandros Blick beim Zuhören konnte er jedoch ablesen, dass die Kunde über dieses Detail in der Wachstube die Runde machen würde und dass er mit dem Spott der Kollegen zu rechnen hatte. Sei es drum, noch einmal würde Angelo ihm jedenfalls nicht in die Quere kommen, wenn er kurz vor der Aufklärung eines Mordfalls stand. Hoffentlich.

Sergio tippte auf eine Skizze des Abendschattens. Der schlanken etruskischen Statuette war darauf eine Damenhandtasche über die Schulter gehängt worden. »Leonetti wollte die Ombra della Sera anscheinend für den Wettbewerb modernisieren, oder wie verstehst du das hier?« Auf einem anderen Blatt trug die Figur dreieckige Stöckelschuhe und eine winzige Sonnenbrille, mit Strass besetzt, so wie die von Leonetti.

Alessandro beugte sich über die Zeichnung. »Die Schuhe sehen aus wie die von Federica Tulli.«

»Stimmt«, sagte Sergio. »Leonetti war wohl für unsere Kunstschmiedin entflammt.«

»Und umgekehrt«, ergänzte Alessandro.

Sergio berichtete von Valentinas Beschuldigung Federicas. Hatte die Kunstschmiedin mit Leonetti ein Liebesverhältnis? War sie tatsächlich Teil einer Dreiecksbeziehung, die der Designer im Sinn gehabt hatte? Spielte sie in dem Mordfall eine Rolle? »Wir sollten Federica gleich morgen in ihrem Atelier einen Besuch abstatten«, schlug er vor. »Je nachdem, was wir von Boschetti erfahren, kann sie uns vielleicht noch einen entscheidenden Hinweis für dieses Rätsel liefern.«

Alessandro stimmte zu und blätterte weiter durch die Skizzen. »Was hat Leonetti sich nur dabei gedacht?«

»Das ist eine Reihe von Verfremdungen«, mutmaßte Sergio, »du weißt schon, so wie die farbigen Marilyn-Monroe-Porträts von Andy Warhol. Bei Leonetti gipfelte das Ganze dann aber in der Plüschversion des Abendschattens.« Sergio zog die drei aneinandergehefteten Blätter hervor, auf denen der Designer *finaler Entwurf* notiert hatte. Die schlanke Statuette sah darauf aus wie ein Teddy, an dessen Enden zwei Kinder gezerrt hatten. Der Materialtausch Bronze gegen Plüsch war nicht gelungen, das Spiel mit der Täuschung, das bei den Objekten in seinem Palazzo gekonnt gewirkt hatte – Sergio dachte an Leonettis Filzfigur in dem Schachspiel aus Alabaster –, funktionierte bei dem Entwurf für den Abendschatten nicht. Was konnten sie nun damit anfangen? Die Skizzen erzählten viel über Leonettis Ambitionen, aber wenig darüber, was zu seinem Tod geführt haben könnte. Oder saßen sie einer Gaukelei des Designers auf und ließen sich täuschen?

»Es ist ein Desaster.« Alessandro verzog das Gesicht. »Diese Unterlagen darf Ispettore Rossi auf keinen Fall in die Finger bekommen. Er sorgt sonst noch dafür, dass der Entwurf umgesetzt wird, damit Volterra aus dem Wettbewerb ausscheidet.«

»Die Skizzen landen dann auf deiner Liste der Beweismittel, die wir den Kollegen aus Pisa in diesem Fall vorenthalten«, entgegnete Sergio. Als er sah, dass Alessandro sein polizeiliches Sorgengesicht aufsetzte, das so gar nicht zu seinem bunten Hemd passen wollte, setzte er nach: »Aber wer weiß, vielleicht würde Commissario Baldi die Plüschfigur des Abendschattens sogar gefallen.«

Das füllige Gesicht Fabrizio Baldis konnte Sergio vor sich sehen, das zufriedene Lächeln unter der Brille mit Goldrahmen, wenn der Chefermittler aus Pisa einen Geistesblitz hatte – und andere längst den Donner hörten. Schon zwei Mal hatte der Commissario bei der Aufklärung von Mordfällen in Volterra Erfolge verbucht, die Sergio und Alessandro ihm spendiert hatten. Zwar war Baldi ihnen diesmal bei den Ermittlungen nicht im Weg. Trotzdem konnte er noch genug Unheil in der Stadt anrichten, weil er in der Jury des Städtewettbewerbs saß und von Ispettore Rossi gegen Volterra aufgebracht wurde. Nur so war zu erklären, dass die Jury ihren Besuchstermin kurzfristig vorverlegt hatte und die Vorbereitungen der Volterraner unter Druck geraten waren. Das galt auch für Sergio und Alessandro. Der Mord an Luigi Leonetti musste aufgeklärt werden, um die Ehre der Stadt zu retten. Ihnen blieb nur noch ein Tag, um den Fall des Toten im Palazzo zu lösen.

»Noch eine Runde?« Daniele stand vor ihrem Tisch und wedelte mit dem Bestellblock.

Alessandro schaute auf seine Armbanduhr. »Nicht für mich, ich muss los.«

»Auf der Bocciabahn kannst du heute nichts mehr retten«, sagte Sergio.

»O doch.« Alessandro klopfte zum Abschied dreimal auf das Weinfass. »Ich muss die Spieler von San Giusto von meinen Jungs befreien.« Im Weggehen fuhr er fort: »Und falls Antonia das schon geschafft haben sollte, muss ich sie bei uns zu Hause von drei Kindern befreien, die nicht ins Bett wollen. *Ciao*, bis morgen!«

»Und was ist mit dir?«, fragte Daniele an Sergio gewandt. »Kommst du noch mit zur Theke, und wir probieren einen Drink aus?«

Sergio dachte an Giulia, die er vor der Beinahe-Musikschule hatte stehen lassen. »Tut mir leid, Daniele, heute nicht mehr.« Bei ihm zu Hause würde auch jemand nicht ins Bett wollen, fürchtete Sergio – jedenfalls nicht mit ihm. Er ließ den Rest seines Glases stehen. Was er jetzt brauchte, war nicht »Egal«.

Kapitel 28

Es ging auf Mitternacht zu, als Sergio von seinem Treffen mit Alessandro kam und den Heimweg einschlug. Die Nacht war warm und voller Farben. Das Land unterhalb Volterras war in die Töne des Meeres getaucht, die Hügel wogten in einem tiefen Blau und Grau. Noch waren vereinzelte Lichter auf den Gehöften aufgesteckt, und der Wind, der Namenspatron der Stadt, rauschte in den Olivenhainen und den alten Gärten der Volterraner. Nur in den engen Gassen zwischen den Häusern blies er nicht, dorthin reichte nicht einmal das Licht des Mondes. Sergios Weg lag in Finsternis.

Wäre es heller gewesen, wäre Sergio das Licht hinter den Fenstern des Museo Etrusco Guarnacci vielleicht gar nicht aufgefallen. So aber erkannte er schon von ferne, dass im Museum noch jemand war. Der alte Palazzo stand an der Via Don Giovanni Minzoni wie ein Leuchtturm in der Geschichte der Stadt. Sergio runzelte die Stirn. War Boschetti noch immer in seinem Büro? Clara Manfredi hatte den Dottore am Nachmittag untersucht. Seither war Sergio mit Valentina im Palazzo Viti gewesen und mit Alessandro in der Bar auf der Dachterrasse des Hotels Fiorentina. Ging es Boschetti wieder schlechter? Die Vorstellung, dass der Museumsleiter noch einmal in seinem Büro zusammengebrochen sein könnte, ließ die Alarmglocken in Sergio schrillen.

Er ging auf das Museum zu. Die sandfarbene Fassade hatte in der Dunkelheit den Ton von Artischocken angenommen. Er versuchte, einen Blick durch die vergitterten Fenster zu werfen, doch alles, was er erkennen konnte, war ein schwacher Lichtschein, kaum hell genug, um das Kassenhäuschen und den kleinen Museumsladen umrisshaft aus der Dunkelheit herauszumodellieren. Ein heller Lichtschein fiel aus dem Treppenhaus ins Erdgeschoss. Das Licht kam von oben. Wo auch Boschettis Büro lag.

Auf der Suche nach dem Klingelknopf tastete sich Sergio an der warmen Wand des Eingangs entlang. Seine Finger strichen über die Lamellen der Gegensprechanlage, da hörte er, dumpf und weit entfernt, einen Schrei. Der war aus dem Innern des Museums gekommen. Er drückte den Klingelknopf. Hinter der Tür war ein Schrillen zu hören, dann herrschte wieder Stille. »Dottor Boschetti!«, rief Sergio an der Fassade hoch. Niemand antwortete. »Hier ist Agente Sergio Panda. Öffnen Sie die Tür, Dottore!« Noch einmal ließ er die Klingel schrillen, länger diesmal, wieder ohne Erfolg.

Er zog das Telefonino aus der Tasche und drückte die Taste 3. »Misericordia«, meldete sich eine verschlafene Stimme. Silvano hatte Nachtdienst. »Hier ist Sergio«, bellte er in den Apparat. »Ich stehe am Museo Guarnacci. Ich habe einen Schrei gehört. Vielleicht ist es wieder Boschetti.«

»Boschetti?«, fragte Silvano mit lang gezogenen Silben. »Um diese Zeit im Museum?«

»Beeilt euch!«, rief Sergio. »Und bringt die Feuerwehr mit. Die Tür ist verschlossen, und es öffnet niemand.«

Am anderen Ende der Leitung schien Bewegung in Silvano zu kommen. »Madonna!«, rief er. »Beide Rettungswagen sind zu einem Einsatz Richtung Larderello. Massenkarambolage auf der 439.« Eine Pause folgte. »Ich bin der Einzige hier.«

»Dann schnapp dir den Notfallkoffer und komm her. *Subito!* Es geht um Leben und Tod.«

Sergio brach die Verbindung ab, bevor Silvano noch etwas sagen konnte, und drückte gegen die Museumstür. Er musste hinein. So schnell wie möglich.

Der Garten. Hinter dem Museum lag ein Garten mit den weniger bedeutenden Ausstellungsstücken, die Fragmente von Gedenktafeln und die Reste antiker Statuen hatte er aus dem Fenster von Boschettis Büro gesehen. Der Garten diente Besuchern als Ort zum Verweilen, dort konnte man seine müden Museumsbeine auf Bänken ausruhen und die vielen Eindrücke aus der Ausstellung bei einem Blick in den Himmel verarbeiten. Als Sergio dem Diebstahl des Abendschattens nachgegangen war – am Montag war das gewesen –, hatte er auch die Tür untersucht, die in den Garten hinausführte. Sie war unbeschädigt gewesen. Aber das würde sich gleich ändern.

Um zur Westseite des Museums zu gelangen, brauchte er lange, viel zu lange. Das Gebäude war weitläufig, sodass Sergio erst die Via Porta Marcoli erreichen musste, in die er rechts einbog, um zu seinem Ziel zu gelangen. Hier war das Gelände abschüssig. Das bedeutete: Den Garten betraten Besucher zwar durch das Erdgeschoss des Museums, doch da Sergio nun am Hang abwärts gelaufen war, lag der Garten über ihm wie eine Dachterrasse. Um hinaufzukommen, musste er die vor ihm liegende Wand erklimmen. Aber wie? Neben der Mauer parkte ein heller Kleinwagen. Sergio zögerte nicht lange, stieg auf die Motorhaube und von dort aufs Dach. Das unter seinem Gewicht nachgebende Blech knackte, Sergio sog zischend die Luft durch die Zähne ein.

Jetzt war er dem oberen Rand der Mauer näher gekommen, die Kante lag aber noch immer außer Reichweite. Wenn er so hoch springen konnte, dass er den Rand zu fassen bekam, konnte er sich vielleicht hinaufziehen. Sergio streckte die Arme aus, reichte aber nicht heran. Er hechtete in die Höhe, seine Finger berührten die Mauerkante, glitten ab. Das einzige Resultat seiner Bemühungen waren ein Hagel aus Steinchen und ein dumpfer Knall, als er wieder auf dem Autodach landete. Das Geräusch hallte durch die Gasse. Wo blieb Silvano? Aber der wusste ja nicht, wo Sergio steckte, und stand jetzt vielleicht schon vor der verschlossenen Museumstür.

Sergio tastete nach dem Telefonino in seiner Jackentasche, da hörte er, wie sich Schritte näherten, ein langsamer, schleppender Gang. Jemand kam die Via Porta Marcoli herunter, den Weg, den Sergio selbst vor wenigen Minuten genommen hatte. Silvano konnte es nicht sein. Dann war da das Klingeln von Metall. Autoschlüssel. Und Sergio stand auf dem einzigen Wagen weit und breit.

Er glitt vom Autodach herunter und ging zwischen der Beifahrerseite und der Mauer in die Knie. Die Dunkelheit war so dicht, dass man sie mit Händen greifen konnte. Solange der Herankommende nicht über die Beifahrerseite einstieg, würde Sergio unsichtbar bleiben. Aber wenn der Wagen wegfuhr, verlor er die einzige Möglichkeit, an sein Ziel zu gelangen.

Er wartete. Die Schritte kamen heran.

Es klackte, als die Fahrertür entriegelt wurde. Sie wurde aufgezogen, und die Karosserie wackelte unter dem Gewicht eines Menschen. Zündung. Licht. Die Scheinwerfer schnitten zwei Kegel aus der Nacht heraus. In einem war ein Verkehrsschild zu sehen. *Absolutes Halteverbot*. Da wusste Sergio, wer auf diese unnachahmliche Art durch die Dunkelheit schlurfte.

Joe Bonos startete den Motor. Die Tür klappte zu. Sergio blieben nur Sekunden. Er kam auf die Beine, lief hinter den Wagen und entfernte sich so weit, dass er mit Anlauf auf die Heckklappe und von dort auf das Dach springen konnte. Mit dem dritten Satz schoss er an der Mauer hoch, streckte die Arme so weit aus, dass die Nähte an den Schultern seiner Uniformjacke rissen und ihm die Dienstmütze vom Kopf fiel. Er bekam den Rand der Mauer zu fassen. Die Spitzen seiner Schuhe kratzten über den Putz der Wand. Unter ihm wurde der Motor des Wagens ausgeschaltet. Die Tür öffnete sich.

Die Muskeln in Sergios Armen brannten. Er zog sich hoch und ließ sich auf der anderen Seite zu Boden fallen. Unter ihm raschelte Laub. Er hielt den Atem an.

»Das gibt es doch nicht!«

Tatsächlich. Die Stimme gehörte Joe Bonos, dem Mitarbeiter von *Volterra Adesso*. Das Geräusch seiner Schritte verriet, dass er mehrmals um seinen Wagen herumging. Wenn er Sergio jetzt entdeckte, würde er noch um diese nachtschlafende Zeit in die Redaktion eilen und den Aufmacher für die morgige Ausgabe ändern.

Unter sich hörte er Bonos rumoren und fluchen, vermutlich entdeckte er gerade die Dellen in seinem Wagen. Sergio hätte nicht gedacht, dass er einmal einem Parksünder dankbar sein würde. Jetzt war er es. Er rappelte sich auf und lief zum Hintereingang des Museums.

»Ist da jemand?«, rief Joe Bonos.

Sergio antwortete nicht. Er hatte andere Sorgen.

Die Fassade des Museums war kaum zu erkennen. Die halbkreisförmigen Fenster lagen zu hoch, um ohne Hilfsmittel hineinzugelangen. Aber die Tür bestand aus zwei mannshohen Glasscheiben. Dahinter war der dämmerige Lichtschein zu sehen, der von irgendwo weiter oben aus dem Museum fiel. Wenn Sergio noch einen Gedanken lang gezögert hatte, die Tür aufzubrechen, so wurde er im nächsten Augenblick durch einen weiteren Schrei, der aus dem Museum drang, darüber belehrt, was richtig und was falsch war.

Er riss sich die Uniformjacke von den Schultern, wickelte seine Hand darin ein und schlug gegen die Tür. Die Glasscheibe vibrierte. Der zweite Versuch. Die Tür gab nicht nach. Manchmal war eine Faust eben nicht genug. Er brauchte etwas Hartes, Schweres. Angelos Dickkopf wäre jetzt hilfreich gewesen. Zwischen zwei Sträuchern aus Buchsbaum stand der Torso eines römischen Kaisers, Beine, Arme und Kopf fehlten. Aber selbst um den Überrest des Marmorblocks anzuheben, hätte Sergio einen Kran benötigt. Er suchte weiter, tastete mit den Fingern zwischen der Vegetation herum, kam zu der Stelle, wo die zerbrochenen Gedenktafeln standen. Sie waren nicht so alt wie die Stücke aus der Antike, viele stammten aus Kirchen und Klöstern des Mittelalters, deshalb waren sie auch noch vollständig – und damit ebenfalls zu schwer. Eine Tafel stand, gegen einen Baum gelehnt, auf einem hüfthohen Podest. Sergio stemmte sich dagegen. Die Platte kam ins Rutschen, fiel zu Boden. Der Klang von zerbrechendem Stein ließ sein Herz schneller schlagen. Er ertastete ein etwa kopfgroßes Stück, so schwer, dass er es gerade noch anheben konnte, und schleppte es in Richtung Glastür. Unterwegs spürte er, wie seine angerissene Jacke vollends aus den Nähten platzte. Schwer atmend erreichte er die Tür. Der Brocken lastete in seinen Händen wie eine überdimensionale Bowlingkugel. Sergio schwenkte die Arme vor und zurück, vor und zurück. Er stieß den Atem aus und ließ mit einem Schrei auf den Lippen los.

Das Wurfgeschoss verwandelte das Glas in tausend Splitter, die glitzernd zu Boden regneten.

»Was ist da oben los?« Die Stimme von Joe Bonos wehte zu Sergio hinauf. »Ich rufe jetzt die Polizei.«

»Schon zur Stelle«, knurrte Sergio und stieg durch die zerschmetterte Tür.

Kapitel 29

Das Museum empfing ihn mit Orientierungslosigkeit. Sergio stand in einem Saal, den er zwar schon oft betreten hatte, zuletzt am Montag, als er hier die Fenster nach Einbruchsspuren untersucht hatte. Jetzt aber, verloren in der Dunkelheit, hätte er sich ebenso gut in einem völlig anderen Gebäude befinden können und hätte ebenfalls nicht gewusst, wohin er sich wenden sollte.

Der Raum war mit Asche-Urnen vollgestellt. Die kleinen Nachahmungen antiker Sarkophage füllten die Regale entlang der Wände bis hinauf zur Gewölbedecke. Auf ihren Schauseiten waren Szenen aus der antiken Mythologie in Relieftechnik eingearbeitet. Im schummrigen Licht sah der Saal aus, als habe ihn jemand mit Comicstrips tapeziert. Sergio blinzelte und schüttelte den Kopf. Er versuchte, sich auf die drei Türen zu konzentrieren, die zwischen den Urnen als dunkle Stellen in den Wänden auszumachen waren. Welche führte zum Treppenhaus?

Es roch nach Pappkartons und Leim, nach Staub und alten Stoffen. »Dottore!«, rief Sergio und lief durch die am nächsten liegende Tür. Beinahe wäre er mit einem Krieger zusammengestoßen. Das Relief war fast so hoch wie Sergio selbst, der Krieger hielt einen Speer in der Hand und schaute nach links. Sergio schluckte seinen Schreck hinunter. Dann also nach links. Warum nicht? Wenn sich in diesem Irrgarten jemand auskannte, dann doch wohl die Ausstellungsstücke selbst.

Er lief durch schmale Gänge mit weiteren Urnen. Das Mondlicht schälte jahrtausendealte Gesichter aus der Dunkelheit heraus, schon bei normaler Beleuchtung waren die Totenmasken auf den Deckeln der Urnen unheimlich. Jetzt sorgten sie dafür, dass Sergio noch schneller lief, sein Hemd klebte ihm am Leib, trotzdem fröstelte er.

Endlich platzte er in den kleinen Verkaufsraum, das Treppenhaus lag direkt daneben. Er nahm drei Stufen auf einmal. »Dottore!«, rief er wieder. »Ich komme.«

Atemlos erreichte er den ersten Stock. Hier drang das Mondlicht nicht mehr durch die verhängten Fenster. Dafür half der Lichtschein, den Sergio schon von draußen gesehen hatte. Er kam aus Boschettis Büro. Die Tür stand offen. Er hörte ein Röcheln, dann schnelle Schritte. Das war doch nicht Boschetti!

Als er in das Büro kam, wurde er von der Wand seiner eigenen Überraschung gestoppt. Das Durcheinander des Museumsleiters, seine Bücher, Papiere und Kataloge, war noch mehr in Unordnung geraten, sofern das überhaupt möglich war. Die Stapel, von Boschetti kunstvoll zu Türmen aufgeschichtet, die die Gesetze der Physik verhöhnten, waren eingestürzt. Unter der Flut aus Papier war der Teppich kaum mehr zu erkennen. Sergio watete durch die Bibliothek auf dem Fußboden, wie eine Mücke angezogen von der Lampe auf dem Schreibtisch, der einzigen Lichtinsel in diesem Museum der Finsternis.

Er schaute hinter den Schreibtisch, in der Erwartung, Boschetti auf dem Boden zu finden, die Finger in die Brust gekrallt. Doch dort war der Dottore nicht. Dafür beschien die Lampe einen feucht glänzenden Fleck an der Rückenlehne seines Stuhls. Schon bevor Sergio den Finger gegen die feuchte Stelle hielt, wusste er, dass es Blut war. Man musste kein Arzt sein, um zu erkennen, dass das kein Zeichen eines Schwächeanfalls war. Er fuhr herum. Die Schritte. Wer lief mitten in der Nacht durch das Museum? Und was war mit Dottor Boschetti geschehen?

Sergio wischte seine Hand an dem Stuhlpolster sauber, dabei fuhr er über etwas Hartes. Um besser sehen zu können, drehte er den Schirm der Lampe. Da ragte ein Stift aus Boschettis Stuhl heraus, nein, es war ein Stab, und an seinem Ende … Sergio stockte der Atem … war eine Befiederung angebracht, wie sie bei Pfeilen üblich war. Aber das hier war kein Pfeil, dazu war er zu dick und wohl auch zu kurz: Die Spitze war in die Rückenlehne eingedrungen, ohne auf der anderen Seite herauszukommen. Wenn es kein Pfeil war, dann musste es … der Bolzen einer Armbrust sein.

Sergio wusste, das Entsetzen würde sich später einstellen. Sein Geist reduzierte sein Erschrecken auf ein Minimum, um Platz zu machen für logisches Denken.

Der Schrei. Das Blut. Der Bolzen. Jemand hatte in diesem Raum mit einer Armbrust geschossen und einen Menschen verletzt. Oder gar getötet. Das Opfer war vermutlich Dottor Boschetti. Aber wo war er jetzt? Und wo trieb sich der Täter herum? Dass er noch in der Nähe war, schien wahrscheinlich. Die schnellen Schritte. Vielleicht hatte er die Flucht ergriffen.

Vielleicht legte der Unbekannte gerade in diesem Moment auf ihn an.

Sergio spähte in die Dunkelheit hinter der offen stehenden Bürotür. War da jemand? Kam der Schweißgeruch von ihm selbst oder von jemand anderem? Dieses Geräusch, war das der unterdrückte Atem eines aufgeregten Menschen?

Gerade als die Nervosität ihn erstarren ließ, hörte er den Schrei. Es war dieselbe Stimme wie vorhin, doch diesmal leiser. Von dem Schmerz und der Angst, die zuvor darin gelegen hatte, war nur noch ein Röcheln übrig.

Das war Boschetti. Und er schien sich auf diesem Stockwerk zu befinden.

Sergio rannte los. Wenn der Schütze noch in der Nähe lauerte, so würde er ein bewegliches Ziel gewiss schwerer treffen als eines, das von kalter Angst eingefroren war.

Er sprintete aus dem Büro, rief Boschettis Namen, erhielt keine Antwort. Wo war der Dottore? Er konnte doch nicht jeden einzelnen Saal durchsuchen. Feuchte Flecken glänzten auf dem Terrazzoboden. Sergio folgte der Spur bis vor den Durchgang von Saal XXII. Inmitten des Raums stand der Abendschatten auf einem Podest, angestrahlt vom fahlen Licht, das hier durch die unverhängten Fenster fiel und eine silberne Aura um den Bronzeknaben mit den langen

Gliedmaßen fließen ließ. Dahinter lag Boschetti, lang ausgestreckt auf dem Bauch, und rührte sich nicht. Mit wenigen Schritten war Sergio bei ihm, fühlte am Hals des Dottore nach einem Puls. Ein schwaches Pochen war zu spüren. Er drehte den alten Mann um. Boschettis Augen waren geschlossen. Wenn er es gewesen war, der vorhin um Hilfe gerufen hatte, so musste es ihn das letzte bisschen Kraft gekostet haben.

Sergio tastete Boschetti ab. Der rote Pullover, den der Dottore auch jetzt noch um den Hals geschlungen trug, war feucht. Darunter ertastete Sergio einen weiteren Armbrustbolzen. Er steckte in Boschettis linkem Schlüsselbein, hatte es durchschlagen. Blut sickerte aus der Wunde. Der Dottore musste ins Krankenhaus. So schnell wie möglich.

Ein Hämmern war zu hören. Eine Stimme. Weit entfernt. »Sergio? Bist du dadrin? Mach die Tür auf!« Das war Silvano. Er versuchte wohl, durch die Vordertür hereinzukommen. Aber die war ja noch verschlossen.

Wenn der Sanitäter nicht zum Patienten kommen kann, dann muss der Patient halt zum Sanitäter getragen werden. Sergio schob die Arme unter den Leib Boschettis – der Dottore war genauso dünn wie der Abendschatten – und versuchte, ihn aufzuheben. Da krallte sich eine Hand Boschettis in Sergios Unterarm, dass es schmerzte. So viel Kraft hätte Sergio dem alten Mann gar nicht zugetraut, schon gar nicht in diesem Zustand. Boschetti bewegte die Lippen. Er schien etwas sagen zu wollen.

»Später, Dottore«, flüsterte Sergio, erleichtert darüber, dass Boschetti ein Lebenszeichen von sich gab. »Jetzt bringe ich Sie erst mal ins Krankenhaus. Dort können Sie mir dann Ihre Geschichte erzählen.«

Der Druck von Boschettis Fingern verstärkte sich, Sergio verzog das Gesicht. Wieder bewegte der Dottore die Lippen, blieb dabei aber stumm.

Ein Klacken zerriss die Stille, dicht gefolgt von einem Ploppen. Sergio spürte einen Luftzug. Er wusste sofort, woher das Geräusch rührte. Er ließ sich zu Boden fallen, rutschte hinter den Sockel, auf dem der Abendschatten stand, zog Boschetti mit sich.

Von der Tür her war ein Ratschen zu hören. Sergio hatte das Geräusch schon einmal gehört, beim Festival auf der Piazza, wenn Armbrustschützen in mittelalterlichen Kostümen ein Wettschießen veranstalteten. So klang die Mechanik, wenn die Schusswaffe gespannt wurde.

Das Ratschen endete. Zwischen Sergios Deckung und der Tür lagen nur wenige Meter. Würde der Schütze einfach auf gut Glück in den Raum hineinschießen, oder würde er …

Sich langsam nähernde Schritte beantworteten die Frage. Zunächst unterdrückte Sergio den Reflex, einfach aufspringen und auf den Mörder zustürmen zu wollen. Im Augenblick war der Unbekannte dank der geladenen Armbrust noch im Vorteil. Sobald er aber abgedrückt hatte, konnte Sergio sich auf ihn stürzen und ihm die Waffe entreißen. Er musste nur den nächsten Schuss überleben.

Oder doch sofort handeln. Jetzt. Er stieß mit der Schulter gegen das Podest. Es wackelte. Noch einmal rammte er dagegen. Über sich hörte er, wie die Kopie des Abendschattens zu tanzen begann. Die Statuette fiel nicht herunter. Aber die Bewegung und die Geräusche der Ombra della Sera lenkten den Armbrustschützen ab. Das Klacken und Ploppen folgte. Der Schuss traf die Statuette, sie fiel zu Boden. Sergio packte zu. Die Bronzefigur lag gut in der Hand, die perfekte Schlagwaffe.

Mit einem Mal sah er den Mord von Luigi Leonetti vor sich, aus der Perspektive des Täters, wie er die echte Ombra della Sera in der Hand hielt, genau so wie Sergio jetzt, nach dem Schwerpunkt suchte, den Arm hob.

Schritte. Vor ihm.

Sergio sprang auf und stürmte los, in die Dunkelheit, dorthin, wo er den Schützen vermutete, die Hand mit der Figur über dem Kopf.

»Aaaah«, schrie er.

Statt mit dem Unbekannten zusammenzustoßen, lief er ins Leere. Da war niemand. Sergio taumelte, fing sich mit Mühe.

Licht ging an. Der Strahl einer Taschenlampe blendete ihn. Er hielt darauf zu.

»Halt!«, rief jemand. Die Stimme eines Mannes. Silvano?

»Ich bin's!«, sagte Joe Bonos und hielt sich die Taschenlampe ins Gesicht, den linken Arm abwehrend in die Höhe gereckt. »Nicht schlagen!«

Sergio stoppte. Bonos?

»Ich bin hier, weil jemand auf meinem Auto ...«, begann der Journalist.

Die restlichen Worte hörte Sergio nicht mehr. Er rannte aus dem Saal, verharrte am Ende eines Ganges. Der Unbekannte hatte das Weite gesucht. Um aus dem Museum zu entkommen, musste er entweder durch die Vordertür oder durch den Garten fliehen.

Ich würde hinten rausgehen, entschied Sergio und war schon wieder in Bewegung.

Diesmal fand er den Saal mit der Glastür zum Garten sofort. Und er sah eine Gestalt zwischen den Buchsbäumen, die sich gerade vom Boden aufrappelte. Bevor er mehr erkennen konnte, schob sich eine Wolke vor den Mond, aber das Licht reichte aus, um zu sehen, wie die Gestalt davonlief.

»Stehen bleiben!«, rief Sergio. Dies war einer der seltenen Momente, in denen er sich wünschte, eine Dienstwaffe dabeizuhaben, um einen Warnschuss abzugeben. Aber die brauchte er in Volterra für gewöhnlich nicht, deshalb ließ er sie in der Wache liegen. Die Statuette, die er noch immer umklammert hielt, half wenig.

Er setzte hinter dem Flüchtenden her.

Der Schatten – mehr war nicht zu erkennen – lief auf die Mauer zu. Dort war Sergio vorhin in den Garten eingestiegen. Der Unbekannte blieb an der Begrenzung stehen, schien in die Tiefe zu starren.

Sergio rannte, so schnell ihn seine Beine trugen. Er musste den Fliehenden aufhalten. Er musste einfach. Der Mord an Leonetti, Volterras Sieg beim Wettbewerb, die Musikschule, das Festessen für die Norweger: Alles schien davon abzuhängen.

Im nächsten Moment war der Schatten verschwunden. Ein metallisches Klappern war zu hören. Sergio erreichte die Mauer, prallte dagegen und wäre beinahe in die Tiefe gestürzt. Auf der Straße sah er den Schatten, nun wieder eindeutig als menschliche Figur erkennbar, die Straße entlanghasten.

Jetzt hatte er ihn. Er musste von der Mauer springen, er musste ihn einholen.

»Agente Panda! Hilfe!«, drang die Stimme von Joe Bonos durch den Garten. »Der Dottore. Er stirbt.«

Ein Bein stand noch im Garten, das andere hing in der Luft. Der Schatten entfernte sich.

Sergio schloss die Augen und biss sich auf die Lippe. Diese Gelegenheit bot sich so schnell nicht wieder. Er musste hinterher. Er musste den Attentäter stellen. Er musste … das Leben Boschettis retten.

Er schwang das Bein von der Mauer und lief zurück durch den Garten und auf das Museum zu.

»Agente Panda?«, rief Joe Bonos. »Da steht ein Sanitäter vor der Tür, aber ich bekomme sie nicht auf. Wo sind Sie?«

»Immer da, wo's brennt«, knurrte Sergio. Und Flammen, das wusste er mittlerweile genau, züngelten in Volterra gerade an jeder Ecke.

Kapitel 30

Die Türglocke der Trattoria Mortale verstummte. Angelo schloss eine Faust darum. Er konnte es nicht länger ertragen, dass ihr Läuten Gäste für sein Lokal ankündigte, und dann standen immer nur diese staubigen Archäologen im Eingang. Diese Totengräber, die den Palast der Pandas in einen Schutthaufen verwandelt hatten. In ein paar Stunden würden sie wieder da sein. Jetzt war es kurz nach Mitternacht, und Angelo hatte in seiner Wohnung in der oberen Etage keinen Schlaf gefunden, eigentlich noch nicht einmal danach gesucht. Denn er gehörte hierher, hinter die Theke, in die Küche, zwischen die Tische in der Gaststube. Angelo klemmte die Glocke an der Gardinenleiste fest.

Durch das Türfenster sah er das Haus auf der anderen Seite des Borgo San Giusto. Bleiches Mondlicht fiel auf die Todesanzeigen an der Fassade, denen das Lokal seinen Spitznamen verdankte. Angelo schloss die rot karierte Türgardine. Die Stammgäste hatten das Il Gusto wegen dieser Aushänge in Trattoria Mortale umgetauft – wagten aber nicht, es in seiner Gegenwart so zu nennen, denn zu schnell konnte ihm der Pfefferstreuer über ihren Penne mit Wildschweinragout ausrutschen. Jetzt erschien ihm dieser Name allzu passend zu sein, denn es herrschte Grabesstimmung im Lokal.

Chiuso – geschlossen. Seit drei Tagen verharrte das Türschild des Il Gusto schon in dieser Position. Gestern hatte es sogar Gesellschaft bekommen: *Historisches Denkmal. Betreten nur für Befugte* stand nun daneben. Mit einer Hand lehnte sich Angelo gegen die Theke, stand vor der ausgeräumten gläsernen Auslage, in der sich sonst *pecorino*, Oliven, marinierte Auberginen, Fenchelsalami und andere Vorspeisen türmten, und blickte in die Düsternis des verlassenen Lokals. Seit dem Tod seiner geliebten Pina war es in der Trattoria nicht mehr so still gewesen. Einundzwanzig Jahre war das her. Sergios Mutter wüsste, was jetzt zu tun wäre, wahrscheinlich hätte sie die Eindringlinge längst mit dem Aufräumer vertrieben – und zwar mit dem doppelläufigen, den Sergio gestern in seinen, Angelos, Händen vermutet hatte. Pina war für ihre Treffsicherheit bekannt gewesen, die Wildschweinköpfe an den Wänden der Trattoria waren ihre Jagdtrophäen. Blickten die Tiere aus ihren Glasaugen jetzt missmutig auf ihn herunter, oder täuschte das wegen des mangelnden Lichts? Was erwarteten sie von ihm?

Angelo ging im Dunkeln zur Küche. So konnte er sich den Anblick des Waschraums ersparen, unter dem die Archäologen einen Schatz vermuteten. Einen Schatz, der ihn seine Existenz kosten konnte. Mit dem Fuß stieß er gegen einen mit Schutt gefüllten Eimer. Er fluchte und trat noch einmal nach. In der Küche tastete er nach dem Lichtschalter über der großen Arbeitsplatte. Auf dem Marmor war Salz verschüttet, das konnte er an der Hand spüren. Die Neonröhre flackerte auf. Angelo klopfte sich die Hand an seiner Jeans ab und öffnete den Kühlschrank. Ihm schlug der vertraute Duft von Tomaten, Kräutern und Knoblauch entgegen, Matteo hatte den Tomatensugo für die Norweger kalt gestellt.

Der Stockfisch schwamm noch im Becken. Morgen war es an der Zeit, ihn an Land zu holen. Den letzten Tag vor seinem großen Auftritt würde der *stoccafisso* in dem Tomatensugo verbringen, damit die italienischen und norwegischen Aromen eine innige Verbindung eingehen konnten. Angelo betrachtete die weißen Fischstücke, die nach einem Tag im Wasser schon kräftig an Volumen zugenommen hatten. Ob er das Wasser im Becken aufwirbeln sollte, damit sie in Bewegung gerieten und weich genug wurden? Er spürte seine Ungeduld und etwas, das er sonst tief unter der Oberfläche versteckt hielt: Unsicherheit, ans Licht geholt von diesen verfluchten Archäologen mit ihren Ausgrabungen in seiner Trattoria. Jeder Spatenstich hatte ihn ins Herz getroffen! Da half es auch nicht, dass er ihnen Spaghetti mit Sardellen und Peperoni serviert und dann, als der Durst sie quälte, vorgegeben hatte, kein Wasser mehr im Haus zu haben.

Von Sergio und Giulia hatte er sich überzeugen lassen, Matteos Vorschlag zu riskieren und den Trockenfisch in Rekordzeit genießbar zu machen. In drei Tagen! Führte er jetzt einen Schnellimbiss? Eine Fischbude? Darauf lief es wohl hinaus, wenn er die Trattoria am Samstag nicht öffnen und die Gäste aus Norwegen nicht bewirten konnte. Er musste etwas unternehmen. Die Ehre von vier Generationen Pandas stand auf dem Spiel.

Schon Großvater Natale hatte im Il Gusto Stockfisch aufgetischt, und diese Tradition der toskanischen Küche wurde seitdem von der Familie Panda gepflegt. Angelo gefiel die Eigentümlichkeit der Fischspezialität: Ein Kabeljau, der in arktischen Gewässern gefangen und auf Holzstöcken getrocknet wurde, trat als Trockenfisch in der Toskana in Konkurrenz zu den heimischen Köstlichkeiten aus dem Mittelmeer. Verantwortlich dafür war, wie so oft in Italien, die Religion. Der fleischlose Freitag, im sechzehnten Jahrhundert von der katholischen Kirche eingeführt, hatte für einen festen Termin in der Woche gesorgt, an dem Fisch auf den Tisch kam. Um ihn sich leisten und ihn lagern zu können, griffen die Menschen im toskanischen Inland lieber auf den haltbaren Trockenfisch aus Norwegen als auf verderbliche Doraden aus dem Tyrrhenischen Meer zurück.

In Matteo hatte Angelo einen Verbündeten gefunden, der Koch des Il Gusto ließ für *stoccafisso* alle Meeresfrüchte und -fische liegen, die an der ligurischen Küste zu haben waren. Würden sie das Komitee der Nationalen Norwegischen Stockfischgesellschaft von ihrer kochenden Leidenschaft überzeugen können? Und: Würden sie dazu überhaupt Gelegenheit haben?

Ob Angelo die Trattoria am Samstag öffnen konnte, war ungewiss. Weil Sergio die Öffnung des Lokals untersagt hatte. Warum die Zusage von Bürgermeister Ragagioni nicht ausreichte, war Sergios Geheimnis. Und der war stumm wie ein Stockfisch. Normalerweise setzte sich Angelo über das Polizistengehabe seines Sohnes hinweg, Umsicht und Abwarten gehörten einfach nicht zu seinen Stärken. Doch diesmal hatte eine Dringlichkeit in Sergios Verhalten gelegen, die durchgedrungen war zu Angelos vom Archäologenspaten malträtiertem Vaterherzen. Auf seinen Sohn konnte er sich verlassen, auch wenn er, Angelo, meist das Gegenteil behauptete – zuletzt gestern Mittag.

»Die Archäologen müssen ihre Arbeit erst beenden«, hatte Sergio zu ihm gesagt.

Er griff nach einem Holzlöffel, um den Stockfisch im Wasser umzurühren.

Der Holzlöffel rutschte ihm aus der Hand und fiel klappernd zu Boden. Angelo bückte sich und stutzte in der Bewegung. Auf dem dunkelblauen Stoff seiner Hose war ein heller Streifen zu sehen. Stammte der von dem Salz auf der Arbeitsplatte? Nein. Das hier sah eher aus wie Mehl. Oder wie … Staub!

Staub? In der Küche des Il Gusto? Angelo spürte, wie sich die weißen Haare auf seinen Armen aufstellten. Er fischte den Holzlöffel vom Boden und warf ihn in eine Spülschüssel. Dann strich er mit den Fingern über Arbeitsflächen, Herdplatten, Griffe und Geräte, hinterließ blanke Streifen und Flecken. Alles war mit dem Kehricht der vergangenen Jahrhunderte überzogen. Wenn das so weiterging, war die Trattoria bald selbst ein Fall für die Archäologen.

Das konnte er nicht zulassen.

Mit einem Ärmel seines Hemdes wischte Angelo über

die Arbeitsplatte in der Mitte des Raums, dann mit dem anderen, schließlich riss er sich das Hemd über den Kopf, hangelte einen Moment lang wie gefesselt durch die Küche und kämpfte mit dem Stoff, bis er sich davon befreit hatte. In seinem weißen T-Shirt stand er jetzt da, pfefferte sein Hemd auf die Arbeitsplatte und scheuerte, scheuerte, scheuerte.

Trotz aller Anstrengung ließ sich kein Glanz in seiner Küche und keine Klarheit in seinem Kopf schaffen.

Angelo lehnte sich gegen die Durchreiche zum Gastraum und stieß gegen die Kapitänsglocke, die darauf postiert war. Sie beschwerte sich beim Umfallen lauthals. Das Geräusch ließ ihn innehalten. Die Glocke hatte er zusammen mit Matteo von der Stockfisch-Akademie in Ancona erhalten, als Auszeichnung nach einem Wettkochen, seitdem gehörte sie zum Il Gusto wie der Stammtisch von Kugelblitz, Zitadelle und Trommelfeuer. Stets läutete der Koch, wenn auf der Durchreiche Teller mit frischen Speisen zum Servieren bereitstanden. Er läutete, weil er Hilfe benötigte.

Angelo fasste den Griff der Kapitänsglocke und schüttelte sie. Das Läuten klang ohne die üblichen Geräusche der Trattoria – die Gespräche, das Gelächter, die Musik aus dem Radio, Kugelblitz, der mitsang, das Zischen aus der Küche – wie ein Feueralarm. Das Geräusch wirkte auf Angelo, wie es sonst nur Grappa Riserva in größeren Mengen vermochte.

Plötzlich wusste er, was zu tun war.

Er würde die Trattoria und die Stockfisch-Festtafel retten.

»Die Archäologen müssen ihre Arbeit erst beenden«, hatte Sergio zu ihm gesagt.

Die Arbeit der Archäologen musste beendet werden.

Das Hemd warf er in den Korb zu den gebrauchten Küchenhandtüchern, dann löschte er das Licht in der Küche und ging hinüber zum Waschraum. Der Baustellenscheinwerfer neben der Grube machte seinem Namen alle Ehre. Das Erdloch, inzwischen auf die Maße eines Kinderplanschbeckens angewachsen, wurde auf Knopfdruck so grell ausgeleuchtet wie eine Theaterbühne. Und er, Angelo Panda, war der Star dieser Nacht.

Er sprang in die Grube. Über den Boden waren Fäden gespannt, die die Fläche in Quadranten einteilten. Ein Maßstab, ein Zeichenbrett, mehrere Zahnbürsten und Löffel lagen herum. Angelo schaute sich die Ausrüstung der Archäologen an. Wenn diese Weichlinge weiter Zahnbürsten benutzten, um ein Loch auszuheben, dann würden sie niemals fertig werden. Kochte er jede Erbse einzeln, wenn er *Piselli al Burro* servieren wollte? Wären Manfredis Bauarbeiter hier am Werk, hätten sie sich schon durch die halbe Erdkugel gegraben, und Angelo würde in diesem Sinne jetzt ein bisschen nachhelfen. An der Grubenwand lehnte ein Spaten, er packte zu und rammte ihn in den Grund.

Ob der Boden an der Stelle so weich oder seine Wut so heftig war, vermochte er nicht zu sagen. Das Blatt des Spatens verschwand tief im Erdreich. Einmal. Zweimal. Dreimal. Angelo hörte ein Geräusch, das dem Läuten der Kapitänsglocke ähnelte.

Er zog den Spaten zurück und fixierte die Stelle im Boden

der Grube, an der er ihn angesetzt hatte. Er hatte ein Loch von der Größe eines Wildschweinkopfes geöffnet. Was war das für ein Geräusch gewesen?

Angelo kniete sich hin und begann, mit den Händen zu graben.

Kapitel 31

Das Krankenhaus lag im Osten von Volterra. Wie fast alles in der Stadt war es alt, aber voll funktionstüchtig. Sergio ging in dem schmalen Flur auf und ab, während Alessandro auf einem Klappsitz an der Wand döste. Der Polizeichef trug Zivil, das Hawaiihemd mit den aufgedruckten Vulkanen vom Vorabend. Sergio hatte Alessandro nach den dramatischen Ereignissen im Museum aus dem Bett geklingelt. Jetzt war es fast zwei am Morgen, und sie warteten auf den Arzt, der Boschetti behandelte. Der Museumsleiter war schwer verletzt eingeliefert worden. Niemand wusste, wie es um ihn stand.

»Wie lange dauert das denn noch?«, murrte Sergio. Der Schock des Erlebten steckte ihm in den Knochen. Es war zwar schon einige Zeit her, seit er sich gegen einen Mörder mit einer Armbrust hatte zur Wehr setzen müssen, aber es kam ihm vor, als kauere er noch immer hinter dem Sockel mit dem Abendschatten, während der Unhold auf ihn anlegte.

Das hatte auch Giulia bemerkt. Sergio hatte sie vom Krankenhaus aus angerufen, damit sie sich keine Sorgen machte. Er hatte die Ereignisse nur umrissen und von der Lebensgefahr, in der er geschwebt hatte, nichts erzählt. Trotzdem war ihr klar geworden, dass etwas nicht stimmte, und sie hatte ihm versprochen, dass sie noch wach sein würde, wenn er nach Hause käme. Und wenn er bei Sonnenaufgang nicht daheim war, drohte sie damit, die ganze Stadt auf den Kopf zu stellen, um ihn zu finden.

Sergio hoffte, dass das nicht nötig sein würde. Er war zugleich aufgedreht und erschöpft, sein Körper verlangte nach Ruhe. Sein Geist wollte das Gegenteil: Seine Gedanken rasten wie bei einem Sprintwettbewerb, jeder versuchte, schneller zu sein als die anderen. Wenn doch nur endlich das Ziel in Sicht wäre!

Der Arzt blieb verschwunden, verschluckt von den Innereien des Hospitals. Zum wievielten Mal zählte Sergio jetzt die Reflexionen der Deckenlampen im blanken grauen Stein des Fußbodens? Zum wievielten Mal bemerkte er die ausgetauschten dunklen Fliesen zwischen den helleren? Zum wievielten Mal prüfte er, ob sich die Tür bewegte, durch die der blutüberströmte Dottore von den Sanitätern geschoben worden war?

»Die sind jetzt schon über eine Stunde dadrin«, knurrte er.

Alessandro hob das Kinn, das ihm auf die Brust gesackt war, und schaute aus schläfrigen Augen auf seine Armbanduhr. »Selbst wenn Boschetti überlebt«, sagte er, »glaubst du wirklich, er kann uns heute noch verraten, wer der Armbrustschütze war und wer ihn erpresst hat?«

»Auch, wenn die Wahrscheinlichkeit gering ist, sollten

wir bereit sein, wenn es so weit ist«, entgegnete Sergio. Er zeigte auf eines der Sprossenfenster mit Scheiben aus Milchglas. Dahinter blitzte für einen Moment das rot-blaue Licht eines vorbeifahrenden Krankenwagens auf. »Da draußen läuft ein Irrer mit einer Armbrust herum. Boschettis Aussage ist unsere Chance, ihn zu stellen, bevor noch mehr passiert.«

Schritte näherten sich. Im Flur tauchten Morelli und Bertini auf. Jeder transportierte zwei Pappbecher, aus dreien stieg Dampf auf. Die Gesichter der Kollegen waren schlaff vom Schlaf. Morelli trug Straßenkleidung unter seiner Uniformjacke, Bertini war in Jeans und T-Shirt erschienen. Er hatte keine Zeit gehabt, sein Haar mit Gel aufzurichten, und sah mit seiner Ponyfrisur noch knabenhafter aus.

Die Kollegen reichten Sergio den Kaffee und Alessandro den Orangensaft. Sergio nahm einen großen Schluck. Das Getränk war brühend heiß, aber immerhin wirkte es. Mit einem Mal wusste er, was zu tun war.

Er schaute sich um. Außer den Kollegen war niemand in der Nähe, der zuhören konnte. »Pisa«, sagte er leise, »darf von dem Attentat nichts erfahren. Jedenfalls jetzt noch nicht.«

Ruckartig zog Alessandro die lang ausgestreckten Beine an und richtete sich auf. »Bist du wahnsinnig? Die Questura findet auch ohne uns raus, was heute Nacht los war. Und dann sind wir geliefert. Alle vier. Baldi wird sich die Hände reiben. Endlich bekommt er einen Grund, die Wache in Volterra neu zu besetzen – mit Polizisten, die ihm aus der Hand fressen, statt ihm ans Bein zu pinkeln.«

»Der Chef hat recht«, stimmte Bertini zu und schaute Morelli an. Der spitzte die Lippen, doch sein verschmitztes Lächeln war trotzdem deutlich erkennbar.

»Jetzt hört mal zu.« Sergio streckte die Hand mit dem Becher gegen die Tür aus, hinter der Boschetti verschwunden war. Der Kaffee schwappte über den Rand und lief ihm über die Finger. »Es ist Freitagmorgen. Am Samstag ist die Wettbewerbsjury in Volterra. Und wir haben nicht nur einen unaufgeklärten Mordfall in der Stadt, sondern vielleicht noch einen zweiten.« Er bekreuzigte sich mit der freien Hand und murmelte hastig: »Gott schütze Dottor Boschetti.« Dann wandte er sich wieder den Kollegen zu. »Volterra wird verlieren, weil wir diesen Fall nicht schnell genug gelöst haben. Was glaubt ihr, wie wir vier dann dastehen werden? Ich weiß ja nicht, wie ihr das seht, aber ich werde lieber von Baldi gefeuert, als von den Menschen in meiner Stadt geächtet.«

Er machte eine Pause, um seine Worte wirken zu lassen. Bertini schaute zu Boden, Alessandro suchte im Bodensatz seines Orangensafts nach einer Antwort, und Morelli grinste Sergio unverhohlen an.

Irgendwo in weiter Ferne war das Klingeln eines Fahrstuhls zu hören.

»Uns bleibt nur eine Möglichkeit«, fuhr Sergio fort. »Wir machen so weiter wie bisher, arbeiten ohne die Questura und finden den Täter selbst, und zwar noch bevor die Jury hier ist. Dann«, er hob einen Zeigefinger, und die Aufmerksamkeit der anderen heftete sich an dessen Spitze, »und nur dann können wir ungeschoren davonkommen. Rossi und

Baldi werden sich zwar trotzdem aufregen, weil wir sie nicht eingeschaltet haben, aber der Erfolg würde uns recht geben.«

»Das würde bedeuten, alles auf eine Karte zu setzen«, fasste Alessandro zusammen. »Unseren bisherigen Alleingang könnte ich gegenüber unseren Vorgesetzten noch rechtfertigen. Aber Pisa jetzt immer noch nicht einzuschalten … das wäre … wäre …«

»Genau das Richtige«, schaltete sich Morelli ein. »Ich sehe es wie Sergio: Lieber werde ich von Baldi gefeuert, als von meinen Freunden und meiner Familie verachtet.«

»Ich bin dabei«, stimmte Bertini ein. »Wir haben noch eine kleine Chance, alles zum Guten zu wenden. Nutzen wir sie!«

»Du bist überstimmt«, stellte Sergio mit einem Blick auf Alessandro fest.

Der Polizeichef knüllte den leeren Pappbecher in der Faust zusammen und warf ihn in Richtung eines Abfalleimers, der Becher prallte vom Rand ab und landete auf dem Boden. »Überstimmt?«, rief Alessandro. »Seit wann ist Dienst bei der Polizia di Stato ein demokratischer Prozess? Auf keinen Fall werde ich zulassen, dass …«

Mit einem saugenden Geräusch schwang die Tür auf, und ein junger Mann in weißem Kittel erschien. Sein dichtes schwarzes Haar war kurz geschoren und sein Vollbart akkurat gestutzt. Um seinen Hals baumelte ein Stethoskop. Weder trug er eine sorgenvolle Miene zur Schau, noch lächelte er. Ärzte, überlegte Sergio, müssen gute Kartenspieler abgeben.

»Wissen die Signori, wo die Angehörigen des Verletzten sind?«, fragte der Arzt mit Tenorstimme.

»Die einzigen Verwandten des Dottore«, sagte Sergio, »sind die Kunstwerke im Museum. Da sie aber nicht herkommen konnten, übernehmen wir diese Rolle.«

Der Arzt musterte Sergio, Alessandro, Bertini und Morelli und schien zu dem Schluss zu kommen, dass vier Polizisten wohl vertrauenswürdig genug waren, um Auskunft von ihm zu bekommen. »Der Patient hat viel Blut verloren«, sagte er. »Ein Geschoss hat sein Schlüsselbein durchschlagen und die Arteria subclavia beschädigt. Die versorgt einen Teil des Gehirns mit Blut.«

Alessandro sprang auf. »Sagen Sie schon: Kommt er durch?«

Der Arzt wich zurück. »Das versuche ich ja gerade zu erklären. Den Blutverlust haben wir mit Transfusionen ausgleichen können. Die Frage ist, ob wir rechtzeitig handeln konnten. Da die Blutzufuhr unterbrochen war, kann es sein, dass das Gehirn Schäden davongetragen hat. Möglicherweise leichte, dann wird der Patient eine Weile unter Kopfschmerzen leiden. Vielleicht aber auch schwere, und was dann geschieht, kann ich nicht vorhersagen.«

»Sein Erinnerungsvermögen?«, fragte Sergio.

Der Arzt hob die Hände, wie um die Luft zu wiegen.

»Wann können wir mit ihm reden?« Jetzt kam auch Morelli näher, gefolgt von Bertini. »Es ist wichtig. Lebenswichtig.«

Die Miene des Arztes verdunkelte sich, was angesichts seiner Kopf- und Gesichtsbehaarung kaum einen Unterschied machte. »Lebenswichtig ist es vor allem, dass der Patient Ruhe bekommt. Wir haben operiert, er ist jetzt noch unter Betäubung. Vor morgen früh wird er nicht wach, und dann muss sich herausstellen, in welchem Zustand er ist. Ich muss Sie um Geduld bitten. Meine ist jedenfalls erschöpft. Sie entschuldigen mich.« Der Arzt verschwand durch dieselbe Tür, durch die er gekommen war, und ließ vier erstarrte Polizisten zurück.

»Was machen wir jetzt?« Bertini sprach aus, was alle dachten.

»Wir rufen in Pisa an und geben durch, was geschehen ist«, sagte Alessandro. »Der offizielle Dienstweg führt uns weiter.«

»Unsinn«, blaffte Sergio. »Der führt nur in die Dunkelheit. Wir brauchen Licht, mehr Licht.«

»Pfft«, machte Alessandro, »hast du vielleicht einen Scheinwerfer dabei?«

»Ich habe das hier«, sagte Sergio, kramte in seiner Tasche und hielt ein Schlüsselbund hoch. Als er es schüttelte, klingelten die Bärte der Schlüssel gegeneinander wie die Türglocke der Trattoria Mortale. »Die Schlüssel zum Museum. Habe ich im Kassenhäuschen gefunden. Was glaubt ihr, wie ich den Sanitäter hereingelassen habe?«

Alessandros weiches Gesicht verhärtete sich. »Du trägst deinen Spitznamen wirklich zu Recht, Terremoto. Ich hätte einen Seismografen in der Wache aufstellen lassen sollen, als Boschetti am Montag zu uns gekommen ist.« Er seufzte und schaute an sich herunter. »Also gut, in diesem Aufzug könnte ich Ispettore Rossi sowieso nicht unter die Augen treten. Durchsuchen wir das Museum also selbst. Morelli, du bleibst hier und passt auf Boschetti auf. Ruf sofort an, wenn er zu sich kommt. Und sei wachsam! Wir müssen damit rechnen, dass der Mörder noch einmal sein Glück versuchen wird. Sogar hier im Ospedale.«

Zwei Stunden später verließen die drei Polizisten das Museo Etrusco Guarnacci. Die Sonne war noch nicht aufgegangen. Über Volterra war die Finsternis so dicht, dass Sergio sich fragte, ob man als Meteorologe einen Hang zur Metaphorik entwickelte.

Sie hatten die Säle des Museums nach Hinweisen auf den Armbrustschützen durchsucht. Gefunden hatten sie drei gefiederte Bolzen, einen in Boschettis Stuhl und zwei im Saal XXII, wo die Fälschung des Abendschattens noch immer auf dem Boden gelegen hatte. Sergio hatte die Figur auf ihren Sockel gestellt, nachdem er sich davon überzeugt hatte, dass sie keinen Schaden von dem Sturz davongetragen hatte. Es war zwar nur eine Kopie, vor der Jury des Wettbewerbs musste sie aber als Original durchgehen.

Die Armbrust, darin waren sich die Polizisten einig, war keine vielversprechende Spur. Armbrüste waren zwar Waffen aus dem Mittelalter, wurden aber oft bei historischen Festen verwendet. Und davon gab es in der Toskana viele. Nicht nur beim berühmten Palio, dem Pferderennen in Siena, fand ein Armbrustschießen statt. Auch Volterra hatte eine solche Veranstaltung aufzuweisen, bei der historisch Kostümierte aus den Contrade, den Stadtvierteln, gegeneinander antraten: beim Tauziehen, beim Fahnenschwenken und beim Armbrustschießen. Eine Armbrust in Volterra zu suchen, das war keine Stecknadel im Heuhaufen, das war, als hätte man einen ganzen Sack Stecknadeln über der Stadt ausgeschüttet.

Trotzdem wollten die drei Polizisten diese Spur nicht unbeachtet lassen. Alessandro beauftragte Bertini, am nächsten Tag die historischen Vereine Volterras abzuklappern, um herauszufinden, ob irgendwo eine Armbrust fehlte.

Die Durchsuchung des Museums ergab keinerlei Hinweise zur Identität des Schützen. Angesichts der mageren Ausbeute brachte Alessandro noch einmal vor, die Spurensicherung anrücken zu lassen. Doch das hätte bedeutet, dass er die Questura hätte verständigen müssen.

Sergio hatte eine andere Idee. Wenn im Museum keine Indizien zu finden seien, sagte er, dann müssten sie halt aus der Not eine Tugend machen und Erkenntnis aus dem gewinnen, was nicht vorhanden war. Zum Beispiel Einbruchsspuren.

Schon einmal hatte Sergio nach Anzeichen eines gewaltsamen Eindringens ins Museum gesucht. Am Montag war das gewesen, als Boschetti den Diebstahl des Abendschattens gemeldet hatte. Deshalb kannte er die Schwachstellen im Haus, die dem Dieb – und Attentäter – Zugang hätten gewähren können: die Fenster im Erdgeschoss, die Oberlichter im dritten Stock und die Tür in den Garten. Von der war zwar nur noch der Rahmen übrig, aber der war unbeschädigt. Es gab keine Kratzer, kein ausgebautes Schloss und keine Zeichen von Manipulation an den Angeln, wie sie etwa ein Stemmeisen hätte hervorrufen müssen. Auch an den anderen Zugängen hatte sich niemand zu schaffen gemacht.

»Und was bringt uns das jetzt?«, fragte Alessandro missmutig. Er zog die Museumstür hinter sich zu und schloss ab. »Ihr wisst ja, was ich denke.«

»Die Spurensicherung hätte auch nicht mehr gefunden, aber dafür zehnmal so lange gebraucht«, wandte Sergio ein. »Und das Nachdenken hätten die uns auch nicht abgenommen.« Er kniff sich in die Nasenwurzel und schloss die Augen. Hinter seinen Lidern war es zwar genauso dunkel wie in der Stadt, aber einen fernen Schimmer konnte er erkennen. »Was wir herausgefunden haben, ist, dass der Schütze nicht gewaltsam ins Museum eingebrochen ist. Also muss ihn jemand hereingelassen haben. Und das kann zu der späten Stunde nur Boschetti gewesen sein.«

»Dann muss der Dottore den Täter gekannt haben«, ergänzte Bertini.

»Vielleicht waren die beiden sogar verabredet«, sagte Alessandro, der sich nun trotz seines beständigen Protestes doch in den Gedankenaustausch der Kollegen einschaltete. »Aber warum, um Himmels willen, trifft man sich mit seinem Mörder?«

»Weil«, sagte Sergio, »der Attentäter und Boschettis Erpresser ein und dieselbe Person sind.«

»Der Erpresser kam hierher, um sein Opfer zum Schweigen zu bringen, bevor es ihn verraten konnte«, räsonierte Bertini.

»Stimmt«, sagte Sergio, »denn Boschetti war kurz davor, mir alles zu erzählen.« Er öffnete die Augen.

»Aber woher wusste der Erpresser das?«, fragte Alessandro. »Hat euch jemand belauscht?«

Sergio ließ seine Nasenwurzel los. »Eher nicht. Ich glaube vielmehr, dass Boschetti mit seinem Erpresser Kontakt aufgenommen hat, nachdem ich weg war. Vermutlich hat er ihn angerufen.«

»Wieso sollte er das tun?«

»Weil ich Boschetti mit den verbrannten Unterlagen konfrontiert habe. Da musste er zugeben, die Gelder veruntreut zu haben und erpresst worden zu sein. Versteht ihr? In diesem Moment hat sich das Druckmittel des Erpressers in Luft aufgelöst. Bevor Boschetti aber verraten konnte, wer ihn bedroht hat, musste ich das Gespräch abbrechen. Das hat ihm Luft verschafft. Er hat den Erpresser angerufen und ihm gesagt, dass er nun nichts mehr gegen ihn in der Hand habe. Er hat sich befreit von der Angst aufzufliegen.«

»Der Schurke hat sich damit natürlich nicht zufriedengegeben«, fuhr Bertini fort. »Er hat vorgeschlagen, sich mit Boschetti zu treffen. Unter einem Vorwand, der für den Dottore akzeptabel war. In Wirklichkeit aber, um Boschetti loszuwerden, bevor er noch einmal mit der Polizei sprechen und einen Namen nennen würde.«

»Und damit du nicht dazwischenkommst, hat Boschetti einen Schwächeanfall vorgetäuscht«, sagte Alessandro. »Damit hat er dich auf Distanz gehalten.«

»So könnte es gewesen sein«, schloss Sergio und klopfte Alessandro auf die Schulter. »Siehst du, Kollege Minotti, wir müssen nicht unbedingt Spuren finden, um einen Tathergang zu rekonstruieren.«

»Sind dann der Erpresser, der Attentäter mit der Armbrust und der Mörder Leonettis ein und dieselbe Person?«, fragte Bertini und kratzte sich die Brust.

»Davon müssen wir ausgehen«, antwortete Sergio. »Boschetti hat die Gelder veruntreut. Der Erpresser hat das gewusst und den Dottore gezwungen, den Abendschatten herauszugeben, mit dem dann Leonetti erschlagen wurde.«

»Ich verstehe immer noch nicht, wieso man sich ein solches Kunstwerk besorgt, um damit einen Menschen zu töten. Da gibt es doch einfachere Mittel«, wandte Alessandro ein.

»Das kann uns vermutlich nur der Täter selbst erklären«, erwiderte Sergio.

»Aber wo suchen wir nach ihm?«, wollte Bertini wissen.

Sergio verzog den Mund. »Der Täter wusste, dass Boschetti Gelder veruntreut hatte. Diese Information habe ich aus dem Rathaus. Also führt die Spur dorthin. Zu Bürgermeister Ragagioni. Er wusste als Einziger von der Unterschlagung des Dottore, und eine Verbindung zu Leonetti gibt es auch.«

»Er oder seine Frau«, sagte Bertini. »Sagte Joe Bonos nicht, dass Signora Ragagioni ein Verhältnis mit Leonetti gehabt haben sollte? Und wir suchen doch nach der fehlenden Spitze des Beziehungsdreiecks. Die Frau des Bürgermeisters würde in beide Muster passen: Sie hätte eine Affäre mit dem Ermordeten haben und sie hätte durch ihren Mann von der Unterschlagung hören können.«

»Für einen Verdacht sind das zu viele Unwägbarkeiten«, wandte Sergio ein. »Aber ein Gespräch mit Signora Ragagioni könnte uns weiterbringen.«

»Kommt nicht infrage.« Alessandros Stimme hallte durch die leere Straße. »Erst soll ich Pisa alles Mögliche verschweigen und den offiziellen Dienstweg umgehen. Jetzt kommt ihr damit, dass wir die Gattin des Bürgermeisters ...«, er atmete mehrmals schnell ein und aus, »... verhören wie eine Kriminelle. Ich war bereit, die Grenzen der Zuständigkeit ein wenig auszudehnen, aber was ihr jetzt verlangt, kommt einer Invasion auf fremdes Territorium gleich. Die Frau unseres Chefs ist tabu. Der Ärger, den wir damit heraufbeschwören, bleibt an mir hängen. Einzig und allein an mir.«

So aufgebracht hatte Sergio seinen Freund bislang nur außerhalb des Dienstes erlebt, zuletzt als Antonia, seine Frau, ihm beibringen musste, dass sein Sohn den Fahrradführerschein nicht bestanden hatte. Die Grenze, die Alessandro jetzt sinnbildlich heraufbeschwor, wurde tatsächlich überschritten, sie markierte die Geduld und die Gutmütigkeit des Volterraner Polizeichefs.

»Schon gut«, lenkte Sergio ein. »Wir können Signora Ragagioni später befragen. Wir hatten ja ohnehin vor, erst mal eine andere Verdächtige in die Zange zu nehmen.«

»Die Kunstschmiedin«, sagte Alessandro und schnaufte. »So war es verabredet. Und es wäre die korrekte Vorgehensweise, wenn die Wachhabenden von der Polizei sich um die Aufgaben kümmern würden, die ihr Vorgesetzter ihnen zuteilt: Sergio, du stattest Federica morgen früh einen Besuch in ihrem Atelier ab. Wenn sich herausstellen sollte, dass sie das fehlende Glied in der Kette ...« Er stutzte.

»Die fehlende Spitze des Dreiecks«, half Bertini aus.

»… ist, dann können wir mit etwas Glück den Mordfall Leonetti noch vor Samstag abschließen. Außerdem könnte Boschetti aufwachen und uns verraten, wer der Täter ist.«

»Und wenn in beiden Fällen nichts herauskommt?«, fragte Sergio.

»Dann werde ich persönlich bei den Ragagionis läuten«, knurrte Alessandro, »aber vorher gehe ich den Duomo, um zu beten, dass ihr mit euren Schlussfolgerungen richtigliegt.«

Wie zur Antwort erklang mit einem Mal Motorengeräusch. Aus Richtung des Stadttors näherte sich schwankender Lichtschein, und kurz darauf knatterte ein Kabinenroller vorbei, die Ladefläche voller Zeitungen – der Zeitungsbote kündigte den heraufziehenden Tag an. Sergio wusste, es würde ein Tag voller Entscheidungen werden.

Kapitel 32

Ein Schlag ins Gesicht. Und noch einer. Federica Tulli ließ den Hammer sinken. »Der ist fertig«, sagte sie und löste den Kopf aus dem Schraubstock. Sergio sah staunend zu. Die Präzision, mit der die Kunstschmiedin arbeitete, war beeindruckend. Mit einem Spaltkeil hatte sie der bronzenen Knabenfigur das Aussehen des echten Abendschattens gegeben: die zarten Gesichtszüge und die schwungvolle Frisur. Federica montierte die schlanke Skulptur auf einen Steinsockel und stellte sie auf die Fensterbank ihrer Werkstatt, auf der bereits ein Dutzend identische Statuetten versammelt waren – eine Galerie der Abendschatten.

Sergio war an diesem Freitagmorgen, wie mit Alessandro abgesprochen, zu Federicas Laden gegangen, um etwas über ihr Verhältnis zu Luigi Leonetti zu erfahren. Die Tür hatte offen gestanden, Sergio war den Schleifgeräuschen in die Werkstatt gefolgt. Ihre Arbeit hatte die Kunstschmiedin nicht unterbrechen wollen, deshalb saß er nun auf einem Holzschemel vor ihrer Werkbank, umweht von Metallstaub, Federicas Orangenparfüm und dem Geruch von kaltem Kaffee.

»Warum stellst du auf einmal so viele von diesen Figuren her?«, wollte er wissen.

Federica fegte mit einem buschigen Pinsel Metallsplitter von der Arbeitsplatte auf ein Kehrblech. »Einer meiner Abendschatten darf das Original im Museum Guarnacci vertreten, das ist eine wunderbare Werbung für mich. Deshalb rechne ich mit Nachfragen.«

Sergio erstarrte. »Federica, du hast doch nicht…«

»Ich weiß, ich weiß«, unterbrach ihn die Kunstschmiedin, legte das Putzzeug beiseite und hob beschwichtigend die Hände. »Alessandro und du, ihr habt mich gebeten, den Tausch des Abendschattens nicht an die große Glocke zu hängen, und daran halte ich mich. Aber irgendwann darf ich die Katze doch aus dem Sack lassen, oder nicht? Und dann wird es Aufträge auf mich regnen, darauf will ich vorbereitet sein.« Sie griff in eine Kiste mit Rohlingen und nahm sich die nächste Figur vor.

Sergio erinnerte sich an seine Ausrede dafür, dass eine Kopie des Abendschattens aus Federicas Werkstatt benötigt wurde: eine Etrusker-Ausstellung im Ausland, wegen der das historische Schmuckstück aus Volterra angeblich verliehen werden sollte. Dass die Statuette nur sechzig Kilometer weit gekommen und in der Asservatenkammer der Questura in Pisa gelandet war, hatten Alessandro und er in Volterra geheim halten können, ebenso wie die unrühmliche Rolle der Skulptur als Mordwaffe im Fall Leonetti. Noch nicht einmal der Reporter Joe Bonos war ihnen auf die Schliche gekommen, das wäre *Volterra Adesso* sonst längst eine Schlagzeile wert gewesen.

Ein Geräusch, das Sergio an seinen letzten Zahnarztbesuch denken ließ, riss ihn aus seinen Gedanken. Die Kunstschmiedin hatte die Schleifmaschine in Betrieb gesetzt. Sie trug eine Schutzbrille und hielt die schlanke Statuette vorsichtig gegen das rotierende Band. Nach einigen Augenblicken stellte sie das Gerät aus, nahm einen Schleifstab zur Hand und feilte die Bronze damit weiter.

Der nackte Körper der Figur mit den eng anliegenden Armen wirkte seltsam lebendig. »Kaum zu glauben, dass aus so grobem Material ein so feines Objekt wird«, sagte Sergio. Über Federicas Arbeit zu reden würde das Gespräch in Schwung bringen, außerdem war dieses Handwerk wirklich faszinierend. Federica gehörte zu jenen Kunstschmiedinnen, die im eigenen Familienbetrieb und an Volterras Kunstinstitut ihren Beruf erlernt hatten. Diese professionellen Kunsthandwerker setzten sich gegen Ramschläden für Touristen durch und spielten in der lokalen Wirtschaft eine ernst zu nehmende Rolle.

Federica rückte die Schutzbrille auf ihre Stirn und sah Sergio an, als wollte sie die Echtheit seines Interesses prüfen. »Am Anfang von allem steht zunächst einmal Hitze«, erklärte sie dann. »Damit wird die Bronze verflüssigt und in Form gegossen.« Sie fuhr mit einer Hand über ihre Lederschürze. »Mein Vater, der diese Schmiede sechs Jahrzehnte geführt hat, sagte immer: ›Das kalte Metall muss durchs Feuer gehen, damit uns sein Anblick als zarter Schmuck das Herz wärmt.‹« Während sie wieder mit der Feile über die Figur strich, sprach sie weiter. »Was du hier gerade siehst, ist nur die Bearbeitung der Oberfläche.«

»Es ist reine Kunst.«

Sie blinzelte. »Volterra ist von Kunsthandwerkern, den Etruskern, erbaut worden, und das Kunsthandwerk ist von der Kunst natürlich nur ein paar Funken entfernt.« Für einen Moment sah es aus, als habe sie sich über das Kompliment gefreut, dann runzelte sie die Stirn und ließ die Feile sinken. »Sag mal, Sergio, willst du auf Kunstschmied umschulen, oder weshalb bist du eigentlich hier?«

Federica konnte man nichts vormachen. Sergio beschloss, ihre Direktheit zu erwidern. »Du hast doch sicher vom Tod Luigi Leonettis gehört.«

Sie nickte und schaute ihn neugierig an.

»Ich habe erfahren, dass du ihn ganz gut gekannt hast.«

Federica griff auf die Fensterbank mit den Bronzefiguren und zog eine bauchige Kaffeetasse hervor. Sie blickte hinein, nahm einen Schluck und verzog das Gesicht. »Was du da sagst, ist kalter Kaffee, so wie der hier.« Sie stellte die Tasse zurück auf die Fensterbank.

»Was für eine Beziehung hattest du denn zu ihm?«, hakte Sergio nach.

»Luigi und ich haben vor einigen Jahren zusammengearbeitet, wir haben Schmuck gestaltet« begann Federica. »Als er nach Volterra kam, hat er sich hier im Kunsthandwerk umgesehen, weil er etwas Neues ausprobieren wollte.« Sie rückte die Schutzbrille auf ihrem Kopf zurecht, um ihre Locken zu bändigen. »Die Schmiedekunst der Etrusker hatte es ihm angetan, denn diese Leute haben Schmuck hergestellt, der seit über zweitausend Jahren nicht aus der Mode gekommen ist. Die Methoden interessierten Luigi, und er hat in Werkstätten wie meiner schnell bemerkt: Wir hier in Volterra erhalten nicht nur historische Werkzeuge und Technik, sondern auch die Tradition und die Kultur. Luigi wollte wissen, wie wir das mit modernen Methoden verbinden, und ich habe es ihm vorgeführt. Die dreieckige Form, die für ihn typisch war, ließ sich auf historische Vorbilder übertragen, also haben wir Erfindungsgeist mit unseren Ausdrucksmöglichkeiten kombiniert. So sind Ketten, Broschen und sogar Ringe entstanden, aus Gold und Silber. Dann haben wir mit zusätzlichen Materialien experimentiert, mit Alabaster und sogar mit Olivenholz. Die Sachen haben sich gut verkauft.«

»Leonetti soll auch gern mit Stoffen gearbeitet haben«, versuchte Sergio, den Entwurf für den Plüsch-Abendschatten ins Spiel zu bringen. Ob Federica ihn kannte? »Er plante kurz vor seinem Tod ein flauschiges Werk, das Aufsehen erregen sollte, weißt du etwas darüber?«

»Damit hätte ich nichts anfangen können.« Federica ließ ihren erhobenen Zeigefinger kreisen und deutete damit auf ihr Schmiedewerkzeug an den Wänden, mit Metallstücken gefüllte Kisten, Tische voller Bronzearbeiten. »Mit Fell und Kunstpelz habe ich nichts am Hut.«

»Seid ihr euch bei der Arbeit nähergekommen?«, fragte Sergio.

»Ja.« Die Kunstschmiedin sortierte das Werkzeug auf der Arbeitsplatte. »Er hat den Zusammenhalt der Kunsthandwerker Volterras bewundert. Weißt du, unsere Läden sichern nicht nur unseren Lebensunterhalt, sie sind Orte der Begegnung, man lernt Toleranz und Respekt – das hat

Luigi gefallen. Er meinte, Volterra würde ohne uns seine Seele und seinen Charme verlieren – das hat mir gefallen. Also hat es gefunkt zwischen uns.«

»Aber du bist nicht mit ihm zusammengeblieben?«

»Nein, das war nur eine Episode. Wir hatten weiter Kontakt, aber nicht mehr so intensiv. Weißt du, Sergio, er wollte nicht nur künstlerisch etwas Neues ausprobieren, sondern auch menschlich. Das war und ist nichts für mich.«

Valentina und der merkwürdige Brief aus dem Palazzo kamen Sergio in den Sinn. »Eine Dreiecksbeziehung?«

Federica musterte ihn mit Belustigung. »Da hatte Luigi wohl eher ein Vieleck im Sinn. Wenn du alle Frauen verhören willst, die ihn näher kannten, liegt noch eine Menge Arbeit vor dir.«

Damit bestätigte die Kunstschmiedin, was Valentina gesagt hatte, und deren Eifersucht schien berechtigt gewesen zu sein. Allerdings lag die Nachtmalerin mit Federica Tulli als derzeitiger Konkurrentin möglicherweise falsch. Oder spielte Federica ihre Beziehung zu Leonetti herunter? Vielleicht war das Interesse von Leonettis Seite ungebrochen, vielleicht gehörte sie in sein persönliches Dreieck.

Bei der Frage, wem Boschetti den Abendschatten gegeben hatte, würde Sergio vorerst nicht weiterkommen. Wer auch immer am letzten Abend vor Leonettis Tod nach Valentina bei ihm im Palazzo war, könnte das wissen – und wenn man Federicas Worten Glauben schenkte, war sie es nicht.

Eines musste er noch klären: »Wenn du nichts mehr mit ihm zu tun haben willst, warum trägst du dann diese

Schuhe?« Sergio deutete mit dem Kopf auf Federicas Füße, die in den dreieckigen Modellen steckten, die Alessandro und ihm bei ihrem Besuch am Dienstag aufgefallen waren.

Federica streckte ein Bein vor. »Die hat Luigi gestaltet und von dem Schuhmacher an der Via Porta all'Arco in einer kleinen Auflage herstellen lassen. Dort habe ich gleich zwei Paar gekauft. Die trage ich nicht aus Gefühlsduselei wegen Luigi, sondern weil ich empfindliche Füße habe und diese Schuhe wahnsinnig bequem sind – dass sie nicht danach aussehen, kann mir nur recht sein.«

Federica befestigte den Kopf der Bronzefigur im Schraubstock.

Diese Statuette steckt genauso fest wie meine Erkundigungen, dachte Sergio. »Na gut, dann überlasse ich dich mal den Bronzen«, sagte er und stand von dem Schemel auf. »So wie es aussieht, kannst du eine Riesenauswahl bieten, wenn noch mal ein Ersatz für den Abendschatten benötigt wird.«

»Hauptsache, du schleppst Guido Boschetti nicht wieder her«, erwiderte Federica und guckte noch grimmiger, als sie es durch die Konzentration auf das Werkstück ohnehin schon tat. Am Verhältnis der beiden Streithähne hatte ihre Begegnung vor drei Tagen nichts geändert. Das geflügelte Wort »Zwei wie Tulli und Boschetti« galt nach wie vor.

»Der Dottore liegt im Krankenhaus«, erzählte Sergio und beobachtete ihre Reaktion. »Auf ihn ist geschossen worden. Mit einer Armbrust.«

Die Kunstschmiedin sah von ihrer Arbeit auf, in ihrem Blick lag Ungläubigkeit. »Mein Gott«, flüsterte sie. »Er wird doch nicht sterben?«

Sergio erkannte mit Erstaunen, wie sich echte Betroffenheit in Federicas sonst kühlen Blick schlich. So ablehnend stand sie Boschetti nicht gegenüber, dass ihr seine Gesundheit gleichgültig gewesen wäre.

»Was denn nun, Sergio? Wird er das überleben? Einen Schuss aus einer Armbrust? Spann mich doch nicht so auf die Folter.«

Da wusste Sergio, woher die Armbrust gekommen war. Knapp gab er Federica Auskunft, sah noch im Hinausgehen, wie sie den Spaltkeil wieder auf die Bronzefigur setzte, und hörte noch auf der Straße das Klingen eines Hammers, der auf Metall trifft.

Mit weit ausholenden Schritten lief er in Richtung Musikschule und Foltermuseum. Denn dort, das hatte ihm Federica gerade unbewusst verraten, könnte es Armbrüste geben.

Kapitel 33

Sergio lief über die Piazza dei Priori. Sonst liebte er es, das Treiben auf dem ausgedehnten Platz zu beobachten, denn die Piazza versetzte die Menschen in den Mittelpunkt der Stadt und machte ihnen zugleich bewusst, wie klein und unbedeutend sie waren angesichts der Dimensionen der Fläche und der umliegenden Palazzi. Diesmal war Sergio für diese Reize nicht empfänglich. Er war elektrisiert von dem, was ihm Federica soeben offenbart hatte. »Spann mich doch nicht so auf die Folter«, hatte sie gesagt, und in Sergios Geist hatten sich das Klingeln des Hammers und die Begriffe »Folter« und »Armbrust« zu einem Bild zusammengesetzt, das, wie so vieles in diesem Fall, aus drei Ecken bestand.

Die Armbrust stammte aus dem Foltermuseum! Das war möglich. Erst gestern waren dort die Ausstellungsstücke angeliefert worden. Sergio war selbst dabei gewesen, als der Transporter kam, da waren die Verhandlungen mit Signora Terzo und der Streit zwischen Giulia und Donatella noch in vollem Gang gewesen. Die Arbeiter hatten die Türen zur Ladefläche geöffnet und den Blick freigegeben auf Möbelstücke, deren genauen Zweck Sergio lieber nicht kennen wollte, und auf eine Kiste mit Waffen. Hellebarden hatten darin gelegen, langstielige Piken mit einer Spitze und einem Beil.

Armbrüste hatte er zwar nicht gesehen. Aber die meisten Kisten waren geschlossen gewesen, und dass sie zur Ausstellung gehörten, war klar. Um Gewissheit zu erhalten, musste er die Kisten durchsuchen. Sollte sich seine Vermutung bestätigen, schrumpfte der Kreis der Verdächtigen für das Attentat auf Dottor Boschetti stark zusammen. Nur eine Handvoll Leute hatte Zugang zu den Waffen. Darunter Bürgermeister Ragagioni.

Sergio bog um die Ecke und steuerte auf den Busbahnhof zu. Es war Mittagszeit, er hörte die Glocke im Campanile des Doms zwölfmal schlagen. Gerade spuckte ein Reisebus mit kyrillischen Schriftzeichen auf der Seite eine Gruppe Touristen sowie die dazugehörige Wolke aus Körpergerüchen, Deos und dem Dunst der Klimaanlage aus. Die Reisenden standen orientierungslos da, beschirmten die Augen gegen die Sonne, indem sie sich Prospekte gegen die Stirn drückten, und schauten sich um.

Das Erste, was sie sahen, war ein italienischer Polizist, der auf ein Haus mit bröckelndem Verputz zurannte. An der Fassade lehnten Leitern mit Männern darauf, die schwarz-rote Fahnen an der Wand befestigten. *Museo della Tortura* war darauf zu lesen, und mancher Tourist fragte sich womöglich, an welch merkwürdigem Ort ihn die Reiseleitung abgesetzt haben mochte.

Sergio lief unter den Leitern hindurch, stieß die Tür auf

und stürmte in den ehemaligen Ausschank. Seit seinem letzten Besuch mit Giulia hatte sich in der alten Bar einiges verändert. Der Staub war von den Tischen und Stühlen gewischt worden, durch die Glasvitrine neben der Theke konnte man wieder hindurchschauen, die Theke war vom Unrat befreit, und von dem schwarzen Schimmelfleck an der Wand war kaum noch etwas übrig.

Zwischen den Reklameschildern vergangener Jahrzehnte hing die große Schiefertafel an der Wand. Einst hatte sie Leckereien und Angebote der Bar verkündet, jetzt war sie mit Schriftzügen, Pfeilen und einer grauen Schmiere überzogen, wie sie entsteht, wenn mit Kreide geschriebene Worte hastig ausgewischt werden. Sergio las die Namen von Giulia und Donatella auf jeweils einer Seite der Tafel, ihre Unterschriften waren zu sehen. Warum?

Links vor der Tafel stand Giulia. Über einem olivenfarbenen T-Shirt trug sie die Latzhose aus Jeansstoff, die sie an diesem Morgen aus einem der Umzugskartons gefischt hatte. Neben ihr stand Donatella Donadini, wie immer in einem Kostüm, in dem sie auch den Staatspräsidenten hätte empfangen können, und redete auf Giulia ein. Beide Frauen hatten je ein fingerlanges Stück Tafelkreide in einer Hand, die andere war mit Kreidestaub bedeckt. Sie waren so sehr ins Gespräch vertief, dass sie Sergio erst bemerkten, als er zwischen ihnen stand.

»Du kommst gerade recht, Sergio«, sagte Donatella, »denn die Zusammenlegung des Museums mit der Akademie …«

»Musikschule«, verbesserte Giulia.

»... scheitert schon in den Ansätzen.«

Sergio hatte das Gefühl, der Boden unter ihm würde sich in Wellen bewegen und ihn weitertragen. »Hört mal«, sagte er, »ich suche eine Kiste mit Waffen. Sie muss gestern hier ausgeladen worden sein. Sie war bei den Sachen fürs Foltermuseum.«

»Ich weiß, wo die Ausstellungsstücke sind«, sagte Donatella.

»Wo?«, schnappte Sergio.

Die Bürgermeisterreferentin lächelte siegesgewiss. »Allein findest du die Kiste nie.«

Sergio stieg das Blut in den Kopf. Der Druck seines Pulses ließ sein Blickfeld erzittern. »Das ist Behinderung polizeilicher Ermittlungen. Raus mit der Sprache! Wo sind die Sachen?«

»Ich will dir ja helfen«, sagte Donatella, »aber erst hilfst du mir. Deine Freundin und ich haben eine Meinungsverschiedenheit. Leider ist sie für meine Argumente taub und für das Offensichtliche blind. Du wirst sie bestimmt davon überzeugen, was richtig und was falsch ist.«

Giulia schaute Donatella an, als sei sie ein Baum, der die Straße für ihren Bus blockiert. »Sergio wird nicht ...«, begann sie.

»Er wird, meine Süße«, fuhr Donatella dazwischen. »Sonst findet er nämlich diese Kiste nicht. Und du willst bestimmt nicht die Ermittlungen der Polizei behindern. Das kann hohe Geldstrafen nach sich ziehen.« Sie wandte sich Sergio zu, trat nah an ihn heran und berührte dabei ganz leicht seinen Arm. »Also, mein Lieber, es geht um diese

Schiefertafel. Sie wird künftig die Gäste des neuen Museums mit Ankündigungen zu Sonderausstellungen begrüßen. Außerdem soll sie einen Lageplan der Ausstellungsräume zeigen, ich dachte, einer aus Kreide ist irgendwie stimmungsvoller als ein Faltplan, den man mit sich herumträgt. Und schließlich«, sie klopfte sich wie beiläufig Kreidestaub vom Ärmel ihres Blazers, »wollte ich einen Bereich der Tafel frei lassen, in dem die Besucher herumkritzeln können. Damit sie nichts auf die Wände oder die Ausstellungsstücke schmieren. Insgesamt gleich drei hervorragende Ideen. Aber Signorina Fonte hält es wohl für besser, diese wunderschöne Tafel mit dem Stundenplan ihrer Musikschulklassen zu verschandeln.« Sie lachte gekünstelt. »Ein Stundenplan! Das muss man sich mal vorstellen. In einem Foltermuseum. Die Besucher werden glauben, dass zu bestimmten Zeiten die Streckbänke wieder in Betrieb genommen werden.«

Sergio trat einen Schritt von Donatella weg. Auf keinen Fall wollte er sich von ihr manipulieren lassen, schon gar nicht auf Giulias Kosten. Andererseits musste er diese Kiste finden, denn darin könnte die Armbrust liegen, mit der auf Boschetti geschossen worden war.

»Der Stundenplan …«, begann er und sah dabei Giulia an. Ihre Augen hatten die Farbe von Wassermelonenschalen, aber wenn sie zornig war, verwandelte sich der Ton in ein Flaschengrün. So wie jetzt. Sergio, dem sonst Grautöne am liebsten waren, konnte von den Nuancen in Giulias Augen nicht genug bekommen. Der Blick, den sie ihm gerade zuwarf, verlieh ihm einen ungeheuren Überfluss an Energie.

Was Donatella da mit ihm anstellte, war Erpressung, und wenn Sergio von irgendetwas genug hatte, dann war es das. »Wenn ich in diesem Fall eine Entscheidung treffen sollte«, sagte er, »dann würde ich sagen, dass der Stundenplan der Musikschule dort genau richtig ist. Diese Tafel«, er klopfte dreimal gegen den schwarzen Schiefer wie gegen ein Sesam-öffne-dich, »ist bestens dafür geeignet, junge Talente mit ihren Instrumenten zu begrüßen.«

Die Farbe von Giulias Augen bekam einen noch intensiveren Glanz. Donatellas Augenbrauen senkten sich unter den Rand ihrer Brille.

»Und diese Kiste«, fuhr Sergio fort, »finde ich genauso gut allein.«

Um seine Worte zu unterstreichen, wischte er mit einem Taschentuch die Tafel frei und nahm Donatella das Stück Kreide aus der Hand. Mit flinken Strichen zeichnete er ein Gitter auf und schrieb die Wochentage in die obere Zeile. Dann setzte er die Worte »Eine ganze Woche wunderbare Musik« quer über die Fläche, zerbrach das Stück Kreide in viele kleine Stücke und ließ sie zu Boden rieseln.

»Das sollte damit entschieden sein«, zischte er Donatella zu, »und jetzt habe ich zu tun.«

Sergio verließ die alte Bar und trat vor das Gebäude. Das werden wir sehen, dachte er, wie sehr ich auf die Hilfe dieser Frau angewiesen bin. Er schaute zu den Männern auf den Leitern hinauf. Es waren dieselben, die gestern mit dem Transporter angekommen waren.

»Signori!«, rief Sergio. »Gestern haben Sie hier einige Kisten angeliefert. Wo sind die geblieben?«

Kurz darauf stand Sergio im ersten Obergeschoss vor einem Stapel Kartons. Alle trugen den Schriftzug des Museo della Tortura, darunter war *Mittelalterliche Folterkunst* zu lesen. Sergio grauste es. Unter Kunst hatte er sich bislang immer etwas anderes vorgestellt. Die Versiegelung war an allen Behältnissen aufgeschnitten worden, er brauchte sie nur noch aufzuklappen und nach der Armbrust zu suchen. Er kniete sich auf den Boden, öffnete den ersten Deckel und schaute auf eine Sammlung von eisernen Apparaten mit metallenen Spitzen, Schrauben und Ketten.

Weiter! Er suchte Waffen, irgendwo mussten die doch sein. An der Wand lehnte die längliche Kiste, in der er gestern die Hellebarden gesehen hatte. Die Piken lagen noch immer darin, von einer Armbrust aber fehlte jede Spur. Er nahm sich die nächsten Kartons vor, arbeitete immer schneller, je erfolgloser er war. Das, was dem Gesuchten am nächsten kam, waren zwei Morgensterne und ein Schwert, das, aufrecht stehend, Angelo bis zum Scheitel gereicht hätte. Sergio wusste aus historischen Darstellungen, dass damit seinerzeit Verurteilte enthauptet worden waren. Schnell klappte er die Kiste wieder zu.

»Du findest wohl doch nicht, was du so dringend suchst.« Donatella lehnte mit verschränkten Armen im Türrahmen, im Gesicht den Ausdruck eines Fußballspielers, der in der letzten Sekunde das entscheidende Tor geschossen hat.

»Ich gehe nur gründlich vor«, knurrte Sergio und riss die nächste Kiste auf. In einer Schutzhülle aus Styropor lagen Handschuhe aus Eisen. An den Fingern waren künstliche Brandspuren aufgemalt. Fünf Minuten und ebenso viele

Kartons später war Donatella immer noch da, aber von einer Armbrust war nichts zu sehen.

Sergio trat eine der Kisten quer durch den Raum. Er könnte Donatella fragen, ob noch weitere Behälter geliefert worden seien. Aber die Blöße wollte er sich nicht geben.

»Suchst du vielleicht nach Schusswaffen?«, fragte Donatella.

Sergio fuhr herum. Er wollte die Frage verneinen, aber seine Reaktion hatte ihn bereits verraten. »Woher weißt du das?«

»Weil die Kiste mit den Schusswaffen die einzige ist, die hier fehlt«, sagte Donatella. »Der Bürgermeister hat sie gestern mitgenommen. Nachdem ausgeladen worden war, hat er sich jedes Stück angesehen. Deshalb sind die Kartons auch entsiegelt. Dann hat er eine Armbrust entdeckt und sie, ich will mal sagen, beschlagnahmt. Er sagte, so eine Schusswaffe sei gemeingefährlich und dürfe nicht einfach in dem leeren Haus herumliegen. Jemand könnte hereinkommen und sich daran zu schaffen machen.«

Ragagioni? Sergio spürte ein Engegefühl in der Brust. War der Bürgermeister derjenige, der in der Nacht auf ihn geschossen, der Boschetti erpresst und Leonetti erschlagen hatte? Das Muster passte. Die erste Mordwaffe hatte er sich aus dem archäologischen Museum beschafft, die zweite aus dem Foltermuseum. War das nur Zufall, oder steckte mehr dahinter? Ragagioni. Der Name des Bürgermeisters blinkte rot in Sergios Gedanken.

»Hat er gesagt, wohin er die Armbrust bringt?«, fragte Sergio. Er rechnete fest damit, dass Donatella für weitere

Auskünfte von ihm verlangen würde, die Musikschule schließen zu lassen. Aber sie antwortete sofort.

»Er wollte die Kiste mit ins Büro nehmen und dort einschließen, bis das Museum eingerichtet ist.« Sie verzog den Mund. »Ich fand das etwas übertrieben vorsichtig. Wer dringt schon hier ein, um etwas zu stehlen? Außerdem liegen ja noch andere Waffen herum. Die können auch gefährlich werden.«

Sergio schaute auf die Uhr. Es war halb eins. An einem Freitag. Das Rathaus würde in wenigen Augenblicken schließen. Sergio sprang auf und eilte an Donatella vorbei.

»Du könntest dich wenigstens bedanken«, rief sie hinter ihm her, während er die Treppe hinabhetzte.

Kapitel 34

Auf dem letzten Treppenabsatz blieb Sergio abrupt stehen. Die alte Bar wimmelte plötzlich von Menschen. Die Touristen aus dem osteuropäischen Reisebus waren hereingeströmt, offenbar angelockt von den Sensationen versprechenden Fahnen des Foltermuseums. Mittendrin stand gestikulierend Giulia und versuchte den Leuten klarzumachen, dass das Museum nicht in Betrieb sei. Sergio nahm die letzten Stufen, drängte sich zwischen Schultern, Bäuchen und Rucksäcken hindurch, rief »Polizia« und erreichte die Tür, als drei weitere Besucher hereindrängten.

Kugelblitz, Trommelfeuer und Zitadelle, die Stammgäste der Trattoria, füllten den Durchgang aus. Zu allem Überfluss schleppten sie auch noch etwas, das Sergio zunächst für ein weiteres Foltergerät hielt, dann aber als Kontrabass erkannte.

»Hilfst du auch mit, Sergio?«, fragte Trommelfeuer, offenbar froh darüber, ein vertrautes Gesicht zu sehen. »Draußen sind die Instrumente aus Florenz angeliefert worden. Wir könnten noch zwei starke Arme gebrauchen, um den Flügel in den dritten Stock zu wuchten.« Er kniff

Sergio ein Auge zu. »Du weißt ja, Kugel hat's im Rücken, würde das aber niemals zugeben.«

Sergio nahm sich nur die Zeit, »Später« zu rufen, dann war er im Freien, umrundete einen Pritschenwagen mit Verdeck und machte sich auf den Weg zum Rathaus.

Wie oft war er in letzter Zeit zwischen dem Palazzo Priori und der Musikschule hin- und hergelaufen! Während er in den Schatten zwischen den hohen Fassaden eintauchte, versuchte er, sich vorzustellen, wie der Bürgermeister mit der Armbrust auf Boschetti anlegte. Er wartete auf das Gefühl, das ihn überkam, wenn er eine Straftat aufdeckte und einen Täter überführte. Dann spürte er immer dasselbe, ganz gleich, ob es sich um einen Betrüger, Verkehrssünder oder sogar um einen Mörder handelte: eine plötzliche Aufwallung in seinem Innern, Zufriedenheit zum einen, weil die Ordnung in seiner Welt wieder hergestellt war, Bedauern zum anderen, weil der Betreffende nun eine Strafe aushalten musste, ob er sie nun verdient hatte oder nicht. Jetzt spürte Sergio nichts dergleichen.

Sergio erreichte die Piazza. Die Sonne stand im Zenit. Die Menschen warfen keine Schatten. Juan hockte auf seinem Stammplatz und stimmte seine Gitarre. Sergio lief grußlos an ihm vorbei. Wenn Donatella recht behielt, würde der Sänger heute noch eine Ballade auf den Niedergang des Volterraner Stadtoberhauptes anstimmen.

Die Treppe ins erste Stockwerk schien endlos zu sein. Hatte die jemand verlängert seit seinem letzten Besuch? Sergio wischte um die Ecken. Die Tür zum Vorzimmer des Bürgermeisters war geschlossen. Ohne anzuklopfen, stürmte er hinein. Vittorio Natoli saß an seinem Platz und telefonierte mit einem Mobilgerät. Als er Sergio erkannte, ließ er das Telefon fallen und hob beide Hände in einer Geste der Abwehr.

Sergio drückte die Klinke zu Ragagionis Büro herunter. Die Tür klemmte. Er stieß sie mit der Schulter auf. Im Innern fiel Licht durch die Bogenfenster und verfing sich im Deckengewölbe. Ragagioni stand am entfernten Ende des Raums und fuhr herum. »Agente Panda«, rief er, »was ist passiert?«

Beinahe hätte Sergio »Mord, Betrug und Erpressung« gerufen. Er besann sich, gab vor, erst zu Atem kommen zu müssen, während er sich die richtigen Worte zurechtlegte. Wie sich zeigte, war das gar nicht nötig. Als Ragagioni zur Seite trat, gab er den Blick frei auf den Tisch, auf dem am Mittwoch die Schachtel mit den *cornetti* gestanden hatte. Jetzt lag eine Armbrust darauf. Als er die Waffe sah, stellten sich Sergio die Nackenhaare auf, und die Hände wurden ihm kalt. Donatella hatte die Wahrheit gesagt.

Ragagioni schien seinen Blick zu bemerken. »Keine Sorge«, sagte er. »Die ist nicht geladen.«

Sergio hätte den Bürgermeister am liebsten sofort mit auf die Wache genommen. Aber zuerst musste er sichergehen, dass kein Missverständnis vorlag. »Kann ich mal sehen?« Sergio drängte an Ragagioni vorbei und hob die Waffe hoch. Sie war erstaunlich leicht für einen Apparat, der dazu geschaffen worden war, Leben auszulöschen. »Woher haben Sie die?«

»Aus dem Foltermuseum«, antwortete Ragagioni. »Aus

der Musikschule, meine ich. Sie wissen schon. Die Armbrust war unter den Ausstellungsstücken. Mir gefiel der Gedanke nicht, dass sie dort einfach herumlag. Deshalb habe ich sie mitgenommen. Nicht auszudenken, wenn sie jemandem in die Hände fällt, der nicht damit umzugehen weiß.«

Um den Schaft der Waffe war ein Strick gebunden, daran hing ein ledernes Etui. Sergio klappte es auf. Es enthielt die Bolzen. Die Befiederung war safranfarben, genauso sahen die im Museum abgefeuerten Geschosse aus. Für die Geschosse waren zehn Aussparungen im Futteral des Etuis vorgesehen. Drei waren leer.

Sergio hielt die Waffe in der Hand, mit der in der Nacht zuvor auf ihn geschossen worden war.

Er schaute zu Ragagioni hinüber, die Spitze der Armbrust war dabei für einen Moment auf den Bürgermeister gerichtet.

»Was ist denn, Agente?« Ragagioni ließ die Hände in die Hosentaschen verschwinden. Trotzdem konnte Sergio erkennen, dass er Fäuste ballte. »Sind Sie wegen dieser unglücklichen Geschichte hier? Wegen der Unterlagen im Kamin? Ich sagte doch schon, dass ich versuchen will, das wiedergutzumachen. Geben Sie mir eine Chance ...«

Den Rest hörte Sergio nicht mehr, zu laut rumorten seine Gedanken. Die veruntreuten Gelder. Sergio hatte herausgefunden, was der Bürgermeister und der Museumsleiter gemeinsam ausgeheckt hatten. Und Ragagioni wusste, dass Sergio ihn am Wickel hatte. Hätte er wirklich versucht, Boschetti zu erschießen, obwohl die Polizei ein Auge auf ihn hatte? Das wäre kaltblütig. Aber nur mal angenommen,

Ragagioni wäre so verzweifelt. Deshalb war er aber nicht dumm und ließ die Tatwaffe offen in seinem Büro herumliegen. Wo die Polizei sie sofort finden konnte.

Und in diesem Moment wusste Sergio, warum sein Gefühl ihn bei Ragagioni im Stich ließ. Der Bürgermeister kam als Täter nicht infrage. Ragagionis Name, vorhin in der Musikschule hatte er noch wie ein rotes Licht in seinem Geist aufgeleuchtet, blinkte jetzt gelb, dann grün.

Sergio starrte auf die Armbrust in seinen Händen. Er hörte das Ratschen, das entstand, wenn man die Spannmechanik betätigte. Er spürte den Luftzug des Bolzens, der an ihm vorüberflog. Er hörte die Schritte des Attentäters, sah seine Silhouette verschwommen im Mondlicht.

Mörder, Betrüger und Erpresser in einer Person – ein Dreieck des Bösen.

»Ich muss diese Waffe beschlagnahmen, Signore Sindaco«, sagte er, fasste Ragagioni am Ellenbogen und zog ihn hinter sich her. »Und Sie muss ich bitten, mich auf die Wache zu begleiten.«

Der Bürgermeister versuchte, sich aus dem Griff zu befreien. »Aber wir wollten uns doch noch einigen«, rief er. »Agente, *per favore*, handeln Sie nicht überstürzt.«

Sergio ließ nicht locker, führte Ragagioni durch das Vorzimmer und schob ihn mit sanftem Druck die Treppe hinunter. »Sie bekommen Ihre Chance. Das verspreche ich Ihnen.«

Kapitel 35

Wer an einem Freitagmittag durch Volterra geht, der spürt ein Aufatmen durch die Straßen ziehen wie einen kühlen Wind an einem heißen Tag. Die Woche endet. Die Zeit, bis dahin ein Zirkuspferd, wird abgesattelt, ihrer Zügel entledigt und schreitet von nun an in der größten vorstellbaren Gemächlichkeit dahin. Alles, was zuvor in großer Eile erledigt werden musste, geschieht ab jetzt in Zeitlupe: Die Rollbänder an den Supermarktkassen stehen beinahe still, weil Verkäufer und Kunden ausgiebig miteinander schwatzen, die Kellner servieren den Kaffee so langsam, dass er kalt zu den Gästen kommt, die Menschen setzen sich auf die warmen Steine der Mauern und das warme Holz der Bänke, und die Häuser warten mit geschlossenen Fenstern und Türen darauf, dass der Abend Kühle bringt. Am Freitagmittag beginnt Volterra auszuruhen.

Diesmal war alles anders.

Vor jedem Haus im Zentrum der Stadt herrschte hektische Betriebsamkeit. Sergio sah auf dem Weg durch das Stadtzentrum Männer mit Pinseln und Schleifpapier, Frauen mit Gartenscheren und Kinder mit Putzeimern, die ein

Spalier für den Polizisten bildeten, der auf dem Weg nach San Giusto war. Alle waren damit beschäftigt, ihr Zuhause herauszuputzen, denn am nächsten Tag würde die Jury von *Il Girasole* nach Volterra kommen, und niemand wollte später über sich sagen hören, dass die Stadt den Preis nicht bekommen hatte, weil sein Haus wie eine Ruine ausgesehen habe.

Was hätte Sergio dafür gegeben, wenn er nur ein Haus hätte herrichten müssen, um seinen Beitrag zum Wettbewerb zu leisten! Stattdessen musste er bis morgen früh den Mord an Luigi Leonetti aufklären. Die Aussichten hatten sich gebessert. Zum ersten Mal hatte Sergio eine Spur, von der er glaubte, dass sie ans Ziel führen würde. Er wusste bloß noch nicht, wie er dorthin gelangen sollte.

Die Trattoria Mortale schlief in der Sonne. Sergio lief auf das kleine Lokal zu, um es wachzuküssen. Endlich konnte er Angelo die freudige Nachricht überbringen, dass das Il Gusto wieder öffnen konnte.

Die Tür stand offen. Durch die Fenster warf der Sonnenschein helle Inseln in die Gaststube und machte den Staub auf den Tischen und auf dem Boden sichtbar. Für einen Moment sah es aus, als sei die Trattoria seit Jahren von niemandem mehr betreten worden. Daran änderte auch der himmelblaue Vorhang zwischen der Gaststube und den Waschräumen nichts, den Angelo oder die Archäologen dort aufgehängt haben mussten, vermutlich als Schmutzfänger.

»*Babbo?*«, rief Sergio. »Wo steckst du?«

Der Vorhang bewegte sich, und Angelo erschien im

Durchgang. Er trug ein blau-weiß gewürfeltes Hemd und eine hechtgraue Hose. Er blinzelte Sergio an, so wie Eidechsen es tun. »Da bist du ja endlich«, sagte er in dem typisch nörgelnden Ton, den er immer anschlug, wenn Sergio pünktlich in der Trattoria erschien.

»Ich habe gute Neuigkeiten«, sagte Sergio. »Du kannst den Herd anfeuern. Das Il Gusto kann den Betrieb wieder aufnehmen.« Er versuchte, ernst zu bleiben, aber ein Grinsen breitete sich auf seinem Gesicht aus.

Angelos Miene hingegen blieb ausdruckslos. »Tatsächlich?«, krächzte er. »Als wenn ich das nicht schon wüsste.«

Sergio runzelte die Stirn. »Woher denn? Das habe ich doch gerade selbst erst beschlossen. Weißt du … ich konnte dich das Lokal nicht öffnen lassen, weil Bürgermeister Ragagioni uns damit einen Gefallen getan hätte, und dann wäre ich ihm was schuldig gewesen. Aber das war gestern, und heute ist alles anders. Deshalb bin ich sofort hergekommen, um dir die gute Nachricht zu überbringen.«

»Das wäre nicht nötig gewesen«, sagte Angelo, »die Archäologen sind heute nicht aufgetaucht. Die Ausgrabungen sind beendet. Seit gestern. Die Archäologen können zusammenpacken und meinetwegen in Pompeji weiterarbeiten. Hauptsache, möglichst weit weg von meiner Trattoria.«

Vor Überraschung fror das Grinsen auf Sergios Gesicht ein. »Hat Cantarini dir das gesagt?«

Da war ein Flackern in Angelos Blick, ein Zucken seiner Ohren und ein Schmatzen, als er vorgab, mit der Zungenspitze etwas aus einer Zahnlücke zu entfernen. »So ähnlich«, sagte er dann.

»*Babbo?*«, fragte Sergio lauernd. »Du hast doch nichts angestellt?« In Gedanken ging er die Möglichkeiten durch. Hatte Angelo Cantarini beschimpft und ihn aus dem Lokal geworfen? Hatte er die Ausgrabungsstelle mit Zement ausgegossen? Er ging auf den Vorhang zu, um die Grube zu überprüfen, aber Angelo stand davor und rührte sich nicht von der Stelle.

»Morgen kommen die Norweger«, sagte der alte Wirt, es hörte sich an wie eine Ausrede für alles Mögliche.

Sergio war kurz davor, die Geduld zu verlieren. »Ich weiß, dass morgen die Stockfischgesellschaft hier sein wird«, sagte er, heftiger als beabsichtigt. »Ebenso wie die Jury von *Il Girasole* in der Stadt erwartet wird. Deshalb habe ich auch noch eine Menge zu tun. Was ist hier passiert, *babbo*?«

»Passiert? Sagen wir lieber, es hat sich etwas ergeben: Ich habe die Ausgrabungen abgeschlossen und zum Erfolg geführt.« Angelos hellblaue Augen hefteten sich auf Sergios Pupillen, ein Blickduell von Mann zu Mann, von Vater zu Sohn begann.

Kapitel 36

Der Schuh war zu eng und scheuerte an seinem Knöchel. Zum wiederholten Mal dachte Alessandro darüber nach, ihn auszuziehen und den Dienst auf Socken zu verrichten, doch es blieb bei dem Gedanken. Wenn Sergio nicht bald in der Wache erschien, würde er eben selbst ins Krankenhaus fahren müssen, um Morelli abzulösen – wenn es sein musste, auf schmerzenden Füßen.

Er tippte Sergios Nummer in das Telefon auf seinem Schreibtisch ein – zum x-ten Mal innerhalb der vergangenen Stunden. Der Ruf ging durch. Es läutete, läutete, läutete.

»*Pronto*«, meldete sich Sergios Stimme.

»Da bist du ja endlich«, raunzte Alessandro in den Hörer. »Ich suche seit heute Morgen nach dir.«

»Ich bin im Dienst«, sagte Sergio. »Solltest du eigentlich wissen. Wo drückt der Schuh?«

Alessandro stutzte. Wusste Sergio …? Unsinn. »Wo findet dein Dienst denn statt?«, fragte Alessandro. »Bestimmt nicht in deiner Dienststelle.«

»Ich komme gerade von Federica Tulli«, erklärte Sergio.

»Da solltest du doch heute Morgen schon hin.« Alessandro schüttelte den Kopf. Sergio war ein hervorragender Polizist, aber sobald er sich an Dienstpläne und Absprachen halten musste, ließ sein Erinnerungsvermögen nach.

»Ich war heute Morgen auch bei Federica«, kam die Stimme aus dem Hörer, »bin aber noch mal zu ihr gegangen, weil …«

»Das kannst du mir später erklären. Du musst ins Krankenhaus zu Boschetti.«

»Ist er aufgewacht?«

»Noch nicht. Aber er ist außer Lebensgefahr. Hat mir Morelli gerade gefunkt.«

»Morelli ist immer noch im Krankenhaus und passt auf den Dottore auf?«, fragte Sergio. »Seit gestern Nacht?«

»Deshalb suche ich ja nach dir. Du musst den Kollegen dringend ablösen, bevor er zusammenbricht. Vermutlich hat er schon den Kaffeeautomaten leer getrunken.«

»Kann das nicht Bertini übernehmen?«

»Der klappert auf der Suche nach der Armbrust die Contrade-Vereine ab.«

Am anderen Ende der Leitung murmelte Sergio etwas Unverständliches.

»Was hast du gesagt?«

»Du kannst Bertini zurückpfeifen. Ich habe die Armbrust gefunden.«

»Das sagst du mir jetzt? Wo denn?«

»Erzähl ich dir nachher. Hör zu: Ich habe noch etwas zu erledigen. Schick Bertini ins Krankenhaus und Morelli ins Bett. Aber bleib in der Wache. Ich muss mit dir reden. Wir treffen uns in … zwanzig Minuten.« Er unterbrach die Verbindung.

Eine Stunde später zog Alessandro den Schuh von seinem schmerzenden Fuß und rieb seinen Knöchel, eine weitere Viertelstunde danach zog er auch den anderen Schuh aus und bewegte seine Zehen, die ihm mit einem Gefühl von Freiheit dankten. Während er mit einem Kollegen vom Ordnungsamt telefonierte, kritzelte er auf einem Bogen Faxpapier herum: Dreiecke und Kreuze, die, wie er nach einer Weile feststellte, Armbrüsten ähnelten. Er bearbeitete einen Stapel Formulare und fertigte eine Liste für den Besuch der Wettbewerbsjury an. Um achtzehn Uhr, die Sonne schickte ihre Strahlen bereits von Westen her in die Fenster, griff er wieder zum Telefon.

Sergio nahm sofort ab. »Ich bin gleich da«, sagte er. Die Verbindung wurde beendet.

Alessandro schaute den Hörer an wie eine Flasche sauer gewordene Milch. Was trieb Sergio bloß? Wenn er die Armbrust gefunden hatte, dann hätte er doch seinen Vorgesetzten darüber in Kenntnis setzen müssen, und das war Alessandro. Freundschaft hin oder her: Der Dienstweg musste eingehalten werden. Was ein Polizist wusste, mussten alle Kollegen erfahren, sonst war das ganze System instabil, und dann …

Die Tür wurde aufgestoßen, und Sergio kam herein. Er war außer Atem. Seine Uniformjacke hatte braune Flecken, die Fingerspitzen waren schwarz, seine Wangen waren von dunklen Streifen beschmutzt, und unter seinen Augen lagen Schatten.

»Was ist denn mit dir passiert?«, fragte Alessandro. »Gab es wieder einen Wasserschaden?«

Sergio ließ sich auf den Besucherstuhl vor Alessandros Schreibtisch fallen. »Ich will es mal so sagen: Wenn das, was ich den halben Tag lang vorbereitet habe, nicht funktioniert, wird Volterra untergehen. Also, dann werde ich dir jetzt mal erzählen …«

»… wie Stockfisch zubereitet wird.« Sergio zog den Stuhl zurecht, damit Giulia sich darauf niederlassen konnte, dann nahm er an der gegenüberliegenden Seite des Tisches Platz. »Darum dreht sich der heutige Abend.« Er wusste nicht zu sagen, ob es Giulia oder die Trattoria war, die in schönerem Glanz erstrahlte. Das Lokal war in schummriges Licht getaucht. Die Deckenlampen waren gelöscht, und auf den Tischen leuchteten Kerzen.

Nur nicht auf ihrem. Sergio holte eine Packung Streichhölzer von der Ablage mit den Menükarten, zog ein Hölzchen hervor und wollte es gerade anreißen, als sich ihm eine kräftige, knochige Hand auf den Arm legte.

»Das lässt du besser mich erledigen«, sagte Angelo. »Wir wollen doch alles so durchspielen, wie es sich morgen zutragen wird, oder nicht?«

Sergio setzte sich wieder und ließ ihn die Kerze entzünden. Angelo wollte alles für den Empfang der Norweger vorbereiten. Mithilfe von Trommelfeuer, Zitadelle, Kugelblitz und Koch Matteo hatte es der Wirt geschafft, das Lokal an einem Nachmittag wieder herzurichten. Und für den Abend, darauf hatte Angelo bestanden, sollten sich alle für eine Generalprobe einfinden. Jetzt waren drei Tische besetzt, an einem saßen Trommelfeuer, Zitadelle und Kugelblitz, an einem anderen Onkel Lorenzo und Sofia Zacchi und am dritten Giulia und Sergio. Das Il Gusto war zu Angelos Bühne geworden.

»Ich halte das für eine hervorragende Idee von deinem Vater«, sagte Giulia. »Auf diese Weise bekomme ich dich endlich mal zu einer normalen Zeit zu Gesicht.« Sie prostete ihm mit einem leeren Glas zu.

Sergio legte seine Hand auf ihre und griff nach der Flasche San Felice, die geöffnet auf dem Tisch stand, doch Giulia hob eine Hand. »Warte! Das sollte dein Vater erledigen. Du weißt doch …«

Die Generalprobe. Natürlich. »Ich bin wohl zu lange Sohn des Wirts, um mich hier in der Trattoria bedienen zu lassen«, sagte er, schnipste mit den Fingern und rief: *»Cameriere, il vino, per favore.«*

Nachdem Angelo zum Tisch gekommen war und die Gläser gefüllt hatte, stießen Sergio und Giulia an. Angelo kehrte zurück und nahm die Bestellungen auf. Er empfahl als Vorspeise eine Muschelsuppe, auf deren Grund frittierte Brotstücke lagen, als ersten Gang Scampi, in Mehl gewandet und ebenfalls frittiert, und als Hauptgang natürlich Stockfisch in Tomatensugo.

Sergio ließ es sich nicht nehmen, seinen Vater herauszufordern und einen unbequemen Gast zu spielen. Er verlangte statt des Brotes gekochtes Huhn in der Muschelsuppe, und statt des Weins wollte er Bier. Deutsches Bier, wie er betonte. Angelo notierte die Wünsche des Gastes mit einer Miene, die nur Sergio als Lächeln erkannte, riet dann aber so geschickt von den Sonderwünschen ab, dass sich Sergio trotz des Vorsatzes, es seinem Vater schwerzumachen, von der perfekten Harmonie des ursprünglich ausgewählten Menüs überzeugen ließ.

Während sie auf das Essen warteten, sprachen Sergio und Giulia über Stockfisch und dessen Bedeutung für die Trattoria, über Sergios Fahrrad, über die gemeinsame Wohnung, über die Einrichtung der Musikschule und den Wettbewerb.

»Was geschieht, wenn Volterra morgen verliert?«, fragte Giulia.

Sergio sah Ispettore Rossi mit der Goldenen Sonnenblume, der Trophäe des Wettbewerbs, durch eines der Stadttore von San Gimignano stolzieren. »Dann werden wir halt beim nächsten Wettbewerb gewinnen«, antwortete er. »So ist es hier immer gewesen. Wenn du am Boden liegst, nutze deine Arme und Beine, um wieder aufzustehen. Das hat mir Trommelfeuer beigebracht, als ich ein Junge war.«

Giulia nickte. »Ein guter Ratschlag.«

»Es gibt noch einen besseren, und den hat mir mein Vater gegeben.« Er sah Angelo vorübergehen und trank genüsslich einen Schluck von dem Rotwein. »Sieh zu, dass du erst gar nicht zu Boden gehst. Gebrauche deine Augen und deinen Verstand. Schau genau hin und denk nach, dann hast du gute Aussichten, den Ring erhobenen Hauptes zu verlassen.«

Angelo näherte sich dem Tisch. »Erster Gang für die Signori. Die Muschelsuppe.«

Er stellte zwei Körbe mit Brot vor Sergio und Giulia ab und wollte wieder verschwinden.

»He! Moment mal!«, rief Giulia. »Das ist doch keine Muschelsuppe.«

»Und ihr seid keine Norweger«, gab Angelo zurück. »Glaubt ihr wirklich, ich würde meine Vorräte aufbrauchen und morgen Tiefkühlgerichte servieren? Guten Appetit!«

Sergio zuckte mit den Schultern. »Angelo ist der lebende Beweis seiner eigenen Philosophie.« Er zog einen Brotstick aus dem Korb und hielt ihn Giulia hin, sie griff nach dem anderen Ende und brach ihn entzwei. »Ich habe gewonnen«, sagte sie, präsentierte das längere Stück und biss davon ab.

Morgen, dachte Sergio, wird sich zeigen, ob das auch für mich gilt.

Kapitel 37

Am Samstagmorgen blieb die Sonne unter einer Wolkendecke verborgen. In Volterra konnte man den Wind riechen, der vom Meer herüberwehte, sanft, schwer und warm. Mit einem Schnaufen und Zischen erklomm der Reisebus die letzten Meter des Stadthügels und kam am Busbahnhof neben der Musikschule zum Stehen. Sergio sah, wie sich hinter den Scheiben etwas rührte, wie die Fahrgäste mit steif gesessenen Beinen von ihren Sitzen aufstanden und in den Gepäckablagen kramten. Die Jury war angekommen.

»Gleich geht's los«, verkündete Ragagioni. Der Bürgermeister trug einen braunen Einreiher, sein weißes Hemd war am Kragen offen, die Haut am Hals rot, gereizt vom Rasieren.

Donatella wandte sich zu Sergio und Alessandro um, die gemeinsam mit ihr und Ragagioni das Empfangskomitee bildeten. »Ich bitte insbesondere die Signori von der Polizei, das Reden mir zu überlassen.« Sie hielt einen Zettel in die Höhe. »Ich habe alles ausgearbeitet. Wir können gewinnen, wenn wir gewisse Probleme in unserer Stadt in die richtigen Worte kleiden, und das ist einzig und allein mein Fachgebiet. Redet so wenig wie möglich, und wenn jemand euch etwas fragt, verweist einfach an mich. Verstehen wir uns?«

Sergio zog sich die Dienstmütze tief ins Gesicht, damit seine Augen im Schatten lagen und seine Gedanken nicht verraten konnten. Seine Uniformjacke war zu eng. Er hatte sie sich von Bertini ausleihen müssen, denn seine eigene hatte er gestern bei den Vorbereitungen für den heutigen Tag ruiniert, ebenso wie das Exemplar, das bei dem nächtlichen Einsatz im Museo Guarnacci zerrissen war, und auch die Garnitur, die bei dem Wasserrohrbruch in der Trattoria Schaden genommen hatte. Passend dazu humpelte Alessandro, er hatte irgendwelche Probleme mit seinen Schuhen. Hoffentlich schlossen die Jurymitglieder nicht vom Erscheinungsbild der hiesigen Polizisten auf den Zustand der Stadt.

Mit einem hydraulischen Schnaufen schob sich die hintere Bustür zur Seite. Für Sergio hörte sich das Geräusch an wie das scharfe Einatmen eines Riesen, gefolgt vom angespannten Luftanhalten. Da erst bemerkte er, dass er selbst zu atmen vergessen hatte, und schnappte nach Luft.

»Alles in Ordnung?«, flüsterte Alessandro zu ihm herüber.

»Das sage ich dir heute Nachmittag, wenn diese Leute wieder in den Bus eingestiegen sind«, entgegnete Sergio. Bis dahin standen ihnen entscheidende Stunden bevor.

»*Buon giorno*, Volterra!«, rief eine Frau, die den Bus als Erste verließ. Trotz der Sonnenbrille erkannte Sergio Ginetta Glori, die Staatssekretärin beim Tourismusministerium, an ihrer auffälligen Frisur, den grauen, zu einem riesigen, oben auf ihrem Kopf thronenden Knoten gebundenen Haaren. Ihr rotes Kostüm bestand aus einem engen, hoch taillierten Rock und einem Blazer, der ihre schlanke Figur betonte, besonders, nachdem sie ihn zugeknöpft hatte. Ihr folgten die anderen Jurymitglieder. Dank der Namensschilder an den Hemden, Blusen und Jacketts identifizierte Sergio Christiano Onorato, einen Star-Architekten aus Udine, Liliana Pozzetto, Professorin für Volkskunde an der Universität Florenz, und Gianluca Volpi, den Verleger vieler toskanischer Tageszeitungen, darunter *Volterra Adesso*. Um zu wissen, wer der zuletzt aus dem Bus Heraustretende war, brauchte Sergio kein Namensschild. Commissario Baldi hätte er auch dann erkannt, wenn er sich verkleidet hätte. Der Kriminalist von der Questura in Pisa sprang mit gespielter Jugendlichkeit die Stiege herab ins Freie und war sofort an der Seite der Staatssekretärin, zu deren schmaler Figur sein fülliger Leib einen starken Kontrast bildete.

»Sind das Kollegen von Ihnen?«, hörte Sergio Signora Glori fragen, während sie auf ihn und Alessandro zeigte.

Baldi zückte einen Kamm und striegelte seinen dunklen Haarkranz, dabei vermied er es, dem Fingerzeig mit Blicken zu folgen. »Provinzpolizei. Mit diesen Leuten habe ich selten zu tun.«

Ragagioni begrüßte die Gäste und hielt eine kleine Ansprache. Dabei soufflierte ihm Donatella. Danach war Joe Bonos zur Stelle und bat die Ankömmlinge und Stadtvertreter zum Gruppenfoto vor dem Reisebus, auf dem ein Abziehbild der Goldenen Sonnenblume prangte, des Wettbewerbslogos. In diesem Gefährt war die Jury schon zu den anderen Teilnehmerstädten gereist, zweieinhalb Wochen lang hatte das Komitee alle Kandidatinnen in Augenschein genommen. Volterra war die letzte Station, hier sollte am Nachmittag auch der Gewinnerort ausgerufen werden.

Und noch etwas würde bekannt werden, wenn sie nur ein wenig Glück hatten.

»Diese Aussicht!« Die Staatssekretärin ging zu der kniehohen Mauer hinüber, die den Busbahnhof begrenzte und unter der sich die Dächer der tiefer am Hang stehenden Gebäude erstreckten. Dahinter lag das goldene Land im dunstigen Licht. Die anderen folgten der Politikerin. Donatella stellte mit schwärmerischem Ton in der Stimme fest, dass Volterra eine der am höchsten gelegenen Städte der Toskana sei. Die fünf Besucher versanken einen Augenblick lang in andächtigem Schweigen und ließen das Panorama auf sich wirken.

»Ein guter Anfang«, murmelte Alessandro. »Hoffen wir, dass es so weitergeht.«

»Und was haben wir hier?«, rief die Staatssekretärin und zeigte auf das Gebäude, das künftig die Musikschule und das Foltermuseum beherbergen sollte. Der Wind ließ die rot-schwarzen Fahnen mit der Aufschrift *Museo della Tortura* knattern.

»Unser neues Museum«, erklärte Donatella, »der Stolz unserer Stadt.«

»Das berühmte Museo Etrusco Guarnacci?«, fragte Onorato, der Architekt aus dem Nordosten Italiens.

Donatella nickte, obwohl sie ihn korrigierte. »Es ist das

Museo della Tortura, und mit seinem Ruf ist es gerade dabei, dem archäologischen Museum den Rang abzulaufen. Gewiss haben Sie in Udine schon davon gehört.«

»Wollen wir hineingehen?«, fragte Sergio und erntete einen zornigen Blick der Bürgermeisterreferentin.

»Hinein …«, hob sie an.

»Aber natürlich«, sagte Signora Glori. »Ich habe keine Angst vor Folter. Immerhin bin ich Politikerin.«

Alle lachten pflichtschuldig, und die Gruppe folgte Sergio in das Gebäude. Die ehemalige Bar hatte sich verändert. Die Tische waren mit rotem Tuch bedeckt. Auf den gepolsterten Bänken an der Südwand lagen zusätzlich Sitzkissen, um die schadhaften Stellen im Bezug zu verbergen. Am Efeu, das durch eine Fensterritze hereingewachsen und über einen Teil der Deckenbalken gewuchert war, hatte jemand eine Lichterkette befestigt. Und eine neue, wenn auch kleine Espressomaschine stand auf der Theke und signalisierte mit einem blinkenden grünen Lämpchen Einsatzbereitschaft. Als Aushängeschild des Foltermuseums stand ein Pranger neben der Theke, jemand hatte ein Schild daran festgebunden, auf dem *Stammtisch für Zechpreller* zu lesen stand.

Auf der Treppe zu den oberen Etagen drängte sich eine Menschenmenge. Männer und Frauen aller Altersgruppen hatten sich auf den Stufen versammelt und begrüßten die Ankömmlinge mit einem Lächeln. Die Frauen trugen lange schwarze Kleider mit roten Seidentüchern um den Hals, die Männer dunkle Anzüge mit roten Krawatten – die Farben des Foltermuseums.

Am Fuß der Treppe stand Giulia. Obwohl Sergio gewusst hatte, was sie im Schilde führte, schlug sein Herz bei ihrem Anblick schneller als Angelo den Espressotrester, wenn er ihn ausklopfte. Für ihren Auftritt hatte Giulia ein chartreusefarbenes Kleid aus Shantungseide angezogen. Dazu trug sie passende Opalohrringe. In einem Konzertsaal hätte jeder gewusst, dass sie der Star auf der Bühne war. Dazu trug ihr silbernes Selmer bei. Das Saxophon hing um ihren Hals und verlieh ihr mehr Eleganz, als es ein Collier vermocht hätte.

Donatella öffnete den Mund, schloss ihn aber gleich wieder. Wie alle anderen wusste auch sie, dass ihr ein offener Streit mit Giulia einen Minuspunkt bei der Jury einbringen würde. »Signori«, sagte sie stattdessen, und die Worte kamen zäh fließend aus ihrem Mund, »das ist Signora Fonte, und diese Leute auf der Treppe …«

»… sind gekommen, um Ihnen ein Lied zu singen«, fuhr Giulia fort, »und zwar aus Bulgarien. Eigentlich sollte hier ein Museum eingerichtet werden, das die schrecklichen Foltern des Mittelalters präsentiert, das Menschen anlockt und sie unter dem Deckmantel der Historizität zu Voyeuren macht.«

Sergio sah, wie sich Donatellas Haut über den Wangenknochen spannte und sie sich am Arm des Bürgermeisters festklammerte.

»Aber Volterra kann mehr«, fuhr Giulia fort. »Deshalb haben wir das Museo della Tortura mit einer Musikschule verbunden und lassen Kultur gegen Sensationslust antreten. In ein und demselben Gebäude. Sie erleben die Premiere.

Der Chor »Peitschenknall am jenseitigen Ufer der Donau« – ich hoffe, ich habe das richtig übersetzt – hat auf seiner Reise zu befreundeten Gesangsvereinen in Italien Halt in Volterra gemacht und möchte ein Lied aus seiner Heimat singen.«

Giulia hatte Sergio am Abend zuvor berichtet, dass der Zufall die Reisegesellschaft von der Busstation in die Musikschule gespült hatte. Als sich die Gruppe als osteuropäischer Chor vorgestellt hatte, war man schnell ins Gespräch gekommen, trotz Sprachbarriere. Die Musik hatte über alle Verständigungsschwierigkeiten hinweggeholfen. Und als Giulia von dem Wettbewerb berichtet hatte, war der bulgarische Chor sofort der Meinung gewesen, man müsse die italienische Schwester aus der Familie der Musik unterstützen.

Jetzt schaute Giulia kurz zu den Männern und Frauen auf der Treppe, erntete ein Bereitschaft signalisierendes Nicken und nahm das Mundstück des Saxophons zwischen die Lippen.

Sanfte Töne schwebten durch die alte Bar. Giulia spielte ein Thema, das nicht nur eindeutig von einem osteuropäischen Fluss, der Wolga oder der Donau, nach Italien herüberzuwehen schien, sie ließ ihr Saxophon überdies auch ein bisschen rau klingen, so wie einen Fischer, der seine Netze am Ufer ebenjenes Flusses flickt und dabei eine melancholische Weise singt.

Wer nach Giulias kurzem Thema noch keine Gänsehaut bekommen hatte, der konnte sich nicht länger dagegen wehren, als der Chor einsetzte. Die Männer und Frauen summten und sangen wie die Wellen des Flusses, mal voller Traurigkeit, mal voller Kraft und Zorn. Naturgewalten brachen über die alte Bar und die Zuhörer herein und rissen sie mit sich.

Nachdem der letzte Ton verklungen war, tupfte sich Professorin Pozzetto das linke Auge, und Regierungsrätin Glori musste mehrfach schlucken, bevor sie zu Ragagioni und Donatella sagte: »Das war zwar nicht sehr toskanisch, aber es hat doch verdeutlicht, wie sehr der Tourismus in den Alltag dieser Stadt eingebunden ist. Bravo!« Sie applaudierte, und die anderen fielen ein. »Die Idee, die Musikschule in das Foltermuseum zu integrieren, ist einfach fantastisch.«

Donatella schien etwas erwidern zu wollen, doch bevor sie sich dazu durchringen konnte, rauschte ein weiterer Besucher herein.

»Ispettore Rossi«, rief Baldi. »Was machen Sie denn hier?«

»Dringender Fall«, sagte Rossi. »Ich habe einen Anruf erhalten.« Er begrüßte die Jurymitglieder.

»Das ist doch der Signore, der uns vor zwei Tagen durch San Gimignano geführt hat«, sagte die Professorin. Die anderen nickten, auch sie schienen sich an Rossi erinnern zu können. »Wollen Sie uns jetzt auch durch Volterra begleiten?«

»Den Weg durch diese Stadt können Sie sich sparen«, hob Rossi an, »denn …«

»Seit wann gehören Sie zu den offiziellen Vertretern dieser Stadt?«, blaffte Donatella. »Sie hatten doch genug Gelegenheit, San Gimignano vorzustellen. Sich jetzt in unsere Präsentation zu drängen ist nicht nur unprofessionell und unverschämt, es wirft auch ein schlechtes Licht auf San Gimignano. Nicht wahr, Ginetta?«

Sergio bewunderte Donatella für ihr Talent, alle nach ihrer Pfeife tanzen zu lassen. Dass sie jetzt die Staatssekretärin beim Vornamen nannte, geschah so unvermittelt und beiläufig, dass es niemandem auffiel. Und wenn die Politikerin selbst etwas bemerkt hatte, so ließ sie es sich nicht anmerken. Sie schaute Rossi mit strenger Miene an. »Ich muss Donatella zustimmen, Ispettore. Wenn Sie eine Beschwerde gegen Volterra vorzubringen haben, wenden Sie sich bitte an die Stiftung. Wir, die Jury, werden diese Stadt jetzt besichtigen und ihr dieselbe Aufmerksamkeit schenken wie allen anderen Teilnehmerorten, darunter auch San Gimignano.«

Rossi wollte noch etwas sagen, doch jetzt schaltete sich Baldi ein und teilte seinem Untergebenen mit, dass es ein schlechtes Licht auf ihn persönlich und die Questura im Allgemeinen werfe, wenn sich Angehörige der Polizei dazu verstiegen, mit unfairen Mitteln zu kämpfen. Rossi ließ die Standpauke über sich ergehen, wischte aber das Lächeln des Siegesgewissen nicht aus seinem Gesicht. Schließlich verabschiedete er sich, drehte sich in der Tür noch einmal um und schickte ein Unheil verkündendes »*a dopo* – bis später« in den Raum.

Nach dem Zwischenfall verstand es Bürgermeister Ragagioni, die Aufmerksamkeit der Jury wieder auf die Begeisterung zu lenken, die der Chor und Giulia geweckt hatten. Nun begann der Stadtrundgang, er führte durch die Gassen von Volterras historischem Zentrum, hinauf zum Stadtpark, wo die Grundmauern der antiken Akropolis neben der mittelalterlichen Medicifestung lagen. Jeder der drei Orte war auf seine eigene Art belebt: der Park von Familien, deren Eltern auf Decken picknickten, während ihre Kinder im Schatten der Zypressen Fußball spielten; die Akropolis von Wissenschaftlern, die die alten Steine untersuchten; und die Festung von Gefangenen und Aufsichtspersonal, denn in den alten Mauern war ein modernes Hochsicherheitsgefängnis untergebracht.

Donatella erwies sich als Meisterin ihres Fachs. Wo jeder andere Stadtführer das Gefängnis nur kurz erwähnt hätte, stellte sie es ausführlich vor. Dabei schaffte sie es, die Haftanstalt als etwas darzustellen, das zum Stadtbild Volterras gehörte, das die Menschen hier akzeptierten und sogar für nötig erachteten. Ein wichtiger Teil des modernen Strafvollzugs, so erklärte sie, sei das Sozialprogramm, denn das sorge dafür, dass die Gefangenen in den Alltag integriert wurden, bei Freigängen in Volterra einkauften oder in der öffentlichen Badeanstalt schwimmen gingen. Manche fanden nach ihrer Entlassung Arbeit in der Stadt und blieben länger, einige sogar für immer.

Sergio wusste genau, wovon Donatella sprach. Erst vor einigen Monaten hatte er bei der Jagd nach einem Mörder mit den Gefangenen zu tun gehabt. Die Begegnungen mit den Inhaftierten waren beeindruckend gewesen und hatten sogar Angelo vom modernen Strafvollzug überzeugt – und davon, dass eine Gefängniskantine heutzutage mehr servieren musste als Wasser und Brot.

Vom Parco Enrico Fiumi zog die Jury zum Torre Toscano und von dort weiter zum antiken Römischen Theater. An die Mauer über den Zuschauerrängen gelehnt, beobachtete Sergio, wie sich die Jurymitglieder in dem weiten Areal des Theaters verteilten. Die erstaunliche Akustik, das Markenzeichen antiker Baumeister, funktionierte noch immer und trug die Ausführungen des Architekten Onorato bis zu ihm hinauf.

»Glaubst du wirklich, wir kommen damit durch?«, fragte Alessandro neben ihm. Der Kollege hatte seine Dienstmütze abgenommen und klopfte mit der Hand dreimal hinein, wie er es immer tat, wenn er aufgeregt war.

»Das werden wir gleich sehen«, antwortete Sergio. »Das archäologische Museum steht als Nächstes auf dem Programm.«

Während Sergio auf die Ruinen des Theaters hinabsah, schaute Alessandro in die entgegengesetzte Richtung. »Der Auftritt von Rossi vorhin«, sagte Alessandro, »war der auch geplant?«

Sergio sagte nichts, aber das war so gut wie ein Geständnis.

»Davon hast du mir gar nichts erzählt«, beschwerte sich sein Freund und Kollege.

»Ich wusste ja nicht, ob er wirklich herkommt, um seine Rolle zu spielen.«

»Der spielt eine Rolle?«, fragte Alessandro erstaunt. »Der war doch nur er selbst: intrigant, bösartig und überheblich.«

»Das ist genau das, was wir brauchen. Oh, ich glaube, es geht weiter. Wir streben dem Höhepunkt entgegen.« Er deutete auf die Ruinenstätte, wo die Jury, begleitet von Donatella und Ragagioni, zum Ausgang strebte.

Vom Theater aus führte der Weg zum Museo Etrusco Guarnacci. Das Haus war seit dem Zwischenfall in der Nacht zum Donnerstag noch nicht wieder geöffnet gewesen. Der Bürgermeister hatte aber dafür gesorgt, dass die Spuren des Attentats beseitigt, die Blutflecken weggewischt und die zertrümmerte Glastür ausgetauscht wurden. Einzig die Unordnung in Boschettis Büro war in der kurzen Zeit nicht wegzuräumen gewesen. Aber dorthin würde die Jury ohnehin nicht gehen.

Das Museum präsentierte sich dem hohen Besuch wie auf einem polierten Parkett. Die Mitarbeiterinnen und Mitarbeiter hatten sich und das gesamte Haus herausgeputzt. Sogar die Spinnweben an den Oberlichtern waren verschwunden, und die opaken Kunststoffdeckel auf dem Dach waren so sauber, dass das Licht in gebündelten Strahlen auf die Mosaikböden fiel. Sergio war sich sicher: Würde Boschetti sein Haus in diesem Zustand sehen, würde er von einer Sekunde auf die andere genesen.

»Und jetzt zu unserem berühmtesten Bewohner«, kündigte Donatella an. »Er ist zugleich der älteste Volterraner und doch ein Kind: der Abendschatten. Eine einzigartige Bronzestatuette aus der Werkstatt eines etruskischen Kunstschmieds. Wenn Sie mir bitte folgen wollen.«

Sie führte die Gruppe in den Saal XXII, wo auf ihrem Podest die Figur in ihrer ewig gleichen Pose mit dem lang gezogenen Körper die Besucher empfing. Daneben, die wesentlich kürzeren Arme hinter dem Rücken verschränkt, stand Dino Rossi. Er hatte dasselbe triumphale Lächeln im Gesicht wie vorhin. Sein Kinn war leicht erhoben, als er die Ankömmlinge begrüßte. »So sieht man sich wieder«, sagte der Ispettore scheinheilig. »Ich hatte ja gesagt ›bis später‹.«

Signora Glori sah mit sorgenvollem Gesicht zu Donatella und Ragagioni, dann zu Sergio und Alessandro herüber. »Können die Herren von der Polizei nicht dafür sorgen, dass dieser Störenfried entfernt wird?«, fragte sie.

Rossi antwortete selbst. »Die Polizei? Das bin ich. Und dass ich hier bin, dafür gibt es einen Grund.« Er holte tief Luft, schien den Moment auszukosten. »Die Figur, die Sie hier sehen, ist eine Fälschung.« Er machte eine Pause, kostete die Wirkung seiner Worte aus.

Der Zeitungszar spitzte die Lippen, die Volkskundlerin hielt sich eine Hand gegen eine Wange, der Architekt hob eine Augenbraue, Baldi staunte Rossi an, und die Staatssekretärin schüttelte den Kopf. »Aber das ist doch völlig unmöglich, niemals würde jemand versuchen, die Jury von *Il Girasole* hinters Licht zu führen.« Sie schaute zu Donatella hinüber. »Nicht wahr?«

Ragagioni trat dicht an Sergio heran und raunte: »Ich weiß nicht, was Sie vorhaben, aber sorgen Sie bitte dafür, dass es funktioniert. Sonst werden wir alle dastehen wie die Sonnenblumen auf dem Feld von Brambilla. Im Dezember.«

Sergio nickte dem Bürgermeister Gewissheit heuchelnd zu. Er wusste selbst nicht genau, was als Nächstes geschehen würde. Er hatte die Reaktionen der anderen nur bis zu einem gewissen Punkt vorhersehen können, und dieser Punkt wurde gerade überschritten.

Sergio ging auf Rossi zu. Auch er verschränkte die Hände auf dem Rücken. Die Brust herausgestreckt, stand er dem Kollegen aus Pisa gegenüber, der nun tief einatmete, um etwas größer zu werden. »Das sind schwere Anschuldigungen, Ispettore Rossi«, sagte Sergio. »Und sollten Sie recht haben und diese Statuette sollte eine Fälschung sein, ist das ein Fall für die örtliche Polizei. Wenn Sie uns bitte verraten würden, wieso Sie glauben, dass die Figur dort drüben«, er deutete auf den Abendschatten, »nicht echt ist, können wir dieses Missverständnis gewiss rasch aufklären.«

Rossi grinste wie ein Bocciaspieler, der soeben die gegnerische Kugel mit der eigenen aus dem Weg geräumt hatte. »Weil ich weiß, wo die echte Statuette steht.«

Donatella lachte gekünstelt. »Sie wollen doch nicht ernsthaft behaupten, der Abendschatten sei noch immer in Pisa. Die Figur ist längst zurück. Da steht sie. Das ist keine Fälschung.«

»Es ist eine.« Rossi blieb beharrlich. »Ich habe in der Questura angerufen. Die echte Statuette wird dort sicher aufbewahrt.«

Diese Information machte Donatella nur für die Dauer eines Wimpernschlags sprachlos. »Ihre Leute sollen die Untersuchungen im Fall Leonetti immer noch nicht abgeschlossen haben? Was sind das denn für Kriminaltechniker? Ispettore! Ihre Vorstellung hier bringt nicht Volterra einen Minuspunkt ein, sondern Ihrer Abteilung bei der Kriminalpolizei.«

»Kriminalpolizei?«, fragte Signora Glori. »Was hat denn die Kriminalpolizei in Volterra zu tun?«

Wenn das Grinsen auf Rossis Gesicht zuvor von einem Ohr zum anderen gereicht hatte, so überspannte es jetzt die Entfernung von Volterra nach San Gimignano. »Weil hier ein Mensch ermordet wurde«, sagte er in Unheil verkündendem Ton. »Vor fünf Tagen. Luigi Leonetti war der Designer, der Volterra für *Il Girasole* herausputzen sollte. Dann wurde er erschlagen. Mit der Statuette, deren Kopie Sie hier sehen. Denn das Original wird noch immer bei uns in der Questura unter Verschluss gehalten. Es ist zu einer Mordwaffe geworden.« Er machte eine dramatische Pause. »In Volterra wachsen keine Sonnenblumen, hier gedeiht nur das Verbrechen.«

»Von diesem Mord habe ich in der Zeitung gelesen«, sagte der Verleger. »Aber dass die berühmte Statuette dabei eine Rolle gespielt hat, stand nicht in dem Artikel. Da werde ich mal mit dem leitenden Redakteur in Volterra ein ernstes Wort reden müssen.«

»Und ich dachte«, ergänzte die Staatssekretärin, »der Fall sei aufgeklärt worden. Wie steht es damit, Signora Donadini?«

Donatella schaute auf ihre Füße, es waren kurze Füße mit rosarot lackierten Nägeln. Sie steckten in halb offenen Schuhen. Dann hob sie den Blick wieder und lächelte. »Diese Frage müssen Sie dem Signore von der Kriminalpolizei stellen. Wie es scheint, sind die Untersuchungen der Tatwaffe auch nach einer Woche noch nicht abgeschlossen, geschweige denn, dass es einen Verdächtigen gibt. Volterra jetzt als Stadt voller Verbrecher hinzustellen ist absurd. Es liegt an Ispettore Rossi, den Mörder endlich zu schnappen.«

»Das sehe ich genauso«, sagte Professorin Pozzetto. »Die Stadtverwaltung geht doch nicht auf Verbrecherjagd. Ich halte die Anschuldigungen des Ispettore für untragbar.«

Onorato hielt dagegen. »Trotzdem ist es nicht hinnehmbar, dass man uns eine Fälschung als Original präsentieren könnte. Ich fühle mich hintergangen. Wer weiß, was sonst noch bloße Fassade ist in dieser Stadt?«

Jetzt war der Moment für Sergio gekommen, sich einzuschalten. Er stellte sich hinter den Abendschatten und räusperte sich, lenkte so die Aufmerksamkeit aller auf die kleine Figur. »Der Hinweis von Ispettore Rossi ist natürlich wichtig für den Fortgang der Besichtigung und für Volterras Abschneiden beim Wettbewerb. Trotzdem muss ich darauf hinweisen, dass offensichtlich alles nur an einer Behauptung des Kollegen hängt. Einen Beweis dafür, dass die Statuette eine Kopie ist, hat der Ispettore nicht geliefert.«

Rossi wurde *rosso*, so rot wie ein guter Montepulciano. »Ich bin Polizist und Ihr Vorgesetzter. Mein Wort …«

»… steht gegen das von Signora Donadini, und die Lage lässt sich nur beurteilen, wenn wir eine dritte Meinung einholen«, fuhr Sergio fort. »Ich schlage vor, wir ziehen Dottor Cosimo Cantarini von der Denkmalbehörde hinzu. Er ist Archäologe und kann sofort feststellen, ob die Figur echt ist.«

»Lächerlich«, stieß Rossi hervor. »Rufen Sie doch einfach die Questura in Pisa an.«

»Sie scheinen etwas dagegen zu haben, dass ein Fachmann hinzugezogen wird«, stellte Signora Glori fest.

Rossi zuckte mit den Schultern. »Machen Sie, was Sie

wollen. Ich kann Ihnen schon jetzt sagen, was dabei herauskommen wird: Volterra ist nicht nur eine Mördergrube, sondern auch noch eine Stadt voller Betrüger.«

»Das ist entsetzlich! Wie ist dieser Rossi nur hierhergekommen? Der verdirbt noch alles.« Donatella lief im Büro des Bürgermeisters auf und ab. Ihr Parfüm zog wie Kondensstreifen kreuz und quer durch den Raum.

Es war Mittagszeit, und die Jury war zu Tisch gegangen – ein willkommener Vorwand, um die Besichtigung Volterras zu unterbrechen, denn solange nicht feststand, ob der Abendschatten echt war, würden sich die Besucher offenhalten, ob sie die Stadt aus dem Wettbewerb ausschlossen oder nicht.

»Es wird schon nichts passieren.« Ragagioni saß hinter seinem wuchtigen Schreibtisch aus dunklem, poliertem Holz und spielte mit einem Fähnchen, das, auf einem kleinen Ständer befestigt, die Farben des Innenstadtbezirks Piazza zeigte, Rot und Gelb.

»Da wäre ich nicht so sicher«, sagte Donatella und blieb vor Alessandro und Sergio stehen. Die beiden Polizisten lehnten an der Anrichte vor dem Fenster. »Wissen wir denn, ob der echte Abendschatten wirklich nicht in Pisa ist?«, sagte sie, und ihre Stimme wurde lauter. »Was, wenn der verrückte Boschetti tatsächlich eine Kopie der Statuette in sein Museum gestellt hat, um weitere Besucher anzulocken? Dann sind wir am Ende. Volterra wird disqualifiziert, und meine Karriere …«, sie brach ab.

Sergio spürte ein Kribbeln in seinen Füßen und in seinen

Händen. Sein innerer Seismograf signalisierte ein sich näherndes Erbeben, Stärke neun auf der Richterskala. Es fiel ihm schwer, ruhig zu bleiben. Aber er konnte nicht einschreiten, denn jetzt war Ragagioni an der Reihe. Er nickte dem Bürgermeister mit einer kaum wahrnehmbaren Bewegung seines Kopfs zu.

»So schlimm wird es schon nicht werden«, sagte Ragagioni, um einen selbstsicheren Ton bemüht. Dabei glitt ihm das Fähnchen aus den Fingern, fiel auf den Eichentisch und flatterte von dort zu Boden. Volterras Farben landeten im Staub. »Außerdem«, fuhr der Bürgermeister fort, »habe ich noch ein Ass im Ärmel.«

Donatella ließ sich auf den Besucherstuhl fallen und holte eine Packung Zigaretten hervor. »Was für ein Ass? Wir sind doch nur drei Bauern und eine Dame. Unsere Trümpfe haben wir längst ausgespielt.« Sie riss das Cellophan von der Schachtel, zog eine Zigarette hervor, hielt inne. »Du hast mir doch nichts verschwiegen?«

»Das hier«, sagte er, »liegt schon einige Tage herum, ich habe es ganz vergessen. Aber es könnte ja hilfreich sein.« Er zog eine Tür an der Seite des Schreibtischs auf und holte etwas daraus hervor. Ein Stapel Hochglanzpapier landete auf dem Schreibtisch und eine Figur, eine Statuette, sie sah aus wie der Abendschatten, deutlich waren die gestreckten Gliedmaßen zu erkennen, auch der kleine Kopf war da, aber der Knabe schaute nicht mehr versonnen wie das Original. Dieser Abendschatten hatte ein freundliches Gesicht. Er lächelte süßlich und riss dabei die Augen auf. Dazu passte, dass die gesamte Figur mit Plüsch überzogen war.

»Woher hast du das?«, rief Donatella und zerbrach die Zigarette zwischen den Fingern. Tabak bröselte auf den Steinboden.

»Es wurde mit der Post geschickt, Anfang der Woche. Einen Absender gab es nicht, deshalb habe ich es erst mal beiseitegelegt. Aber vielleicht kann es uns jetzt helfen.«

Donatella war so bleich wie Zigarettenrauch, als sie die Plüschfigur vom Tisch nahm und sich vor das Gesicht hielt. »Mit dieser Scheußlichkeit werden wir die Jury höchstens aus der Stadt vertreiben.«

»Es ist ja nicht nur die Figur allein«, sagte Ragagioni und hielt die Prospekte hoch. »Zusätzlich haben wir eine komplette Imagekampagne. Die Plüschfigur auf Fotos, überall in der Stadt postiert. Und hier taucht sie sogar in einem Entwurf für ein neues Stadtlogo auf.« Er breitete die Arme aus und zeigte ein strahlendes Lächeln. »Das ist unser Rettungsanker. Wir müssen nur noch die richtigen Worte dazu finden. Irgendetwas mit der Vergangenheit und der Gegenwart, wie sie sich verbinden. Dir wird schon was einfallen.«

»Wie bitte?« Donatella sprang von ihrem Stuhl auf und wedelte Ragagioni mit der Plüschfigur vor dem Gesicht herum, dass deren lange Arme schlackerten. »Wie stellst du dir das vor, Emilio? Soll ich einfach ein paar warme Worte finden, wie die Fonte im Foltermuseum, und dann der Jury noch ein Lied vorspielen und mit dem Plüschkollegen hier Walzer tanzen? Vergiss es! Leonettis Entwurf wird uns den Sieg nicht einbringen. Wenn ich gewusst hätte, dass er schon die gesamte Kampagne fertig hat …« Sie unterbrach sich, warf Sergio und Alessandro einen schnellen Blick zu.

»Dieses Ding bedeutet den Untergang.« Damit schleuderte sie die Plüschfigur zum Kamin, die Puppe prallte vom Sims ab und blieb zwischen Donatella und den beiden Polizisten liegen. Das Plüschgrinsen wirkte bizarr.

Sergio sah mit einem Mal wieder den erschlagenen Leonetti auf dem Boden des Palazzo Viti liegen.

»Donatella Donadini«, sagte Alessandro und ging auf die Referentin des Bürgermeisters zu. »Wir haben Grund zu der Annahme, dass Sie Luigi Leonetti am vergangenen Montag vorsätzlich getötet haben. Mord sagt man auch dazu. Bitte begleiten Sie uns auf die Wache.«

Donatella wich einen Schritt zurück und spähte zur Tür. Sie war geschlossen. »Mord?« Sie lachte. »Gehört das zu einer Inszenierung für die Jury? Wollt ihr mich in Handschellen über die Piazza schleifen, damit die Leute von *Il Girasole* glauben, ihr hättet den Mörder gefasst?«

Alessandro ging auf sie zu, so langsam, wie er sich einem tollwütigen Hund genähert hätte. »Die Handschellen müssen nicht sein, wenn Sie mit uns kooperieren.«

Donatella wich vor ihm zurück. »Kann mir jemand erklären, was das soll? Gerade eben waren wir noch ein Team, und jetzt fallt ihr über mich her wie über eine … Verbrecherin. Das muss ein Missverständnis sein.« In ihren Augen glitzerten Tränen, ihre Lippen bebten, ihr Adamsapfel ruckte auf und ab, als sie mehrfach schwer schluckte.

Sie war gut, das musste Sergio Donatella zugestehen. Eine Meisterin im Meer der Worte, die den Kopf auch bei Sturm über Wasser hielt. Das bekannte Gefühl des Mitleids mit einem Verbrecher stieg in Sergio hoch. Er atmete es weg. So etwas konnte er jetzt nicht gebrauchen. »Du hast dich selbst verraten, Donatella. Niemand wusste, dass der Entwurf der Plüschfigur von Leonetti stammte. Nur seine Mörderin.«

Donatella lachte auf. »Deshalb wollt ihr mich festnehmen? Schaut euch das Ding doch an. Das sieht doch ein Blinder, dass die Figur von Luigi ist. So einen Unsinn konnte nur er verzapfen.«

»Und dass die echte Statuette in Pisa bei der Questura steht?«, fragte Sergio. »Woher wusstest du das denn?«

»Seid ihr alle blind und taub?«, rief sie und breitete die Arme aus. »Es war Ispettore Rossi, der vorhin im Museum behauptet hat, dass das Original bei der Kriminalpolizei aufbewahrt wird.«

»Schon richtig«, sagte Sergio. »Aber du hast gefragt, ob die Ombra della Sera noch immer in Pisa sei, bevor Rossi etwas Entsprechendes geäußert hat.«

»So?« Donatella schnaubte. »Dann habe ich wohl geraten. Nachdem Rossi plötzlich aufgetaucht war, erschien das die richtige Schlussfolgerung zu sein.« Sie schüttelte den Kopf. »Deshalb haltet ihr mich für eine Mörderin? Das kann ich nicht glauben.«

Alessandro hatte Donatella beinahe erreicht. »Der Verdacht besteht nach wie vor, und wir müssen Sie auf der Wache befragen. Bitte folgen Sie mir, Signora Donadini.« Er streckte die Hand aus. In diesem Moment bewegte sich die Klinke der Tür. Jemand drückte von außen dagegen und schob sie scharrend auf. Vittorio Natoli erschien. Der Sekretär streckte ein Telefonino in den Raum. »Anruf für

Signor Ragagioni. Die Jury möchte wissen, wann es weitergeht.«

Donatella lief auf die Tür zu, bevor Alessandro sie festhalten konnte. Sie packte den ausgestreckten Arm des Sekretärs und zog ihn in das Büro hinein. Er prallte gegen Alessandro. Donatella rannte davon.

Kapitel 38

Alessandro schrie wütend auf, als Vittorio Natoli gegen ihn stieß. Sergio stürzte zur Tür. Donatella rannte bereits am Ratssaal vorbei und die Treppen hinunter. Jetzt war er sicher, dass sie es gewesen war, die vorgestern Nacht aus dem Museum geflohen war. Diesmal, das schwor er sich, würde sie ihm nicht entwischen.

Er sprang vier Stufen auf einmal hinunter, strauchelte und prallte mit der Schulter gegen die Wand, stieß sich ab, drängte sich an zwei Besuchern vorbei und kam in der Eingangshalle des alten Palazzo heraus. Die Türflügel standen offen und ließen Tageslicht in den hohen Raum.

Donatella war nicht zu sehen.

Sergio lief auf die Piazza. »Halten Sie die Frau auf!« Das war Alessandros Stimme. Sergio entdeckte den Kollegen weit oben, wo er sich aus einem Fenster lehnte und in Richtung Osten zeigte. Es war Samstagmittag, der Platz war voller Menschen. Alle blieben stehen und schauten zu Alessandro hoch, als erwarteten sie, dass er Geld aufs Volk regnen lassen würde. Einige hielten ihre Mobiltelefone in die Luft und filmten den Polizeichef.

Sergio folgte Alessandros Fingerzeig und lief um das Rathaus herum, in Richtung Misericordia. Er wusste: Donatella parkte ihren herbstblattroten Maserati stets in der Nähe der Rettungsstation. Sollte sie den Wagen erreichen, würde Sergio Flügel brauchen, um sie einzuholen.

Er rannte, stieß durch eine Gruppe von Touristen, lief an der Misericordia vorbei. Die Rolltore des Sanitätsdienstes standen offen. Die Garage war leer, alle Rettungswagen waren im Einsatz. Daneben glänzte Donatellas Cabrio. Gerade riss sie die Tür auf, schoss noch einen Blick in Sergios Richtung ab und ließ sich in den Fahrersitz fallen. Sergio lief schneller, bereit, sich in den offenen Wagen zu werfen. Die enge Uniform Bertinis behinderte seine Bewegungen, ebenso gut hätte er gefesselt sein können.

Donatella startete den Wagen und ließ den Motor aufheulen. Der Maserati schoss mit quietschenden Reifen davon und hielt auf den schmalen Durchgang beim Campanile des Doms zu. Zurück blieben eine blaue Wolke Kohlenmonoxid und schwarze Streifen auf dem Pflaster.

Sergio preschte durch die Schwaden. Er sah noch eine kleine Chance, den Wagen einzuholen, sogar zu Fuß. Donatella war eine Verkehrssünderin von städtischen Gnaden. Nicht nur parkte sie ihren Wagen dort, wo nur Rettungswagen halten durften. Um dorthin zu gelangen, fuhr sie überdies quer durch die schmalen Gassen der Innenstadt. Und die gehörten den Fußgängern. Donatella würde hoffentlich nicht so schnell vorankommen, wie es ihr der Sportwagen erlaubte.

Er war auf der Hälfte der Piazza San Giovanni, als er zum

ersten Mal die Hupe hörte. Einmal, zweimal, dreimal kreischte sie ihren Warnruf durch die Häuserschlucht. Dann folgte wieder das Quietschen der Reifen. Als Sergio endlich die abschüssige Via Franceschini hinunterblicken konnte, sah er den blauen Dunst zwischen den Gassen hängen und Menschen, die sich an die Fassaden der Häuser drückten. Einer Frau stand der Mund offen, ein Kind weinte, ein Mann hielt sich eine Hand gegen die Brust.

Donatella war entkommen. Niemals würde Sergio einen Maserati einholen. Nicht zu Fuß. Und selbst wenn er den Dienstwagen holen würde: Das Polizeiauto würde es niemals mit einem Sportwagen aufnehmen, noch dazu einem italienischen. Alles, was ihm blieb, war, eine Fahndung einzuleiten.

Er tippte Alessandros Nummer ins Telefonino, um mitzuteilen, in welcher Richtung die Flüchtende unterwegs war, doch nach drei Ziffern hielt er inne. Den Stadthügel hinauf kam ihm ein Radrennfahrer entgegen. Er trug ein grellgrünes Trikot und eine Sportsonnenbrille, stand in den Pedalen und schob den Rahmen seines Gefährts von links nach rechts.

»Anhalten!« Sergio hob eine Hand. Der Radsportler stoppte und schlug mit den Händen auf den Lenker. Der Mann rief etwas von einem Vorsprung und kostbaren Sekunden. Genau das war es, was Sergio gerade verlor. Er beschloss, auf Erklärungen zu verzichten.

»Sie müssen kooperieren«, rief er. »Ich nehme jetzt …«

»Bitte keine Blutprobe«, stieß der Mann hervor. Er senkte die Stimme. »Das ist das erste Mal, dass ich dieses Zeug genommen habe. Ich schwöre es. Und wenn Sie mich ungeschoren lassen, verspreche ich hoch und heilig, es auch nie wieder zu tun. Bitte!«

Sergio überlegte nicht lange. »Sie sind disqualifiziert. Ich muss sichergehen, dass Sie nicht unter Drogeneinfluss weiterfahren. Geben Sie mir das Fahrrad!«

Der Radsportler stieg ab und drückte Sergio den Lenker in die Hand. »Wo kann ich es mir wieder abholen?«, fragte er.

Sergio hatte sich bereits auf den Sattel geschwungen. Der Sitz war viel höher, als er es von seinem eigenen Fahrrad kannte. Er berührte mit den Schuhspitzen kaum den Boden. »In der Polizeiwache, Palazzo Pretorio«, sagte er. Er hoffte, dass der Mann sein Fahrrad heil zurückbekommen würde, ebenso wie Giulia ihren Sergio. Denn bislang war er erst dreimal Rad gefahren. Und das Ding unter seinem Hintern war etwas anderes als sein Drahtesel. Das hier war ein Mustang aus Metall.

»Vorsicht, die Bremszüge sind ausgefressen«, hörte er den Radsportler noch rufen. Doch da war er schon auf und davon, spürte, wie die Schwerkraft von ihm Besitz ergriff, und ratterte über die Pflastersteine die Via Franceschini hinunter.

Die Position auf dem Rennrad war beängstigend. Weit vornübergebeugt raste Sergio die abschüssige Straße hinab. Jetzt verstand er auch, warum Radsportler Brillen trugen: Der Fahrtwind biss ihm in die Augen und ließ sie tränen. Wie schnell er wohl fuhr? Er versuchte, nicht daran zu denken. Die Dienstmütze flog ihm vom Kopf. Er wuchs mit dem Rad zusammen, er war ein Maserati mit Klingel und Pedalen.

Wo war sie denn überhaupt, die Klingel?

Sergio sauste auf eine Gruppe zu, zwei Erwachsene und vier Kinder, die fast die gesamte Breite der Fahrbahn einnahmen. Sie liefen in dieselbe Richtung, in die er fuhr, sahen ihn nicht kommen.

Es gab keine Klingel.

Sergio rief, so laut er konnte, und die Familie spritzte auseinander, als er mit unsicher wackelndem Vorderrad zwischen ihnen hindurchpflügte.

Jetzt lag ein längeres Stück Straße vor ihm. Weiter vorn konnte er den Maserati sehen, wie er durch die Porta San Francesco fuhr und nach links abbog.

Donatella war in Richtung Colle unterwegs. Dort ging es zur Autobahn. Aber die musste sie erst mal erreichen. Die Straße verlief in Serpentinen, sie würde oft bremsen müssen. Sergio schlug nach links ein, wieselte durch das Stadttor auf die Landstraße und zog ein Hupkonzert hinter sich her.

Treten. Treten. Treten. Er malträtierte die Pedale. Das Fahrrad war erstaunlich leicht, schien über den Asphalt zu segeln. Wenn Giulia ihn jetzt sehen könnte!

Sergio fuhr an der Abzweigung nach Saline vorbei. Kurz darauf neigte sich die Straße, und es ging bergab. Der Verkehr wurde dichter. Viele Leute, die in Volterra arbeiteten oder einkauften, hatten sich in der Mittagszeit auf den Heimweg begeben. Zwischen den Wagen auf seiner Straßenseite und den Entgegenkommenden blieb eine schmale Spur, breit genug für einen Fußgänger. Die musste genügen.

Sergio lenkte das Fahrrad mit unverminderter Geschwindigkeit in die Gasse zwischen den Autos. Die Rückspiegel der Fahrzeuge kamen seinen Händen gefährlich nahe. Er versuchte, nirgendwo anzuecken. Gleichzeitig reckte er den Hals. Leuchtete da vorn das Herbstrot des Maserati? Sergio wünschte sich eine Sirene und eine Signalleuchte wie auf den Dächern der Polizeiwagen. Immerhin hatte er eine Uniform an.

Aus den Fenstern der Wagen zogen ihm Verwünschungen hinterher. Sergio ignorierte sie. An immer mehr Autos flog er vorbei. Einmal musste er sich tief auf den Lenker ducken, um unter dem Rückspiegel eines Lastwagens hindurchzutauchen. Zugleich spähte er nach vorn. Wenn Donatella in den dichten Verkehr geraten war, hatte er vielleicht noch eine Chance.

Die Straße wand sich aus der Stadt heraus. Die Bebauung wurde spärlicher. Linker Hand ging es in Richtung Krankenhaus. Geradeaus folgten noch einige dicht am Straßenrand stehende Häuser, dann lag das weite Land unter ihm, wellige Hügel im dunstigen Licht, überzogen vom zarten Grün des Frühlings. Daraus stach das Rot des Maserati hervor wie ein Pickel im Gesicht der Mona Lisa. Donatella kroch im dichten Verkehr über die Landstraße. Sie war noch etwa einen Kilometer entfernt. Sogar über diese Entfernung konnte Sergio sehen, wie sie nervöse Blicke über die Schulter warf.

Die Straße machte eine scharfe Kurve. Sergios Finger

landeten auf den Bremshebeln und drückten zu. Der linke Hebel griff, der rechte auch, doch dann schlackerte plötzlich etwas in Sergios Hand. Ein Bremszug war gerissen. Sergio versuchte es mit der Rücktrittbremse, doch die gab es an diesem Fahrrad nicht. Er nahm die Kurve bei fast voller Geschwindigkeit, stemmte sich mit einem Bein ab, doch er berührte die Straße nur mit der Schuhspitze. Im nächsten Moment stieß er gegen einen kastanienbraunen Lancia, prallte auf den Boden und schlitterte auf einem Knie über den Asphalt.

Die Tür des Wagens ging auf. Bevor der Fahrer bei Sergio war, saß er schon wieder im Sattel. Sein Knie schmerzte, und er fühlte, wie es warm und feucht an seiner Wade herunterlief. Irgendwie brachte er das Fahrrad wieder ins Rollen. Die rechte Bremse war hinüber, aber die linke funktionierte noch.

Weiter unten war der Verkehr zum Stehen gekommen. Jetzt konnte Sergio auch den Grund dafür erkennen. Ein Pulk Radfahrer verstopfte die Landstraße. An den Wochenenden nutzten Radsportler die verschlungenen Straßen der Toskana oft für eines ihrer Rennen. Der Fahrer von vorhin gehörte vermutlich auch zu der Veranstaltung.

Sergio ignorierte den Schmerz in seinem Knie. Er konnte Donatella erwischen. Während er wieder Geschwindigkeit aufnahm, sah er, wie sie sich in ihrem Cabrio aufrichtete und ihn anstarrte. Was für eine Ironie: Sie saß in der schnellsten Maschine zwischen Volterra und Florenz und kam nicht vom Fleck. Jetzt lagen nur noch einige Hundert Meter zwischen ihr und Sergio.

Donatella öffnete die Fahrertür und sprang aus dem Wagen. Sie streifte die hochhackigen Schuhe ab und begann, die Straße abwärtszulaufen.

Sergios Herz, ohnehin damit beschäftigt, Blut und Sauerstoff durch seinen Körper zu pumpen, raste. Er hoffte, Kniescheibe und Meniskus würden noch ein bisschen durchhalten. Er war so kurz vor dem Ziel, dass er schon glaubte, Donatellas Parfüm riechen zu können.

Dann erkannte er, was sie vorhatte. Donatella lief nicht blindlings davon, sie hatte ein Ziel, verfolgte einen Plan. Weiter vorn stand ein Wagen der Misericordia im Stau. Das Blaulicht war ausgeschaltet. Ein haariger Männerarm hing aus dem Fenster an der Fahrerseite.

Sergio sah, wie sich Donatella neben den Krankenwagen stellte und aufgeregt mit dem Fahrer sprach. Dabei raufte sie sich die Haare und deutete immer wieder in die Richtung, aus der sie gekommen war. Der Fahrer öffnete die Tür und sprang ins Freie, auf der Beifahrerseite kam ein weiterer Sanitäter heraus, Sergio erkannte ihn sofort.

»Silvano!«, rief er aus vollem Hals. »Sie will euer Auto stehlen.«

Doch seine Lunge hatte nicht mehr genug Kraft. Silvano und der Fahrer liefen in großer Eile die Straße hinauf in Sergios Richtung, beide trugen rote Erste-Hilfe-Taschen. Donatella musste ihnen sehr überzeugend von einem Notfall berichtet haben.

Jetzt stieg sie in den Krankenwagen und schlug die Tür zu. Das Blaulicht ging an. Die Sirene heulte los. Silvano und der Fahrer drehten sich zu ihrem Wagen um.

Das Fahrrad zischte an den beiden Sanitätern vorbei. Sergio zog vor Anstrengung die Lippen zurück und entblößte die Zähne.

Die Wagen im Stau, die den Krankenwagen eingeklemmt hatten, rangierten vor und zurück, um dem Sanitätsfahrzeug Platz zu machen. Die Vorderräder des Krankenwagens drehten sich nach links. Dann fuhr Donatella einfach los, gab Vollgas und schob ihren Vordermann beiseite. Der krachte in das Auto vor ihm. Der Krankenwagen kam frei und fuhr auf die Gegenspur.

»Nein!«, rief Sergio. Er war so nah dran gewesen. Die Gerechtigkeit musste siegen, und das hier war das Gegenteil von Gerechtigkeit. Das war unfair!

Die Bremslichter des Krankenwagens leuchteten auf. Das Fahrzeug stoppte abrupt.

Was war los? Hatte Donatella einen Motorschaden?

Sergio raste weiter den Berg hinab. Er konnte es kaum glauben, doch er näherte sich dem Krankenwagen, ohne dass dieser weiterfuhr.

Er erreichte ihn.

Aus dem Inneren war Poltern zu hören. Eine Frau schrie.

Sergio riss die Fahrertür auf. Die Fahrerkabine war leer. Der Lärm kam von hinten. Er lief um den Wagen herum und zog eine der großen Flügeltüren auf.

Im Innern des Krankenwagens war ein Kampf im Gange. Donatella war über einen Mann gebeugt, der vor einem Rollstuhl auf dem Boden lag und sich mit Händen und Füßen gegen ihre Schläge wehrte.

Der Mann war Dottor Boschetti.

Sergio sprang hinein. Er brauchte nur wenige Handgriffe, um Donatella zu überwältigen. Dann lag sie neben Boschetti auf dem Blechboden, die Hände mit Verbandszeug auf dem Rücken gefesselt. Sie schrie.

»Hier gibt es genug von dem Zeug«, sagte Sergio erschöpft, »um dich damit zu knebeln.«

Seine Warnung genügte, um Donatella zum Schweigen zu bringen. Sie funkelte ihn hasserfüllt an.

Sergio richtete Boschetti auf, der keuchte und das Gesicht vor Schmerzen verzog. Nachdem er den Dottore wieder in den Rollstuhl gesetzt hatte, stemmte Sergio die Hände auf die Knie, um zu Atem zu kommen. Dabei berührte er die frische Wunde an seinem linken Bein und zuckte zurück.

Hinter dem Krankenwagen versammelten sich mehr und mehr Menschen und warfen neugierige Blicke in den Innenraum. Von irgendwoher war Silvanos Stimme zu hören. In einiger Entfernung heulte eine Polizeisirene.

Sergio wandte sich Boschetti zu. »Was machen Sie denn hier, Dottore?«

»Krankentransport«, antwortete der Museumsleiter mit bebender Stimme. »Ich sollte in die Reha nach Colle verlegt werden. Der Wagen hat gehalten, die Sanitäter sind rausgesprungen, und herein kam … ausgerechnet Donatella Donadini. Die Frau, die mich erpresst hat. Die Frau, die versucht hat, mich zu erschießen.«

Sergio sah verwundert zu der Gefesselten hinüber. »Warum bist du nicht einfach losgefahren, Donatella? Der Weg war doch frei.«

Sie warf ihm einen Blick zu, den nicht einmal Angelo, der Meister des toskanischen Blickduells, lange ausgehalten hätte. Boschetti antwortete an ihrer Stelle. »Als ich erkannte, wer da in den Krankenwagen stieg, dachte ich, Donatella sei gekommen, um mich irgendwohin zu bringen, wo sie mich endgültig erledigen konnte. Aber sie hatte mich überhaupt nicht bemerkt. Also habe ich über ihre Schulter gegriffen und den Schlüssel abgezogen.« Er hielt eine Hand hoch und klimperte mit einem Autoschlüssel.

Eine Minute später wendete der Krankenwagen auf der Landstraße und fuhr, mit Sergio am Steuer, in Richtung Stadt hinauf.

Kapitel 39

Sergio sah dem Polizeiwagen hinterher, der die Piazza San Giovanni verließ. Durch die Heckscheibe konnte er Donatellas toupierte Frisur erkennen. Bertini und Morelli brachten die Bürgermeisterreferentin nach Pisa, wo sie in Gewahrsam genommen werden würde. Für ihre letzte Fahrt in Freiheit hatte Donatella von ihrem Maserati in einen Fiat wechseln müssen. Bertini ließ das Polizeiauto betont langsam über den Platz zwischen Dom und Baptisterium rollen. Sergio lächelte grimmig. In einem Moment lenkst du die Geschicke einer ganzen Stadt, im nächsten lenkt ein Polizist den Wagen, der dich ins Gefängnis bringt.

Nach den Ereignissen auf der Landstraße war Sergio mit Boschetti und der Gefangenen im Krankenwagen zurück ins Stadtzentrum gefahren. Unterwegs hatte er Alessandro angerufen und Bericht erstattet. Der Polizeichef und die Kollegen hatten schon an der Sanitätsstation der Misericordia gewartet.

»Au, verdammt!«, rief Sergio und zuckte mit dem linken Bein.

»Still halten, sonst bleibt eine Narbe, und dein Bein sieht

später aus wie das von Frankenstein.« Notärztin Clara Manfredi saß auf einem Plastikstuhl und reinigte die Wunde an Sergios Knie.

»Das war nicht Frankenstein selbst, sondern sein Ungeheuer«, berichtigte Alessandro und erntete dafür einen strafenden Blick von Clara und Sergio gleichermaßen.

»Jedenfalls hast du unser Städtchen von einem echten Ungeheuer befreit«, sagte Alessandro. »Ich gratuliere, Sergio.« Er deutete auf die zerrissene Hose. »Aber wenn du weiter so mit unseren Uniformen umgehst, werde ich dich demnächst in Badehose auf Streife schicken.«

»Und mir haben Sie gleich zweimal das Leben gerettet, Agente Panda.« Dottor Boschetti saß im Rollstuhl vor dem Krankenwagen und wurde von Silvano verarztet. Von Donatellas Schlägen war sein rechtes Auge zugeschwollen, und die Wunde an seinem Schlüsselbein war aufgeplatzt.

»Damit müssen Sie ins Krankenhaus«, sagte der Rettungssanitäter.

»Gleich«, erwiderte der Dottore. »Erst müssen mir Signor Minotti und Signor Panda erklären, woher sie gewusst haben, dass Donatella Donadini mich erpresst und Luigi Leonetti ermordet hat.«

»Aber die Wunde blutet stark«, wandte Silvano ein.

Der Dottore warf ihm einen Blick voller Unverständnis zu. »Lieber verblute ich hier auf der Piazza, als im Krankenhaus vor Neugier zu sterben.«

Clara drückte eine Kompresse auf Sergios Knie und befahl ihm, sie festzuhalten. Dann ging sie zu Boschetti hinüber und machte sich an seinem Verband zu schaffen. Zu den beiden Polizisten gewandt sagte sie: »Ihr habt zehn Minuten. Danach bringe ich den Dottore ins Krankenhaus, und wenn ich ihn im Rollstuhl dorthin schieben muss.«

»Das war alles ein großes Durcheinander«, begann Sergio, »wie in der Küche unserer Trattoria. Aber wenn man erst einmal alle Zutaten in einen Topf gibt, wird ein Gericht daraus.«

»Verraten Sie mir das Rezept, Agente«, drängte Boschetti.

»Noch neun Minuten«, mahnte Clara. »Komm zur Sache.«

Sergio ließ den Blick über die Piazza schweifen und schickte seine Gedanken in der Zeit zurück. Alles hatte vor fünf Tagen begonnen, als Dottor Boschetti in der Polizeiwache aufgetaucht war, um den Diebstahl des Abendschattens zu melden. Für Sergio fühlte es sich an, als sei seither ein halbes Leben vergangen. Eines hatte sogar geendet.

»Als Sie, Dottore, die Statuette als gestohlen gemeldet haben, kam mir das gleich merkwürdig vor. Im Museum gab es keine Einbruchsspuren. Wie sollte die Figur daraus verschwunden sein? Dann stellte sich das mit den Kamera-Attrappen heraus. Ich war ziemlich sicher, dass es um Versicherungsbetrug ging und dass Sie selbst der Dieb waren. Kurz darauf fand ich den Abendschatten wieder: neben der Leiche Luigi Leonettis. Der Betrug hatte sich in Mord verwandelt. Sie selbst, Dottore, standen weiter ganz oben auf der Liste der Verdächtigen.«

»Zu diesem Zeitpunkt«, warf Alessandro ein, »war das noch gar keine Liste, sondern nur ein einziger Name.«

»Der rasch Zuwachs bekam«, fuhr Sergio fort. »Im Kamin des Bürgermeisters fand ich die halb verbrannten Unterlagen, die tatsächlich einen Betrug aufdeckten. Nur ging es nicht um Versicherungen, sondern um die Veruntreuung von öffentlichen Geldern, die Sie, Dottore, für ein angebliches Sicherheitssystem beantragt hatten, dann aber für etwas anderes ausgaben.«

»Die Urne.« Boschettis Augen leuchteten. »Ich würde es sofort wieder tun.«

»Und Sie hatten einen Mitwisser: Bürgermeister Ragagioni«, sagte Sergio.

»Unsere Liste der Verdächtigen wuchs damit auf zwei Namen an«, erklärte Alessandro. »Das waren immerhin einhundert Prozent mehr.«

»Ein Betrug und ein Mord. Eine teuflische Kombination, denn das eine hätte zum anderen führen können. Wenn die Statuette nicht gewesen wäre. Sie passte nicht ins Bild. Hätte sich der Täter erst umständlich die Bronzefigur aus dem Museum beschafft, wenn er plante, Leonetti zu ermorden? Das hätte er einfacher haben können. Es sei denn, er wollte Leonetti ursprünglich gar nicht erschlagen, sondern ihm die Figur aus einem anderen Grund bringen.«

»Diesen Grund kannte ich«, sagte Boschetti. »Aber ich bin nicht mehr dazu gekommen, Ihnen das zu erklären.«

»Hinter alldem steckte Donatella.« Sergio war so sehr in Gedanken versunken, dass er es kaum spürte, als Silvano die Wundauflage an seinem Knie erneuerte. »Sie war es, die Luigi Leonetti für den Wettbewerb engagiert hat. Das ging letztendlich aus den Dokumenten hervor. Erst dachte ich, dieses Detail mit der Beauftragung des Designers sei nicht weiter wichtig, und ich konnte die Unterschrift nicht zuordnen. Später fiel es mir wieder ein, nachdem ich Donatellas Unterschrift an einer Schiefertafel gesehen hatte. Damit war klar, dass sie der Motor hinter Leonettis Arbeit für die Stadtverwaltung war. Sie hat ihn unterstützt, hat ihm alles gegeben, was er verlangte. Und als er den Abendschatten wollte, da hat sie ihm sogar den besorgt.«

»Moment mal«, warf Silvano ein, der aufmerksam zuhörte, »willst du damit sagen, dass Leonetti selbst hinter dem Diebstahl der Figur steckte?«

»In gewissem Sinne schon. Der Designer forderte die Statuette aus dem Museum. Aber nicht, um sie für sich zu behalten. Er brauchte das Original, um damit zu arbeiten, um seine Idee für *Il Girasole* umsetzen zu können. Er hatte etwas Spezielles im Sinn, aber ohne die Originalfigur kam er offenbar nicht weiter.«

»Und Donatella hat sie für ihn aus dem Museum gestohlen?«, fragte Silvano ungläubig.

Es war Boschetti, der antwortete. »Donatella kam zu mir und fragte mich, ob ich die Ombra della Sera verleihen würde. Es sei ein offizieller Anlass, und ich würde die Figur in ein oder zwei Tagen zurückbekommen. Natürlich habe ich abgelehnt. Da könnte meinetwegen der Papst kommen, ich würde den Abendschatten trotzdem nicht herausgeben. Das habe ich ihr gesagt.«

Sergio lachte auf. »Der Papst hätte Sie danach aber wohl kaum erpresst, um an die Statuette zu kommen. Donatella wusste von dem veruntreuten Geld für die Sicherheitsanlagen. Sie war ja Vertraute des Bürgermeisters. Damit hat sie

Sie unter Druck gesetzt. Sie mussten ihr die Statuette geben, wenn Sie nicht in Schwierigkeiten geraten wollten.«

Boschetti nickte und verzog das Gesicht in schmerzvoller Erinnerung.

»Also hat sie die Figur am Sonntagabend abgeholt, als das Museum geschlossen war«, berichtete Sergio weiter, »und ist von dort zum Palazzo Viti gegangen, um sie Leonetti zu bringen.«

»Abgemacht war, dass die Statuette am nächsten Morgen zurückgebracht werden sollte«, ergänzte Boschetti. »Bis mittags habe ich gewartet – vergeblich. Dann bin ich zur Polizei gegangen, um Schaden von meinem Museum abzuhalten.«

Sergio ergriff wieder das Wort. »Während Sie zu uns in die Wache kamen, um den vermeintlichen Diebstahl zu melden, spielte sich im Palazzo ein Drama ab. Donatella war unter Zeitdruck geraten, sie hatte Leonetti erst mittags angetroffen, weil er morgens mit seinen Design-Objekten durch die Lokale der Stadt gezogen ist. Dann hat Leonetti ihr gezeigt, was er sich für Volterras Präsentation beim Wettbewerb ausgedacht hatte: eine Plüschfigur. Ja, wirklich! Er wollte den Abendschatten, den altehrwürdigen Knaben, das Wahrzeichen unseres Städtchens, in eine Stoffpuppe verwandeln. Als Donatella sah, was Leonetti vorhatte, muss sie entsetzt gewesen sein, panisch, sie muss sofort gewusst haben, dass Volterra den Wettbewerb damit niemals gewinnen konnte, dass sie einem Scharlatan aufgesessen war und sich für ihn ins Unrecht gesetzt hatte. Das alles hat sie Leonetti vorgeworfen. Es gab Streit. Zunächst wird es um Kunst und Kompetenz gegangen sein, dann sind sie persönlich geworden.«

»Aber deshalb erschlägt man doch keinen Menschen!«, rief der Dottore aus.

»Das dachte ich auch«, sagte Sergio. »Aber bei den Ermittlungen bin ich darauf gestoßen, dass Donatella und Leonetti nicht bloß geschäftlich miteinander zu tun hatten.«

»Du meinst ...«, raunte Alessandro.

»Sie waren ein Paar, hatten insgeheim ein Verhältnis. Ob Donatella in Leonetti verliebt war oder ob sie sich ihm hingegeben hat, um ihn für Volterra einzunehmen, weiß ich nicht zu sagen. Aber dass sie etwas miteinander hatten, steht für mich fest. Zwei andere Frauen, deren Namen ich hier nicht nennen will, haben mir von ihren Affären mit dem Designer erzählt. Dabei bin ich darauf gestoßen, dass Leonetti ein Beziehungsdreieck entworfen hat.«

»Das Dreieck war sein Markenzeichen«, räsonierte Alessandro.

»Auch in dieser Beziehung. Erst dachte ich, er habe eine klassische Dreiecksbeziehung konstruiert, mit zwei Geliebten und ihm selbst als eine der Ecken. Doch dann kam ich darauf, dass es nicht zwei, sondern drei Frauen waren, die dieses Dreieck bildeten. Und Leonetti sah sich selbst als Mittelpunkt dieser Figur. Zwei der Frauen kannte ich, doch die dritte fehlte. Ihre Identität war schwer zu ermitteln. Als mir alles klar wurde, passte Donatella in dieses Gebilde hinein.«

»Ein Dreieck aus drei Frauen«, sagte Silvano und kratzte sich das Kinn. »Ob es wohl gleichschenkelig gewesen ist?«

Clara stieß ihrem Kollegen mit Wucht den Ellenbogen in die Seite.

»Als sich Donatella und Leonetti wegen der Plüschfigur gestritten haben, wird es auch um die anderen Frauen gegangen sein. Das brachte das Fass zum Überlaufen. Donatella muss erkannt haben, dass sie in jeder Beziehung auf das falsche Pferd gesetzt hatte. Sie hatte die Statuette in der Hand. Als Leonetti ihr den Rücken zuwandte, hat sie zugeschlagen.«

»Mord!«, keuchte Boschetti. »Dass jemand so weit gehen und einen anderen Menschen umbringen kann! Ich verstehe das nicht. Wieso war Donatella bloß so versessen darauf, dass Volterra den Wettbewerb gewinnt?«

»Oh, das ist schnell zu erklären«, sagte Sergio und machte eine beschwichtigende Geste in Claras Richtung, die auf ihre Armbanduhr tippte. »Sie wollte Bürgermeisterin werden.«

»Es steht doch gar keine Wahl an«, stellte Alessandro fest.

»Die wäre auch nicht nötig gewesen. Sie wollte an Ragagionis Stuhl sägen, alles dafür tun, dass unser Stadtoberhaupt in ein schlechtes Licht gerückt wird. Sie hat sogar versucht, ihm das Attentat auf Dottor Boschetti anzuhängen. Aber damit ist sie einen Schritt zu weit gegangen. Als ich nach der Armbrust suchte, gab mir Donatella den Hinweis, dass Ragagioni die Waffe am Abend zuvor aus dem Foltermuseum mitgenommen habe. Sie wollte, dass ich Ragagioni verdächtige, ihn vielleicht sogar festnehme. Schuldig oder nicht: Der Skandal wäre an ihm hängen geblieben, und er hätte zurücktreten müssen. Ratet mal, wer dann als Retterin Volterras gegolten und seinen Posten bekommen hätte.« Er machte eine Pause und ließ den Moment Revue passieren, als er die Armbrust im Bürgermeisterzimmer entdeckt hatte und ihm klar geworden war, warum Ragagioni nicht der Attentäter sein konnte. »Aber der Bürgermeister hatte mir erst kurz zuvor gestanden, dass er an der Veruntreuung der Museumsgelder beteiligt war. Und er hatte mich gebeten, ihm dabei zu helfen, aus der Sache herauszukommen. Versteht ihr? Er wusste, dass die Polizei ihn am Wickel hatte. Niemand zieht danach los, verübt ein Attentat und stellt anschließend die Tatwaffe in seinem Büro aus, wo alle sie sehen können.«

»Donatella wusste aber nichts von Ragagionis Geständnis«, ergänzte Alessandro.

»Und genau das hat sie verdächtig gemacht«, fuhr Sergio fort. »Plötzlich passte alles zusammen: der Entwurf für die Plüschfigur, den ich gefunden hatte, die Dreiecksbeziehung, die Armbrust. Das einzige Problem war: Es gab keine Beweise. Donatella war äußerst geschickt vorgegangen. Wir konnten ihr nichts nachweisen.«

»Aber dann ist Sergio auf eine Idee gekommen«, sagte Alessandro.

»Ich wollte Donatella mit der Plüschfigur konfrontieren. Sie hat Leonettis Entwurf vermutlich vernichtet, nachdem sie ihn umgebracht hatte. Aber es gab Kopien. Leonetti war selbstverliebt, er hat seine Ideen gehütet wie Schätze, sie vervielfältigt und versteckt. Den Entwurf für den Abendschatten aus Plüsch habe ich in der Fassade des Palazzo Viti gefunden. Am Freitagnachmittag bin ich mit den Zeichnungen zu einer Kunstschmiedin gegangen, um eine Nachbildung des Abendschattens mit Plüsch überziehen zu lassen. Ich brauchte all meine Überredungskunst, aber schließlich sah die Figur beinahe so aus, wie Leonetti sie im Sinn gehabt hatte. Dann habe ich einer anderen Künstlerin, einer Malerin, die Figur gezeigt und sie gebeten, ein Logo für Volterra damit zu gestalten. Am Ende habe ich die Plüschfigur an markanten Stellen in der Stadt aufgestellt, fotografiert und am Computer eine Broschüre zusammengestellt. Figur, Logo und Prospekt ergaben eine kleine Imagekampagne für die Stadt. Die haben wir Donatella heute gezeigt und behauptet, dies könne die Jury überzeugen, Volterra die Goldene Sonnenblume zu verleihen. Donatellas Reaktion war noch heftiger, als ich erwartet hatte. Sie verriet sich damit, dass sie die Plüschfigur Leonetti zuordnete, obwohl nur Alessandro, ich und die Mörderin davon wissen konnten. Zuvor im Museum hatte sie erklärt, dass der echte Abendschatten in der Questura in Pisa sei, obwohl nur Eingeweihte wussten, dass die Figur die Tatwaffe war – und die Mörderin natürlich. Schließlich versuchte sie, uns zu entwischen, was einem Geständnis schon recht nahekommt.« Er schluckte, bat Silvano um einen Kaffee. »All das hätte nicht genügt, wenn Sie, Dottor Boschetti, im Krankenwagen nicht so beherzt eingegriffen hätten.«

Der Museumsleiter winkte ab, verharrte jedoch mitten in der Bewegung, weil er den Arm an seiner verletzten Seite benutzt hatte.

»Jetzt ist es aber genug«, sagte Clara. »Die zehn Minuten

sind längst um. Wenn wir den Dottore nicht ins Krankenhaus bringen, zeige ich euch wegen unterlassener Hilfeleistung an.«

»Schuldig«, sagten Sergio und Alessandro wie aus einem Mund.

Kapitel 40

Wer in Volterra an einem windigen Tag im Freien zu Mittag essen will, braucht eine Portion Unerschrockenheit. Warme Böen ziehen durch die Gassen, zupfen an Frisuren, spielen mit den Tischdecken und nehmen gelegentlich eine der Servietten mit. Staatssekretärin Glori hatte alle Hände voll zu tun, abwechselnd ihre *saltimbocca* zu zerteilen und mit einer Hand auf ihre Frisur zu tupfen. Architekt Onorato versuchte, Konversation zu treiben, scheiterte jedoch daran, dass der Wind seine Worte mitnahm und die anderen ihn kaum verstanden. Das lag allerdings auch an der *panzanella*, dem Brotsalat mit Gurken und Tomaten, die er ständig im Mund hatte.

Die Jury hatte sich zum Essen an einem Tisch vor dem Don Alpha versammelt, denn das Ristorante war vom Museum aus gut zu erreichen und hatte einen exzellenten Ruf. Wenn nur dieser Wind nicht wäre!

»Sehen Sie?« Commissario Baldi strich seinen dünnen Haarkranz zurecht. »Das ist einer der Vorteile, wenn der Kopfschmuck spärlich wird.« Er lachte. Als Einziger. »Natürlich«, setzte er hinzu, »ist eine Frisur an einer schönen

Frau wie Ihnen«, er nickte erst der Staatssekretärin und dann der Professorin zu, »durch nichts zu verunstalten, nicht mal durch den Wind in dieser äußerst windigen Stadt. Sie verstehen das Wortspiel?«

Wieder lachte niemand. Was sind das nur für humorlose Gestalten?, dachte Baldi. Gerade überlegte er, ob er noch etwas anfügen oder seine Niederlage im Ringen um ein amüsantes Gespräch eingestehen sollte, da klingelte sein Telefonino. Das kam ja wie gerufen!

»Sie entschuldigen?«, fragte er, wartete die Antwort nicht ab und hielt sich das Gerät ans Ohr. »*Pronto!*« Aus dem Hörer kam die Stimme von Alessandro Minotti, dem Leiter der Volterraner Polizeiwache. Was der zu berichten hatte, zauberte ein Lächeln auf Baldis Gesicht. »Das ist ja fantastisch«, rief er in das Telefon und erntete damit neugierige Blicke seiner Tischgenossen. Jetzt hatte er wirklich etwas zu erzählen!

Baldi beendete das Gespräch. »Das war einer meiner Kollegen. Sie werden es kaum glauben, aber der Mörder von Luigi Leonetti ist gefasst worden.«

Das Klappern des Bestecks hörte auf. Die fünf Jurymitglieder starrten den Commissario an. »Jetzt?«, fragte der Verleger. »Während wir bei Tisch sitzen? Das muss ich meinen Redaktionen funken, das bringen wir ganz groß raus. Dürfen Sie Einzelheiten verraten, Commissario?«

»Ja, bitte, Fabrizio«, die Staatssekretärin rückte mit ihrem Stuhl näher zu ihm heran, »erzählen Sie uns mehr.«

Baldi lehnte sich zurück. So machte man das. So bekam man die Aufmerksamkeit von Leuten, die glaubten, sie seien wichtiger als man selbst. Zufrieden lächelte er in die Runde. Als er bekannt gab, dass die Referentin des Volterraner Bürgermeisters unter Mordverdacht stand, folgten erschrockene Ausrufe.

»Aber Signora Donadini war doch gerade noch mit uns zusammen«, sprach Onorato durch seine Serviette. »Mein Gott, wenn ich mir vorstelle, dass sie einen Menschen umgebracht hat«, er hielt einen Moment inne, »… und ich habe ihr den Rücken zugewandt.«

Baldi hob die Hände. »Alles wissen wir noch nicht, aber es gab intensive Ermittlungen, die nicht ganz ungefährlich für meine Männer waren. Von einer Verfolgungsjagd war die Rede. Die Polizisten meiner Questura sind für ihre Kühnheit bekannt. Und für ihren Scharfsinn. Das war eine Meisterleistung der Polizei«, sagte er. Mit einem Mal war er sicher, dass gleich die Sonne durch die Wolken brechen würde, um auf ihn, den Chef der Verbrechensbekämpfer, zu scheinen.

»Sie sprechen von Ispettore Rossi?«, stieß Glori hervor. »Er war ja vorhin noch im Museum«, sie runzelte die Stirn, »und während wir hier tafeln, fängt er eine Mörderin, quasi nebenbei, in der Mittagspause.«

Professorin Pozzetto applaudierte.

»Wo ist er denn jetzt, unser Ispettore?«, fragte Onorato. »Wir müssen ihm gratulieren. Diese Tapferkeit muss ausgezeichnet werden. Ich schlage San Gimignano zum Sieger des Wettbewerbs vor.«

Baldi spürte, wie ihm das Blut in den Kopf stieg. »Der Kollege Rossi war an den Ermittlungen beteiligt«, begann er zögerlich, »nicht aber an der Auflösung des Falls.« Die Worte kamen ihm wie Wackersteine über die Lippen.

»Nicht?«, fragte Pozzetto. »Aber er ist doch einer Ihrer Männer, so etwas wie ein Detektiv, oder nicht?«

Baldi schluckte. Gern hätte er jetzt die Wahrheit ein klein wenig verdreht und ein bisschen mehr Ruhm und Ehre an sich selbst und Rossi verteilt, aber das ging nicht. Der Zeitungsmensch saß mit am Tisch und würde seine Reporter auf die Geschichte ansetzen, und die würden die Wahrheit herausbekommen. Es war besser, gleich alles so darzustellen, wie es sich ereignet hatte.

»Es waren die beiden Kollegen von der Volterraner Wache, die Donatella Donadini überführt haben«, sagte Baldi leise, »die zwei, die uns vorhin begleitet haben. Minotti und Panda.«

»Die?«, fragte Glori mit einem lang gezogenen Vokal. »Aber das sind doch bloß Ordnungskräfte.«

Ja, dachte Baldi, die beiden sind eigentlich nur ganz kleine Lichter, aber auch die können mich ein wenig glänzen lassen. Er gab sich entrüstet. »Ordnungskräfte? Aber Signora Glori! Meine Männer sind hoch qualifizierte Kämpfer gegen das Verbrechen. Die Spezialeinheit Volterras. Wir von der Questura scheuen weder Zeit noch Mühe, unsere Polizisten auszubilden.«

»Dann sind diese Männer Helden. Sie müssen belohnt und belobigt werden«, sagte Zeitungszar Volpi. »Sie werden Sie doch gewiss befördern, Commissario Baldi.« Volpi zückte einen messingfarbenen Kugelschreiber und kritzelte etwas auf seine Papierserviette.

»Ja. Vielleicht. Mal sehen. Das hängt nicht allein von mir ab.«

»Aber irgendeine Belohnung haben die beiden doch verdient, oder nicht?«, fragte Onorato.

In diesem Moment rissen die Wolken auf, und die Sonne schickte ihre Strahlen in die Gasse. Der Wind, das stellten die Jurymitglieder überrascht fest, hatte sich gelegt.

Der Sonnenschein blitzte auf dem Chrom und dem schwarzen Lack der Limousinen, die auf der Piazza dei Priori vorfuhren. Wo sonst Fußgänger schwatzten, brummten an diesem Samstagnachmittag Karossen von erheblicher Eleganz. Aus den Fonds stiegen Frauen und Männer, deren Kleidung dem Stil ihrer Wagen in nichts nachstand. Alle verschwanden im Eingang des Rathauses und stiegen die Treppe zum historischen Ratssaal hinauf. Die Vertreter der Städte, die bei *Il Girasole* mitmachten, waren angekommen.

Gleich sollte die Jury in dem prunkvollen Raum die Gewinnerstadt des Wettbewerbs verkünden. Die Bürgermeister würden die Nachricht mit nach Hause nehmen und vor Ort ausrufen, wer sich künftig »schönste Stadt der Toskana« nennen durfte. Nur dort würde anschließend auf die berüchtigte toskanische Art gefeiert werden.

Bevor die Jury ihr Urteil fällte, wollten die Mitglieder erst noch das Rätsel um den Abendschatten gelöst wissen. Ispettore Rossi hatte behauptet, die Statuette sei eine Fälschung. Nun sollte ein Fachmann beurteilen, was falsch war: die Figur oder die Anschuldigung.

Von Mittagessen und Mörderjagd begeistert, spazierten die fünf Jurymitglieder zum Museo Etrusco Guarnacci und ließen sich von Bürgermeister Ragagioni durch den Irrgarten der Säle zum Raum XXII führen. Cosimo Cantarini war bereits vor Ort. Der Archäologe hatte einen kleinen Tisch aufgebaut, auf dem Laborutensilien standen, und unterhielt sich mit Dino Rossi. Der Ispettore begrüßte die Ankömmlinge. Ragagioni bat Cantarini, mit der Untersuchung des Abendschattens zu beginnen.

Der Dottore nahm einen grauen Stab, der an eine Wunderkerze erinnerte, und erklärte, dass es sich dabei um eine Stabelektrode aus Grafit handele. Wie er weiter beschrieb, habe er sie zuvor in Paraffin getaucht, um eine Probe der Statuette entnehmen zu können, ohne die Figur zu beschädigen. Er streifte weiße Baumwollhandschuhe über, hob die Ombra della Sera an und strich mit der Elektrode einige Male am Fuß der Figur entlang, versicherte dabei, dass nur wenige Nanogramm der Patina abgetragen werden würden, und stellte die Figur wieder an ihren Platz.

Jetzt wandte sich Cantarini seinen Laborgeräten zu und tauchte den Stab in einen Becher mit einer Flüssigkeit, die, wie er weiter erklärte, Elektrolyte enthalte. Er beobachtete die Reaktion, die sein Handeln hervorrief, zog den Stab aus dem Glas und legte ihn auf einem Papiertuch ab. Dann drehte er sich wieder zu der Gruppe um.

»Na und?«, fragte Ispettore Rossi. »Die Statuette ist eine Fälschung, habe ich recht?«

Cantarini ließ sich nicht drängen. »Bronze«, erläuterte er, »besteht zu einem Großteil aus Kupfer, und das entwickelt den grünlichen Belag, den wir Patina nennen. In dieser Patina sind zwei Kupferoxide enthalten, Tenorit und Cuprit. Ihr Verhältnis zueinander lässt erkennen, wie alt das Metall ist. Die Bronze, die in dieser Figur, dem Abendschatten, verarbeitet ist«, er schaute auf den Becher, die Flüssigkeit darin hatte sich verfärbt, »ist mehrere Tausend Jahre alt. Genauer kann ich es leider nicht sagen, für eine exakte Datierung benötige ich andere Mittel und mehr Zeit. Hilft Ihnen das?«

Ragagioni hüstelte in eine Faust. »Damit sollte das geklärt sein. Unser Abendschatten ist echt. Eine Kopie! Dass ich nicht lache.« Er lachte.

Rossis Gesichtshaut nahm die Farbe von Kupferpatina an. Er wollte noch etwas sagen, doch Baldi gab ihm ein Zeichen. Wortlos stürmte der Ispettore aus dem Saal.

»Diese Stadt«, sagte Staatssekretärin Glori, »ist ein Musterbeispiel dafür, dass sich Toskaner gegen alle Widrigkeiten behaupten können. Ich würde gern mit diesen beiden Polizisten sprechen. Wie heißen Sie noch gleich? Minotti und ...«

»Pandolino!«, rief Giulia und lief Sergio entgegen. Die Nachmittagssonne schien auf die Fassade der Musikschule. Bei jeder Bewegung Giulias flossen die Lichtstrahlen über die Seide ihres grüngelben Kleids.

Sergio war von der Misericordia direkt zur Musikschule gehumpelt, kaum dass Boschetti im Krankenwagen abtransportiert worden war. Alessandro, Clara und Silvano waren ebenfalls aufgebrochen und zur Piazza dei Priori abgebogen, denn dort sollte gleich der Sieger des Wettbewerbs bekannt gegeben werden. »Willst du nicht mitkommen?«, hatte Clara Sergio gefragt, als der in die entgegengesetzte Richtung schwenkte. »Ich glaube«, hatte Alessandro sich eingemischt, »unser Sergio holt sich lieber seinen eigenen Preis ab.«

Giulia umarmte ihn, ihre Lippen waren so heiß wie ihre Hände. »Was ist denn geschehen?«, fragte sie und tastete Sergio mit Blicken ab. »Ich habe Sirenen gehört, und du siehst ziemlich mitgenommen aus.«

»Ich habe Radfahren geübt«, antwortete Sergio.

Giulia sah an ihm hinunter. »Da hat sich der Signore wohl ein wenig übernommen. Die Hose ist hin, und du hast einen Verband an deinem Knie.«

»Würdest du mir glauben, wenn ich behauptete, einen Maserati eingeholt zu haben? Auf einem Fahrrad?«

»Ich würde dich für das halten, was du bist: einen Aufschneider.« Sie strich ihm mit zwei Fingern über die Wange. »Du und das Fahrrad, ihr zwei seid wie Tulli und Boschetti.«

»Stimmt«, sagte Sergio und setzte sein sonnigstes Lächeln auf, »aber sogar Tulli und Boschetti arbeiten manchmal überraschend gut zusammen.«

In diesem Moment stieg aus Richtung der Piazza ein frenetischer Lärm über die Dächer auf, ein Rufen und Pfeifen, ein Trommeln und Applaudieren, und irgendwo unter all den Geräuschen sang Juan zur Gitarre. Sergio grinste so breit und ausdauernd, dass er spüren konnte, wie die Sonne seine Zähne erwärmte. »Hört sich an, als habe dein bulgarischer Chor Zuwachs bekommen.«

Ein Aufwind zog an ihnen vorbei. Giulia atmete tief ein, legte den Kopf schief, lauschte dem Lärmen und lächelte. »Ich glaube«, sagte sie, »so klingt das Lied von der Goldenen Sonnenblume.«

Kapitel 41

»Wir haben gewonnen! Wirklich gewonnen!« Die Donnerstimme von Zitadelle erfüllte die Trattoria Mortale. Der mächtige Toskaner lief durch das Lokal und schlug vor Begeisterung mit der flachen Hand auf die Tischdecken. Die kleinen Porzellanvasen mit den Seidenblumen fielen um. Das Besteck und die Teller für die Antipasti klirrten.

Angelo lief hinter Zitadelle her und brachte die Tischdekoration für den Abend in Ordnung. Dabei versuchte er, den Aufgebrachten wieder zu seinem Platz zu dirigieren. An dem Stammtisch saßen Trommelfeuer und Kugelblitz und sangen zur Melodie von *Azzurro* die Worte »Volterra. Die schönste Stadt in der Toskana«.

»Aufhören!« Angelo baute sich vor dem Stammtisch auf. Obwohl er von schmaler Statur war, wirkte er bedrohlich, wenn er wütend war. Und das war er. »Ihr habt gewonnen. Schön! Aber ich nicht. Gleich um acht kommen die Norweger durch diese Tür in mein Lokal, und dann werde ich sie bestimmt nicht von drei ausgelassenen Elefanten empfangen lassen. Also benehmt euch!«

»Angelo«, rief Matteo aus der Küche, »der Stockfisch!«

Der Gesang endete. Stattdessen erzählte Trommelfeuer zum vierten Mal die Geschichte, wie er Ispettore Rossi angerufen und ihm den Tipp gegeben hatte, im archäologischen Museum stehe eine falsche Statuette. Sergio habe ihn um den Anruf gebeten. Ihm sei zwar noch immer nicht alles klar geworden, aber es habe ihm große Freude bereitet, diesen unsympathischen Rossi aufs Glatteis zu führen. »Der hat wirklich geglaubt, ich sei für San Gimignano«, rief Trommelfeuer, und die anderen stimmten in sein Gelächter ein.

Die Türglocke läutete. Die drei Männer am Stammtisch verstummten. Wenn Angelo befürchtet hatte, die Vertreter der Nationalen Norwegischen Stockfischgesellschaft seien angekommen, so wurde ihm die Sorge genommen – und durch eine andere ersetzt.

Im Eingang der Trattoria stand, die Hände auf die ausladenden Hüften gestützt und das Mehrfachkinn zu einem Faltenmeer aufgeworfen, Cosimo Cantarini. Der Archäologe sondierte den Raum, dann blieb sein Blick an Angelo hängen. »Woher stammt diese Statuette?«

»Was für eine Statuette? Ich weiß nicht, was Sie meinen, Dottore«, antwortete Angelo heiser.

Der Archäologe marschierte zum Waschraum, wahrscheinlich, um einen Blick auf die Ausgrabungsstätte zu werfen. Dann stand er wieder in der Gaststube. »Im Museum Etrusco Guarnacci steht eine Bronzefigur des Abendschattens, die dort eigentlich gar nicht stehen dürfte. Denn die Ombra della Sera wird in der Questura in Pisa aufbewahrt. Das Objekt im Museum kann also nur eine Fälschung sein. Ich habe die Statuette vorhin selbst untersucht. Was glauben Sie, was ich herausgefunden habe?« Er machte eine Pause. »Sie ist echt. Über zweitausend Jahre alt. Das kann nur eins bedeuten: Es gibt eine zweite Figur. Nur wusste die Wissenschaft davon bisher nichts. Merkwürdig, nicht wahr? Woher mag sie so plötzlich gekommen sein? Es gibt natürlich viele Möglichkeiten, aber eine ist besonders naheliegend.«

»Und welche?«, fragte Angelo. Seine sonst krächzende Stimme klang mit einem Mal sanft.

Cantarini starrte den Gastwirt schweigend an.

»Angelo«, rief Matteo aus der Küche, »der Stockfisch! Es wird Zeit!«

»Ich habe zu tun«, sagte Angelo zu Cantarini. »Erzählen Sie mir Ihre Geschichte ein anderes Mal weiter. Sie können die Ausgrabung am Montag fortsetzen.«

»Wenn Sie nicht gestehen, was Sie getan haben«, fuhr Cantarini ihn an, »wird es dieses Lokal am Montag nicht mehr geben. Dann ist endgültig Schluss. Ich hätte mich gar nicht erst auf all diese faulen Kompromisse einlassen sollen.«

Wieder quengelte Matteo im Hintergrund, diesmal begleitet vom Geruch angebrannten Knoblauchs.

Angelo ging einen Schritt in Richtung Küche, dann einen zurück zu Cantarini. Er seufzte. »Also gut. Die Figur lag ganz oben in der Grube. Der Kopf guckte schon raus. Da habe ich zugegriffen. Ich wollte den Fund in Sicherheit bringen. Ihre Archäologen ruhen sich ja am Wochenende aus, und hier ist gleich jede Menge los. Stellen Sie sich vor, irgendein Gast hätte das Stück gefunden und einfach mitgenommen! Ich habe die Figur gerettet, und mein Sohn hat sie dort hingebracht, wohin sie gehört: ins Museum. Sehen Sie? Alles in bester Ordnung.« Er breitete die Arme aus und schaute Cantarini mit einem Blick an, der verriet, dass Angelo von seinem eigenen Einfallsreichtum überrascht war.

Cantarinis düstere Miene verdunkelte sich weiter. Dann brach Gelächter aus ihm hervor. Der Archäologe lachte so laut, dass das Wellenmeer seines Kinns in Bewegung geriet. »Das ist mit Abstand die merkwürdigste Ausgrabungsstätte, die mir in meiner Karriere untergekommen ist«, sagte er und rieb sich die Augen. »Eine solche Frechheit habe ich noch nie erlebt. Und so viel Witz ebenfalls nicht. Vorhin im Museum hat die Statuette dazu beigetragen, dass wir den Wettbewerb gewonnen haben. Und weil ich mit Leib und Seele Volterraner bin, so wie alle anderen hier, werde ich einfach vergessen, was sich im Waschraum Ihrer Trattoria ereignet hat. Sollten Sie aber noch einmal in meiner Grube wühlen, werde ich mich wieder daran erinnern.«

Über Angelos Gesicht zog der Anflug eines Lächelns. Doch er wurde sofort wieder ernst. »So? Dann werde ich mich daran erinnern, dass der Finder der Figur eigentlich ich bin, und es gibt bestimmt irgendein Gesetz, nach dem das Ding eigentlich mir gehört. Oder irre ich mich?«

Das Läuten der Türglocke ließ die beiden Männer schweigen. Stimmen füllten den Schankraum. Giulia und Sergio kamen herein, gefolgt von vier Frauen und Männern.

»*Babbo?*«, rief Sergio, während Giulia die Gäste zu den Tischen führte und nebenbei noch eine umgefallene Vase mit Seidenblumen aufstellte. »*Babbo*, die Signori von der

Norwegischen Stockfischgesellschaft sind da. Bist du so weit?«

Wer im Mai nach Volterra kommt, erlebt eine Zeit des Übergangs. Der Frühling ist vorüber und gibt dem Sommer die Klinke in die Hand. Jetzt wird alles anders. Die Geschäftigkeit, Markenzeichen der warmen Monate, wechselt zur Gemächlichkeit der schwelenden Tage. Die Toskana verwandelt sich. Was grün war, wird braun, was laut war, leise, und das Jahr, bis dahin stetig ansteigend, kippt über jenen Punkt, an dem niemand zu sagen weiß, ob es noch frisch riecht oder schon ein bisschen streng. Nun sind Zweifel nicht länger möglich, und jeder in Volterra weiß, dass sich etwas verändert hat.

Diesmal gab es so viel Neues in der Stadt, dass sich alle Volterraner einig waren: Es würde für mindestens zehn Jahre reichen.

Kaum hatte der Juni begonnen, nahm die neue Musikschule neben dem Busbahnhof die Arbeit auf. Der Stundenplan an der Schiefertafel war schon nach wenigen Tagen gefüllt, und Giulia, die einzige Lehrerin der Schule, zählte vier Klassen. Drei waren von Kindern belegt, die einige Instrumente, aber vor allem Mundtrompete lernen wollten, eine Spezialität Giulias, die mithilfe ihrer Lippen ein Blasinstrument nachahmen konnte. Die vierte Klasse bildeten ältere Volterraner, darunter Trommelfeuer, Zitadelle und Kugelblitz, um sich zu einem Chor ausbilden zu lassen, denn der fehlte schon lange in der Stadt. Künftig sollten die Sängerinnen und Sänger bei offiziellen Anlässen, privaten

Feiern und Gottesdiensten auftreten, und schon deshalb war die Motivation, gut singen zu können, hoch. Besonders eifrig probte der Chor aber, weil Giulia in Aussicht gestellt hatte, dass alle mit dem Reisebus nach Bulgarien fahren würden, um den befreundeten Chor »Der Peitschenknall am jenseitigen Ufer der Donau« zu besuchen. Da Giulia weiterhin auch als Busfahrerin die Linie 1 in Volterra lenkte, würde sie bei der Reise selbst am Steuer sitzen.

Die Folterinstrumente wurden aus der Musikschule ausgeräumt. Streckbank, Pranger und Spanische Stiefel siedelten um in ein altes Ladenlokal an der Piazza XX Settembre. Künftig knatterten die schwarz-roten Fahnen dort im Wind und lockten Touristen an. Musik sei nun mal keine Folter, verkündete Bürgermeister Ragagioni, der die Trennung von Musikschule und Museum angeordnet hatte – eine seiner letzten Amtshandlungen. Weil er nachweislich öffentliche Gelder veruntreut hatte, musste Ragagioni das Amt des Stadtoberhaupts niederlegen. Da er geständig war, kam er mit einer Geldstrafe davon. Außerdem spendete er der Musikschule sämtliche für den Unterricht notwendigen Instrumente. Obwohl Ragagioni vorgab, Giulia und ihre Schüler freiwillig zu unterstützen, glaubte niemand an die plötzliche Großzügigkeit des ehemaligen Sindaco. Nur Sergio behauptete beharrlich, der Bürgermeister habe schon immer ein großes Herz gehabt und nun unvermittelt ein offenes Ohr für die Musik entwickelt.

Dottor Boschetti erholte sich von seinen Verletzungen und nahm die Arbeit als Museumsleiter wieder auf. Daran hatte zunächst niemand glauben wollen, denn auch Boschetti war in die krummen Geschäfte des Bürgermeisters verwickelt gewesen. Wie sich herausstellte, hatte der Dottore aber nicht in die eigene Tasche, sondern in die Vitrinen des Museums gewirtschaftet. Er konnte der staunenden Öffentlichkeit einen zweiten Abendschatten präsentieren, und – die Fachwelt hatte die erste Sensation noch nicht verdaut, da kam schon die nächste hinterher – eine etruskische Urne aus Alabaster mit Szenen aus der Mythologie der Assyrer. Zwar verstanden einige Volterraner nicht, warum »dieses alte Ding« so wichtig sein sollte, aber alle waren sich einig, dass Boschetti einen großen Fang gemacht hatte. Warum sonst strömten monatelang Geschichtsforscher aus Kanada, Südkorea, Kasachstan, Schottland, Deutschland, Argentinien, Frankreich, den USA und Kroatien in die toskanische Stadt, hielten Kongresse ab und staunten ihrerseits über die zahlreichen Museen, die das toskanische Städtchen zu bieten hatte?

Denn neben dem archäologischen und dem Foltermuseum war auch der Palazzo Viti wieder zu seiner ehemaligen Funktion als Ausstellungshaus zurückgekehrt. Eine Zeit lang munkelten die Volterraner, der Palazzo solle wieder ein Atelier beherbergen, und tatsächlich war an diesem Gerücht etwas Wahres. Die Nachtmalerin Valentina und die Kunstschmiedin Federica hatten bei der Auflösung des Mordfalls Leonetti so gut zusammengearbeitet, dass sie beschlossen, auch künftig eine kreative Symbiose zu bilden. Zunächst dachten sie darüber nach, ihre Werkstätten im Palazzo Viti einzurichten, weil dort viel Platz war und das Gebäude leer stand. Doch beide kamen schnell zu der Einsicht, dass der Geist Luigi Leonettis ihnen bei der Arbeit über die Schulter blicken würde, also gaben sie den Plan auf, jedenfalls den Teil mit dem Palazzo. Stattdessen fanden Valentina und Federica heraus, dass sie überhaupt nicht viel Platz benötigten, denn während die Kunstschmiedin tagsüber arbeitete, stand die Malerin ausschließlich nachts an der Staffelei. Überrascht davon, wie gut sie zusammenpassten, richteten sie sich gemeinsam in Federica Tullis Werkstatt ein, schmiedeten Eisen, solange es heiß war, und malten sich aus, wie sie mit ihren Werken eines Tages so berühmt werden würden wie der Abendschatten. Schließlich stand ja auch dem jetzt ein Partner zur Seite.

»Hätte es nicht ein Mädchen sein können?«, fragte Giulia. »Hatten diese Etrusker denn nur männliche Statuetten im Programm?«

»Du kennst doch uns Italiener«, erwiderte Sergio. »Wir lieben unseren Machismo. Das war schon vor zweitausend Jahren so.«

»Und das wird auch so bleiben«, krächzte Angelo. »Dafür werde ich schon sorgen.«

Zu dritt saßen sie auf den Tre Amici, den drei alten Stühlen, die jemand vor langer Zeit an dem Transformatortürmchen vor Sergios und Giulias Wohnung aufgestellt hatte. Auf die Stühle hatten sich schon viele Volterraner gesetzt, um die Aussicht ins Cecina-Tal zu genießen, die häufigsten Besucher der Tre Amici aber waren die Zeit, die Hitze und der Wind, die den alten Stühlen buchstäblich zugesetzt hatten. Trotzdem hielten sie noch immer durch und blieben einfach das, was sie waren. So wie die Menschen, die sich auf ihnen niederließen.

Es war Ende Juni. Das Land badete im goldenen Licht. Sergio genoss den Ausklang eines wunderbar ereignislosen Tages in der Wache. Er schenkte Giulia und Angelo Rotwein nach, warf beiden ein Lächeln zu und brachte einen Trinkspruch auf das Leben aus.

»Dieser Sommer ist heißer als sonst«, murrte Angelo. Schweißperlen hatten sich auf seiner Stirn gebildet.

Sergio schaute an ihm herunter. »Dann zieh doch endlich diesen Norwegerpullover aus.«

Seit dem Besuch der Stockfischgesellschaft trug Angelo die Strickware beinahe täglich. Sie war braun, und ein Band mit Rentieren lief quer über die Brust. Die Wolle war so dick, dass sie den schmächtigen Toskaner so breit aussehen ließ wie Zitadelle.

»Der Pullover bleibt, wo er ist«, sagte Angelo. »Dein schwächelndes Gedächtnis reicht wohl nicht mal mehr bis zu jenem Abend zurück, an dem unsere Trattoria Geschichte geschrieben hat.«

»Meinst du den Abend, an dem du uns Muschelsuppe versprochen und dann nur Brot aufgetischt hast?«, fragte Sergio. »Oder den, als du mit dem Spaten in den Ausgrabungen von Dottor Cantarini herumgestochert hast? Geschichte, mein lieber *babbo*, wurde in unserer Trattoria schon oft geschrieben.«

»Ich erinnere mich an einen denkwürdigen Moment mit zwei Verliebten und einem Himbeertiramisu«, warf Giulia ein. Damals hatten sich Sergio und Giulia kennengelernt.

Angelo raunzte etwas in sein Weinglas und trank den mit Flüchen gewürzten Wein. Dann lächelte er. Das kam in letzter Zeit häufiger vor, und zwar immer dann, wenn der alte Wirt an die Gesichter der Norweger dachte. Wie sie über seinem Stockfisch gesessen und wie sie etwas gerufen hatten, das auch in einer fremden Sprache als Ausruf spontaner Begeisterung erkennbar gewesen war. Die Auszeichnung hatten sie ihm schon verliehen, da war der zweite Gang noch gar nicht serviert gewesen. Und den Pullover hatte ihm Signora Ødegård, die Präsidentin der Gesellschaft, geschenkt, nachdem sie ihm einen Kuss auf die hochrote Wange gedrückt hatte. Dann hatte sie gelacht und allen kundgetan, Angelo sei ein echter Norweger, denn seine Haut sei genauso kratzig wie ein Norwegerpullover.

Nun war die Trattoria Mortale auch international die erste Adresse, wenn man *stoccafisso* essen wollte, und sie war Teil der schönsten Stadt in der Toskana. Das Lokal war täglich bis auf den letzten Platz ausgebucht. Trotzdem war Angelo unzufrieden.

»Alle wollen nur noch Stockfisch«, nörgelte er. »Sogar Trommelfeuer, der Fisch sonst lautstark abgelehnt hat. Und meine Hühnchenbrust in Salbeibutter, meine Piselli nach dem Rezept von Natale Panda, meine Wildschweine in Soße – davon will niemand mehr etwas wissen.«

»Das Glück«, sagte Sergio, »fühlt sich immer bei denjenigen am wohlsten, die überhaupt nicht bemerken, dass Fortuna neben ihnen sitzt.«

»Das kannst du laut sagen«, knurrte Giulia mit gespielter Verachtung.

»Ist denn noch Platz für einen alten Polizisten?« Onkel Lorenzo kam die Straße herauf. Der ehemalige Polizeichef Volterras genoss das Leben als Pensionär und hielt sich meist in seiner Gartenlaube am Ende der Via della Frana auf, die wegen Lorenzos hartnäckiger Junggesellenschaft »Die Mönchsklause« genannt wurde.

»Du kannst meinen Stuhl haben.« Giulia stand auf. »Sergio und ich wollen noch ein bisschen Rad fahren.« Sie streckte eine Hand aus, und Sergio ließ sich nur allzu gerne von ihr auf die Beine ziehen. Ein Ausflug durch den sonnenverwöhnten Abend in der besten Gesellschaft, die er sich vorstellen konnte – dafür ließ er die beiden Brummbären liebend gern zurück.

»Rad fahren?« Onkel Lorenzo strich sich über den mächtigen Schädel mit den weißen Haaren und kaute auf einem Zahnstocher. »Bei diesen Steigungen?«

»Wenn Giulia vorausfährt, folge ich ihr wie das Pferd, dem man die Möhre vor der Nase baumeln lässt«, rief Sergio und stieg auf den Sattel. Giulia saß bereits auf ihrem Fahrrad und stieß sich mit den Füßen ab.

»In dieser Geschichte mit der Möhre ging es nicht um ein Pferd«, rief Lorenzo und kam gerade noch dazu, Giulia und Sergio zuzuwinken, als die beiden an ihm vorbeisausten. Der Pensionär ließ sich auf einen Stuhl sinken, begrüßte die Aussicht mit bedächtigem Nicken und seufzte.

»Waren wir früher auch so verrückt, Angelo?«

»Wieso früher?«, entgegnete der. »Ich glaube, in dieser Beziehung können die beiden noch eine Menge von uns lernen.«

Nachspeise

In der Trattoria Mortale sitzt die Fantasie bei einem Glas Rotwein mit der Wirklichkeit zusammen. Die Geschichten um das kleine Lokal entstehen, weil sich die beiden prächtig unterhalten: über Volterra, Stadt der langen Schatten und der pompösen Palazzi.

Unter den Sehenswürdigkeiten auf dem fünfhundert Meter hohen Stadthügel ist der Abendschatten mit seinen siebenundfünfzig Zentimetern wohl die kleinste. Umso gewaltiger ist die Wirkung der Bronzestatuette mit dem ungewöhnlichen Namen, die im altehrwürdigen Etrusker-Museum Guarnacci auf einem Podest steht und um die sich die Geschichte des Toten im Palazzo dreht. Die Figur, ein Jüngling, ist zweitausenddreihundert Jahre alt, aber mit einem aus heutiger Sicht modernen Kunstverständnis geschaffen worden. Beim Anblick der Bronze rücken Vergangenheit und Gegenwart so nah zusammen, dass sie sich berühren.

Der Körper des Knaben ist – mit Ausnahme des Kopfes – extrem in die Länge gezogen. Die Vorstellung, dass damit der Schatten eines Menschen in der untergehenden Sonne abgebildet worden ist, hat den Namen der Statuette geprägt: Ombra della Sera, Abendschatten. Zugeschrieben wird diese Idee dem italienischen Dichter Gabriele D'Annunzio. Er besuchte Volterra im Jahr 1909 und zählt zu den Literaten und Künstlern, die die Stadt in Wort und Bild verewigt haben.

Die Geschichte der Bronzestatuette liegt im Halbschatten: Der Zeitpunkt und die Umstände ihrer Entdeckung sind nicht bekannt, sie tauchte im 18. Jahrhundert als Teil einer privaten Sammlung in Florenz und als Zeichnung in einem Buch über etruskische Kunst auf. In dem wissenschaftlichen Werk war Volterra als Herkunftsort genannt. Dorthin gelangte die Figur bald wieder. Dafür sorgte Monsignore Mario Guarnacci, ein adliger Geistlicher und Gelehrter mit großem heimatkundlichen Interesse. Er zählte zu jenen Volterranern, die dem Ausgrabungs- und Forschungsfieber jener Zeit verfallen waren und archäologische Artefakte aus dem Ort und dem Umland zusammentrugen. Mit den Sammlungen, die als Stiftungen in den Besitz der Stadt übergingen, wurde 1761 der Grundstein für das Museo Etrusco Guarnacci gelegt. Es ist bis heute eines der bedeutendsten Museen etruskischer Kunst, der Abendschatten eines der wichtigsten Ausstellungsstücke und Wahrzeichen Volterras.

Die Knabenfigur gilt als einzigartig, obwohl eine Reihe Statuetten dieses Typs bekannt sind. Einige der Verwandten sind ebenfalls in Volterra zu sehen. Die Bronzen entstanden in den Werkstätten der Etrusker, die schon im siebten Jahrhundert vor Christus auf dem Stadthügel lebten und solche

Figuren möglicherweise ihren Göttern weihten, um ihnen zu danken oder sie um etwas zu bitten. In den Werkstätten der Volterraner von heute entstehen die Statuetten noch immer, allerdings zu einem anderen Zweck: Die Kunstschmiedinnen und -schmiede der Stadt erhalten damit das traditionsreiche Handwerk.

Kostbarkeiten spezieller Art werden im Palazzo Viti aufbewahrt. Der Volterraner Alabasterhändler Giuseppe Viti kaufte den Adelspalast 1849 der Familie Incontri ab und staffierte das ohnehin schon prachtvolle Gebäude, dessen ältester Teil im 16. Jahrhundert errichtet worden war, aufwendig aus. Das edle Mobiliar und Dekor aus dem 18. und 19. Jahrhundert ergänzte er nicht nur mit wertvollen Arbeiten aus dem familieneigenen Betrieb wie Kronleuchtern aus Alabaster, sondern auch mit Kunstwerken und Kuriosem aus aller Welt. Viti war jahrelang weit gereist und hatte Gemälde und Objekte aus Europa, Asien und dem Orient in seine Heimatstadt Volterra mitgebracht, darunter eine Kollektion Fächer aus verschiedenen Ländern und Epochen sowie chinesische Miniaturzeichnungen auf Reispapier. Seine Nachfahren erhielten die Einrichtung und die Sammlung, inzwischen wird das Haus von der Associazione Palazzo Viti verwaltet. Zwölf Räume sind für Besucherinnen und Besucher geöffnet, der andere Teil ist bewohnt. Die extravagante Innenausstattung des Gebäudes diente schon mehrmals als Filmkulisse, zum Beispiel für Luchino Viscontis preisgekröntes Drama *Vaghe stelle dell' Orsa* von 1964.

Volterra kann sich mit vielem schmücken – sogar mit

Staub und Steinen. Die an Vergangenheit reiche Stadt setzt sich seit einigen Jahren für ihre Anerkennung als Weltkulturerbe der Unesco ein. Hartnäckigkeit ist eine ihrer Stärken. Als Volterra den Titel Kulturhauptstadt Italiens 2022 knapp verpasste, erklärte die Region den Ort für das Jahr kurzerhand zur Kulturhauptstadt der Toskana. Und in der Trattoria Mortale ist man sich ohnehin einig: Wer nach Volterra kommt, gewinnt immer.

Autor

Luca Fontanella ist das Pseudonym eines deutschen Autorenduos. Während einer Reise durch die Toskana entdeckten die Journalisten Jutta Wieloch und Dirk Husemann vor zwanzig Jahren das Städtchen Volterra und verliebten sich in Land und Leute. Seither kehren sie immer wieder dorthin zurück. Wenn sie nicht gerade die Toskana erkunden, schreiben sie Reportagen. Dirk Husemann veröffentlicht außerdem historische Romane, die in mehrere Sprachen übersetzt werden.

Luca Fontanella im Goldmann Verlag:

Trattoria Mortale – Die tote Diva. Ein Toskana-Krimi
Trattoria Mortale – Der Tote im Weinberg. Ein Toskana-Krimi
Trattoria Mortale – Der Tote im Palazzo. Ein Toskana-Krimi

(alle auch als E-Book erhältlich)